阅读之前 没有真相

午 夜 文 库

杰夫里·迪弗

林肯·莱姆系列

杰夫里·迪弗 Jeffery Deaver（1950— ）

杰夫里·迪弗，一九五〇年出生于芝加哥，十一岁时写出了第一本小说，从此笔耕不辍。迪弗毕业于密苏里大学新闻系，后进入福德汉姆法学院研修法律；在法律界实践了一段时间后，在华尔街一家大律师事务所开始了律师生涯。他兴趣广泛，曾自己写歌、唱歌，进行巡演，也曾当过杂志社记者。与此同时，他开始发展自己真正的兴趣：写悬疑小说。一九九〇年起，迪弗成为一名全职作家。

迄今为止，迪弗共获得六次MWA（美国推理小说作家协会）的爱伦·坡奖提名、一次尼禄·沃尔夫奖、一次安东尼奖和三次埃勒里·奎因最佳短篇小说读者奖。迪弗的小说被翻译成三十五种语言，多次登上世界各地的畅销书排行榜。包括名作《人骨拼图》在内，他有三部作品被搬上银幕，同时也为享誉世界的詹姆斯·邦德系列创作了最新官方小说《自由裁决》。

迪弗的作品素以悬念重重、不断反转的情节著称，常常在小说的结尾推翻或多次推翻之前的结论，犹如过山车般的阅读体验佐以极为丰富专业的刑侦学知识，令读者大呼过瘾。其最著名的林肯·莱姆系列便是个中翘楚；另外两个以非刑侦专业人员为主角的少女鲁伊系列和采景师约翰·佩勒姆系列也各有特色，同样继承了迪弗小说布局精细、节奏紧张的特点，惊悚悬疑的气氛保持到最后一页仍回味悠长。

除了犯罪侦探小说，作为美食家的他还有意大利美食方面的书行世。

杰夫里·迪弗 重要作品年表

少女鲁伊系列

1988 Manhattan Is My Beat《心跳曼哈顿》

1990 Death of a Blue Movie Star《蓝调艳星之死》

1991 Hard News《重要新闻》

采景师约翰·佩勒姆系列

1992 Shallow Graves《法外行走》

1993 Bloody River Blues《变奏曲》

2001 Hell's Kitchen《地狱厨房》

林肯·莱姆系列

1997 The Bone Collector《人骨拼图》

1998 The Coffin Dancer《棺材舞者》

2000 The Empty Chair《空椅子》

2002 The Stone Monkey《石猴子》

2003 The Vanished Man《消失的人》

2005 The Twelfth Card《第十二张牌》

2006 The Cold Moon《冷月》

2008 The Broken Window《碎窗》

2010 The Burning Wire《燃烧的电缆》

2013 The Kill Room《狙击室》

2014 The Skin Collector《天使的号角》

2016 The Steel Kiss《钢吻》

2017 The Burial Hour《安葬时刻》

2018 The Cutting Edge《致命雕刻》

凯瑟琳·丹斯系列

2007 The Sleeping Doll《睡偶》

2009 Roadside Crosses《路边的十字架》

2012 XO《唱片》

2015 Solitude Creek《孤独的小溪》

詹姆斯·邦德系列

2011 Carte Blanche《自由裁决》

科尔特·肖系列

2019 The Never Game《游戏中毒》

杰夫里·迪弗 重要作品年表

非系列作品

1992 Mistress of Justice《正义的情妇》

1993 The lesson of Her Death《她死去的那一夜》

1994 Praying for Sleep《祈祷安息》

1995 A Maiden's Grave《少女的坟墓》

1999 The Devil's Teardrop《恶魔的泪珠》

2000 Speaking in Tongues《银舌恶魔》

2001 The Blue Nowhere《蓝色骇客》

2004 Garden of Beasts《野兽花园》

2008 The Bodies Left Behind《弃尸》

2010 Edge《边界》

2013 The October List《十月名单》

天使的号角

The Skin Collector

[美]杰弗里·迪弗 著
邓悦现 译

新 星 出 版 社 NEW STAR PRESS

献给丹尼斯、帕蒂、梅丽莎和菲利普

我见到的那些家伙都不是人，而且从来都不曾是人。他们是动物，人类化了的动物——都是活体解剖的功绩。

——赫伯特·乔治·威尔斯《人魔岛》

目录

第一部分 绝版书

十一月五日 星期二 正午

1

地下室。

她必须去一趟地下室。

克洛伊最讨厌去那里。

但外面所有十码和十二码的“戛纳街”系列连衣裙都卖完了——就是那种俗气的荷叶边、深V领碎花连衣裙。她必须去仓库补货，然后重新上架给顾客挑选。克洛伊其实不是专业的时装专卖店店员，她是个演员，刚入职这家店不久。所以她非常理解为什么在这个几乎和一月一样冷的十一月，这种裙子竟然还会卖断货。后来，她的上司告诉她，尽管这家店位于曼哈顿的苏荷地区，但顾客们大多来自泽西、威彻斯特和长岛。

“所以呢？”

“邮轮，克洛伊。邮轮。”

“啊。”

克洛伊·摩尔走到店铺后面。这里只是个简陋的储藏间，跟店堂陈列区完全是两个世界。她从手腕上挂着的一大串钥匙里找出一把，打开了地下室的门。她打开灯，看了看摇摇晃晃的楼梯。

她叹了口气，开始往下走。弹簧门在她身后自动关上了。克洛伊并不是个身材娇小的女人，下楼梯时不得不更加小心。她还穿着双假的Vera Wang[①]。仿冒的设计师品牌高跟鞋加上有一百来年历史的建筑——是个相当危险的组合。

地下室到了。

讨厌。

她不是怕有人闯进来。进出这里的门只有一扇——就是她刚走进来的那扇。但这个地方潮湿、阴冷、充满霉味……还结满蜘蛛网。

这就意味着这里有狡猾、嗜血的蜘蛛出没。

这也意味着克洛伊必须用粘毛滚筒来清理深绿色波尔多半裙和黑色塞纳衬衫上的灰尘。

她踏上了坑洼不平的水泥地面，绕到左边，以避开一张特别大的蜘蛛网。但前面还有一张；一根长长的蛛丝飘到她的脸上，痒痒的。她笨拙地扭动身体，试图把这个该死的东西挥开，然后接着找她要的东西。五分钟后，她终于找到了“戛纳街”系列的货箱。这些衣服看起来很法式，名字也很法式，但产地却是亚洲某国家。

就在克洛伊用力把箱子从货架上拉出来时，她听见了一声刺耳的刮擦声。

她僵住了。然后扭过头去。

声音停止了。然后她听见了另一个声音。

滴答，滴答，滴答。

哪里漏水了吗?

虽然很不情愿，但克洛伊经常下到这里。她从没在这里听见水声。她把手里那堆假冒法国货放在楼梯旁边，开始寻找声音的

① Vera Wang，王薇薇，美国著名华裔设计师品牌。

来源。大多数货物都放在货架上，但还有一些堆在地上。漏水的后果可能会很严重。

当然，克洛伊的归宿会是百老汇。不久之后，她就不用再留在切斯诺德时装专卖店工作了。但如果这里上万美元的昂贵时装不会因为漏水被毁掉，也许有助于那些小额支票按时存进她在大通银行的账户。

她冒着被大群蜘蛛袭击的危险绕到地下室深处，一心想找出漏水的地方。

越往里走，滴水声就越大，光线也越昏暗。

克洛伊走到一座货架后面，那里放着一大堆就连她妈妈都不会想穿的难看衬衫。克洛伊认定这肯定是哪个预感到自己要被解雇的买手采购回来的。

滴答，滴答……

她眯着眼睛查看。

奇怪。那是什么？远处的墙上，开着一扇门。水声就是从那里传来的。那扇门刷成了跟墙面一样的灰色，大约宽三英尺，高四英尺。

那扇门通向哪里？还有另一间地下室吗？她从没见过那扇门，甚至从没往最后一座货架后面的墙看上一眼。没必要这么做。

为什么门开着？城市里永远在搞基建，特别是像苏荷区这种老城区。但没人跟店员说过店铺下面也需要维修，至少没人跟她说起过。

也许是那个东欧来的古怪门卫在修东西。但是，不，不可能。经理根本不信任他，他也没有地下室钥匙。

好吧，事情越来越奇怪了。

别再找了，把滴水的事告诉玛吉就行了，还有那扇门的事。

就让弗拉德或者米哈伊尔洛维奇或者随便谁待在这里吧，别影响她拿薪水。

又是一声刺耳的刮擦，像是鞋底摩擦过粗糙的水泥地面。

该死，就是这个声音。快，出去。

但在她出去之前，甚至在她来得及转身之前，他突然出现在她的身后，抓住她的脑袋撞向墙壁。他往她嘴里塞了一块布。在她吓晕过去之前，脖子突然传来一阵剧痛。

她迅速扭头看向他。

天哪，天哪……

她差点吐出来。面前这个人戴着黄色的乳胶头套，眼睛、嘴巴和耳朵的地方有窄窄的缝。头套很紧，整张脸都被挤压变形了，像是在融化。他穿着一身工装连体裤，上面有标签，但她看不清。

她哭泣着，摇着头，含着那块布祈求着、尖叫着，但他伸出一只手把布狠狠地塞回她嘴里。他戴着一双很紧的黄色手套，和头套像是一套的。

“求你了，听我说！别这么做！你不懂！听着，听着……”但这乞求听起来只是含混不清的呜呜声。

她在思考：为什么我不拿个门挡让门开着？我明明这么想过的……她对自己感到愤怒。

他用一双平静的眼睛看着她——看的不是乳房、嘴唇、屁股或大腿。只是看着她裸露的胳膊，她的喉咙，她的脖子，最后眼神落在一朵小小的蓝色郁金香刺青上。

“不好也不坏。”他低声咕哝着。

她呜咽着，颤抖着，呻吟着。“你，你，你要干什么？”

但她何必问出口？她知道的，她当然知道。

想到这里，克洛伊抑制住恐惧。她的心脏缩成一小团。

好啊，浑蛋，想跟我玩？你要为此付出代价。

她慢慢瘫软下去。他那双被恶心的黄色乳胶包围的眼睛看起来充满迷惑。袭击者显然不希望她倒在地上，下意识地调整了一下动作，想把她架起来。

就在感到他松开手的一瞬间，克洛伊猛地跳起来，一把抓住他工装连体裤的领子。连体裤的拉链崩开了，布料也撕开了个口子。

她对准他的胸口和脸部，用尽全力又抓又打。

她的膝盖击向他的腹股沟，一次，又一次。

但她没打中。她的胳膊垂了下来。击中目标看起来并不难，但她的手脚突然不听使唤了，脑袋也不清醒了。他刚才塞进的那团布让她缺氧了——也许是因为这个。也可能是受惊的后遗症。

继续，她怒气冲冲地命令自己。不要停。他怕了。你知道的。该死的懦夫……

她又试着打了他一拳，拳头落在他身上，但她惊恐地发现自己的力气正在迅速流失。她的手只是轻轻碰了他一下。

她垂下头，看向地面，忽然注意到他的袖子挽了起来。克洛伊看见一个怪异的刺青，红色的，像是某种昆虫，长着几十条纤细的腿、属于昆虫的螯角以及人类的眼睛。

她的视线转向地面，注射器的针头闪着一点寒光。谜底揭晓了，脖子上的那阵剧痛——以及她的浑身无力，都是因为他给她注射了什么。

无论注射了什么，药效显然开始发威了。她感到越来越疲惫。她的意识开始模糊，像是游离在梦境边缘。不知为何，她情不自禁地想起切斯诺德时装店收银台旁边卖的廉价香水。

谁会买这种垃圾？为什么不——

我在干什么？她恢复了理智。反抗啊！去打那个该死的！

但她的手只是垂在身体两侧，动弹不得，脑袋也沉重得像一块石头。

她坐在地板上，然后整个房间倾斜了，随后又开始移动。他正把她拖向那扇灰门。

不，不要去那里，求你了！

听我说！让我跟你解释为什么不能这么做！不要把我带到那里去！听我说！

只要在地下室里，至少还有一丝残存的希望，玛吉可能会下来看见他们俩，她会尖叫，而他则会迈开那双昆虫似的腿仓皇逃窜。一旦克洛伊被拖进他的虫子窝，一切就都完了。房间似乎变暗了，是一种奇怪的黑暗，天花板上的灯泡似乎不再发光，而是像黑洞一般，吞噬着周围的光线。

反抗啊！

但她动弹不得。

离那个黑暗的通道越来越近。

滴答，滴答，滴答……

尖叫！

她尖叫了。

但从她嘴里只是发出一阵微弱的嘶嘶声，像蟋蟀在挠爪子，或是甲壳虫的嗡嗡声。

现在，他把她拖进了那扇门，正式进入门的另一边，一个异想世界。像是哪部电影，或者动画片，或是别的什么。

她看见下面是一个小小的设备间。

克洛伊相信自己正在坠落，不断坠落。片刻之后，她躺在了地板上，感受着地面与泥土，努力保持呼吸。但她并不觉得疼，一点都不疼。滴水声更响了。她看见远处有一堵古老的石墙，布满了管道、电线，锈迹斑斑，肮脏不堪。一道细流缓缓流下。

滴答，滴答……

那是一股昆虫的毒液，一股闪闪发亮的昆虫毒液。

开动脑筋，爱丽丝，我是爱丽丝。掉进了兔子洞。抽烟斗的毛毛虫，三月兔，红心皇后，他手臂上的红色虫子。

她一直不喜欢这个该死的故事！

克洛伊不再试图发出尖叫。她只想爬走，蜷缩起来，尽情哭泣。但她动弹不得。

她仰面朝天躺着，盯着店铺地下室传来的微弱亮光。她曾经无比厌恶在店里的工作，但现在，她全心全意渴望回到那里，双腿酸痛地站在那里，假装热情地点着头。

不，不，这件让你看起来太瘦了。真的……

光线更昏暗了，原来是那个袭击者，那个长着一张黄脸的昆虫男爬到洞口，关上了门，然后走下短短的阶梯，来到她身边。

片刻之后，洞穴里出现一道刺眼的强光，他戴上一顶矿工头灯，打开了开关。强光照在她身上，她一阵眩晕，尖叫起来，也可能没有尖叫。

然后是一阵彻底的黑暗。

几秒钟，或者几分钟，或者一年后，她醒了过来。

不再是那座设备间，现在克洛伊在别的什么地方，一个很大的房间，不，是隧道。看不真切，唯一的光源是位于她上方的一盏昏暗的灯以及戴面具的昆虫男头戴的矿灯光束。每次他扭头看她，她都要被强光照得短暂失明。她还是仰面朝天，看着天花板，而他则跪在她身边，但是她预料中的那件令她害怕的事并没有发生。

从某种意义上说，这更糟糕。如果他剥掉她的衣衫以及接下来的一系列事，至少是可以理解的。这是一种已知的恐惧。

但现实则完全不同。

是的，她的衬衫被掀起来一点点，但只露出了从肚脐到文胸下沿之间的肚子，文胸还好好的原封不动。她的裙子也被卷到了大腿，仿佛他不愿意流露出任何不雅的意味。

他俯下身，弯着腰，神情专注，一双平静的、昆虫般的眼睛凝视着她腹部光滑而洁白的肌肤，像是当代艺术博物馆里的游客凝视着一幅油画：微微歪着头，寻找着正确的角度，去欣赏杰克逊·波洛克的滴色画和玛格利特的青苹果。

然后他慢慢伸出一根食指，划过她的肌肤。

他的黄色手指。他张开手掌，前后摩挲。他用拇指和食指捏起一块皮肤。然后松手，看着皮肤恢复原状。

他那张昆虫一样的嘴拧出一个淡淡的微笑。

她觉得自己听见他说："很好。"又或者这是抽烟斗的毛毛虫在说话，又或者是他胳膊上的昆虫。

她听见一声轻微的震动，他看了看自己的手表。

从另一个地方又传来一声震动。他看看她的脸，又看看她的眼睛。看见她醒了，他似乎有点意外。他转过身，从一个背包里翻出一根注满液体的注射器。他又给她来了一针，这次是对着她胳膊上的血管。

一阵暖流涌动，恐惧渐渐消失。黑暗包围了她，世界一片安静，她看着他的黄色手指，毛毛虫般的手指，昆虫的爪子，又一次伸进那个背包，小心翼翼地拿出一个小盒子，然后充满敬意地放在她裸露的皮肤旁边，这让她想起上周日的圣餐礼上，那个神父把盛满基督之血的银质器皿放上圣餐台时的神情。

2

为了省点电，比利 · 海文关上了他的美国老鹰牌刺青机。

他往后蹲了蹲，审视着自己目前的成果。

目光不断扫视着。

客观条件不太理想，但手艺很不错。

你总是把一切都倾注进作品。从女招待肩头一枚最简单的十字架，到建筑工人胸口迎风飘扬的三色美国国旗，你每次都如同米开朗琪罗在教堂穹顶作画般创作。上帝与亚当，指尖肌肤相接。

现在，在这里，比利完全可以赶工。考虑到客观环境，没人会责备他。

但，不行。这幅作品必须是比利手作。在他的店里，人们总是这么称呼他的作品。

汗水滑过，他感到一阵轻微刺痛。

他掀起牙医用的那种防护面罩，用一只戴着手套的手抹去流进眼中的汗水，然后把纸巾放回口袋。必须万分小心，不留下一点纸屑。对他来说，泄密的纸巾纤维是致命的，就像这墨水对克洛伊来说也是致命的。

面罩很累赘，但必不可少。他的刺青师父早就教给了他这一课。在比利第一次拿起刺青机之前，他就要求比利戴上面罩。就像大多数年轻学徒一样，比利很不情愿：已经戴上了护目镜，没必要多此一举。这样看起来很不酷。让新手在第一次刺青之前戴上那种蠢面罩，就像在公然嘲笑他们是弱鸡。

戴上，忍着吧。

然后师父让比利坐在自己身边，开始给一个客人刺青。那是一个小图案：奥兹·奥斯朋[1]的脸。师父这么做是有用意的。

天哪，四处飞溅的血和体液！面罩立刻被溅得一片狼藉，就像八月里撞死了无数昆虫的卡车挡风玻璃。

“放聪明点，比利。记住了。”

“好的。”

从那时起，他总是假设每位顾客都患有丙肝、乙肝，或者是HIV病毒和其他性病病毒携带者。

而且为了接下来几天内他要完成的作品，他当然不能留下任何后患。

所以，做好防护措施。

而且他还戴了乳胶头套和帽子，确保他浓密的头发不会掉下一两根，或是有任何表皮细胞留在这里，尽管他谨慎地选择了这个隐秘的杀人地点，不太可能被任何人目击，但还是小心为上。

现在，比利·海文再次审视自己的受害者。

克洛伊。

他注意到了她胸牌上的名字，以及做作的前缀Je m'appelle（法语：我的名字是）。管它是什么意思，可能是你好，也许是早上好。总之是法语。他伸出戴着手套的双手，抚摸她的皮肤。捏

①奥兹·奥斯朋（Ozzy Osbourne）（1948— ），英国摇滚歌手，词曲作家，电视演员，拥有“重金属音乐教父”的头衔。

一捏，拉一拉，感受着它的伸缩度，感受那种质地，那种良好的弹性。

比利也注意到了她两腿之间微微的隆起，就藏在那条深绿色短裙下面。还有文胸下沿的曲线，但他完全没有逾矩，他从不触碰客人身上不该触碰的地方。

那是肉，这是皮。二者完全不同，比利只对皮感兴趣。

他拿出一张新的纸巾，擦去更多的汗，再次小心收好。他很热，自己的皮肤也微微刺痛。尽管是十一月，隧道里却很闷。这条隧道很长，差不多有一百米长，两头都封死了，完全没有通风。和格林威治村南边苏荷区很多地道一样，建于十九世纪末二十世纪初，在地下纵横交错，原本用于将货物运送到各个工厂、仓库或转运车站。

现在都废弃了，对比利来说却是绝佳的场所。

他右手腕上的手表又嗡嗡作响。几秒后，他口袋里的备用手表也发出同样的声音，提醒他注意时间——比利总是一工作就浑然忘我。

让我再修饰得完美一些，再给我一分钟就好……

他左耳的耳机发出“咔嗒”一声。他侧耳听了一会儿，没理会，再次拿起美国老鹰牌刺青机。这是老款的机器，上面的旋转头像缝纫机一样上下戳动，而不是像新款机器那样的震动线圈。

他按下开关。

嗡……

放下面罩。

他用一根割线针，沿着他迅速割出的血线刺下，一厘米一厘米地往前。比利是个天生的艺术家，无论是素描、水墨还是水粉画都很棒，用针也很棒。他在纸上作画不必打草稿，刺青也不用。无论多有天赋，大多数刺青艺术家都要使用转印纸，把图案印在皮肤上，然后照着描。有的自己设计图案，最没有才华的刺青师就只能买现成的。比利很少用转印纸，他不需要。那些图案从上帝的心里直接来到你的手里，他的姨夫曾这么说。

现在要填色了。他非常、非常小心地换了针头。

克洛伊的这幅图案，比利选择了著名的哥特黑体字。更常见的说法是哥特体或老英文体，特点是由极粗和极细的笔画组成。更确切地说，这是一种德国哥特体（Fraktur），之所以选这种字体，是因为古腾堡圣经使用的就是这种，而且它非常具有挑战性。他是个艺术家，艺术家不都喜欢炫耀自己的手艺吗？

十分钟后，他即将大功告成。

他的客人怎么样了？他检查了一遍她的身体，掀起她的眼皮。她的双眼依然失焦，只有面部偶尔抽搐两下。丙泊酚麻醉剂的药效维持不了多久了；但当然，另一种药物很快就要起效。

突然之间，他的胸口一阵疼痛。这提醒了他。他很年轻，健康状况极佳，所以不可能是心脏病。但这依然是个大问题：他是不是吸入了什么致命物质？

这个可能性不但存在，而且很致命。

他摸索了一番自己的身体，发现疼痛停留在表面。他明白了。刚抓住克洛伊时，她狠狠地挣扎了一番。之前他太专注了，都没有注意到被她打得有多重。现在肾上腺素消退了，他开始感到阵阵疼痛。他低头看了看，没什么严重损伤，只是衬衫和连体工作服被扯破了。

他选择忽视疼痛，继续工作。

这时，比利注意到他的客人呼吸变得更加深长。麻醉剂的药效很快就会消退。他把手放在她的胸口上——这个可爱的姑娘不会介意的——感觉她的心跳越来越剧烈。

这时他的脑海里忽然闪现出一个念头：在一颗活生生的、跳动的心脏上刺青会是什么样的？这可能吗？一个月之前，比利为了给纽约的这个计划作准备，偷偷潜入了一家医药器材公司。他偷走了价值几千美元的器材、药物、化学制剂和其他工具。他很好奇，如果他学会足够的知识和技巧，能不能打开一个人的胸腔，在心脏上刺一个图案、一个词语，然后把伤口缝回去，让他带着那颗改变过的心脏活下去。

他会选择什么图案呢？

一个十字架。

一个词：*人皮法则*。

也许可能是：

比利和可爱女孩永远在一起。

这个主意不错。但想到可爱女孩让比利感到悲伤。他把注意力转回克洛伊身上，继续完成剩下的字。

很好。

比利手作。

但还没有大功告成。他从一个暗绿色的牙刷盒里取出一把解剖刀，再度伸向那片完美无瑕的肌肤。

3

看待死亡，可以有两种不同的方式。

在鉴证法医学的领域里，探员用一种抽象的方式看待死亡，将其视为会引发一系列任务的事件；优秀的鉴证法医则会用一种历史的眼光来看待这一事件，其中的顶尖高手甚至将死亡看作虚构事件，而受害者从不曾存在过。

对于犯罪现场调查来说，超然的态度就像乳胶手套和多波段光源一样，不可或缺。

此刻，林肯·莱姆正待在他位于中央公园西路的联排别墅里，面朝窗户，坐在红灰相间的美利驰轮椅上，正好在用第二种方式思考近期发生的一起命案。上周，市中心发生一起抢劫案，一个男子被失手杀死。当时是午夜时分，此人刚离开环境保护局的办公室，就被人拖进街对面一处废弃的建筑工地。他不肯交出钱包，与匪徒展开殊死搏斗，落败后被人用刀捅死。

这起案件的卷宗就放在他面前，就像大多数其他平平无奇的谋杀案一样，证据相当稀少：凶器很廉价，是一把锯齿菜刀，上面有些指纹，但在集成式自动指纹识别系统（IAFIS）或其他资料库里都匹配不上；工地的融雪上留下了一些模糊的脚印，但当天晚上又被落雪覆盖。现场的其他痕迹、垃圾或是烟头，新鲜程度都是一天以上，甚至一个礼拜以上的，基本都没用。种种迹象表明，这只是一起偶发事件，没有任何线索指向可能的嫌疑人。警方调查过受害者在环保局的同事，也询问过他的亲朋好友。被害人从不碰毒品，没有从事不法交易，也没有猜疑的情人或情敌。

鉴于少得可怜的证据，莱姆清楚这个案子只剩下一种破案方式：有人得意忘形地跟人炫耀，自己在市政厅附近抢过一个钱包。而他炫耀的对象又因为毒品、家暴或者是盗窃罪被抓，为了减轻量刑而把他供了出来。

对林肯·莱姆来说，这宗错手杀人的抢劫案只是一起隔岸观火的死亡事件。历史的，虚构的死亡。

这就是第一种观点。

而第二种看待死亡的方式更加走心：那就是当你曾经亲身打过交道的人，不再存在于这个世界上。在这个狂风大作、阴冷入骨的天气里，莱姆对这起抢劫案受害者之死漠不关心，却对另一起死亡感慨万分。

与莱姆关系密切的人不多。这倒不是因为他的身体状况——他四肢瘫痪，颈部以下大部分都没有知觉。他本身就不是一个喜欢跟人打交道的人。他是个科学怪人，一个重视思维层面的人。

哦，对了，他有过几个亲密的朋友、亲戚或是情人。还有妻子，现在是前妻了。

其中有汤姆，他的看护。

当然，还有阿米莉亚·萨克斯。

但从某种意义上来说，这个几天前死去的人跟莱姆的关系比以上所有人都更亲密，原因是：没有人能像他这样挑战莱姆，逼着他跳脱出自己本身已经非常宽广的思维疆域去思考问题，逼着他预判、谋划、质疑，也逼着他挣扎着活下去。而这个男人后来也几乎杀了他。这个男人绰号叫“钟表匠”，是莱姆遇到的犯罪分子中让他最感兴趣的一个。他有多重身份，其中主要的身份理查德·罗根是一个职业杀手，精心编排了一系列犯罪，从恐怖袭击到抢劫，应有尽有。只要任务够有挑战性，只要你付得起高昂的酬劳，他会为任何人干活儿。作为一名警方顾问，莱姆在决定是否接下委托时，采用的也是这样的标准。

“钟表匠”是少有的几个能在与莱姆的对弈中占据先机的犯罪分子之一。尽管莱姆最终设下陷阱，成功把罗根送进了监狱，但每次想到自己好几次都没能阻止他的计谋成功，莱姆还是会感到一阵心痛。而且“钟表匠”每次就算失败了，也还是有办法造成大破坏。有一次，罗根企图刺杀一名调查贩毒集团的墨西哥官员，虽然被莱姆成功拦截，但他还是引发了一起国际性事故（最后各方都同意封存相关案宗，假装这件事从没发生过）。

但现在，“钟表匠”死了。

他死在监狱里。莱姆刚听到消息时，怀疑他是被同监狱的犯人谋杀或是自杀。但不是，死因相当平淡：心脏病发作，严重的心脏病。昨天，莱姆跟医生谈了谈，医生说就算抢救回来，罗根也会留下严重的永久性脑损伤。医护人员不会说出诸如“他的死是福气”之类的话，但莱姆觉得他其实就是这个意思。

一阵十月的狂风呼啸而来，又从莱姆家的窗外席卷而过。此刻他正待在客厅里，这是他心目中全世界最舒服、最自在的地方。这间维多利亚时期风格的起居室，现在被改装为一间装备齐全的法医实验室，用来检验证物的桌子一尘不染，电脑配备了高解析度的显示器，还有一台台精密的仪器和装备：气体与微颗粒物采样仪、潜在指纹显影箱、光学显微镜和扫描电子显微镜，以及最重要的——一套气相层析 / 质谱仪，这通常是法医实验室里最核心的仪器。

这里的设备价值数百万美元，足以让国内任何一家小型，甚至是中型警察局羡慕不已。这都是莱姆自掏腰包买的。当年他在犯罪现场意外受伤，导致全身瘫痪，拿到了巨额赔偿金；平时他为纽约警察局和其他执法机构担任顾问，报酬也相当可观。（他时不时还有些其他收入来源，比如好莱坞有人想根据他的办案经历写电视剧，其中一个备选标题就叫《轮椅上的男人》。另一个叫《莱姆推理》。托马斯在与那帮人沟通时，把莱姆的原话“他们是他妈的脑子坏掉了吗”？翻译为“承蒙厚爱，莱姆先生让我转达他的谢意。但他目前恐怕无暇分身参与这样的项目”。）

现在，莱姆把轮椅转了个方向，目光落在壁炉上的一个展示盒上。那里面放着一只精美的怀表。那是一只宝玑表，是“钟表匠”本人送给莱姆的礼物。

他的哀思是复杂的，也正折射出他一直思考的“看待死亡的两种方式”。“钟表匠”的死亡确实带来了一些现实层面的损失。他再也没有办法探查这个人的内心，以满足自己的好奇心了。就像“钟表匠”这个绰号一样，罗根痴迷于时间和钟表，他甚至还会亲手制作一些钟和表；而他在筹谋罪案时，也呈现出无与伦比的精准。自从第一次交手之后，莱姆就惊叹于罗根强大的思维能力。他甚至希望“钟表匠”可以允许他前去探监，二人好好探讨一番他之前筹划的那些西洋棋局般的罪案。

罗根之死也留下了其他一些实际的遗憾。检察官曾给过他戴罪立功的机会，只要供出曾经的雇主和共犯，就可以获取减刑。这个男人显然拥有一张巨大的犯罪网络，对于警方具有很大价值。还有传言说，罗根入狱之前也筹划了一些犯罪行动。

但罗根根本不买账。更令人恼火的是，他在庭上当场认罪，不给莱姆任何机会去了解他的经历、家庭和同伙。莱姆甚至计划在开庭时使用面部识别系统和便衣警察去清查旁听席上的人。

最后莱姆明白了，他无法接受罗根之死的原因在于：他们两人之间的联系。我们的对手定义了我们是谁，也激励着我们前行。“钟表匠”死了，林肯·莱姆的生命也逝去了一点点。

他看了看房间里的另外两个人。其中一个是莱姆团队中最年轻的成员，纽约市警察局的巡逻警员罗恩·普拉斯基，他正在整理那起市政厅抢劫杀人案的卷宗。

另一个是莱姆的看护，托马斯·莱斯顿。这名英俊瘦削的男子，穿着永远如今天这般完美无瑕：深棕色休闲裤，裤线笔挺得如同刀裁出一般；浅黄色衬衫搭配绿色和棕色条纹的动物图案领带，上面印的似乎是一两种猿猴的脸，看不太出来。莱姆自己的衣着没那么讲究，他的黑色运动衫和绿色长袖毛衣保暖又舒适。这对他就足够了。

“我想送一束花。”莱姆开口了。

“花？”托马斯问道。

“对，花，送一束花。现在人们应该还这么做吧？在花圈上写‘愿逝者安息’，这么做有什么意义呢？逝者不安息还能怎么样？但总比写‘祝你好运’强一点，你觉得呢？”

“送花给……等等。你是在说理查德·罗根？”

“当然。还有哪个刚死的人值得我们送花？”

普拉斯基说道：“嗯，林肯，我是从没想到你会说出‘值得送花’这种话。”

“花！”林肯暴躁地说，“你们怎么就听不明白？”

“那你怎么就不高兴了？”托马斯问道。

这对看护和病人几乎有种“老夫老妻”的感觉了。

“我没有不高兴，我只想送花到殡仪馆去，但没人照办。我们可以去负责尸检的医院查查，看他们把尸体送到哪家殡仪馆去了。医院不负责防腐或者火化。”

普拉斯基说道：“听着，林肯。你可以这么想：这世上还是有正义的。可以说，“钟表匠”终究被处决了。”

普拉斯基是一名性格坚定、斗志昂扬的金发男子，作为犯罪现场警察，堪称尽职尽责，而莱姆则像是他的导师：不仅要教给他现场勘查的知识，还要教他动动脑子。眼下，他好像就没有好好动脑子。“菜鸟，一次突发的动脉阻塞，怎么能跟正义画上等号？如果纽约州的检察官不准备判处他死刑，那你也可以说这次猝死有损正义，而不是实现了正义。”

“我——”年轻人一时语塞，脸都涨红了。

“听着，菜鸟，我们就别管那些幼稚的评论了。还是谈谈花吧。去查查威彻斯特纪念医院什么时候把尸体送出去、要送到哪儿去。不管有没有告别仪式，我都希望把花尽快送到殡仪馆去，再附上一张卡片。”

“卡片上写什么？”

“就写我的名字。”

“送花？”阿米莉亚·萨克斯的声音从通往厨房和后门的走廊里传来。她走进客厅，向众人点头示意。

“林肯要给殡仪馆送花。送给理查德·罗根。我的意思是，还得要我去送。”

阿米莉亚脱下深色夹克，挂在墙上的一个钩子上。她穿着黑色紧身牛仔裤、黄色毛衣，以及一件黑色羊毛休闲外套，唯一表明她警探身份的，就是一把插在后腰上的格洛克手枪。但其实你很难从这件武器联想到一名执法者。看看这位身材高挑、纤细、一头浓密红色秀发的美人，你会以为她是一名时装模特。在加入纽约市警察局之前，她确实也当过模特。

萨克斯走到莱姆身边，吻了吻他的嘴唇，扑面而来一股唇膏和火药的味道。想来她今早去过靶场。

想到化妆品，莱姆突然想起市政厅抢劫杀人案的受害者离开办公室前刮了胡子，因为他的脖子和脸颊上残留有几乎难以发觉的微量剃须膏和细小胡楂。此外他还喷或者拍上了须后水。莱姆指出这一点，认为也许会对之后的调查有帮助，一直没说话的萨克斯开口了："这么说，他那天晚上有社交活动，而且可能是约会——如果只是见男性朋友，你不太可能特意刮胡子的。莱姆，如果他最后没有在盥洗室里磨蹭五分钟，时机就变了。一些都会完全不同。他那天晚上也不会死。可能会度过漫长而完整的一生。"

他也可能醉醺醺地开着车，撞上一辆坐满小学生的校车。

胡乱猜测命运的安排，只是浪费时间罢了。

第一种看待死亡的方式。第二种看待死亡的方式。

"你知道是哪家殡仪馆了吗？"萨克斯问道。

"还不知道。"

在罗根被捕前几分钟，他几乎就要成功干掉莱姆了。当时他承诺会放过萨克斯。也许他一时的心慈手软，是莱姆此刻为他哀悼的原因之一。

托马斯冲萨克斯点点头："来点咖啡？还需要点别的吗？"

"咖啡就行了，谢谢。"

"林肯，你呢？"

这位犯罪专家摇了摇头。

不一会儿，托马斯端着杯子回来了，他把杯子递给萨克斯，萨克斯谢了他。尽管莱姆身上大多数神经都受到了损伤，但他的味觉细胞，也就是味蕾，依然运作完好。他尤其欣赏托马斯做得一手好咖啡。他从不用咖啡胶囊或现成的咖啡粉，至于“速溶”二字更是不存在于他的字典里。

托马斯对着萨克斯苦笑了一下：“你瞧，这次林肯是感情用事了吧？”

她捧着咖啡杯取暖，说道：“不，托马斯。我想他感情用事自有他的道理。”

啊哈，这才是我的萨克斯。总是开动脑筋。他就爱她这一点。二人的目光交会。莱姆看见她的脸上露出一抹不易察觉的微笑，和他自己一模一样。

萨克斯继续说道：““钟表匠”始终是个谜。我们对他所知甚少——基本上只知道他在加利福尼亚有点人脉。可能是些根本查不出来的远房亲戚。这次也许是个好机会，我们可以查出认识他的或者给他干活的人；不管是正常的人际关系，还是犯罪同伙。你说对吗，莱姆？”

百分之百正确，他心想。

莱姆对普拉斯基说道：“等你查出了殡仪馆，我想让你去一趟。”

“我？”

“你的第一个卧底任务。”

“不是第一个！”他纠正道。

“第一个去葬礼的任务。”

“这还差不多，我该是个什么身份？”

莱姆说出他脑海里蹦出的第一个想法：“哈罗德·鸽子(Pigeon)。”

“哈利·鸽子？”

“我正想着鸟儿呢。”莱姆冲着窗外点点头，那里有一个游隼的巢正在暴风雨中摇摇欲坠。在恶劣的天气中，它们会把巢建在比较低的地方。

“哈利·鸽子。”普拉斯基摇着头，“没门。”

萨克斯哈哈大笑起来。莱姆皱着脸说：“我无所谓。你可以给自己起个他妈的好名字。”

“斯坦·瓦文萨。我外公的名字。”

“很好。”莱姆不耐烦地看了看房间一角，“在那里。自己拿一个。”

“那是什么？”

萨克斯帮他解释道：“预付费手机。我们平时会准备六七个放在这里，就是为了今天这样的情况。”

普拉斯基选了一个，讥讽道：“一台诺基亚。嗯，还是翻盖的。真是够先进的。”

萨克斯抢在他拨出电话之前说道：“一定要先记住这个号码，如果有人问你，可不能说得结结巴巴的。”

“当然，没问题。”普拉斯基先拨打了自己的手机，记下号码，然后走到远处去打电话。

萨克斯和莱姆继续研究市政厅抢劫案的现场记录，又做了一点修改。

不一会儿，普拉斯基回来了：“医院说他们还在等通知，看要送到哪里去。太平间主任说，几个小时之内应该就会有人来电话通知。”

莱姆打量着他：“你准备好了吗？”

“我想是的，准备好了。”

“如果有追悼会，你就去一下。如果没有的话，等有人来取遗物时，你要赶去那里。我送的花也要送过去。这样的话，你就可以自然而然地搭话了。就说，那个差点被理查德·罗根杀死、又把他送进监狱的男人，给他的葬礼送了花。”

“瓦文萨应该是什么身份？”

“罗根的一个手下。具体是谁，我还没想好。我会接着想想，总之是一号神秘又危险的人物。”他皱起了眉头，“但愿你到时候别看起来像个纯洁无瑕的祭坛男童。你以前当过吗？”

“我和我哥哥都当过。”

“那赶紧把自己弄邋遢点。”

“别忘了还要散发出危险的气息。”萨克斯补充道，“这比营造神秘感更难。”

托马斯给莱姆端来一杯配好吸管的咖啡。他显然注意到莱姆盯着萨克斯的那杯咖啡很久了。莱姆冲他点点头表示感谢。

还真是老夫老妻……

托马斯说：“我现在放心了，刚才我还以为看见你真情流露了呢。还好你说你只是设了个圈套，要查出死者的家人。我对你又恢复了信心。”

莱姆不满地嘟囔着：“很简单的逻辑推理。但你要知道，我并不真的像人们以为的那样铁石心肠。”

但实际上，莱姆想到送花确实有个人感情因素：向这位劲敌表示敬意。他甚至觉得如果现在死了的是他，“钟表匠”也会给他送花的。

看待死亡的第一种方式和第二种方式，当然不能概括所有情况。

莱姆轻轻点头。

“怎么了？”萨克斯说道。

“现在外面多少度？”

“差不多零度吧。”

“那台阶上是不是结冰了？”莱姆的小别墅配置了台阶和无障碍通道。

“屋后的台阶冻上了。”她说，“我觉得屋前的也够呛。”

“我猜，马上会有人上门。”

尽管缺乏科学依据，但莱姆还是相信在意外夺走了他的诸多功能之后，剩下的感官变得格外敏锐。尤其是听力。他现在听到有人嘎吱嘎吱地走上屋前的台阶。

不一会儿，门铃响了，托马斯前去应门。

来访者的脚步声穿过走廊，我们这位巡警立刻认出了他。

“朗。”

一级探员朗·塞利托从转角处出现，穿过拱门，顺手脱下了他的博柏利风衣。大概因为他有点发福，也不太在意举止，这件风衣皱皱巴巴的。莱姆心想，他为什么不穿深色衣服，褶皱看起来不会那么明显。但当塞利托把外套顺手丢在一张藤椅上之后，莱姆立刻注意到他里面穿的藏青色西装看起来也没好到哪里去。

“天气太糟了。”塞利托咕哝着。他掸了掸那头日渐稀薄的灰黑色头发，从上面抖下几粒冰碴，“不好意思。”托马斯跟他说没关系，并给他端上来一杯咖啡。

“太糟了。”探员一边重复着自己的话，一边像萨克斯那样捧着咖啡杯取暖。如果你将视线投向窗外，在那窝游隼的后面，是一片冰天雪地和茫茫白雾。连中央公园都若隐若现。

莱姆不怎么出门，所以天气如何对他来说没什么意义，除非会影响到犯罪现场。或者帮他早早察觉来访的客人。

“就快完成了。”莱姆说着，冲那起市政厅抢劫杀人案的犯罪现场报告点点头。

“啊，是吧。但我不是为这个来的。”塞利托含混不清地说。

莱姆陷入沉思。塞利托是重案组的高级警官，如果他不是来取报告的，那一定是为了别的事，而且有希望是什么更有意思的事。另一个好迹象是，塞利托明明看见了一盘托马斯自制的黄油点心，却视而不见地转过身去。他的任务一定十万火急。

这也就意味着，更有吸引力。

“我们接到电话报案，是苏荷区的一起谋杀案。案发时间是今天早些时候。我们抽了签，你中选了。希望你有档期。”

“我根本没参加抽签，怎么会被选中？”

他呷了口咖啡，没理莱姆。“这可是块硬骨头。”

“我听着呢。”

“一家时装店的女店员，在店铺地下室里被绑架了。凶手拖着她穿过一个出口，把她拖进建筑下方的隧道里。”

莱姆知道苏荷区地下的那些隧道，都是几年前挖的，用来在工业厂房之间运送货物。他也一直认为，早晚会有人在这些隧道里杀人。

“有性侵行为吗？”

“没有，阿米莉亚。”塞利托说道，“嫌疑人好像还是个刺青艺术家。而且据说手艺还真他妈的不错。他给受害者刺了个图案，只不过用的不是墨水而是毒药。”

莱姆已经当了很多年法医学家，非常善于在证据有限的情况下做出精确的推理。但推理的前提是，现有的事实有旧例可循。但这次的信息对莱姆来说是全新的，既找不到类似的案例，也没有现成的理论可用。

“用的什么毒？”

“还没查出来。我说了，案发不久。我们还在封锁现场。”

“再多说点，朗。那枚刺青的图案是什么？”

“他们说，是几个单词。”

情节越来越扑朔迷离了。“是什么词？”

“现场的警员没说。但他们说看起来像是一句话中的一部分。你知道这意味着什么。”

“他会寻找更多受害者，”莱姆说道，“来传达完整的信息。”

4

塞利托开始介绍案情：

“她叫克洛伊·摩尔，二十六岁。是个兼职演员，演过几部广告，在几部恐怖片里跑过龙套。主要收入来源是在那家服装店当店员。”

萨克斯又问了几个常规问题：有没有情感纠葛，婚姻纠葛，或是多角恋情？

“目前来看，应该没有。我们刚开始在附近调查，但是根据她同事和室友的访谈结果，她的社交关系良好。为人相当保守。目前没有男友，也没有纠缠不清的前男友。”

莱姆好奇地问道：“除了把她毒死的那个刺青，她身上还有别的刺青吗？”

“不知道。法医组的人正式宣布死亡后，最先抵达现场的一批警员就撤离了。”

本市的法医一旦抵达现场并正式宣布受害者死亡，犯罪现场就开始封锁，各项程序一一展开。一旦正式宣布死亡，任何人都没有理由逗留现场。莱姆非常支持让最先抵达现场的警探赶紧滚蛋，免得污染现场。“很好。”他对塞利托说。他意识到自己正采用第一种看待死亡的方式。

“好了，萨克斯。那件公务员的案子我们说到哪里了？”他看了一眼市政厅案的卷宗。

“我想已经完成了，还要等一份那个品牌刀具的购买者记录。但我敢说嫌疑人用的肯定不是自己的信用卡，也没填什么售后服务的调查问卷。所以基本没什么可做的了。”

“我同意。那么好了，朗，这个案子我们接了。但我还是注意到，你根本没问过我，只是代替我抽了签，就踩着烂泥跑到这里，觉得我肯定会接单。”

“不接案子，你他妈的还能干点别的什么，林肯？去中央公园越野滑雪吗？”

莱姆其实很喜欢人们像塞利托这样，毫不忌讳地拿他的身体残疾来开玩笑。让他恼火的反而是那些把他当作破布娃娃小心翼翼对待的人：没事了，没事了，可怜的孩子……

塞利托接着说：“我已经打电话给皇后区的犯罪现场勘查小组，他们派出了一辆快速反应车。那些人由你指挥，阿米莉亚。”

“这就出发。”说着，她戴上羊毛围巾和手套，又从架子上选了另一件中长款的皮夹克，一直到大腿中间。这么多年间，莱姆从没看见她穿超过膝盖的长款外套。她只穿皮夹克或运动衫，也很少穿防风外套，除非是卧底或参加特勤攻坚行动。

又一阵狂风大作，猛烈地摇动着窗框。莱姆差点忍不住要嘱咐萨克斯小心点，她开的那辆老式四驱跑车在冰上跑得不太稳。但让萨克斯小心点，就像让莱姆耐心点一样，根本没用。“需要帮手吗？”普拉斯基问道。

莱姆考虑着。他问萨克斯：“你要带上他吗？”

“不知道，应该不用。只有一个受害者，现场又是封闭的小空间。”

“暂时不需要，菜鸟，你就安心去葬礼卧底吧。先留在这里，我们再想想你该讲一个什么故事。”

“没问题，林肯。”

“我会从现场打电话回来。”萨克斯说着，拿起装通信设备的黑色帆布包就走了。平时她都用这套设备跟莱姆联络。狂风又继续呼啸了一阵，然后平静了下来。

莱姆注意到塞利托正在揉眼睛。他脸色发灰，看起来筋疲力尽。

塞利托发现莱姆在看他，说道：“大都会博物馆发生了一起该死的案子。害我整晚没睡。谁会闯进一个放着价值十亿美元艺术品的地方，只是四处摸摸，然后两手空空地出门？讲不通。”

上个星期，至少三名非常聪明的嫌疑人在闭馆时闯进第五大道的大都会艺术博物馆。他们屏蔽了监控，警铃也失灵了——这可是个高难度的操作。经过一番彻底搜查，发现嫌疑人只在两个区域内活动：一个是对公众开放的古代武器厅，这里摆满了剑、战斧、盔甲和几百件锋利的其他武器，通常是小学男生的最爱；另一个是博物馆的地下档案馆，储藏和修复藏品的区域。他们在这里逗留了几个小时，远程重启了警报系统。调查发现警报系统曾经中断过，对监控的故障进行了电脑分析，又检查了各个展厅，才拼凑出当晚的大致状况。

这几个入侵者其实跟大多数来博物馆的游客差不多：他们看了个够，开始感到无聊，就去附近的餐厅或酒吧了。

经过彻底清点，博物馆方面发现入侵者虽然挪动了这两个区域的几件展品，却没有盗走任何画作、藏品，就连一包纪念品商店的便利贴都没拿。莱姆和萨克斯没参与这个案子，但参与的现场调查人员都快被现场需要搜查的海量藏品搞崩溃了。展厅里的武器和盔甲就够多的，地下档案馆和储藏室的区域更是一直向东延伸，已经离第五大道很远了。

这个案子很耗费时间，塞利托却说这还不是最恼人的。“政治，该死的政治。”他接着说，“市长大人认为他最珍贵的宝贝被人玷污了，害他很没面子。翻译过来就是：我的人忙到手忙脚乱，加班加到昏天黑地。这座城市遭受过恐怖袭击，林肯。一旦拉起红色警报、橙色警报或者其他什么的，就意味着我们惨了。我们还有想当托尼·索普拉诺[①] 的黑社会。而我在干什么？我在地下室里搜索一间间灰扑扑的房间，检查每一张怪里怪气的油画布和每一座裸体雕塑。我没夸张，每一座。你想知道我对艺术的看法吗，林肯？”

“什么看法，朗？”莱姆问道。

“去他妈的艺术，这就是我的看法。”

但现在有新案子了，也就是下毒刺青艺术家的这个，这打乱了旧案子的进度，也让这位探长如释重负。“冒出来这么一个杀手，如果我们继续花时间操心那些画着睡莲的画，或是某些部位尺寸奇怪的希腊神像雕塑，报纸就该不高兴了。你看过那些雕塑吗，林肯？里面有些人……真的，那些模特应该让艺术家帮他们改一下尺寸的。”

他重重地坐进椅子里，又啜了几口咖啡。还是没对那些点心下手。

莱姆皱起了眉头：“还有件事，朗。”

“怎么了？”

“刺青杀人案的确切案发时间是什么时候？”

①托尼·索普拉诺，美剧《黑道家族》中的黑手党大佬。

“死亡时间是大概一小时或者九十分钟前。”

莱姆有点困惑：“这么短时间你拿不到毒物筛检结果吧？”

“对，法医说要两个小时。”

“那你怎么知道她是中毒死亡？”

“哦，有个急救人员几年前处理过一起中毒案件。他说从死者的面部和姿势扭曲就看得出来。因为很痛苦，你知道吧。这种死法真是太残酷了。我们得逮住这个浑蛋，林肯。”

5

很好。太好了。

阿米莉亚·萨克斯站在克洛伊·摩尔遭到袭击的地下室里，表情扭曲地弯下腰朝杂物间里看去。她的目光沿着狭窄的隧道一直向犯罪现场延伸，那是另一条宽敞得多的隧道，克洛伊·摩尔就是在那里遇害的。

现场急救人员架设起了灯光设备，把尸体照得通亮。

萨克斯手心开始冒汗，紧紧盯着面前这条狭窄的通道。她不得不爬着穿过去。

太好了。

她退后两步，在地下室里深呼吸两三次，肺里都充满了霉味和燃油味。几年前，林肯·莱姆根据从建筑部门和其他市政府机构得到的资料，建立了一个纽约地下区域布局的数据库。她用手机上的一个加密程序下载了一份，不情不愿地浏览着自己面前的地形。

萨克斯很想搞清楚，恐惧症的源头是哪里？有些人是由于童年创伤，有些来自基因遗传，是为了防止我们不知死活去抚摸毒蛇，或者在山崖上追跑打闹。

她怕的倒不是蛇类和高崖，而是幽闭空间。萨克斯并不相信

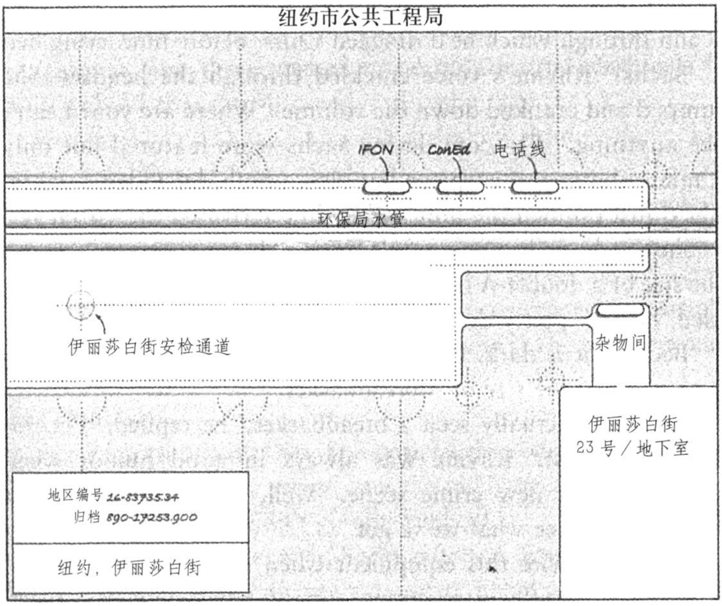

人有前世，否则她一定会认为自己上辈子死于活埋；或者按照因果报应的逻辑，她前世更可能是一个残暴的女王，把所有跪在面前苦苦哀求的敌人都拉出去活埋了。

身高超过一米八的萨克斯审视着近在咫尺的对头：一条直径在七十厘米到七十六厘米之间的隧道，从杂物间通向更大的通道，也就是谋杀现场。地形图显示，这条狭窄的通道有七米长。

她心想，这简直是一具圆柱形的棺材。

距离尸体约九米开外还有一个检修孔，也可以通过那里进入谋杀现场。凶手很可能就是从那里进入现场的。但萨克斯还是得穿过那条狭窄的隧道，以便沿途搜集证据。凶手就是通过这条隧道爬到精品店的地下室，随后又从这里把克洛伊拖了过去。“萨克斯？”耳机里突然传来莱姆的声音，“你在哪儿？我什么都看不到了。”萨克斯佩戴的这台通信设备不仅有麦克风和耳机，还配有高清摄像机。她刚刚安好装备，还没来得及打开视频通信。她在这台只有一节五号电池大的迷你摄像机上摸到一个按钮，很快听到莱姆在耳机里说：“现在好了。”紧接着又咕哝道：“但还是很黑。”

“因为这里就是很黑。我在地下室，马上还要钻进一条胃管那么窄的隧道。”

“其实我从没看见过胃管。”他答道，“我都不敢确定这种东西真的存在。”每次接手新案子，莱姆都会心情愉悦，充满幽默感，“好了，出发吧。到处都搜一遍。看看有什么收获！”

每次勘查现场，她都会带上这套设备，这样莱姆就可以给她出主意。虽然比起当年萨克斯作为一个新手刚开始跟他搭档时，现在需要出谋划策的时候已经少多了，但莱姆还是在旁边盯着。莱姆是希望确保她的安全，虽然他从不承认这一点。莱姆一直坚持，勘查现场的警察只需要一个人就够了，否则会互相干扰。最好的鉴证专家会在心理上完全融入现场。他们会把自己代入受害者、代入凶手，这样就能找到可能被遗漏的证据。但是当有人跟你一起搜查时，你就会很难全情投入。不过独自勘查有风险。你可能很难想象有多少犯罪现场会发生危险：凶手可能回来，也可能根本就一直藏在现场，然后突然攻击在走格子的警察。在某些情况下，凶手真的离开了，但犯罪现场又发生了一起毫不相干的攻击事件。萨克斯就曾被一个流浪汉骚扰过，那个精神分裂症患者坚信她是来偷走他想象中的狗的。

她又看了看杂物间，让莱姆也能看清那里的情况，然后朝那条要命的隧道瞥了一眼。

“啊。”他终于意识到她在担心什么了，“胃管。”

萨克斯最后调整了一下装备。她身穿白色特卫强连体防护服，戴了头套和鞋罩。鉴于凶器很明显是毒药，她还戴了N95型口罩。虽然第一批赶到现场的警方回应小组说，毒药是用刺青枪打进体内的，现场的空气似乎没有什么特别的化学物质，但还是小心为上。

萨克斯的身后传来脚步声，有人走进了切斯诺德时装店这间潮湿、发霉的地下室。

她回过头，看见了一位相当有魅力的警察，那是简·伊格尔斯顿。她刚才在帮忙调查时装店。萨克斯和伊格尔斯顿相识好几年了，她是处理犯罪现场的明星人物之一。伊格尔斯顿询问了最先发现尸体的服装店经理。萨克斯想知道那位经理是否进入过犯罪现场，也就是克洛伊尸体所在的地方，去查看自己的员工。

伊格尔斯顿说："没有。她看见门开着，就朝杂物间里看，发现被害者躺在那里。这就够她承受的了，她没有再往里走。"

不能怪那个经理，萨克斯心想。就算没有幽闭恐惧症，又有谁会明知道有一具凶杀案的尸体躺在那里，凶手也可能没离开，还要钻进一条废弃的管道爬过去？

"她是怎么发现受害者的？"莱姆听见她们的对话，问道，"我好像看见那里有现场急救人员架的探照灯。但在此之前，那里不是应该很暗吗？"

萨克斯转达了问题。但伊格尔斯顿也答不上来。"那个经理只说，她看得见里面。"

莱姆说："那好吧，我们晚点再查查清楚。"

伊格尔斯顿又补充道："进入过现场的只有一个接到报案后赶来的警察和一个急救人员。不过确认受害者死亡后，他们就退出来等我们了。我拿到他们鞋印的采样了，可以排除干扰。他们说没碰过任何东西，只确认了受害者的状况。急救人员也戴着手套。”

因此，现场的污染，也就是跟案件本身或凶手无关的证物，应该可以降到最低。这大概算是这么一个地狱般的犯罪现场唯一的好处。如果犯罪现场在大街上，可能会有几十种污染，像是空气中的尘土、降雨、今天这种恶劣的雨夹雪天气、正好经过的路人，甚至还有想拿走点纪念品的人。其中影响最大的污染源之一，是警察同行们。特别是当有记者过来想要拍摄点素材放在二十四小时新闻轮播里的时候，某些警察就会抢着出风头。

再看一眼那具圆柱形的棺材。

好吧，阿米莉亚·萨克斯心想：肉搏时刻……

这是爸爸的口头禅。阿米莉亚的父亲也曾是一名警察，负责巡视堕落街（Deuce），也就是中城区南部那一块。那时候的时代广场，荒芜得就像十九世纪的枯木镇（Deadwood）。肉搏时刻，就是那些你必须直面自己内心深处恐惧的时刻。

胃管……

萨克西回到检修门前，爬进地下室下方的杂物间，然后接过同事递过来的证物采集包。萨克斯说：“你搜查过地下室了吧，简？”

“我马上就去搜。”伊格尔斯顿回答道，“然后我会把东西都拿回快速反应车。”

他们迅速搜过一遍地下室。但很明显，凶手没在这里逗留很久。他弄昏了克洛伊，然后把她拖进了检修门；地面上可以看见她高跟鞋留下的痕迹。

斯克斯把沉重的包放在地板上打开，给杂物间里搜集到的证据拍照和分类。就跟地下室一样，凶手和受害人都没在这里多做停留。他一定是想尽快把她弄走。萨克斯把证据装进袋子里，贴上标签，放在地板上，以便在这里的其他警察可以拿回快速反应车上。

然后萨克斯转回那个狭小通道的入口处，看向里面，仿佛看着一个手持凶器、穷凶极恶的歹徒。

胃管……

她没动。听着自己的心在怦怦跳。

“萨克斯。”莱姆的声音在耳边响起。

她没有回答。

他柔声说道：“我懂的。但是……”

言下之意就是：赶紧开始吧。

说得没错。

“收到，莱姆。别担心。”

肉搏时刻……

隧道没多长，她安慰自己。七米出头。不算什么。但出于某种无法解释的原因，萨克斯对于这条隧道深处两米开外的地方充满了抗拒。只要靠近一点，她的手心就开始出汗，头皮也汗津津的，比平时更痒。她想挠一挠，把指甲深深地抠进皮肤里。她一紧张就会这样。她现在已经紧张到动弹不得——从身体、情绪到思维，都僵住了。

她太痛恨这种状态了。

她的呼吸浅而短促。

茫然无措中，她伸手去摸那把别在屁股上的格洛克手枪。就算不开火。这把枪也有可能污染现场，但还是要带上，以防万一。如果凶手在犯罪现场袭击警察，它就会派上用场。

她用一条尼龙双钩绳拴住证物采集袋，另一头系在自己的武装带上，以便拖着袋子前进。

她又向前走了两步，在隧道口停住了。萨克斯趴跪下来，爬进了那条小隧道。萨克斯不想打开头灯。看清楚隧道内部，要比只盯着隧道尽头要难熬得多。但她怕这样会错过一些证据。

咔嗒。

在卤素灯的照明下，这具金属棺材似乎在不断收缩，紧紧包裹住她。

继续。前进。

她从口袋里拿出一只粘毛滚筒，一边行进一边滚过隧道的地板。萨克斯认为，如果凶手和被害人在这个密闭空间里扭打或者挣扎过，很可能会留下一些线索。因此她格外留意缝隙和粗糙不平的地方，这些地方比较容易留下痕迹。

她的脑海里冒出一个笑话，是好几年前在喜剧演员史蒂芬·莱特的表演中看到的。“我去医院做核磁共振，因为想搞清楚自己是不是幽闭恐惧症。”

但无论是这个笑话还是搜证任务本身，都没能冲淡她的恐慌。

在爬行了大约三分之一的路程时，恐惧如同一把冰冷的匕首，插进了她的腹部。

出去，出去，出去！

隧道里十分闷热，但她的牙齿还是直打战。

“做得不错，萨克斯。”莱姆的声音又在耳边响起。

她很感激莱姆的安慰，但她现在什么都不想听，于是调低了耳机的音量。

再前进几米。呼吸，呼吸。

把注意力放在搜证上。萨克斯努力尝试着。但她的手止不住地发抖，粘筒从手里滑脱，手柄掉落在隧道的金属地面上，发出哐当一声，吓得她几乎窒息。

一阵巨大的恐惧攫取了她的心脏。萨克斯的脑海里只剩下一个想法：不明嫌犯就在她的背后。他藏匿在杂物间的天花板上，然后悄悄地，跟着她爬了进来。为什么我不抬头看看呢？每次去犯罪现场我都记得检查头顶上方的！该死。

她被扯了一下。

倒吸一口凉气。

不是那个绑在身上的证物包。不，是凶手在拉她！他要把她绑在这里。往隧道里填满土，一点一点地，从脚的位置开始填。也可能会灌水。

她甚至已经听见杂物间传来了滴水的声音，那里有水管。他可以拔掉塞子，打开阀门。她会活活淹死在这里，眼睁睁看着水漫过来，却无法前进，也无法后退，只能大声尖叫。

不！

其实她知道这个场景并不大可能发生，但恐惧让小概率的，甚至是不可能的事变得那么真实。恐惧本身主宰了这一个小小的空间，朝她吹气、亲吻、挑逗，用蠕虫般的双臂环抱着她的身体。

她对自己感到恼怒：别发疯了。你面前最大的危险就是钻出隧道时被人一枪爆头，而不是被什么不存在的凶手用不存在的铲子活埋。这条隧道不会塌方的，不会把你埋起来，像一只被蛇绞杀的老鼠。这、不、会、发、生、的。

但紧接着，蛇绞杀老鼠的画面占据了她的脑海，又一波恐惧席卷而来。

该死。我快发疯了。我他妈快发疯了。

现在距离隧道口只有两三米远了，她非常想冲出去。但她不能这么做。隧道太狭窄了，她只能慢慢爬，一点都快不起来。而且，萨克斯知道加快速度会酿成大祸。她会漏掉线索。而且爬得越快，她就会越害怕，最后恐惧在她的大脑中爆发，引发一系列连锁反应。

而且，就算她能加快速度爬出去，那也没有用。

她从父亲那里学到的人生信条是：只要你移动，他们就抓不到你。

但有时候，比如现在，只要你移动，他们反而能抓住你。

所以，她命令自己停下来。

她停了下来。一动也不动。静静感受着隧道伸出坚硬的双臂，紧紧地缠住她。

恐惧如同潮水般一阵阵袭来。恐惧如同冰冷的刀锋刺入她的身体。不要动。尝试跟恐惧共处，她对自己说。面对它，对抗它。

她知道莱姆一定在跟她说话，他的声音从远处传来，似是困惑，似是关切，似是不耐烦。也许以上都有。她伸手把耳机调到静音。

呼吸。

她呼吸着。吸气，呼气。她睁大了眼睛，盯着前方那团似乎在一英里之外的圆形光亮。不，不应该看那里。线索。应该找线索。这是你的职责所在。她盯着身边的金属管壁，一寸寸搜寻过去。

恐慌带来的刺痛开始消退。虽然没有完全退却，但已经好多了。

很好。她继续前进，可以放慢速度，用滚筒滚过每一点痕迹，搜集每一块碎片。

最后，她的头钻出了隧道，然后是肩膀。

重获新生，她虚弱地笑了起来，然后眨眨眼睛，抖落睫毛上的汗水。

萨克斯钻了出去，进入了一条更大的隧道里。跟之前的那条比起来，这里大得像是一座音乐厅。她蹲伏下来，拔出手枪。

这里并没有什么入侵者举着武器对准她，至少在看得见的地方没有。照着尸体的聚光灯亮得晃眼，但光照不到的地方也许暗藏威胁。她迅速掏出迷你手电照了照。没有威胁。

萨克斯直起身，把证物袋从隧道里拖出来。她扫视了一圈，发现莱姆数据库里的那张图纸相当准确。这条隧道很像矿道，大约六米见方，西边那头延伸进一片黑暗中。一个多世纪以前，人们推着手推车在这里来来去去，在工厂和货栈之间运送货物。而现在，这条阴暗潮湿的通道只是纽约基础建设中最不起眼的一部分。通道上方的管道纵横交错，有巨大的铁皮管道、细一点的铝质管道，还有里面包着电线的聚氯乙烯管道，乱糟糟地穿过陈旧的接线盒。其中有些线缆看起来新一些，亮黄色的接线盒上写着IFON。她不知道这几个字母是什么意思。铁管上则印着NYC DS和NYC DEP，这是纽约市卫生局和纽约市环保局的缩写，分别负责城市污水和供水。

她忽然意识到周围太安静了，随即调高了耳机的音量。

“——妈的怎么回事？”

“对不起，莱姆。”萨克斯说道，“我不能分心。”

他沉默了一会儿。然后他好像反应过来了——她刚才是在跟“胃管”搏斗。“没事，好了。现场安全吗？”

“明处没什么危险。”隧道的东面是一堵砖墙，她又忍不住向隧道西面的黑暗处看去。

“用一盏探照灯照向那个方向。如果有人想瞄准你，会被晃瞎的。在他看见你之前，你就能看见他了。”

最先到达现场的警察架设了两盏卤素灯，旁边连着巨大的电池。她把其中一盏转了个方向。

然后她开始往隧道深处搜查，莱姆不时在她耳边给出一些建议和提示。

没有危险的迹象。

萨克斯希望这次不必在现场交火。头顶巨大的管道似乎新安装不久，其中一条盖着 DEP 钢印的管道看上去就很厚。她那把格洛克手枪装填的是空尖弹头，无法射穿金属。一旦嫌疑人持枪返回现场，而他的枪里装填的又是穿甲弹，有可能射穿那条自来水管。由于水管内的水压很高，一次小小的破裂就有可能引发类似一大堆 C4 炸药爆炸的效果。

就算他用的只是普通子弹，射击出的子弹也有可能在金属、岩石和砖墙之间反弹而造成伤亡，跟直接命中的子弹没有两样。

她又看向那条隧道的深处，没有什么动静。

“没问题了，莱姆。”

“很好，就这样。赶紧开始吧。”他有些不耐烦了。萨克斯已经开始动手，想着越早离开这里越好。

“从被害人开始。”

她不只是个被害人而已，莱姆。萨克斯心想。她有名字。她叫克洛伊·摩尔，二十六岁，曾在一间时装精品店里当店员，哪怕拿着跟最低工资标准差不多的薪水也努力工作，只是因为她沉迷于纽约，沉迷于表演，沉迷于二十六岁的青春。上帝保佑她。

她不应该就这么死去，还死得这么惨。

萨克斯在鞋套外面绑上皮筋，拉到脚掌的位置，这样她的脚印就可以跟凶手或是第一批赶到现场的警察区分开来。之后她会拍下其他脚印，以供比对。

她走近尸体。克洛伊仰面躺着，上衣被卷到了乳房下缘。萨克斯注意到，就算她已经死去，那张美丽的脸仍肌肉僵硬，表情扭曲。很明显，她曾遭受巨大的折磨，在剧痛中慢慢死去。她的嘴里有白沫，还有很多呕吐物，散发着令人恶心的气味。萨克斯努力让自己不去注意这些。

克洛伊的双手被一副劣质手铐铐在身下，脚踝上缠着防水胶带。萨克斯用一把万能钥匙打开了手铐，又用一把手术剪刀剪开了那些沾上了尘土的灰色胶带，放进证物袋里。她从克洛伊发紫的指甲下面刮出了一些纤维和灰白微粒。或许她曾反抗过，那么这些碎屑中就可能藏着宝贵的证据，甚至是凶手的皮肤。如果联邦调查局的DNA数据库里存有凶手的资料，说不定几个小时内就能查到他的身份。

莱姆开口说道："我想看看那些刺青，萨克斯。"

萨克斯注意到克洛伊的脖子上有一枚小小的蓝色刺青，就在右肩上方。但那应该是很久以前刺的了。

此外，很容易就能看出哪枚刺青是凶手干的。她跪下来，眼睛和摄像机凑近克洛伊的腹部。

"就在那里，莱姆。"

这位犯罪专家低声说道："这是他留下的信息。至少，是一部分信息。你觉得他要表达什么意思？"

但是字数太少了。萨克斯知道，莱姆根本没指望她能给出答案。

6

这两个单词大概二十厘米长，位于女人肚脐上方三厘米的地方。

虽然警方预设凶手刺青用的不是墨水而是毒药，但发炎的伤口又肿又结了痂，很容易就能辨认出他刺的字。

the second

“好吧。”莱姆说道，“‘第二。’上下还加了扇形线条。不知道这是什么意思？”

萨克斯说道：“这两道扇形线条肿得没有字母那么厉害。很可能伤口里没有毒药。这些线条看起来不像是刺青，更像伤口。还有，莱姆，你看那些字母。”

“让我看刺得有多好？”

“说对了。简直是书法艺术。他手艺很好，专家级的。”萨克斯说道。

“这还没完。这一定花了不少时间。他其实可以随便刺一刺。或者直接给她注射毒药，甚至干脆开枪打死她算了。他这是玩什么花样？”

萨克斯想的却是另一回事：“如果这个很花时间，那她死前肯定痛苦了很久。”

“是啊，没错，你看她的表情有多痛苦。但我觉得这发生在刺青完成之后。凶手在她身上留下信息的时候，她不可能是醒着的。就算她没挣扎反抗，光是人在疼痛时的条件反射，就足够毁掉他的艺术创作了。所以他肯定是用某种方式把她弄晕了。她头部有创伤吗？”

萨克斯仔细检查了克洛伊的头部，又看了看她衬衫下的胸部和背部。“没有，没看到泰瑟电击枪的倒钩伤痕，也没有电棍的红肿伤痕……啊，莱姆，你看到那里了吗？”她指着克洛伊颈部的一处小红点。

“注射伤口？”

“我想是的。我猜是注射了镇静剂，而不是毒药。因为伤口没有红肿或发炎。”

“等到血液化验结果出来就知道了。”

萨克斯给伤口拍了几张照，然后弯下腰用棉签仔细擦拭伤口，粘取证迹。然后拍摄死者全身和周围的地面。凶手行事如此谨慎，很可能也会戴手套，而种种证据也表明事实的确如此。不过就算他戴了手套、穿了手术袍，也很有可能在被害人身上或是犯罪现场留下宝贵的证据。

一个多世纪前的法国犯罪学家埃德蒙·洛卡德曾提出“物质交换定律”：每当有罪案发生，罪犯和现场或受害人之间一定会发生转移现象。证迹（他将之称为“尘埃”）有可能非常难以被察觉或是收集，只有勤奋而富有创新精神的鉴证专家才能发现其存在。

“有件事怪了，莱姆。”

“怪了？”他对这个简单粗暴的形容有一丝不屑，“你说，萨克斯。”

“最先赶到现场的警员架设了两盏聚光灯，我只用了一盏，另一盏照向隧道深处。但地上却有两个影子。”她抬起头，绕着圈子慢慢走动，好看得更清楚一些，“啊，顶上还有另一盏灯，就在两根管道之间。看起来像是手电筒。”

“不是之前赶到现场的人放在那里的？”

“警察或者急救人员怎么可能落下他们的镁光手电筒？”

对所有警察和消防员而言，这种黑色大手电都是珍贵的随身装备，不仅是很棒的光源，还结实得能砸碎对手的骨头。

但她很快发现这不是那种昂贵的警用手电，而是件廉价的塑料制品。

“手电筒是用胶带绑在管子上的，防水胶带。他为什么要在这里绑一只手电筒，莱姆？”

“这就说得通了。”

“说得通什么？”她问道。

“店长是怎么发现尸体的。因为有光，凶手想确保我们能发现这位艺术家的杰作。”

萨克斯觉得莱姆的措辞有点过于轻佻，但她一直认为莱姆冷漠的外表和傲慢的言辞只是一种防御机制。不过话说回来，她还是怀疑莱姆建起的这座屏障未免太高了些。

她更愿意对外界毫不设防地敞开怀抱。

“我到最后再去拿吧。”萨克斯说道，“能多一点照明总是好的。”

说完，她就开始走格子，这是莱姆发明的行话，就是搜查犯罪现场的意思。按照网格状的路线进行搜查，最能巨细靡遗地搜集证迹，推断犯罪发生时的状况。具体而言，就是从犯罪现场的一端慢慢走到另一端，接着原地转身，往左或往右跨一步，再走回另一端。一直重复这个步骤，直到走完整个现场。接着再旋转九十度，把整个现场按照垂直路线再走一遍。就像推着割草机，把同一块草地割两次。

在此期间，每走一步都要停下来，看看上方和下方，左侧和右侧。

同时还要闻现场的气味。不过这次，萨克斯能闻到的只有克洛伊呕吐物的味道。让萨克斯有点意外的是，现场没有排泄物或是沼气的味道。因为这里有一根管道，连接纽约市的下水道系统。

走格子没有太多发现。凶手把他所有犯罪工具都带走了，只留下了手电筒、手铐和几条防水胶带。但她倒是发现了一个浅黄色的小纸团。

“萨克斯，那是什么？我看不太清楚。”

她跟莱姆描述了一下。

“保持原样，回来再打开。里面可能有什么线索，不知道是不是她身上的。”

她。受害者。

克洛伊·摩尔。

“也可能是凶手留下的，莱姆。”萨克斯补充道，“我在她的指甲缝里找到一些东西，看起来像是报纸或什么纸张的纤维。”

“啊，那可能是件好事。他们搏斗过吗？她有没有从凶手身上抓下些什么？或者说，有没有可能凶手从她手里抢走了什么东西，而她死不松手？问题，问题，都是问题。”

萨克斯用另一只粘纸滚筒和一个迷你手持吸尘器，接着搜集证迹。等到样本全部装袋、贴上标签后，她又拿出一个吸尘器和新的滚筒，走到距离克洛伊和凶手活动范围稍远的地方，尽可能大范围搜集证迹。这批搜集的证迹就是所谓的“对照样本”，也就是这片区域原有的物质。比如说，如果实验室的分析显示不明嫌犯某个脚印旁的泥土中黏土含量很高，而对照样本却不是这样，那就可以得出结论，在嫌犯的住所或者工作地点，或者其他什么经常活动的场所中存在大量黏土。这在破案的过程中只能算是一小步……但毕竟也算有进展。

“我看不出什么鞋印，萨克斯。”

萨克斯低着头，观察着嫌犯曾站立过或走过的地方。“我看到了几个，但感觉也没什么用。他穿了鞋套。”

“好家伙。”我们这位犯罪专家嘀咕着。

“我会用滚筒滚一遍脚印，但没必要用静电吸附法了。”

她指的是用带静电的塑料薄膜把鞋印上的灰尘吸附起来，大致就跟采集指纹的方式一样。得到的鞋印不仅可以判断鞋子大小，还可以在纽约市警局的鞋印资料库里进行比对。这个资料库是几年前莱姆在纽约市警局工作时创建的，一直沿用至今。

“而且我敢说，他自己肯定也带了粘毛滚筒。看起来他尽可能抹去了自己留下的所有痕迹。”萨克斯说。

“我真讨厌聪明的凶手。”

不，他才不讨厌聪明的凶手，萨克斯心想。他最恨笨的凶手。聪明的坏人更有挑战性，也使案件更有意思。想到这里，萨克斯不禁在 N95 口罩下露出一个微笑。“接下来我要调静音了，莱姆。我要去检查嫌犯进出的路线，就是那个安检孔盖。”

她掏出镁光手电筒并打开，在强烈光束的照耀下沿着隧道前进，走向安检孔下面的梯子。她忽然发现，困扰多年的关节炎竟然没有再犯，大概是最近这次手术见效了。她身后的卤素灯在她面前投射下一道拉长的阴影，像是个扭曲的人偶娃娃。安检孔下方的地面潮湿，有力证实了嫌犯就是从这里进出隧道的。观察到这一点后，她继续向隧道更深更黑暗处进发。

每走一步，她都感到更加不安。这次不是幽闭恐惧症发作。身处隧道的确令人感到不快，但跟入口那条小通道相比，这里空间还算宽敞。不，她的不安来自嫌犯的那番手笔：刺青、割线，还有毒药。他的机智、算计，以及别出心裁的凶器，都预示着他一定会流连于犯罪现场，试图阻止追捕他的人。

萨克斯左手拿着手电筒，右手按在格洛克手枪上，沿着越来越黑的隧道前进，一路留神听周围有没有脚步声、呼吸声或是手枪上膛和解除保险的声音。

都没有，她只听见了周围管道或 IFON 箱发出的嗡嗡声，以及水管里微弱的水流声。

突然，她听见一记刮擦声。有什么一闪而过。

她拔出格洛克手枪，左手继续握着手电筒，同时左前臂支撑着拿枪的右手。枪口沿着手电筒的光线，一路扫过去。

到底是哪里传来的声音？

汗水又滑落下来，心跳也快了起来。

但这种感觉完全不同于幽闭恐惧症引起的窒息和惊恐。不是惊恐，而是兴奋，是狩猎般的兴奋。这就是阿米莉亚生存的意义所在。

她准备好了，手指离开护环，轻轻放在扳机上，像羽毛那样轻；因为只要稍微用点力，这把格洛克手枪的子弹就要出膛。

枪口不断来回扫过……到底是哪里？哪里？

咔嚓……

她蹲下身。

一只老鼠从一根柱子后面优哉游哉地晃出来，有点忧虑地朝她的方向看了看，转过身跑掉了。

真是谢谢你了，萨克斯心想，目光沿着老鼠跑开的方向看过去，那是遥远的隧道尽头。如果老鼠这么大摇大摆地跑来跑去，那里应该没有藏人。她继续往前走了五十多米，来到隧道尽头封闭的砖墙前。这里没有脚印，无论是普通脚印还是穿了鞋套的脚印。这么说，嫌疑人没有来过这里。她又回到梯子处。

她掏出密封在干净塑料封套里的手机，打开定位地图，发现自己正位于伊丽莎白街下方，就在路的东侧，靠近人行道。

萨克斯调大了耳机的音量。

"我就在安检孔盖下面，莱姆。"她向莱姆汇报自己的方位，告诉他这里很可能就是嫌疑人进入犯罪现场的入口，因为地面有非常明显的水渍，这意味着安检孔盖就在过去一个小时左右被打开过。"这里地上一片泥泞。"她叹了一口气，"但没有鞋印，意料之中。让朗访查一下附近的住户和商铺，看看有没有人看见过嫌犯。"

"我会给他打电话，再把监控录像调出来看看。"莱姆对目击者的态度非常挑剔。他认为在大多数情况下，他们带来的麻烦要比帮助多得多。他们可能看错，可能有意无意记错，还有人不想卷入是非。数字影像要比人可信多了。但萨克斯并不这么想。

她一边爬上梯子，一边用滚筒滚过梯子的横杠，然后把粘纸放进塑封证物袋里。

爬到顶后，她又滚了一遍安检孔盖，然后举起一个小小的多波域光源灯，在盖子底部寻找指纹。多波域光的原理是利用不同光谱颜色的可见光（例如蓝光和绿光），加上滤镜，照出一般灯光或阳光下看不见的证据。多波域光源也包括紫外线这种肉眼看不到的光，可以让某些特定物质发出荧光。

显然，嫌犯并没有留下任何痕迹或证据。她试着推了推安检孔盖，只能稍微移动一点，估计有差不多一百斤。很难推开，但对于强壮的人来说并非不可能。

她听见头顶上方有车经过，轮胎碾过冻雨中潮湿的路面，发出咻咻的声音。她举起手电，照着安检孔盖上的小洞。施工人员可以把钩子插进这个洞里，把盖子撬起来。她心里盘算着，是不是能在小洞里发现什么痕迹，从而查出嫌犯所使用的工具的牌子。但她一无所获。

就在这时，一只眼睛出现在小洞上方。

天哪……萨克斯倒吸一口冷气。

就在几厘米之外，在她头顶上方的马路上，有人蹲下来朝小洞里窥视，俯瞰着她。

有那么一瞬间，什么都没发生，随后那只眼睛眯了起来。也许他在微笑，也许是困惑，也许是奇怪为什么在苏荷区马路上的一只安检孔盖下面，会射出手电筒的光。

她赶紧闪开，生怕他会掏出一只手枪塞进小洞里，朝她开枪。她双手紧紧抓着梯子以免摔下去，慌乱中手电筒掉落在了地上。

“莱姆！”

“怎么了？发生了什么？你动得好快。”

“有人在安检孔盖上方，你给朗打过电话了吗？”

“刚打完，你觉得那是嫌犯？”

“有可能，快打给调度中心！让他们现在就派人来伊丽莎白街！”

“我在打，萨克斯。”

她伸手撑着安检孔盖往上推，一次，两次，用尽全力。

金属制的井盖上抬了几厘米，但也只能这样了。

莱姆说：“我联系上朗了，他派巡警过去了，还有紧急勤务小组的人。他们已经在路上，就快到了。”

“他好像已经走了，我试着打开井盖，莱姆。但我推不动，该死的，我推不动，我刚才就这么看着他，肯定就是那个嫌犯。要不然还有谁会在大白天的马路上跪下来，朝安检孔盖里面看？”

她又试着推了一次，觉得刚才可能是因为嫌犯跪在安检孔盖上以防她把盖子推开。然而，她还是没法用一只手把盖子推开。

该死的。

“萨克斯？”

“你说。”

莱姆说道：“有一名警员看见安检孔盖旁边有个人，身穿深灰色外套，头戴针织帽。他跑走了，混进了百老汇大街的人群。白人男性，瘦削或中等身材。”

“该死的！”她咒骂道，“就是他！不是他的话跑什么？找人来打开盖子，莱姆！”

“听着，有很多人去追他了。你继续走格子吧。这是现在的头等大事。”

她的心跳得好快，又一次伸出手掌推安检孔盖。她毫无来由地相信，只要自己能从这里出去，就一定能找到他，即使其他人都找不到。

她回忆着他的眼睛和他眯起的眼皮。

她觉得嫌犯一定在嘲笑她，讥讽她，因为她连安检孔盖都没法打开。

他眼睛的虹膜是什么颜色的？她竭力回想着。绿色、灰色还是栗色？她之前竟然没注意到这一点，这让她对自己异常恼怒。

"我想到一件事。"莱姆的声音把她带回了现实。

"什么事？"

"我们知道他是怎么下来隧道的——就是通过那个安检孔盖。这就代表他曾把那里伪装成一个临时施工区，放上了锥桶路标和封锁胶带，或者是某种路障。从监控里应该可以看到。"

"可能也有目击者。"

"好吧，是的，也许吧。这样的证人可能值得花力气去找找。"

萨克斯沿着梯子下到地面，回到受害者的尸体旁边。

她刚刚已经给克洛伊的尸体做过初步的性犯罪检查，现在要利用多波域光源，寻找大部分性犯罪案件中会出现的3S证据——精液（semen）、汗水（sweat）和唾液（saliva）。

什么都没有。但这也就确定了他在触碰被害人身体，至少是在触碰腹部、手臂、脖子和脸部的时候戴了手套。至于她身体的其他部分，都没有被碰过的痕迹。

她又用多波域光源灯检查了整个现场，一直从安检孔盖查到"胃管"。一无所获。

现在只剩下一件事要做了：把嫌犯留在天花板上的手电筒拿下来。

"萨克斯。"莱姆在呼叫。

"怎么？"

"我们不如请人把安检孔盖打开，然后你从那里出来怎么样？反正你也要搜证那一段路面的。我们知道他就是从那里进去的，而且五分钟前他还出现在了那里。可能会找到一些线索。”

但她知道，他提出这个建议主要是让她免于再次穿过那条狭窄的通道。

那具圆柱形的棺材……

萨克斯看了一眼那个黑洞。现在它看起来似乎更狭小了。“这个主意不错，莱姆。但我想我还是原路返回吧。”

她已经战胜了一次自己的恐惧，她现在可不会认输。

她利用砖墙上一处粗糙不平的凸起作为支撑，踩上去，准备取下嫌犯放上去的手电筒。她从口袋里掏出一把手术剪刀，剪断手电上的胶带。

她伸手取下手电筒，一把灰色粉末随之落了下来。她忽然意识到，这是嫌犯给勘查现场的警察设的陷阱！这就是他特意留下一只手电筒的目的！那些粉末垂直落在她的眼睛上，她拼命挥手，想拨开那些粉末，结果把N95口罩也扯掉了，吸入了好些毒粉。

“不！”

萨克斯被呛住了，淹没在刺痛的粉末里。强烈的灼痛袭来。她跌落在地上，踉跄着后退两步，差点被克洛伊的尸体绊倒。

耳边出现莱姆的声音：“萨克斯！发生什么事了？我看不见了。”

她挣扎着吸气，想清理掉肺里的毒素。气管、眼睛和鼻腔都灼烧着，像是被无数小钩子划过。她扯掉口罩，猛吐口水，她知道自己污染了现场，但也没有其他办法了。

莱姆在吼叫。她听不太清，但她相信他一定是在打电话求援。“派急救人员下去！马上！”“我不管！”“毒物控制人员！快点！”

之后，她就被呛得什么都听不到了。

7

比利·海文的工作室位于唐人街西边的运河街，在去那里的路上，他又想起了可爱女孩。之前在给虚荣小姐克洛伊刺青时，他就忍不住想起她的脸庞，她的声音，她的爱抚。

他又想起了自己刺下的字眼：第二。还有文字上下那两道边线。

不错，相当不错的作品。

比利手作。

他已经脱掉了之前那身衣服，毕竟有可能被毒物污染了，为什么要冒险呢？他把衣服装进垃圾袋，丢在距离服装店颇远的一只垃圾箱里。他里面穿的是一身街头常见的衣服：黑色牛仔裤，同样黑色的皮手套，深灰色羊毛外套。外套是短款的，下摆只到大腿中部。足够保暖，也不会太长，以免在他要逃跑时碍事。比利非常清楚，在接下来的几天里，很可能出现这种情况。

他把头上戴着的羊毛滑雪面罩往上推，就成了一顶普通的针织帽。现在他就跟曼哈顿街头所有冒着冻雨，瑟缩着走在回家路上的年轻人别无二致了。

可爱女孩……

比利还记得多年前第一次看到她时的情形。但其实看到的只是照片，不是真人。但他立刻坠入了情网——是啊，是一见钟情。不久之后他的小姨评论道：“哦，她真是个可爱女孩。长得真是标致。”

比利立刻把“可爱女孩”当成了自己心上人的昵称。

那位有着美丽象牙色肌肤的心上人。

狂风呼啸，冻雨裹挟着冰雹，像 BB 弹一样击打在他脸上。比利眯着眼睛，一边裹紧了身上的外套，一边留神脚下结冰的路面，艰难地向前走。

距离他在服装店底下的隧道里做掉克洛伊，已经过去好几个小时了。之前他一直待在那一带没走，躲在暗处观察警察。在他爬出伊丽莎白街的安检孔盖大概五分钟后，就有人打了 911。警察全都跑来了，比利把他们的一举一动都看在眼里。他观察着，默默记着，打算之后记录下来。改造诫令并不是圣经十诫那种行文风格，但如果是的话，那诫令里肯定会有这么一条：了解你的敌人，一如他们了解自己。

他艰难地走着，小心翼翼。他年轻而健壮，身手灵活，但他不能摔倒。要是摔断了手臂，他就完了。

比利的工作室距离袭击发生的地方不远，但他走了一条非常复杂的路线，以确保没有人在安检孔盖周围盯上他。

安全起见，他绕着那个街区走了一次，又走了第二次，这才回到那幢丑陋而低矮的建筑里。这里以前是一座仓库，现在是半住宅结构。也就是说，这里处于半合法状态。或者根本就不合法。他用现金支付了短租的钱，那是很大一笔钱。中介微笑着收了钱，非常刻意地没有问任何问题。

这其实不重要。他编造了一套非常可信的说辞，甚至准备好了伪造的文件。

你应当熟记你的那套故事。

然后，在确认人行道上没有人之后，比利才走下一段短短的台阶，来到家门前。打开三把锁后，他进了家门。耳边的背景声换了个主题。从因为恶劣天气而被堵在唐人街里的司机烦躁的按喇叭声，切换成了从他脚底传来地铁驶过的隆隆声和尖锐的刹车声。

地下传来的声音，令人安心。

比利按下开关，惨淡的灯光洒满了这间六米宽、七米多长的房间——小小的面积，兼具起居室、卧室、厨房和其他一切功能。这个房间有一种地牢的感觉。一面是裸露的砖墙，其他则是不太牢靠的石膏纤维板。他在更往北的地方租了另一处安全屋，在原本的计划中，执行改造大业期间他会更经常住在那里，但结果他发现工作室要比安全屋舒服得多，因为安全屋位于一条繁忙的街道上，周围出没的都是他最讨厌的那种人。

工作台上摆满了玻璃器皿、书籍、注射器、刺青机器零件、塑料袋和工具。这里有几十本关于毒素的书和成千上万网上下载的文档，有些有用，有些没什么用。比如说《有毒植物野外指南》的插图非常精美，但这本书里的信息却没有地下博客“干掉他们：革命到来时反击所需的致命配方大全！！”那么多。

所有东西都整齐地摆放在工作间里，就像在他的刺青店里一样。房间的另一个角落笼罩着紫外线的冷光，那里放着八个玻璃盆栽箱。他走过去，查看里面的植物。树叶和花朵使他感到安慰，它们让他想起了家。上千种不同色调的粉色、白色、紫色和绿色。这些颜色对抗着城市中单调的水泥色，以及这座水泥森林给比利·海文心头带来的无休止的仇恨。几个行李箱里装着换洗的衣服和洗漱用品。一个健身包里装着几千美元，按面值分了类，都是旧钞，很难追查。

他给这些植物浇了水，又花了几分钟速写了其中一株。那株植物树叶和树枝的形状非常特别。比利这一生都在不断画画，但他有时候还是会疑惑，自己是从哪里来的这股冲动。有时候他就是忍不住要拿出一支铅笔或蜡笔，把某个终将腐朽的生命体转化为非生命体。非生命体永不腐朽。

他画过可爱女孩上千次了。

铅笔从他手中滑落。一根枝条画了一半他就不画了，把画本扔到一边。

可爱女孩……

他一想起她，耳边仿佛就响起叔叔低沉的男中音："比利，我有件事要告诉你，"叔叔抓住他的肩膀，低下头看着他的眼睛，"出事了。"

随后是几句简短而可怕的话。他知道，她已经走了。

比利的父母也走了。尽管他们已经去世几年了，他也已经多多少少接受了现实。

但失去可爱女孩？不，他不接受。

她将成为他永远的伴侣。她将成为他的妻子，他孩子的母亲。她将带他逃离过去，逃离所有厄运，逃离夹竹桃室。

但她就这样走了。

但今天，他没怎么想起这个坏消息，也没有去想这一切有多么不公平，尽管它们确实很不公平。

他也没有去想这一切有多么残酷，尽管它们确实很残酷。

不。现在，比利才刚刚完成克洛伊的刺青。他在想，他的痛苦很快就要到头了。

改造大业正在进行中。

比利坐在地下室公寓的厨房区那张摇摇晃晃的桌子旁，从衬衫口袋里拿出他那天早上找到的几页书。

他几周前发现了这本书，就认定在改造大业中需要一本。但这本书已经绝版了，只能在网上几家二手书店里找到几本。但他不能用信用卡支付，然后再让他们寄到自己家里。比利只能一直在二手书店和图书馆里搜寻。纽约公共图书馆有两本，一本在中城分馆，另一本在皇后区分馆。他都去过，但在架上该有的位置都没找到。

但今天早些时候，他又试了一次。他一时兴起，回到第五大道的图书馆。

结果那本书就在那儿，就在按照杜威十进图书分类法它该在的位置。他把书从书架上拿下来，站在一小块阴影里，开始翻阅。

他稍微看了看，就发现这本书写得不怎么样。还有一个黑、白、红三色的封面，看起来怪异而耸动。从设计风格到图样，都可以解释为什么这本书最终只能绝版。至于这本书的内容？这是他所需要的，正好填补上他的计划中某些空白的部分，就像在刺青图案的轮廓里，用单排针或圆形打雾针填上一块颜色。

比利不敢把书从图书馆拿出来——当然，他不能直接借阅。复印机附近也有监控摄像头。最后，他决定用刀片把他想要的那一章裁下来。他裁得很彻底，然后把书藏了起来，这样别人就不会发现异样。他知道防盗芯片通常藏在书脊里，如果他想带着整本书出去的话，可能会触发门口的警报。不过，他还是把裁下来的书页都翻了一遍，以免上面贴着第二块芯片，但其中没有芯片，他走出图书馆时也没有触发警报。

现在，他急着深入研究这几页纸，以便早日推进改造大业。但当他把书页摊开在面前时，他皱起了眉头。这是什么？第一页损坏了，书的一角被撕掉了。但他确定自己从书里把这几页裁下来时，明明是完好无损的。他又低头看了一眼衬衫的口袋，发现那里被撕烂了。他记得克洛伊反抗时撕破了他的工作服。原来如此，她不仅撕破了衣服，也撕破了书页。

不过，损失并不太严重，只缺了一小角。他开始认真阅读。一遍，两遍。第三遍时他记了些笔记，并把笔记塞进改造诫令的资料夹里。

有用。很好。非常有用。

他把书页放到一边，回复了几条短信，又收到了几条。要跟外部世界保持联系。

现在是清洁时间。

没有人比刺青艺术家更能欣赏细菌和病毒这种微生物了。比利一点也不担心他的受害者们被感染；实际上，感染就是整个改造计划的关键。但他非常担心自己被受害者们血液里的什么东西感染，而更让他担心的，还是被他用来代替墨水的神奇毒药。

他走到水槽边，拉开背包的拉链。他戴上厚厚的手套，把美国老鹰牌刺青机拿到水槽里拆开。他把刺青机液体管里的液体倒出来，在两桶清水里各清洗了一次，然后又放在水龙头下面冲洗了几次，最后用吹风机吹干。他把那两桶水倒进他在地板上挖的一个洞里，让水渗进建筑物下面的泥土。他不想把水倒进马桶或者下水道，以免留下任何细微的证据。

用水洗只是个开始。他又用酒精（只能清洁，无法杀菌）把刺青机的每一个零件都擦了一遍。接着他把零件放进超声波消毒机里。消完毒，他把零件装袋密封，放进高压灭菌器。通常，刺青用过的针头会被丢弃，但这些针头很特别，很难搞到。所以他把针头也放进了高压灭菌器里。

当然，这复杂的清洁流程一部分是为了消毒，以防止自己中毒或被感染。更重要的原因则在于，他想要切断自己和受害者之间的关系，除了在一百三十摄氏度的高温下烧掉证据，还有什么更好的方法吗？

这可能会完全打乱你的“尘埃理论”哦，不是吗，洛卡德先生？

8

林肯·莱姆等得很不耐烦。

他问托马斯："阿米莉亚怎么样了？"

托马斯挂断了座机："打不通。"

"该死的。打不通是什么意思？哪家医院？"

"曼哈顿综合医学中心。"

"再打一次。"

"刚打了，总机就是打不通。线路出问题了。"

"太荒谬了，医院竟然打不通，打911。"

"我不能只为了查一个病人的情况就报警。"

"那我打。"

就在这时，前门的门铃响了。莱姆立刻命令托马斯"去开那扇该死的门"。不一会儿，他听见前厅传来脚步声。

走进客厅的是两名来自犯罪现场勘查组的警察，就是协助萨克斯处理切斯诺德服装店凶杀案的那两个人。他们手里抱着大大的木板箱，里面装满了证物袋，有塑料的，也有纸的。莱姆认识其中那个女人，简·伊格尔斯顿警探。她冲莱姆点头致意，莱姆也冲她点了点头。另一个人身材魁梧，就算在警察里也是大块头，他开口说道："莱姆警监，很荣幸和你合作。"

“我都退休了。”莱姆咕哝着。他意识到天气显然更加恶劣了，两名警察的外套上都落满了冰雪。他注意到他们用玻璃纸包住了证物箱。很好。

“阿米莉亚怎么样了？”伊格尔斯顿问道。

“我们现在还什么都不知道。”莱姆咕哝着。

“如果我们能帮上什么忙，”她那位健壮的同伴说道，“就给我们打电话。这个放哪里？”他冲木板箱点点头。

“交给梅尔吧。”

莱姆指的是这个临时团队里的最新成员梅尔·库柏，他刚刚赶到。

库柏身材瘦削，举止腼腆，他是一名来自纽约市警察局的警探，也是知名刑侦化验专家。为了争取到库柏的加入，莱姆可以向任何人施压，哪怕是纽约市长他也无所畏惧。尤其是在这样一个案子里，凶器似乎就是毒物。

库柏拥有数学、物理和有机化学学位，非常适合这项调查。

这位刑侦化验专家朝伊格尔斯顿和她的同伴点点头，他们都同样隶属于皇后区刑侦组。尽管天气恶劣，客厅里也寒意逼人，库柏还是只穿着一件短袖白衬衫和一条宽松的黑色长裤，看起来像一个十字军中的摩门教长老，或是高中理科教授。他还穿了一双暇步士便鞋。一般人听说他和母亲住在一起时，并不会感到惊讶。让人们惊讶的通常是他们见到他女友的时刻——她高挑美丽，同时还是哥伦比亚大学的教授。以及，这一对还是交谊舞比赛的冠军搭档。

库柏穿上实验服，戴上乳胶手套、护目镜和口罩，指着一张空的证物检查台。他的同事们把木板箱放在上面，点头告别，然后又一次走进了狂风暴雨中。

“你也过来，菜鸟。让我们看看这里面都有些什么。”

罗恩·普拉斯基也穿上了类似的防护装备，走到桌子前帮忙。

“小心。”莱姆说道。其实没这个必要，这种事普拉斯基已经做过上百次了，没有人在处理证物时比他更小心。

心不在焉的人是莱姆自己。他的思绪又回到了阿米莉亚·萨克斯身上。她为什么不打电话？他回想起那些粉末落在她脸上时，也落在了摄像机镜头上。他会想起她被呛住的情形。

这时，门口传来钥匙转动的声音。

过了一会儿，风声，咳嗽声，清嗓子的声音。

“怎么样？”莱姆问道。

阿米莉亚·萨克斯从转角走进客厅，脱下外套。她停顿一下，又接着咳嗽了起来。

“嗯？”他重复道，“你没事吧？”

她没说话，大口喝着托马斯递给她的一瓶水。

“谢谢。”她对年轻人说，然后对莱姆说道，“很好。”她的声音原本就低沉而富有磁性，现在又沙哑了几分，“就那样吧。”

莱姆已经得知她没有中毒。她被送进曼哈顿综合医学中心时，他就跟那位精通毒理的急救人员聊过了。据这位专家分析，她并不符合中毒的症状，当救护车把她送进急诊室时，她的症状就只剩下剧烈的咳嗽，以及被冲洗过好几次、依然泪水涟涟的眼睛。嫌犯设下的陷阱并不致命，只是有可能害她失明，或是对肺部造成严重的创伤。

“到底怎么回事，萨克斯？”

她解释说，经过分析黏膜拭子和一次飞速的血检，显示那种“毒粉”的主要成分其实是氧化铁。

“铁锈。”

"他们就是这么说的。"

嫌犯把手电筒用胶带固定在老旧的金属管道上，萨克斯撕下胶带时，也扯动了一捧铁锈，随即，铁锈就撒在了她脸上。

身为犯罪学专家，莱姆对于三氧化二铁，也就是氧化铁非常熟悉。铁锈是非常棒的证迹元素，不仅有黏附性，还能轻易从凶手身上转移到受害者身上。反之亦然。氧化铁有毒性，不过是在量很大的情况下——浓度至少要超过每立方米两千五百毫克。在莱姆看来，这些铁锈并不是用来攻击人的。他让普拉斯基打电话给纽约市公共工程局，问问铁锈在这类地下隧道里是不是很常见。

"没错。"普拉斯基挂断电话后报告说，"工程局正在整个曼哈顿地下架设新的水管。有些被拆除的旧水管已经有超过一百五十年历史了，生了很多铁锈。他们所有工人施工时都要戴面罩，情况真的很严重。"

这么说，嫌犯只是正好挑中了一根有很多铁锈的管道来固定手电筒。

萨克斯咳嗽了几声，又喝了一两口水。"我很生气，我太粗心了。"

"还有，萨克斯，我们一直在等你的电话。"

"我打过，电话线路出故障了，有个急救人员说是网络故障，也导致了电话交换机的故障。这种情况已经持续好几天了，旧的硬线电缆公司和新的光纤宽带公司之间有些争执。抢地盘什么的。甚至还有些蓄意破坏的手段。"

莱姆的表情像是在说，谁在乎这个？

随着另一声轻咳，萨克斯穿上了实验服，走到证据箱前面。

"开始写白板吧。"莱姆冲着一排大白板点了点头，那些白板像是一群白鹭，支棱着瘦伶伶的长腿立在那里。在查案时，他们就是用这些来列举案件中的证据。目前只有一块白板写了字，就是最近在市政厅附近发生的抢劫杀人案。被害男子精心刮了胡子赴约，结果在大街上被抢劫，然后被杀害了。

萨克斯把那块白板移到角落里，拉了一块干净的白板放在客厅中央前面。她拿着一支可擦白板笔问道："我们怎么称呼他？"

"今天是十一月五日。老规矩，嫌犯11–5。"

萨克斯咳了一声，点点头，然后工整地写下：

伊丽莎白街237号

被害人：克洛伊·摩尔

莱姆看了一眼白板上的空白处："现在，让我们开始填写吧。"

9

不过还没等他们开始写下证据，门铃就又响了。

又是一阵狂风呼啸和机关枪般落下的冰雹，门开了，又关上。朗·塞利托走进客厅，跺着脚，绕过地毯走了过来。

“天气越来越糟了，哥们儿，真是一塌糊涂。”

莱姆没有理会他的天气报告。“监控录像拿到了吗？”他问的是伊丽莎白街那个安检孔盖附近的监控摄像头。凶手就是在那里进入凶杀现场，而且显然也曾在那里窥视过萨克斯。

“没有。”

莱姆皱了皱脸。

“但有个证人。”

莱姆又是一脸苦相。

“没办法，林肯。但我们只搞到了这个。有个人下班回家路过那里，看见安检孔盖旁边有个人，时间大概就是 911 接到电话前十分钟。”

“下班回家。”莱姆带着讥讽说，“这么说，你的目击证人当时肯定很累了。”

“是啊，但一个看见了嫌犯的目击证人就算累成狗，也比一个精力旺盛、却什么都没看到的人强。”

“要是什么都没看到，那就不算证人了。”莱姆答道。他看了一眼白板，说：“当时安检孔盖是打开的吗？”

“对。还放了橘色的锥桶，上面拉了警示胶带。”

莱姆说：“跟我想的一样。他用一把钩子打开盖子，然后布置了锥桶，爬到隧道里，杀了被害人，然后离开了。”他扭头对萨克斯说道，“你说过，梯子底部是潮湿的。可见他在作案时，安检孔盖一直是打开的。锥桶和警示胶带哪儿去了？”

“不在那里。”萨克斯说道，“我出去的时候没看到。”

“他不会丢在附近的。他没那么蠢。朗，你的目击证人是怎么描述这个混蛋的？”

“白人男性，头戴针织帽，身穿长度到大腿的深色外套。黑色或深色背包。脸部特征不详。根据这个描述，很像是阿米莉亚在下面搜证时，站在安检孔盖旁边的那个人。”

就是那个盯着萨克斯看的人。后来他逃走了，混进了百老汇的人潮中。

“马路上找到什么线索了吗？”

“你是说在这种暴风雨里？”萨克斯回道。

天气是最典型的证据污染因素之一，也是最致命的。而在安检孔附近的现场，还存在另一个问题：当时人人都认为萨克斯中了陷阱里的毒，急救人员赶到现场后连忙把她送上救护车，现场就算还有残留的线索，也都被他们的脚印和装备破坏了。

“那我们就放弃那部分现场，把注意力集中在地下吧。首先，时装店的地下室？”

简·伊格尔斯顿和她的搭档在那里拍了照，也搜查了地下室和通往地下室的小型公用设施间，但他们所获不多。梅尔·库柏检查了他们收集到的线索，报告说，“和地下室里的对照样本相符。没有什么用。”

“好吧。最大的问题是：毒物检测结果如何？死因是什么？”

他们一开始假设死亡原因是中毒，不过要等到法医得到检测结果之后才能确认。萨克斯给主管法医打了电话，慷慨陈词了一通，要求他一拿到检测结果就立刻送过来。毒物和镇静剂的分析结果都要，因为嫌犯很可能给克洛伊注射了镇静剂。为了强调事态的紧迫，萨克斯还指出，他们相信这宗谋杀案是一系列连环杀人案的开始而已。她说，那位法医听起来压力很大，就像他所有的医生同人，特别是受雇于政府机构的那些一样。但他还是答应会最优先处理克洛伊·摩尔的案子。

莱姆又开始不耐烦起来。他不满地说：“萨克斯，你在她刺青的地方采样了吗？”

“当然。”

“检验一下，梅尔。看看我们能不能先知道是什么毒物。”

“马上开始。”库柏做检测用的是气相层析质谱仪。那是两台连在一起的大型设备，就放在客厅的一角。其中一台是气相层析仪，会根据挥发性，也就是要花多少时间才能挥发来分析不明物质的样本，将其中所含的每种化学物质都分离出来；另一台是质谱仪，会将其中每种化学物质的独特结构跟一个已知的化学物质资料库做比对，鉴定出样本包含的物质。

两台仪器运行起来不仅噪声很大，散热也很多，因为分析中的样本是被烧掉的。最后，库柏得出了结果。

“毒芹素。”

纽约市警察局有一个样本齐全的毒素数据库，在库柏主管侦查资源组，也就是现在的犯罪现场鉴证组时，偶尔也会用到这个数据库。但当时下毒谋杀的案子并不多，现在就更少了。库柏点进毒芹素的条目，解释道："取自毒芹，攻击中枢神经系统。中毒后会恶心、呕吐，也会口吐白沫。肌肉抽搐。"他抬头看了看大家，"这是北美最致命的植物之一。"

库柏又冲分析仪点了点头。"而且是萃取过的，达到了前所未有的浓度。通常中毒后，过一段时间才会导致死亡。但是以这个浓度来看，半小时内就会致死，顶多再久一点。"

"有个很有名的希腊人就是喝这个东西自杀的，对吧？"普拉斯基问道。

库柏回答道："不完全是，两种毒芹的品种不同。不过都属于伞形花科。"

"这时候谁还管得了苏格拉底？"莱姆暴躁地说，"集中注意力吧。除我之外，还有谁很好奇这种毒物是哪里来的吗？"

萨克斯说道："可能是从乡下的某片田野或者沼泽里找到的毒芹。"

"没错。"

有毒性的商业原料，比方说用于工业制剂、可以在公开市场里买到的那些，可以设法追溯到制造商，再查到购买者。有的毒素中甚至会添加特定的标记物，调查人员可以据此直接查到一张写着凶手姓名的收据。但如果这位嫌犯的毒药是从野地里挖出来的，这条线索就基本没戏了。

除了可以确定毒芹来自乡下的某些区域，范围没法再缩小了。而且现在是十一月，因此植物的采集肯定发生在很久以前。甚至还有可能是嫌犯在自家地下室的温室里培育的。

同样令人困扰的，是嫌犯自行从毒芹中萃取出了这种致命毒素。

罗恩·普拉斯基刚好站在白板边，莱姆对他说："把这点也加进去，就用你那种鬼画符的字。就这点，‘疑心教会’的修女们肯定特别欣赏你。”

莱姆的心情明显好了很多。他总算是受到了一点挑战，有案子可以破了……况且他们还找到了线索。

萨克斯接口道：“接下来，没有任何指纹。”

莱姆也没指望能找到指纹。不可能的，因为嫌疑人太聪明了。

“那么毛发——我找到一些鼠毛，还有克洛伊的，除此之外就没有了。所以我猜测除了针织帽之外他还戴了别的帽子。”

通常来说，针织帽这种比较紧的帽子其实比较容易造成头发脱落，尤其是羊毛或是尼龙材质。因为戴帽子的人会头皮发痒，于是忍不住去抓挠。莱姆推断嫌疑人肯定知道这点，所以采用了其他更妥帖的方式来防止自己在现场遗留任何纤维或DNA证据。

她接着说道：“检测结果显示并没有发生性侵——不过法医可能找到了一些别的东西。但外生殖器和第二性征部位似乎都没有被触碰过。除了她的腹部——”她朝照片点点头，“——她全身的衣服都穿得好好的。不过我用多波域光源照过她的尸体，发现了一些有意思的东西：他触碰过她身上好几十个部位，而且不是为了拉紧皮肤以便刺青。此外她脖子上也有过小小的刺青，一朵花。”她用莱姆的高清显示器展示了那张照片，“多波域光源显示，他在这个部位抚摸了好几次。”

“但却不是出于性欲的抚摸？”塞利托小声问道。

“至少不是传统的那种。”萨克斯答道，“他可能有某种特殊的性癖好或是性欲倒错。但他给我留下的印象是，他对她的皮肤有种特别的迷恋，忍不住想要触碰。”

他们又开始分析萨克斯在尸体附近搜集到的物质，并与从隧道其他地方搜集到的对照样本进行比对，试图从中找出嫌犯留下的证迹。

库柏继续操作气相层析 / 质谱仪。

“得了，这份样本中包含一氧化碳、臭氧、铁、锰、镍、银、铍、氯化烃、乙炔。”

莱姆点点头：“这是尸体附近的？”

“没错。”萨克斯看了看自己那张记录详尽的证据保管链卡片，她在上面记录下了采集每份样本的确切位置。

“嗯哼。”他低哼了一声。

“怎么了，林肯？”塞利托问道。

“那些是用于焊接的物质。主要是氧燃料气焊法。有可能是我们这位嫌犯留下的，但更可能来自安装这些管道的工人。无论如何，先写上去吧。”

库柏选中了另一份样本。这份样本来自安检孔盖下面那道梯子周围的地面。这次分析结果出来以后，库柏皱起了眉头。“呵，有点眉目了。”

莱姆叹了口气，露出一个苦涩的微笑，似乎在说：那就说说吧，拜托了，谢谢你。

但库柏并没有急着说出来。他小心翼翼地阅读着色谱，也就是那台气相层析 / 质谱仪得出的电脑分析结果。

“是河豚毒素。”

莱姆产生了兴趣。“啊，没错，是有点进展了。另一种可能的凶器。”

“是毒药吗，林肯？”塞利托问道。

梅尔库柏说道：“哦，没错。相当带劲。这种毒素来自河豚的卵巢，属于神经毒素，目前还没有解药。日本每年都有六十人左右死于这种毒素，都是吃河豚造成的。如果仅摄入低剂量，你会产生愉悦感……然后活着付清饭钱。顺带提一句，河豚毒素还是僵尸药。”

“什么药？”塞利托问道，爆发出一声大笑。

“真的。”库柏补充道，“就跟电影里一样。在加勒比海地区，人们会吃这种药，来降低自己的心率和呼吸，直到看起来像死了，然后他们又会复活。有的是为了宗教仪式，有的是为了骗人。人类学家认为关于僵尸的传说也许就是这么来的。”

“是啊，在海地，你要是觉得周六的晚上太无聊，就可以拿这个来刺激一把。”莱姆咕哝道，“我们能别跑题吗？专心在正事上可以吗？专心分析证据，可以吗？”

库柏把眼镜往上推了推：“证迹的含量很低。”

“除非法医能在克洛伊的血液里也发现河豚毒素，要不然他很可能是打算把这个用在以后的犯罪中。”莱姆的脸皱了起来，“那他又他妈的是从哪里搞到毒素的？可能是自己抓了条河豚。就像自己种毒芹那样。继续说，梅尔。”

库柏正在阅读萨克斯的证物保管链卡片。“这份来自一个脚印——我认为，是他留下的脚印。因为很靠近梯子，而且很模糊。”

鞋套……

“没错。”萨克斯证实。库柏给她看了看色谱，她点点头，然后把电脑分析的结果写到白板上。

— 粪胆素，尿素9.3g/L，氯化物1.87g/L，钠1.17g/L，钾0.750g/L，肌酸酐0.670g/L

"大便。"莱姆低声说。

"怎么了？"普拉斯基问道。

"没什么。"莱姆答道，"字面意思。那是粪便物质。为什么是粪便？为什么会在那里？先生们女士们，有没有什么想法？"

"隧道顶部有卫生局的管道，但我在地面或墙壁上没看到污水。可能不是来自管道。"

"在遛狗公园沾到的？"塞利托说，"也可能他养了狗？"

"拜托。"莱姆强忍着翻白眼的冲动说道，"那些化学物质显示的是人类的粪便。我们可以做 DNA 测试，不过恕我直言，那肯定是浪费时间。"

"在进入犯罪现场前去过厕所？"

"有可能，菜鸟。不过我猜他是在某处的下水道沾上的。我想这一点告诉我们，他花了很多时间在纽约的地下设施里。这是他的杀人地点。他在这里感到最舒服。如果克洛伊·摩尔的死亡现场没有任何污水，那么这就说明他已经挑好了其他几个犯罪现场。这也表明他会事先挑选下手的目标。"

客厅里的电话响了。萨克斯过去接起电话，简短地交谈几句就挂了。"法医打来的。没错，死因是毒芹素——不是河豚毒素。梅尔，你说的没错：这种毒素的浓度是植物中天然含量的八倍。另外，他使用了普洛福迷昏受害者。两处注射点在脖子和手臂。"

"那是处方药。"莱姆强调，"你可没法在自家后院种出普洛福。他是怎么搞到的？嗯，先记在表格里。然后继续往下看。那个刺青。这是我最好奇的一项了。"

the second

莱姆盯着萨克斯拍的这张照片：刺青没上墨，但可以从红肿的印记看清图案。比之前从摄像机里观看现场时清晰多了。

“好家伙。”罗恩·普拉斯基感叹道，“手艺不错。”

“我不太懂刺青。”莱姆说道，“但我在想，能在很短时间内完成这么一幅作品的刺青师应该不多。”

“等会儿我去城里找几家大一些的店问问，”塞利托说，“看能不能问到什么。”

莱姆一边沉思一边自言自语：“这些线条。”他指了指刺青边缘，在单词的上下两边各有一道扇形线，“你说得对，萨克斯。这更像是割出来的，而不是刺上去的。他似乎是用了刀片，或者解剖刀。”

塞利托嘟囔道：“还他妈的要加上装饰，死变态。”

“这也写上去，不知道这有什么特殊含义。接下来，看看单词。‘第二。’什么意思？有想法吗？”

“第二个受害者？”普拉斯基试探着说。

塞利托大笑起来。“这家伙根本没想掩饰自己的罪行。如果有第一个受害者，那我们肯定会知道的。不是吗？我敢打赌都能上 CNN 了。”

“是啊，没错。我刚才没过脑子。”

莱姆看着那张照片：“字太少了，目前还无法得出什么结论。完整的信息是什么？我认为，一个擅长书法的人，肯定也擅长拼写和语法。the 的第一个字母 t 是小写，所以前面肯定还有内容。单词后面也没有逗号，所以后面肯定也有别的字。”

萨克斯说道：“不知道这是他自己写的话，还是引自哪里？或者是字谜？”

“不清楚……朗，让总部安排几个人去搜资料库。”

“好主意。效率太高了。组一个特殊小组去书里或者什么地方搜‘第二’这个词？你确定之前有人用过这个词吗，林肯？”

“首先，朗，你比画那个引号的手势是不是有点过了？更重要的是，你看这样好不好，让他们搜索关于犯罪、杀手、刺青、纽约地下的名言。让他们有点想象力！”

塞利托低声说道：“好吧。‘第二’除了‘The second’还有‘2nd’这种写法。”

“嗯……”莱姆点点头。他之前倒是没想到这一点。

这位大块头的探长拨了个电话，站起身来走到客厅的一角。不一会儿，就听见他在大声嚷嚷着给什么人下命令。然后他挂上电话，晃了回来。

“继续吧。”莱姆对其他人说。

梅尔·库柏又分析了一些证物，开口了：“有几份证物里还有苯扎氯铵。”

“啊。”莱姆说，“是四价铵。用于大型场所的消毒剂的主要成分。主要用于有可能被细菌污染，或者存在易感人群的地方。像是学校餐厅。把这个也写上去。”

库柏接着说：“黏性乳胶。”

莱姆指出，此类物质广泛地应用于万事万物，从创可贴到建筑工程。“没牌子的？”

“对。”

“意料之中。”莱姆低声抱怨。鉴证科学家大多偏爱有牌子的证物，因为更好追踪。

库柏又做了几个测试。几分钟之后，他看着电脑屏幕说道：“不错，不错。结论很明显，某种岩石。大理石。确切地说，是英伍德大理石。”

“什么形态？”莱姆问道，“放到屏幕上。”

库柏照做了。呈现在莱姆眼前的，是一片大大小小的灰尘和颗粒，白的，灰的，米色的。库柏开口道：“断裂状，看到左上角那粒的边缘了吗？”

“看到了。”莱姆答道，“一定是炸开的！”

库柏取了一份样本放进气相层析／质谱仪。然后他宣布：“确定含有托维克斯残余物。”

塞利托接口道：“托维克斯？商用炸药。”

莱姆在一旁点头。“我之前就有预感会找到这类物质，打地基时用来爆破岩层的。再加上大理石颗粒的形态，想必我们这位嫌犯是在建筑工地或者附近沾上了这些东西。某个有大量英伍德大理石的地方。打电话去市政府查爆破许可。然后跟相关地区的地质资料交叉对比。接下来，还有什么？”

在克洛伊·摩尔指甲缝里搜集的碎屑中，也没有发现皮肤，只有灰白色的棉布纤维和纸屑。

莱姆对塞利托解释：“克洛伊有可能跟他搏斗过，挣扎时在指甲缝里留下了这些碎屑。太遗憾了，她没有抓下他的皮肤。等你需要 DNA 时，该怎么办呢？这也写在白板上，我们继续。”

嫌犯用来绑住克洛伊双脚的防水胶带是没有牌子的。手铐也没有。至于那支用来照亮他的杰作的手电筒，则是一支廉价的塑料制品。不管是手电筒本身还是里面的一号电池，都没有留下指纹、毛发或其他线索。唯一残存的只有一点黏胶，类似于黏性滚筒上的，也就是刑侦人员用来搜集证物用的那种。就像萨克斯之前推测的那样，他很可能在离开犯罪现场之前用滚筒把自己的痕迹清理过一遍。

“这小子比我想象得厉害。”莱姆说道，语气中夹杂着失望和一些不自觉的赞赏之情。

“下面有电源吗，萨克斯？我记不得了。”

“没有，第一批赶去的警察架设的聚光灯是用电池的。”

“那么他的刺青枪也是用电池的。菜鸟——等你的大理石调查告一段落，查查生产用电池刺青枪的厂家。”

普拉斯基又坐回电脑前，说道：“希望这种刺青枪没那么常见。”

“接下来就有意思了。”

“怎么了？”

“找一把注满希望的刺青枪。”

“注满……什么？”

塞利托没好气地笑了。他知道莱姆又要开始了。

莱姆接着说道：“你刚说‘希望这种枪’，而不是‘我希望这把便携刺青枪没那么常见’。‘希望’作为分离副词，表示说话者的某种意见，这在语法上是不规范的。英语老师和记者都不会赞同这种用法。”

这位年轻的警察摇晃着脑袋：“林肯，有时候我跟你说话，会感觉自己在昆汀·塔伦蒂诺的电影里。”

莱姆的眉毛挑了起来，示意他说下去。

普拉斯基小声说：“你知道的，就是那种经典场景，两个枪手马上要去干掉什么人，但他们却一直说啊说啊说上十来分钟，只是为了争论‘急切’和‘焦急’有什么区别，或者‘不偏不倚’（disinterested）的意思不是‘不感兴趣’（uninterested）。说到你简直想扇他们一巴掌。”

萨克斯一阵爆笑。

“这两种语法错误也让我很烦。”莱姆低声说，“很高兴你搞清楚了这两个知识点。接下来，是最后一部分证物了。这也是我最感兴趣的一条。”

他的目光回到证物袋上，想着回头要记得去查查这位昆汀·塔伦蒂诺是何方神圣。

10

梅尔·库柏走到检查台前，小心翼翼地打开最后一只证物袋。他用镊子从里面夹出一团纸球，慢慢打开它。

“从哪里找到的，阿米莉亚？”她问道。

“距离尸体大概三英尺的地方，在其中一只黄色盒子下面。”

“我看到那些盒子了。”莱姆说道，“IFON。不是电网，就是电话线。”

这张纸片是从一本印刷物上撕下来的一角。大概七厘米长，五厘米宽。正面写着：

ies

最为过人之处在于他的预判能力（that his greatest skill was his ability to anticipate）

反面写着：

尸体找到了（the body was found）

莱姆看着库柏，而库柏正用一架博士伦显微镜，将这张纸的纤维样本与被害人指甲里找到的纤维进行比对。

“二者之间有关联，很可能是同样的来源。另外，在现场的其他证物样本里，均未找到她指甲缝里那种面料纤维。”

“那么我们可以假设，她在打斗中撕下了那张纸。”

塞利托问道：“为什么他要随身带着这个东西？这到底是什么？”

莱姆注意到那不是铜版纸，因此应该不是从杂志上撕下来的；也不是新闻纸，所以不是日报、周报或小报。

“很可能是本书。”他盯着那张三角形的纸片，向大家宣布。

“这是什么情况？”普拉斯基问道。

“好问题，你的意思是，这张纸片来自我们这位嫌犯的口袋，而且是在二人搏斗时扯下来的。但这种情况下，你怎么能从一本书里撕下一角呢？”

“没错。”

“因为我是这样想的，他从书里把重要的几张书页裁了下来，带在身上。我想知道这是本什么书。”

“要用简单的办法吗？”库柏问道。

“哦，你是说谷歌图书？行啊，或者随便叫什么，反正就是那个东西，那个在线资料库里存储有世界上百分之九十或者随便百分之多少的图书。当然，试试那个。”

但是，毫不令人意外，没搜到结果。莱姆不太熟悉版权法律的问题，但他猜想应该有不少作者还是受到美国著作权法的保护，并且不大愿意把自己辛苦创作的结晶免费分享给大众。

“那就剩下复杂的方法了。”莱姆再次宣布，“黑客的行话是怎么说的？暴力破解？”他思索了一会儿，然后补充道，“但我们也许可以先缩小范围。先试试查出这本书的印刷时间，然后再查找这段时间里出版的书籍，就从犯罪类的开始。‘尸体’这个词是个线索。接下来，确定日期范围。”

“碳年代测定法？”罗恩·普拉斯基问道，梅尔·库柏随之露出一个微笑。“怎么了？”年轻的警员问道。

“菜鸟，没读过关于放射性碳的那章吧？”莱姆说的是他自己撰写的那本鉴证科学教科书。

“其实，我读过，林肯。”

“所以呢？”

普拉斯基开始背诵：“碳年代测定法的原理是基于碳十二不会衰变，而碳十四会衰变。将二者的含量进行比对，可以对检测物品的年代得出一个概念。我说的是‘概念’，而你书里写的应该是‘近似值’。”

“啊，背得不错。但很遗憾，你没看备注。”

“哦，这里还有备注？”

“碳年代测定法产生的误差值在三十年到四十年之间。而且这说的还是年代较新的样本。如果我们的嫌疑人随身携带的那一章是印刷在莎草纸上或者恐龙皮上的，误差就会更大。”莱姆朝那张纸片点点头，“因此，不行。碳年代测定法不适合我们。”

“至少检测一下，就知道这本书是不是近三十年或四十年印刷的。”

“这个嘛，我们都已经知道了。”莱姆态度欠佳地说道，“我几乎可以肯定，是九十年代印刷的。我想要更确切的时间。”

轮到塞利托皱起了眉头：“你怎么断定年代的，林肯？”

“字体。这种字体叫作 Myriad，由罗伯特斯林·巴赫和卡罗尔图·温布利为 Adobe 系统设计。后来成了苹果的字体。”

“但我看起来，跟所有的黑体字都一样嘛。”

“看那个‘y’的下降笔画线，还有e的倾斜角度。”

“你对字体也有研究？”普拉斯基问道，他的表情看上去就像是他接受过的鉴证科学教育出现了一个巨大的裂缝，大到把他整个人都吞噬了。

几年前，莱姆参与过一个绑架案，嫌疑人从杂志上裁下字母，拼成一封勒索信。他用到的字包括内页标题和一些广告。莱姆分析了几十本杂志和广告里的字体，最终确定这些字出自某一期《大西洋月刊》。他要求法官签发搜查令，查阅订户名单，再加上其他证据，然后一路找到了嫌犯家门口，成功解救被绑架人。他向普拉斯基解释了这一切。

“那我们怎么才能进一步缩小日期范围呢？”

“油墨。”莱姆说道。

“添加了标记物质吗？”库柏问道。

“我怀疑。”从一九六〇年起，墨水制造厂商开始往里面添加标记物质，也就是一些化学标记物——和炸药制造厂采用的方式一样。因此在发生犯罪事件的时候，很容易就可以从油墨样本追踪到一个特定的来源，至少是墨水或者笔的品牌（添加标记物质的最重要目的，其实是追踪仿冒者，不过与此同时，也帮助警方查出了一些绑架犯，以及喜欢在犯罪现场留下信息的变态杀手）。但像用于这种书的油墨是大规模生产和贩卖的，很少会添加标记物质。

莱姆解释道，因此，他们必须解析出这种油墨的成分，同纽约市警察局的油墨资料库进行比对。

“梅尔，把油墨提取出来吧。看看里面是什么成分。”

检查台上面有一个放着各种工具的架子，库柏从中选择了一支改造过的注射器，针尖被稍稍锉平了一些。他用针头戳穿那张纸七次，取得了含有油墨的纸片碎屑，然后浸入吡啶溶液中，提取出油墨。溶剂蒸发之后，取余下粉末状的残渣分析。

库柏和莱姆看着分析出来的色彩层析谱，那是一个有着高低起伏的条状统计图，代表引出那本神秘书籍的油墨成分。

这个分析结果本身没有任何意义，但将其放进资料库里进行比对后，结果出来了：这种油墨非常像是一九九六年到二〇〇〇年间用于印刷一般成人图书的油墨。

“成人？”普拉斯基问道。

“不，不是你想的那种成人读物。”塞利托大笑着说。

“我的——”普拉斯基的脸唰地红了，“等一下。”

莱姆继续说：“其实就是相对于青少年读物而言。给成年人阅读的正常书籍。那纸张呢？测测酸性。”

库柏用纸片的一小角做了个最基本的酸碱度测试。

“酸性非常高。”

“这就意味着，是一本大批量印刷的一般精装本图书——不是平装本，平装本是用新闻纸印刷的；而是一本精装本，因为更贵的限量版图书，都是用低酸纸或者无酸纸印制。”

“把这个也加进你们特别小组的待办清单里，朗，找到这本书。我倾向于去找那个年代的非小说类书籍。甚至可能是犯罪实录。每一章都有不同主题，因为嫌犯只把他需要的几页裁了下来。让你的人去跟编辑、书店、犯罪类书籍爱好者谈谈……还有犯罪实录作者们。这样的话，大概会有多少人？”

“行啊，没问题。等他们查完那几兆条关于‘第二’的信息，就可以抽空看看了。”

“哦，顺带说一声，优先查这个。如果我们的嫌犯不辞辛劳地找到这本书，裁下书页带在身边，那我真的想知道这是本什么书了。”

大块头的塞利托又看了一眼刺青的图片，对库柏说：“把这张照片打一份出来，好吗？我要去刺青店看看——现在还叫刺青店吗？可能叫‘工作室’了吧。帮我拉一份知名店铺的清单。”

莱姆看着库柏打印照片，然后又进入纽约市商业执照签发处，下载了一份清单，里面列出了大概三十几家刺青店。库柏把清单交给了塞利托。

“这么多吗？”塞利托小声抱怨，“太棒了。这么好的天气，我真恨不得在外面多跑跑腿。”他把清单和刺青照片扔进公文包里，披上他的博柏利风衣，从口袋里扯出手套戴上。没打招呼，就离开了客厅。门开了，莱姆再次听到短暂的风声，然后门被甩上了。

“接下来，菜鸟，大理石查得怎么样了？”

普拉斯基转向身边的一台电脑，看着屏幕念道：“还在查爆破许可，他们现在在城里很多地方爆破呢。”

“继续查。”

“没问题，很快就会有结果的。”他把目光转到莱姆身上，“希望吧。”

“希望吧？”莱姆皱起了眉头。

“是啊，林肯，我可是注满了希望，以后不用再上你该死的文法课了。”

伊丽莎白街 237 号

被害人：克洛伊 · 摩尔，二十六岁

－ 与不明嫌疑人无关联

— 无性侵，但触碰皮肤

嫌犯 11—5

— 白人男性

— 体格瘦削到中等

— 针织帽

— 长度到大腿中部的深色大衣

— 深色背包

— 穿了鞋套

— 没有指纹

死因：毒芹素中毒，由刺青进入人体

— 来自毒芹

— 来源不明

— 浓缩物，正常浓度的八倍

使用普洛福，让被害人失去意识

— 如何获得？有医疗用品的渠道？

“第二”字样刺青，老式英文字体，上下有扇形纹

— 信息的一部分？

— 总部的临时小组正在查证

凶器是可携带刺青枪

— 未知型号

棉纤维

— 灰白色

— 很可能来自嫌犯的上衣，在扭打中扯下

书页，犯罪实录？

— 很可能在打斗中从嫌犯的口袋里撕下

— 可能是一九九六年至二〇〇〇年间的大批量印

刷精装书籍

- ies
- 他最大的过人之处，在于预判能力
- 下一页：尸体找到了。

实施犯罪前很可能用黏性滚筒去除衣服上的证迹

手铐

- 无品牌，无法追踪来源

手电筒

- 无品牌，无法追踪来源

防水胶带

- 无品牌，无法追踪来源

微物证迹

一氧化碳、臭氧、铁、锰、镍、银、铍、氯化烃、乙炔。

- 可能是氧燃料气焊法的燃料

河豚毒素

- 源自河豚身上的毒素
- 僵尸药
- 微量
- 未用于此受害者

粪胆素，尿素 9.3g/L，氯化物 1.87g/L，钠 1.17g/L，钾 0.750g/L，肌酸酐 0.670g/L

- 粪便物质
- 可能对地下场所有兴趣／执念
- 来自以后的地下犯罪现场?

苯扎氯铵

– 四价铵，大型场所消毒剂

黏性乳胶

– 用于创可贴、施工，以及其他

英伍德大理石

– 粉尘和颗粒状

托维克斯炸药

– 可能来自爆破区域

11

“嘿，老兄。随便坐。我马上就来招呼你。你要先看看小册子吗？看看里面有什么好玩的图案，能把女孩子们都震住。刺青永远不嫌老啊。”

这个男人的视线落在朗·塞利托没戴婚戒的手指上，又转向他之前正在对话的金发女郎身上。

这位刺青艺术家就是这家刺青店（没错，是刺青店，不是刺青工作室）的老板，他大概三十来岁，瘦得像根竹竿，身穿一条剪裁精良、熨烫平整的牛仔裤，搭配一件洁白如新的无袖T恤。金棕色的头发在脑后扎了个长马尾，脸上留着精心修整过的花哨胡子：从嘴唇上方延伸出四道光滑而纤细的深色线条，绕着嘴唇一周后，在下巴处会合成螺旋的造型。他的脸颊修得干干净净，两道锋利如钩的鬓角从耳旁延伸出来。一根小钢棒穿过耳朵上缘，又向下贯穿耳垂。另两根更小的钢棒则横向穿过眉毛。比起花哨的胡子和面部穿刺，他小臂上的彩色超人和蝙蝠侠刺青就显得黯然失色。

塞利托往前走了两步。

“等两分钟，老兄，我刚不是说了嘛。”他端详着塞利托，“你知道吗，作为一个年纪比较大、块头也比较大的人——哦，我没有冒犯你的意思——你还挺适合刺青的。你的皮肤不太容易松。”他的声音越来越小，“哦，嘿，你看这个。”

塞利托受够了他的絮絮叨叨，一把掏出金色的警徽举到这个嬉皮士面前，气势汹汹中带着一丝漫不经心。

“好吧，警察。你是警察？”

这位刺青艺术家坐在一只圆凳上，身边是一张看起来很舒服但已经很旧的黑色皮质可调节长椅。塞利托刚进门时，刺青师正跟躺在上面的那个女孩讲话。她穿了一条超紧身牛仔裤，上身穿了灰色工字背心。里面似乎穿着三件文胸，也可能是吊带背心之类的。粉色、绿色、蓝色，精彩极了。一头醒目的金发，左半边留长，右边剃短。如果忽略这奇奇怪怪的发型和那双充满焦虑的眼睛，她那张脸倒是很漂亮。

“你想找我谈谈？”刺青师问道。

“我想找 TT. 高登。”

“我就是 TT。”

“那我找的就是你。”

旁边还有另一个刺青师，胖胖的，三十来岁，穿着工装裤和 T 恤，正在为另一位客人刺青。那位客人是个肌肉发达的大块头，正趴在一张皮革床上，就是那种按摩店会用的床。他要在背上文一辆精美的摩托车，现在才进行到一半。

刺青师和他的客人都看着塞利托，塞利托毫不客气地瞪了回去。

他们又继续忙活手上的活计了。

警探又瞪了一眼高登和那个只有半边头发的女孩。女孩慌了，看起来心烦意乱的。来这里之前他查过，音速轰鸣刺青店的这位老板证照齐全、纳税完备。

"我忙完就来。"

塞利托说:"我这件事很重要。"

"我的事也很重要。"高登说道,"老兄。"

"不,老兄。"塞利托说道,"你要做的就是现在立刻马上坐到那里去,回答我的问题。因为我的重要比你的重要更重要。还有,Gaga 小姐,你得走了。"

她点点头,大气都不敢喘。

"但是——"高登试图开口。

塞利托直截了当地问道:"你听说过纽约州刑法第二十六条第二十一项吗?"

"我,呃,当然听说过。"高登面无表情地答道。

"帮十八岁以下未成年人刺青是犯法的,而且是非法对待儿童的二级罪。"他转向那位客人,恶狠狠地问道,"老实说,你几岁了?"

她几乎哭了出来:"十七岁。对不起,我只是,我没有,我真的,我想说……"

"你到底想说什么?"

"求你了,我只是,我的意思是……"

"一句话:滚出去。"

她落荒而逃,连自己的人造革夹克都没拿。在塞利托和高登的注视之下,她停下脚步,犹豫了一下,迅速跑回来,抓起皮夹克又跑开了。这次,她没有再回头。

塞利托再次转向这位刺青店老板,心里有点洋洋得意。但他也发现,高登没有因为自己处在犯罪边缘而心虚,或者畏缩。警探又进一步施压:"那刚好是二级轻罪,要关三个月。"

高登说道:"是最多关三个月。不过我可以在辩护中拿出一张真真正正的身份证。她的身份证做得真的非常非常好，顶级版本。我当时相信那是真的。陪审团也会相信那是真的。”

塞利托努力不去眨眼，但还是没忍住。

高登接着说了下去：“其实这也并不重要，我一开始就没打算给她刺青。我当时正处于西格蒙德模式。”

塞利托偏了偏脑袋。

“弗洛伊德，心理医生附体。她特别想要个刺青，但我试图劝她放弃。这个小孩是皇后区或布鲁克林的，不久之前，男朋友搞上了一个身上文着五个骷髅头的婊子，把她给甩了。”

“你说什么？”

“骷髅头，五颗，所以她想刺七颗。”

“你的疗效怎么样，心理医生？”

高登沉下了脸：“刚开始进行得好好的。我差不多要劝住她了。然后你闯进来了，硬生生打断了我们。但我想现在她至少被吓住了。”

“劝住她？”

“没错，我哄她说刺青会搞坏她的皮肤。要不了几个月，她看起来就会像是老了十岁。这很好笑，因为南太平洋某些岛屿上的女人用刺青来让自己显得年轻。比如刺在嘴唇上和眼皮上。哦，真是的。反正我觉得她不太可能听说过萨摩亚人的风俗。”

“但你以为她已经成年了，那为什么还要劝住她呢？”

“老兄。首先，我觉得她的证件有点可疑。但这不是关键，关键是她来这里的目的就是错的。刺青，应该是一种正能量的自我宣言。不是为了复仇，也不是为了给谁看，不是为了成为那个愚蠢的有龙文身的女孩。刺青，定义了你是谁，而不是让你成为别的什么人。get 了吗？”

塞利托的表情似乎在说，并没有。

但高登自顾自地说了下去："你看见她的发型了吧？还有哥特式的妆容。但不管怎样，她不适合刺青。天哪，她还背着个Hello Kitty 的包。脖子上还挂着十字架。在你们那个年代，她就是那种会去饮品店的邻家女孩。"

我们那个年代？饮品店？虽然很不情愿，但塞利托还是不得不承认高登说得没错。

"另外，我也没有那么大的胆小球可以给她。"年轻人说着，咧开嘴笑了。他又说了些塞利托听不懂的词。

"什么球？"

他解释道：如果一个客人看起来忍不了刺青的疼痛，就预先给他一只网球捏着。"那个小孩受不了的。但你要想得到一个刺青，就非疼不可。这就是刺青的规则：疼痛和流血。这也是我们的约定，老兄，get 了吗？那么，我能为你做些什么呢？现在看来，应该不是什么中年危机想要刺青的故事。"

警探低声说："你就不会说'懂了吗'，非要说'get 了吗'？"

"'懂了吗'是你们那个年代的说法。"

"我们那个年代。"塞利托说，"我和垮掉的一代。"

TT. 高登笑了起来。

"我们正在查一个案子，需要人帮忙。"

"我也猜到了，给我一分钟。"高登走进第三个工作区。里面有位刺青师，他那红蓝双色的大花臂文身相当精美。他正为一个二三十岁的男人服务。在他的二头肌上文一只展翅高飞的老鹰。塞利托想起了莱姆家窗台上的那些游隼。

这位客人看上去像是刚从华尔街坐地铁过来，完事后还要回到供职的律所通宵加班。

高登检查了一下他刺青的状况，给了一点建议。

塞利托在店里巡视了一圈。这里看上去像是属于另一个年代，比如二十世纪六十年代。墙上贴着几百张花里胡哨的刺青图案，有人脸的、宗教符号的、卡通人物的、座右铭、地图、风景、骷髅……其中很多都是迷幻艺术风格。其中还夹杂着几十张人体穿孔的图片可供挑选。有些相框上盖了布。塞利托猜得到这些金属钉和金属环都位于人体的哪些部位，但不理解为什么要遮起来。

刺青区域则让塞利托联想到发廊，都是客人坐在活动躺椅上，而技师坐着圆凳。工作台上放着各种器械、瓶瓶罐罐和抹布。墙上是一面大镜子，上面贴着几张汽车贴纸和健康局发的执照。尽管这个地方运转起来时肯定是体液飞溅，但看起来却那样一尘不染。空气中弥漫着消毒水的味道，随处可见关于消毒设备、注意卫生的警示标语。

130℃是人类的好朋友。

高登发表完意见，示意塞利托到后面的房间里。二人穿过一道塑料珠链帘幕，进入这家店的办公区域。这里也同样的整齐而洁净。

高登从迷你冰箱里拿了瓶水递给塞利托。但塞利托摇摇头，打定主意不要让这家店里的任何东西沾到他的嘴。

高登自己拧开瓶盖，喝了一口。他冲着还在晃动的珠帘点点头：“我们现在都变成那样了。”仿佛塞利托已经成了他推心置腹的好友。

“什么样？”

“穿西装的那个家伙。”他轻声说道。那个要在身上刺一只老鹰的男人，“你看到他刺在哪里了吗？”

“二头肌。”

“没错，位置很高，很容易隐藏。这种人有两三个小孩，现在没有以后也会有。读的是哥伦比亚大学或者纽约大学，当律师或审计师。”他摇摇头，马尾辫晃荡起来，“在以前，刺青是要被藏起来的。只有坏小子或者坏女人才有。现在，你来刺个青，就跟戴一根幸运手环或者打个领带一样。有个笑话说，有人打算成立一家刺青连锁店，店名就叫‘青巴克’。”

“所以你才弄那些棒子？”塞利托指的是高登脸上的穿刺棒。

“现在要做出宣言，就得更激进。这听起来有点弱，对不起。那么，我能为你做点什么，警官？”

“我正在纽约的规模比较大的刺青店查访。目前为止还没找到什么有用的信息，但他们都说我应该来找你聊聊。听说这里是纽约开业时间最久的刺青店，而且你也认识圈子里所有人。”

“很难说是不是最久的一家。刺青——我指的是美国当代刺青，不是部落刺青——可以说是源于纽约。大概是十八世纪末，在包厘街。但因为肝炎流行，刺青在一九六一年被禁了。直到一九九七年才又合法。我找到的一些记录上记载，这家店二十世纪二十年代就开了。天哪，那么早。文个身，你就是另类小伙了，或者是另类小姐。不过那时候，女人很少刺青，虽然也不是没有。温斯顿·丘吉尔的妈妈就有个刺青，是一条蛇吃自己的尾巴。”他忽然发现塞利托对于刺青的历史不大感兴趣的样子，耸耸肩。“你对我的话不大感兴趣，get 了。”

“接下来我要跟你说的事，是机密。”

“放心吧，老兄。客人们在刺青时跟我说过各种各样的破事。他们太紧张了，就开始喋喋不休。我听完就忘了，健忘症。”他皱了皱眉头，“你来是要打听我哪位客人的吗？”

“应该不是你的客人，但也有可能。”塞利托答道，“如果我给你看一个刺青图样，你能看出是谁做的吗？”

“也许吧，每个人都有自己的风格。就算用了同一张转印纸，两个刺青师做出来的还是会很不一样。这跟你学的技法、用的机器、选择的针头都有关系。关系到上千种因素，我不能打包票。但我跟全国的刺青师合作过，几乎每个州的行业聚会我都去过。也许我能帮到你。”

“好吧，就是这个。”

塞利托在公文包里翻了一通，拿出梅尔·库柏打印的那张照片。

the second

高登低头看着，皱起眉头细细端详着那张照片。“做这个刺青的家伙很懂嘛——肯定是个高手。但我不懂为什么会发炎。没上墨。皮肤都肿起来了，坑坑洼洼的。感染得很严重。也没有颜色。他用了隐形墨水吗？”

塞利托以为高登是在开玩笑。但高登接着解释说，有人不想留下永久性印记，所以就用特殊墨水来刺青，完成后肉眼看不见，只有在黑光灯下才能看见。

“胆小鬼。”

“你 get 了，老兄。”他向塞利托伸出一只拳头。但塞利托没有跟他击拳。高登皱起了眉头：“我想，是出了什么事吧？”

塞利托点点头。他们没有对媒体披露关于毒药的事，因为这种犯罪手法可能会引发模仿犯罪。而且，如果有线人告密，或者嫌犯自己打电话给警方炫耀，他们可以据此确认打电话的人知道案件细节。

此外，这也是塞利托的工作方式。他在寻访证人和寻求建议时，一向的原则就是尽可能少做解释。但目前的状况，他没有其他选择。他需要高登的帮助。而且塞利托觉得自己还挺喜欢这个家伙的。

老兄……

“我们要找的这名嫌犯，他用毒药来刺青。”

刺青师的眼睛一下子瞪大了，他眉毛上的金属棒被抬得老高。“我的天，不是吧！我的天哪。”

“正是这样，你知道有谁这么做过吗？”

“绝无可能。”高登用手背抹着脸上复杂的胡须，“这太不应该了，伙计。你瞧，我们……我们这一行，一半算是艺术家、一半算是整形医生——客人信任我们。我们和他们之间有一种特殊纽带。”高登的声音嘶哑了，“用刺青杀人。哦，天哪。”

店里的电话响了，高登没有理会。但很快，那个大块头的刺青师，就是正在创作摩托车的那位，从珠帘里探出了脑袋。

“嘿，TT。”他冲塞利托点点头。

“什么事？”

“有人打电话来，我们可以给人脖子上刺一张百元美钞吗？”他一口南方口音。但塞利托听不出具体是哪儿。

“百元美钞？能啊，怎么不能了？”

“我的意思是，刺青货币会不会违法？”

高登转了转眼珠子。“他又不会把自己投进大西洋城的老虎机里。”

“我就问问嘛。”

"没问题的。"

刺青师又回去接起了电话:"好的先生,我们可以做。"电话挂断了。他正准备走开,被高登叫住了,"等一下。"他对塞利托解释道,"艾迪刚好也在,你也可以跟他聊聊。"

塞利托点点头,高登为二人简单介绍了一番。"艾迪·博福特,这是塞利托警探。"

"幸会。"塞利托认定,是中大西洋地区南部口音。这家伙长着一张亲切的脸,跟他密密麻麻文满了野生动物的手臂很不相称。"警探,警察,嗯。"

"再跟艾迪说一遍。"

塞利托对博福特介绍了情况,跟高登一样,他的脸上流露出震惊和沮丧。塞利托问道:"你有没有听说过什么人用墨水或者刺青枪来杀人?毒药什么的。"

"没有。"博福特低声说,"闻所未闻。"

高登跟他的同事说:"手艺很好。"

"没错,这人是内行。用了毒液,嗯?"

"没错。"

高登问道:"他是怎么抓住她的?我的意思是,是怎么让她一动不动那么久的?"

"下了迷药,不过他也没花多久。我们认为,这个刺青只用了十五分钟。"

"十五分钟?"高登惊讶不已地问道。

"这很不寻常?"

博福特说道:"岂止不寻常。老天,我认识的人里,没有谁能在十五分钟里完成这样一幅作品。至少,要一个小时。"

"没错。"高登肯定。

博福特冲店铺前面点点头。“还有个半裸的人等着我呢。我得走了。”

塞利托向他点头致谢。他问高登：“那么，看到这张照片，关于做这个刺青的人，你还有什么能告诉我们的吗？”

高登俯过身，仔细研究那张照片上克洛伊·摩尔的刺青。他的眉毛皱成一个V字形。“这张照片不是很清楚。你有特写照片吗？或者精度高点的照片？”

“我们可以弄来。”

“我可以去警察局找你们。呃，我一直很想去看看。”

“我们在一位顾问的办公室工作，我们——等等。”塞利托的电话响了起来，他看看手机屏幕上的信息。有意思，然后简短回了一条。

他对高登说道：“我得去个别的地方，但很快会去这里。”塞利托写下莱姆的名字和地址，“这是那位顾问的地址。我要先回总部一趟，我们那里见。”

“好的，我什么时候过去？”

“越快越好。”

“没问题。嘿，你想要一把格洛克手枪之类的吗？”

“什么意思？”塞利托又皱起了脸。

“我免费帮你刺一个。一把枪，一个骷髅。嘿，一个纽约市警察局的警徽怎么样？”

“不要骷髅，不要警徽。”他戳了戳写着莱姆家地址的卡片，“我只要你尽快过去。”

“我会尽快。”

“你get了，老兄。”

12

“进展怎么样，菜鸟？”

罗恩·普拉斯基坐在莱姆家客厅里的一张凳子上，弓身敲着电脑键盘。他正在追查市内可能出现英伍德大理石的地区。“进展缓慢。进行爆破的地方不仅有打地基的，市内还有好几处拆除工程正在进行。而且现在是十一月，天气又是这样。谁能想得到？我——”

有人的手机响了。普拉斯基从口袋里掏出手机——就是那个预付费手机。

“钟表匠”卧底任务有进展了。莱姆很高兴看到这么快就有人打来电话。

打开会说些什么呢？

他先是听到普拉斯基在寒暄，然后说：“是的，关于遗体，理查德·罗根，没错。”他踱步到角落里，莱姆再也听不见了。

可是他注意到了普拉斯基死气沉沉的表情——莱姆打定主意不要把想到的俏皮话说出来，因为这个任务本身给这位警探的压力已经够大了。

两三分钟后，普拉斯基挂了电话，匆匆记了些笔记。

“怎么说？”莱姆问道。

普拉斯基说："他们把罗根的遗体送到了博考维茨殡仪馆。"

"那是哪里？"莱姆问道，这地方听起来很耳熟。

"距离这里不远，上百老汇大道。"

"有追悼会吗？"

"没有，只说周四会有人去取他的骨灰。"

莱姆的双眼依然盯着那台巨大的电脑屏幕，低声说道："联邦调查局那里还没查到毒药来源，该死的'第二'也没什么线索。我本来就没指望儿那能查到什么，是谁去？"

普拉斯基和库柏都没有回答，萨克斯也沉默着。

"怎么样？"莱姆叫道。

"什么怎么样？"库柏说。

"我在问普拉斯基，谁会去那里？去取罗根的骨灰？你问过殡仪馆老板谁会去吗？"

"没有。"

"为什么不问？"

"因为，"普拉斯基回答道，"问了就会很可疑，你不觉得吗，林肯？如果"钟表匠"的秘密同伙去悼念他，殡仪馆老板不经意间提起有人很好奇谁会去——这种问题其实不该问的——"

"好吧，我知道你要说什么了。"

"而且说得很有道理。"库柏说道。

相当有道理。

接着，莱姆继续陷入沉思，思考着克洛伊·摩尔身上那个刺青的含义。他很怀疑到底能不能找出关于"第二"的引言。说不定嫌犯只是临时起意想到了这个词，根本查不出什么。甚至这个词背后也根本没有任何深意。

只是为了分散注意力。误导人而已。

是个烟幕弹……

但万一你想用这个词传达一些信息，那会是什么信息呢？为什么你要这样故意吊人胃口？

"我不知道。"库柏答道。

显然莱姆把自己的思考过程说出来了。

"该死的信息。"他嘟囔着。

房间里的所有人都再次盯着那个刺青。

"……第二，第二……"

"是变位词吗？"库柏提议说。

莱姆来回审视那几个字母。调换顺序以后也看不出什么特别之处。"总之，我觉得这个信息本身就足够神秘。他跟我们没必要玩拼字游戏。这样，菜鸟，你去殡仪馆卧底，没问题吧？"

"当然。"

回答得太快了，莱姆心想。他知道普拉斯基对这个任务有点畏怯，不是因为这个任务危险。就算"钟表匠"的同伙继承了他的衣钵，还亲自去殡仪馆领取骨灰，他也不大可能在那种地方掏出枪来跟便衣警察交火。不，让这位年轻警察倍感煎熬的，是对于自己缺乏信心的恐惧。这是因为几年前，他的头部受过伤。普拉斯基在犯罪现场勘查方面表现非常优秀，而且作为一个非理科出身的警员，他在实验室的表现也不错。但是每当要跟人打交道或是需要随机应变时，他就会有点迟疑不决。"我们晚点再商量你要穿成什么样，扮演一个什么角色，该怎么表演。"

普拉斯基点点头，收起刚才一直紧紧攥在手里的手机，回去继续专心追查英伍德大理石了。

而莱姆则转动轮椅来到检查台前，台面上放着克洛伊·摩尔苏荷区谋杀案的种种证物。然后他抬起目光，凝视着检查台上放的显示器，上面正放映着萨克斯在现场拍回的照片，散发出高精度的微光。他端详着这位女性死者的脸，她吐出的白沫，张开的嘴，她的呕吐物，还有睁大的呆滞双眼。那是她留在人世间最后一刻的表情。从毒芹中萃取的致命毒素，会引起严重的抽搐反应和腹部剧痛。

为什么要下毒？莱姆再次陷入沉思。

而且，为什么要用刺青枪作为下毒的工具？

“该死的。”萨克斯咕哝道，走出了她的办公区域。她正在帮助普拉斯基搜索商业爆破许可，“电脑又死机了，二十分钟已经两次了，之前电话也是。”

“不光是这一带。”托马斯接口道，“城里到处都这样，下载变得很慢，太痛苦了，大概有几十片社区受到了影响。”

莱姆怒气冲冲地说：“好极了，我们正需要麻烦。”在这个时代，你要破案就离不开电脑。从车管所到加密的警方和国安局资料库，再到谷歌。如果网络不好，办案进度也要跟着停滞不前。平时你可能根本都想不到自己有多依赖这些看不见摸不着的信息流，直到你发现网断了。

这时候萨克斯宣布：“好了，网又联上了。”

但是当朗·塞利托边脱大衣边快步走进莱姆家的客厅时，这些关于网络的哲思就被人们搁置一旁了。他把博柏利大衣扔在一张椅子上，又叠起手套放在大衣上面，然后从公文包里取出一沓东西。

莱姆看着他皱起了眉头。

塞利托充满戒备地说：“我回头再帮你清理这该死的地板好吗？林肯。”

“我关心的不是地板，我为什么要关心地板？我只想知道你手里拿着什么。”

塞利托擦了擦汗。在这个二十五年最冷、天气最糟糕的十一月，他体内的温度显然没有受到影响。“首先，我找到一个刺青师来帮忙，他应该正在路上，最好是这样。TT．高登。你真该看看他的胡子。”

“朗。”

“接下来看看这个。”他递过一本书，“总部那些家伙？他们查到那张纸片是哪里来的了。”

莱姆的心跳加速了——大多数人心跳加速时，会感受到自己胸膛的起伏；但对他来说，这种感受来自脖子和头部脉搏的加速。那是他仅存的还有知觉的部位。

ies

最为过人之处在于他的预判能力

“他们是怎么找到的，朗？”萨克斯问道。

塞利托接着说道：“你知道马蒂·贝尔森吗？重案组的。”

“哦，那个超级大脑。”

“没错，沉迷于字谜，连睡觉时都在玩数独。”塞利托对莱姆描述道，“他平时主要是负责经济犯罪。总之，他猜出最上面的几个字母是书名的一部分。一般在书页顶端，一面是放作者名的，另一面是书名。你知道的吧？”

“我们知道，你继续。”

“他接着猜那些单词以‘ies’结尾。”

莱姆说道：“背面有个字是‘尸体’(body)，所以可能是复数形式的尸体（bodies)。我们怀疑那是一本罪案类书籍，或者主题是尸体，那也许是‘敌人’(enemies) 吧。”

“不是，是‘城市’(cities)。书名是《连环城市》(Serial Cities)。刚好也是马蒂第一反应想到的六个单词之一。他给城里各大出版社都打了电话——反正现在也没剩下几家。他把那段内文读给他们听。有个编辑认了出来，说他们公司很久以前出了这本书。《连环城市》现在已经绝版，不过他甚至还记得那句话出自哪一章——第七章。他们马上会给我们送一本来。”

太棒了！莱姆问道：“那么这一章有什么特别的？”

塞利托又擦了一把汗。“你，林肯。这一章写的是你。”

13

“还写到了你，阿米莉亚。”

塞利托打开了那本书。莱姆注意到书的全名——《连环城市：全国著名杀手》。

“让我来猜猜看，主题说的是每座大城市都有个连环杀手。”

“波士顿扼杀者，洛杉矶的查尔斯·曼森，西雅图的五号公路杀手。”

“太不严谨了，曼森不算连环杀手。”

“我觉得公众不会在意。”

“我们还被写进了书里？”萨克斯问道。

“第七章的标题是‘集骨者’。”

这是大众给那名连环绑架犯起的外号，因为媒体的大肆报道和一部夸大其词的改编小说而深入人心。几年前，这名绑架犯把莱姆和纽约市警察局玩弄于股掌之间：他把受害者藏匿在各种地方，如果莱姆和警方没有及时找到，他们就会惨死。

其中有些受害者被成功解救，有些被害了。这一案件意义非凡，原因如下：它将莱姆从死亡边缘拯救了回来，字面意义上的拯救。当时他刚刚高位截瘫不久，意志极度消沉，几乎要自杀。但在与这位智力超群的罪犯交手之后，他又燃起了斗志，决定活下去。

同时，这个案子也让莱姆和萨克斯走到了一起。

莱姆正咕哝着："那我们为什么没有出现在第一章？"

塞利托耸耸肩："那真是太遗憾了，林肯。"

"但我们这是纽约啊！"

而且是我啊，莱姆心想。

"我能看一眼吗？"萨克斯问道。她打开书，翻到那一章，一目十行地读了起来。

"太短了。"发现这点后，莱姆更不高兴了。波士顿扼杀者的篇幅会更长吗？

"你知道的。"萨克斯说道，"我记得之前跟一个作家聊过。他说他正在写一本书，就约我喝杯咖啡，想问出点报纸或者官方记录上没写的细节。"她微笑了起来，"我好像记得他说他也给你打电话了，莱姆。但你把他大骂了一通，挂了电话。"

"我不记得了。"莱姆含糊地说，"新闻业，写这些有什么意义呢？"

"你自己也写了那个啊。"普拉斯基冲书架上那本莱姆本人的著作点点头，书中记载了纽约市各类罪案现场纪实。

"写着玩而已。我的人生不应该浪费在回顾一堆骇人听闻的故事上，用来满足那些嗜血的读者。"

但他暗自反思：也许本该写得更骇人听闻一些。《犯罪现场实录》一书实在是销路欠佳。

"重要的问题是，嫌犯 11–5 为什么偏偏对集骨者的案子这么感兴趣？"他冲那本书点点头，"我这章又有什么特别的？有主题吗？作者有什么深意？"

上帝啊，这章到底有多长？只有十页？莱姆感觉自己受到了羞辱。

萨克斯继续浏览着。“别担心，书里把你写得很好。不得不说，把我写得也很好……基本上都是在描写绑架案本身和破案技巧。”

她又翻阅了几页。“有很多关于刑侦各步骤的细节，还有些补充说明。说了很多关于你的情况。”

“啊，那一定写得很引人入胜。”

“还写了关于这个案子的政治斗争。”

当时萨克斯为了保存证据，关闭了整条地铁线，为此卷入了大麻烦——甚至造成了州政府内部的政治分歧。

“还有一些补充说明——关于帕米拉的母亲。”萨克斯说道。

当时集骨者绑架了一个叫作帕米拉·威洛比的小女孩和她的妈妈。莱姆和萨克斯解救了她们，但后来才知道，她妈妈并不仅仅是一名无辜受害者。得知真相后，萨克斯和莱姆拼命想找到那个小女孩。几年前，他们设法把她救了出来。现在帕米拉已经十九岁，在纽约边读大学边打工。她现在被萨克斯当作妹妹。

萨克斯读完了。“作者花了很多笔墨描述凶手的心理状态：为什么他那样痴迷于人骨？”

那名绑架犯收集人类的骨头，用来雕刻、打磨、抛光。他的这种执念，似乎是因为他曾受到的创伤，有深爱的亲人被杀害。而打磨骨头似乎可以抚慰他的灵魂。

他所犯下的罪案都是出于对失去亲人的复仇。

莱姆说道：“首先，我想我们需要查一下这位嫌犯跟集骨者之间有什么联系。去翻翻资料。追查集骨者的家族成员，他们都住在哪里，现在都在干什么。”

要挖出档案得花一些时间，官方报告和证物都在纽约市警局的档案室里。这是一宗陈年旧案。莱姆的电脑里也有一些资料，但当时的文档格式和现在的系统不兼容。还有些资料存在老式磁盘里，被托马斯从地下室里翻了出来。放磁盘的盒子上布满了灰尘，看起来像是出土文物一般。

“这都是些什么东西？”普拉斯基问道。对于他这一代人来说，数据存储都是以G为单位的。

“电脑磁盘。”塞利托说道。

“听说过，但没见过。”

“你没开玩笑吧？罗恩，你知道我们以前听音乐，用的都是那种大的圆形黑胶唱片。哦，对了，菜鸟，而且在微波炉出现之前，我们会用真正的火烤熟乳齿象的肉排。”

“哈。”

这些磁盘看起来是派不上用场了。好在托马斯也在地下室找到了这些资料的纸本文档。莱姆和大家设法拼凑出一份集骨者的生平传记，上网（网络现在又变得通畅了）查找一番，确认当时集骨者并没有任何活着的亲属，至少没有近亲。

莱姆沉默了一会儿，想着：而且我知道他为什么没有任何家人。

“那幸存者呢？”

大家又开始上网查找，打电话询问。

结果除了帕米拉之外，从集骨者手中解救的受害者不是死了，就是搬离纽约了。

莱姆毫不留情地说：“好了，看起来跟集骨者一案没有任何直接关联。君子报仇，十年不晚。但是等到现在才找上我们，未免也太晚了。”

“我们去找泰瑞聊聊吧。”萨克斯建议道。

泰瑞·杜宾斯，纽约市警察局首席心理专家。当初就是他提出设想，认为集骨者对骨头的执念是因为骨头可以保存很久，而这也反映出凶手曾失去至亲。

另外，在几年前莱姆遭遇意外、高位截瘫后，杜宾斯就如同一只斗牛㹴狗式卫士一般。他不肯接受莱姆想要放弃生命、采取自杀的想法，一直努力帮助莱姆适应瘫痪后的生活。他从来不跟你聊什么“这给你带来了怎样的感受”之类的狗屁。杜宾斯知道你的感受。他会引导你的谈话，设法淡化那些经历给你造成的创伤，但同时也不会回避这样一个事实：没错，有时候生活就是会蹂躏你。

毫无疑问，这位心理医生非常聪明。而且才华横溢。但萨克斯建议找他来，是出于其他的理由。她希望给嫌犯11–5出一份心理侧写。但莱姆对于心理侧写这门艺术——友情提示，并不算科学——非常怀疑，至少是半信半疑。

“干吗费这个事？”他问道。

“不怕一万——”

“别说这些陈词滥调，求你了，萨克斯。”

“——只怕万一。”

塞利托站在萨克斯一方。“找他来又没什么坏处，林肯。”

“会占用我们干实事的时间——分析证物什么的。让人分心，这就是坏处，朗。”

“那你就继续分析你的证物吧。”塞利托怼了回去，“阿米莉和我给泰瑞打电话。你不用听。你看，这位嫌犯不怕麻烦地弄到一本跟集骨者有关的书，我想知道原因。”

“那好吧。”莱姆让步了。

塞利托打了个电话，等杜宾斯接通后，他打开了手机扬声器。

“现在开着免提，泰瑞。我是朗·塞利托，我跟林肯还有一些其他同事在一起。我们在查一个案子，想咨询下你的意见。”

“好久不见。”杜宾斯医生用悦耳的男中音说道，“朗，你最近还好吗？”

“很好，很好。”

“林肯呢？”

“还好。”莱姆嘟囔着，又去研究白板上列出的线索——英伍德大理石，被炸开。相比不牢靠的心理学猜想，莱姆对这个的兴趣可要大多了。

炼金术……

“我是阿米莉亚。”她说，“还有罗恩·普拉斯基和梅尔·库柏。”

“我想你们想说的是刺青的案子吧，我在网上看到了。”

虽然纽约市警察局还没有向媒体透露关于嫌犯11–5案件的细节，但他们已经联系了纽约地区的各个执法单位，查证是否有类似作案手法的先例（结论是没有）。

“没错。有点进展了，我们需要你的建议。”

“洗耳恭听。”

莱姆不得不承认，他觉得杜宾斯的声音有种抚慰人心的魔力。他的脑海里甚至已经浮现出这位身材矫健、灰白头发的医生，正露出如同他声音般有魅力的微笑。当他倾听你说话时，他是真的听进去了。那一刻，你就是宇宙的中心。

萨克斯跟他解释，这名嫌犯偷走了一本书里关于集骨者的那章，在犯案时随身携带。她还进一步补充道，本案与集骨者案没有直接关系，但凶手为了找到这本书，大概费了不少事。

朗·塞利托补充道：“他还留下了信息。”他接着说起了用老式英文字体刺上去的“第二”字样。

心理医生沉默了一会儿，开口了：“这样，我的第一反应也许跟你们一样，他是个连环杀手。不完整的信息意味着还会有更多信息出现。而且他对集骨者感兴趣，那也是个连环绑架者。”

“我们已经设想他会再寻找目标。”塞利托说道。

“找到什么线索了吗？”

萨克斯说道：“目击者描述：白人男性，身材瘦削。我们掌握了他使用的毒物，以及有可能以后使用的毒物。”

“被害者是白人女性？”

“是的。”

“符合连环杀手的特征。”大多数这种类型的连环杀手，都会猎杀与他们同种族的人。

萨克斯接着说道：“他先用普洛福迷晕了被害者，因此他有医学背景。”

“就跟集骨者一样。”杜宾斯说道。

“没错。”莱姆回答。现在他的目光从证物链上挪到了电话上，“我还没想到这一点。”现在他把一半的注意力放在了这位心理专家身上。

“有性欲因素吗？”

“没有。”塞利托说道。

萨克斯补充道：“她拖了一阵子才死去，我们认为当时嫌犯就在旁边看着，很可能还看得很开心。”

“虐待狂。”罗恩·普拉斯基说道。

“是谁在说话？”杜宾斯问道。

“我是巡警罗恩·普拉斯基，协助林肯和阿米莉亚办案。”

“你好，警官。话说回来，我不认为是虐待狂。这个说法通常只用在含有性虐待的语境中。如果他只是很享受给别人带来痛苦，那么我们通常会将他诊断为反社会型人格。”

“是，先生。”普拉斯基的脸红了。倒不是因为自己说错了话，而是因为插嘴，被莱姆狠狠瞪了一眼。

杜宾斯接着说：“根据我的直觉，他是个心思缜密的罪犯，出手之前会精心计划。至于为什么这位不明嫌犯对集骨者、林肯还有阿米莉亚有着异乎寻常的浓厚兴趣，我大致有两种猜想。其一，十多年前集骨者的案件也许对他影响很大。我指的是情感上发生了共鸣之类。”

“就算他跟这个案件没有直接关联，也会受到影响？”莱姆似乎忘记了自己正努力忽略这位医生，忍不住开口问道。

“没错。我们还不知道他的确切年龄，但当时他很可能正处于青春期早期——在那个年纪，很容易被关于连环杀手的新闻打动。至于为什么被打动？这么说吧，如果我记得没错，集骨者的犯罪动机，是关于复仇。”

“没错。”

塞利托问道：“那我们这位不明嫌犯又是为了什么而复仇，医生？死去的亲人？其他方面的个人不幸？”

“说真的，什么都可能。也许他失去了什么，也许遭遇了什么悲剧，然后怪罪于某人某事。公司、机构之类的。当他遭到不幸时，也许正好是集骨者案发的那段时间，于是他就产生了这样的想法，像集骨者那样去复仇。从此，这个想法一直在他脑海里挥之不去。这也可以解释为什么凶手的手段有点类似十多年前的集骨者——当时有些犯罪现场也是在地下，不是吗？”

“没错。”莱姆再次说道。

“而这位不明嫌犯对于人体形态学也有种狂热的执念。对他来说，迷恋的是人皮。”

萨克斯补充道：“是的，我还找到了证据，发现他抚摸过被害人的一些身体部位，不是出于性欲的抚摸，据我观察也不是为了刺青。他给我留下的印象是，也许抚摸皮肤让他感到满足。”

医生继续说：“那么，这就是他对于集骨者感兴趣的第一种原因：与他在心理上的联结。”他低声笑了起来，“我想，也许你会觉得这个结论不是很重要。”他很清楚莱姆总是不相信用心理分析来办案，还把这称为“装神弄鬼”。“但这有可能意味着，他的犯罪动机也是复仇。”

莱姆开口说道：“我知道了，医生。我会把这点也写在白板上。”

“我想你可能会觉得第二种原因更有意思，为什么他会对这本书的这个章节特别感兴趣。无论他的动机是什么——复仇、杀戮的快感，或者只是为了分散你的注意力，这样他好去抢劫美联储——他都知道你会追踪他，所以他想要尽可能多地了解你。你的工作方法，你的思考方式，你到底会怎样追查一个连环杀手。这样他就不会重复前人犯过的错误。他想掌握你的弱点——你和阿米莉亚的弱点。”

莱姆觉得这就比较说得通了。他朝萨克斯点点头，萨克斯对医生说：“这本书基本就是一本操作指南，详细介绍了如何用鉴证科学追查连环杀手。而且根据现场调查，他很小心地擦掉了几乎所有证迹。”

普拉斯基开口问道：“医生，关于为什么会选择这名被害人，你有什么想法吗？我们几乎查不出他们之前有任何联系。”接着，他简单介绍了一下克洛伊·摩尔其人。

萨克斯说道：“像是随机选择的被害人。”

“还记得吗，在集骨者案里，凶手真正的目标另有其人：是纽约市，是警方，是你，林肯。我猜测，你这位不明嫌犯选择被害人时，只是出于容易接近和便利性的考虑——有合适的地点、合适的时间，可以不受干扰地刺青……然后我想，还有个营造恐慌的因素。”

“是什么？”塞利托问道。

“除了谋杀被害人之外，他还有别的目的——显然，不是抢劫，也不是性侵。他犯下的谋杀，可能让整座城市都陷入恐慌。纽约所有人在进地下室、车库、洗衣房或是从后门进入他们的办公室和公寓之前，都要好好思量一番。现在，还有其他几点。首先，如果他真的是受到集骨者的影响，那么他可能也是针对你个人的，林肯，还有阿米莉亚。实际上，你们可能都有危险。其次，就像我刚才说的，他是个思维缜密的罪犯。这说明他肯定提前考察过受害者，至少提前考察过犯罪现场。”

莱姆说：“我们也正在调查这一点。”

“很好。还有最后一点——如果他真的是模仿犯罪，那么他会收集被害者的骨头。但他感兴趣的却是皮肤。这是他的关注点所在。他可以简单粗暴地给被害者注射毒药，或是强迫他们服毒，或者干脆捅死或是枪杀他们。但他没有，显然他是个专业级别的艺术家——因此每次他都在一个人身上刺下自己的作品，以此宣布此人的皮肤归他所有。”

“集皮者。”普拉斯基说道。

“没错。如果你能查出他为什么对皮肤如此迷恋，也许就找到了理解本案的关键。”莱姆听见医生的办公室里传来一个模糊不清的声音，“啊，有个病人在等我，恐怕我不得不失陪了。”

“多谢了，医生。”萨克斯说道。

挂断电话后，莱姆让普拉斯基把杜宾斯的推论都写到白板上。

都是些模棱两可的话……但莱姆再不情愿，还是得承认医生的看法不无帮助。

他说道："我们应该跟帕米拉通个话，看有没有人跟她打听过集骨者的事。"

萨克斯点点头："好主意。"

帕米拉现在离开了寄养家庭，一个人住在布鲁克林，跟萨克斯家离得不远。不明嫌犯很有可能根本就不知道帕米拉的存在。因为她在被集骨者绑架的时候还是个孩子，连真实姓名都没有被披露过。《连环城市》中也没有提到她。

萨克斯给她打了个电话，留言让她到莱姆家来一趟，有些事跟她商量。

"普拉斯基，继续查大理石的事。我要知道源头。"

门铃嗡嗡作响。托马斯走出房间去开门。不一会儿，他回到客厅，后面跟着一个三十来岁的男人。此人身材精壮，面容沧桑，脑后扎着一根长长的金色马尾，脸上还蓄着莱姆前所未见的夸张胡须。看着面前气质迥异的两人，莱姆忍不住笑了起来。托马斯身穿深色休闲裤和淡黄色衬衫，搭配铁锈红领带。而这位访客身穿洁净无瑕的西装外套，在这个寒冷无比的季节显得那么单薄；黑色牛仔裤是熨烫过的，黑色的长袖套头毛衣上点缀着一只红色蜘蛛，那双棕色靴子则被擦得如同桃花心木餐桌般锃亮。他和托马斯之间的唯一共同点就是二人都很纤瘦，而托马斯则比他高出一个头。

"你一定是 TT. 高登了。"莱姆说道。

"是啊。那么，你好啊，你就是轮椅上的那个家伙了。"

14

莱姆饶有兴趣地打量着那夸张的胡子，还有耳朵和眉骨上穿刺的金属棒。

高登的手背上可以看见一些刺青的局部，更多图案被藏在套头毛衣的袖子里。莱姆相信他的右手腕上刺的很可能是个“砰”字。

他对于这人的外表不予置评。很久以前，他就不再根据一个人的外表来判断其本质，这么做未免过于浅薄。实际上，他自己的身体状态就是对这一点最好的佐证。

不过他最主要的想法是：穿刺有多疼？至少在这件事上，莱姆可以感同身受，因为他的耳朵和眉毛这两个部位还残留着痛觉。此外他还想着：如果TT.高登因犯罪被抓，那他一定很容易就被指认出来。

TT.高登向塞利托点头致意，塞利托也冲他点点头。

“嘿。我刚说的是你坐着轮椅？听起来是句废话，但我不是那个意思。”高登面带微笑，环视着屋子里的众人。他又把目光转回莱姆身上，“很显然你坐着轮椅。我的意思是，嘿，你就是那个著名的轮椅神探。我刚才没说这点，当这位——”他冲着塞利托点点头，“来我店里时，说的是‘顾问’，你上过报纸，我还在电视上看到过你。你为什么不去‘南希·格雷丝访谈秀’？效果肯定一流，你看过这个节目吗？”

他只是在随口套近乎而已，莱姆暗自分析，不是那种令人尴尬的歧视残障的言论。对高登来说，残疾只是莱姆的一个生理特征而已，就跟他深色的头发、肉乎乎的鼻子、犀利的目光和修剪整齐的指甲一样。

只是用来识别的，而不是让人歧视的。

高登和其他人也都打了招呼，萨克斯、库柏和普拉斯基。

随后他又环视整个房间，把屋子里曾被莱姆形容为“惠普式维多利亚风格”的一切收入眼底。“嗯，不错。挺好的。”

萨克斯开口说道：“非常感谢你能来帮助我们。”

“嘿，别客气。 真是恨不得这家伙被逮起来。这家伙，到底在搞什么啊？这对所有靠改造混饭吃的人来说都太糟了。”

“什么意思？‘改造’？”萨克斯问道。

“改造身体，懂了吧。刺青，穿孔，切割。”他弹了弹自己耳朵上的金属棒，“这一切，统称为‘改造’。”他皱起眉头，“不管这一切具体包括什么，我也不确定。”

莱姆说道：“朗说你跟本地的刺青圈很熟，但也想不出到底可能是谁干的。”

高登表示同意。

塞利托补充说高登看过了被害人的刺青，但还想看得更清楚一点。打印的图案不是很清楚。

库柏说道：“我去要 nef 格式的高清大图了，转存成了 tiff 格式。”

莱姆搞不清他说的是什么意思。当年他还在一线办案的时候，用的还是五毫米胶片，必须在暗房里用化学试剂冲洗出来。

那时候，你拍的每一张照片都要能派上用场。现在呢？你只需要在犯罪现场猛拍一通，回来慢慢选。

库柏说道："我会把图发到英伟达显卡电脑上——就是那个大屏幕。"

"我都行，老兄。只要看得清就行。"

普拉斯基问道："你看过《谋杀绿脚趾》[①] 吗？"

"哦，老兄。"高登咧开嘴笑了，冲着普拉斯基的方向打了一拳。

菜鸟警官也回击了一拳。

莱姆心里想：可能是塔伦蒂诺的电影。

随后，房间里的大屏幕上显示出一组照片。

是克洛伊·摩尔腰腹部那个刺青的超高清图片。看见那肿胀的皮肤、溃烂的伤口，TT. 高登忍不住眨眼。"比我想象的还糟，这毒药，这一切。就像是他开创了自己的热区。"

"什么热区？"

高登解释说，刺青店分为热区和冷区。冷区指的是那些不会被顾客飞溅出来的血液污染的地方。

比方说，这个区域没有未经消毒的针头、机器部件或椅子。

而热区，显而易见，正好相反，这里的机器部件和针头都沾上了顾客的血液或体液。

"我们会尽量分开这两个区域。但这位老兄正好相反——他故意造成感染，呃，还给她下毒。老天，真该死。"

但紧接着，这位刺青艺术家就进入了分析模式。这让莱姆感到一丝振奋。高登盯着一台电脑。"我能用吗？"

---

① *The Big Lebowski*，一九九八年科恩兄弟执导的黑色喜剧片。

“当然。”库柏说道。

艺术家敲击键盘，滚动查看图像，并放大局部细看。

莱姆问道：“TT，在你们刺青圈里，‘第二’这个词有什么特殊的含义吗？”

“没有。据我这二十来年的刺青经验来看，没什么特别的。我想应该是对这个杀人的老兄来说有什么特别的意义，或者是对这个受害者有什么意义。”

“应该是对嫌犯有什么特殊含义。”阿米莉亚·萨克斯对高登解释道，“还没有证据表明，他在杀害克洛伊之前就认识她。”

“哦，她叫克洛伊。”高登轻声说道。他摸了摸自己的胡子，又开始滚动图片，“嗯，很少有客人会为了刺青专门发明一个词或者一段话。有时候我会给他们刺一首他们自己写的诗。说实话，大多数都很烂。如果有人想刺一段话，通常是来自他们最喜欢的书之类的——《圣经》或者名人名言，或者一些说法，像是什么‘不自由，毋宁死’‘为骑行而生’，诸如此类。”他又皱了皱眉毛，“嗯。好的。”

“怎么了？”

“可能是拼合字句。”

“什么意思？”莱姆问道。

“有些客人会把刺青图案分成几部分。一只手臂上刺一半，另一只刺另一半。有时候他们在自己身上刺一半，在女朋友或者男朋友身上刺另一半。”

“为什么？”普拉斯基问道。

“为什么？”高登没想到有人会这么问，“刺青可以让人与人之间产生联结，这就是刺青的意义之一。就算你的图案独一无二，你也是刺青世界的一部分。你跟其他人有共同点，懂吧。这让你与他人产生联结，明白了吗，老兄？”

萨克斯说道：“你还真思考过这个问题。”

高登大笑起来：“哦，跟你直说吧，我可以去当心理医生了。”

“弗洛伊德。”塞利托接口。

“老兄。”高登再次咧嘴一笑。冲他也隔空击出一拳，塞利托没有理他。

萨克斯问道：“能跟我们说说你关于他的分析吗？”

塞利托补充道：“我们不会把你的话放在正式记录里，或者把你列为证人。我们只是想再知道一些关于这家伙的事，搞清楚他在想什么。”

高登看着面前的电脑，犹豫了。

“那么，好吧。首先，作为艺术家来说，他简直是个天才，超出了手艺人的境界，很多刺青师只是做些行活儿。他们拿别人设计的线稿来刺青，自己只是照抄。但——”他冲图片点点头，“这上面看不出有线稿的痕迹，他用的是血线。”

“那又是什么？”莱姆问道。

“如果不用线稿的话，大多数艺术家会在皮肤上先打个草稿。有些拿笔画——那种水溶性墨水笔。但这里也没有，你们找的这家伙不是这么做的。他打开刺青机，直接用割线针开始画出轮廓。所以在图案的外缘是没有上墨的，只有出血的线条。这就是血线了，只有顶级的刺青艺术家才会这么做。”

普拉斯基问道：“这么说，这还是个专家了？”

“哦，是啊，这家伙肯定是个专家。我之前也这么跟他说的。”他朝塞利托点点头，“至少在某些方面，肯定是。说到他的技术水平，他马上就可以开一间自己的工作室。也许他还能称得上是个真正的艺术家——我的意思是，那种用颜料、画笔和墨水之类创作的艺术家，但我不认为他是本地人。首先，如果他是本地人，我肯定听说过他。肯定也不是三州地区（即纽约州、新泽西州和康涅狄格州）的。能在十五分钟内创作这样的作品！好家伙，神速啊。如果是三州地区的人，肯定早就远近闻名了。其次，看字体。”

莱姆和其他所有人的眼睛都盯着屏幕。

“是老式英文字体，或者其他哥特式字体的变种。现在已经很少见到了。我猜他来自农村地区：红脖子，乡巴佬，摩托车手，自制毒品的家伙。但也可能是福音教派的，自认为正直无私。但绝对是个乡下人。”

“你是从字体看出来的吗？”萨克斯问道。

“哦，是啊。在这里，如果有人想刺文字，那他们会选择花体字，或者笔画更粗的无衬线字体。至少现在是这样。我的天哪，这几年来好像人人都想要这种跟精灵语一样的玩意儿。”

“猫王？”塞利托问道。

“不是，精灵语，《指环王》里的。”

“那就看乡村地区。”莱姆说道，“具体是哪些地区？”

“看不太出来，刺青也分城市风格和乡村风格。我只能说，这有点乡村风格的感觉。现在，来看看衬线，那些是扇形线，而手法是疤痕刺青。这一点很重要。”

他抬起头，敲了敲“第二”这个词周围围绕着的扇形线。

“之所以重要，是因为人们通常用疤痕文身来强调某个图像。而这位老兄则是希望凸显这个词。简单地用墨水刺个衬线会更省事。但是他不，他选择了疤痕刺青。我想，他这么做自有他的道理，具体什么道理我还没想到，但肯定有。”

“那么，还有一点值得讨论。我之前一直在想，也带了东西来展示给你们看。”高登从他的帆布袋里掏出一个塑料袋，里面装着些金属零件。莱姆认出这种透明包装袋是用来装盛手术器械和法医工具，然后放入高压灭菌器进行消毒的。“这些都是刺青机的部件——顺带说一句，它们不叫刺青枪。”高登微笑着说，“不管电视里是怎么演的。”

接着，他又从口袋里掏出一把小小的瑞士军刀，划开塑料袋。片刻之间，他就组装好了一把刺青枪——不，刺青机。“这就是一把组装完毕，可以用来刺青的刺青机。”刺青艺术家走近了其他人，“这里有线圈，可以让针头上下移动。这是墨水管。这是针头，从尾端伸出来。”

莱姆看见了针头，非常细小。

“针头必须刺入真皮层——也就是皮肤最外层下面的一层。”

“最外层是表皮。”莱姆说道。

高登点点头，拆开手中的器械，取出针头，展示给大家看。那就像一根非常非常细的烤肉钎子，大概十厘米长，末端有一根金属环，另一端是一束细细的金属棒，被焊接或熔接在一起。金属棒的末端形成锋利的针尖。

“看到这些针是怎么聚合在一起的吗？组成了一个五角星的形状，这是我自己做的，大多数讲究的艺术家都这么做。但我们得买空针来，再自己组装。针分为两种：割线针用来画出图案的轮廓，还有一种是用来填色或者说打雾的。这位老兄必须在短时间内注入大量毒药，这就意味着在割完线之后要立刻换上填色针。但这也行不通，填色针刺得没那么深。不过这种针头就可以了。”他又一次把手伸进帆布袋里，掏出一只小小的塑料瓶。他从瓶子里倒出两根针，看起来跟之前的针差不多，只不过更长。

“这是从老式旋转式刺青机上拆下来的。像我用的那种新式刺青机，上面有两个线圈，是震动式的。那是一台便携式刺青机吗？”

“肯定是的，现场没有电源。”萨克斯说道。

普拉斯基说：“我查过便携式刺青枪……刺青机，但种类太多了。”

高登沉思了一会儿，开口了：“我猜，应该是一把美国老鹰刺青机，老古董了，是最早一批可以充电的机型。当时刺青业还不是很正规。刺青师可以自己设计针头，可以刺得很深。要我说的话，就该去查查有美国老鹰的人。”

塞利托问道：“纽约买得到吗？刺青用品商店会有吗？”

“我从没在店里见到过，已经停产了，我想可能在网上还找得到，这也是唯一的途径了。”

“不，他不会在网上买任何东西的，太容易被查到了。”莱姆立刻指出，“他可能是在自己家附近随手买的。也有可能已经用了很多年，甚至是从哪里继承的。”

“针头就不一样了，你可以查到有谁出售供美国老鹰使用的针头，任何最近购买了这款针头的人，他都有可能是。”

“你刚说了什么？”莱姆问道。

“我说了什么？”高登皱着眉头，“什么时候，刚刚？任何购买美国老鹰适用针头的人，都有可能是你们追查的嫌犯。你们不这么说的吗？《海军罪案调查处》里面就是这么说的。”

莱姆大笑起来：“不，我只是在想你的主语和宾语是不是搞反了。”

莱姆注意到普拉斯基在翻白眼。

“哦，你是说这个啊？‘他都有可能是？’”高登耸耸肩，“我在学校里成绩不……佳。你刚以为我会说‘还好’吧？在汉特学院读过几年，就觉得无聊了。但我开始刺青后，还是学到了不少文化。圣经的句子，书里的一段话，诗歌。可以说，我是跟大文豪学习了写作。还有拼写，语法。我说，老兄，这可太有意思了。排版也很有意思，同样的文字，用不同字体排出来，感觉完全不同。”

“有时候，一对夫妻会想在胳膊或者脚踝刺上结婚誓言。或者自己写的什么情诗，我刚说了，肯定写得一塌糊涂。我就说，行啊，伙计，你们确定想要一辈子都带着‘吉米我爱你你得心和我得心这一身都在一起’在肱二头肌上一辈子吗？[①]‘吉米’后面没有逗号，‘我爱你’后面也没有句号或者分号，是‘你得心’和‘我得心’，以及‘这一身’而不是‘这一生’？他们会说：‘嗯。’但我在文的时候还是会帮他们改正。他们迟早要有小孩，要去开家长会，然后遇到英文老师。毕竟，这又不能用修正液涂掉，对吧？”

“你也不能剪切和粘贴。”普拉斯基开了个玩笑，大家都笑了起来。

但高登没有笑：“啊，倒真是有一种疤痕刺青，是要把皮肤割下来的。”

这时候，莱姆听见前门门闩咔嗒响了一声，随后门开了，狂风呼啸着灌进屋内，急雨夹着冰雹噼啪作响。

门关上了。

随后，是一阵轻快的脚步声和同样轻快的笑声。

他一下就猜到是谁来了，然后看了萨克斯一眼。萨克斯立刻

---

①原文为 Jimmy I love you you're heart and mine for ever。

站起来，把贴满克洛伊·摩尔案情相关图片的白板翻了个面，又关掉了给TT.高登看高精度图片的显示屏。

不一会儿，帕米拉·威洛比走进了房间。这位苗条动人的十九岁少女身上裹着件镶有人造皮草的外套，满头长长的黑发塞在一顶紫红色的针织帽里。外套上落满了星星点点的冰雹和雪花，在室内温度下迅速融化为一摊摊水渍。帕米拉与房间里每个人都打了招呼。

陪伴在她身边的是她的男友赛斯·马克奎恩。这位英俊的深发色男子，年纪大概二十五岁。帕米拉把他介绍给了普拉斯基和梅尔·库柏，这还是他们第一次见面。

赛斯有一双和帕米拉很相像的深棕色眼睛，当他看清对他们友好致意的TT.高登时，忍不住眨了眨眼。帕米拉也是一样。几个礼拜前，莱姆和帕米拉、赛斯一起去过公园，当时赛斯一身T恤和跑步短裤的运动装束，莱姆注意到赛斯身上没有刺青，帕米拉也没有——至少在看得见的部位没有。这对年轻的情侣竭力掩饰自己见到怪人时的惊讶之情，但似乎不太成功。

帕米拉放开赛斯的胳膊，吻了吻莱姆的面颊，又拥抱了托马斯。赛斯则和每个人握了手。

TT.高登问他们是否还需要更多关于这个案子的分析。

塞利托环视了一圈房间里的其他人，看见莱姆摇了摇头，于是他开口说道："谢谢你来这里，非常感谢。"

"我会留意我们这个圈子里有没有什么异常状况。那再会了，朋友们。"

高登把自己的工具收拾起来，披上那件薄得可怜的夹克，朝门外走去。

赛斯和帕米拉相视一笑，目送高登出了门。

萨克斯说道："嘿，帕米拉。我想赛斯可以留个小胡子。"

这位干净清爽的大男孩点点头，皱起眉头。"要命，我可得胜过他，我可以留长了胡子编起来。"

帕米拉说道："可别，还是去穿孔吧。这样我们就可以共享耳环了。"

赛斯说他得走了，他在的那家广告公司截稿期快到了。他用一种非常纯洁的方式吻了吻帕米拉，仿佛莱姆和萨克斯是她真正的父母。随后他对其他人点头致意。

走到门口，他又回过头对萨克斯和莱姆说，他的父母希望可以找时间跟他们一起吃个饭。

莱姆通常很不喜欢这种社交场合，但帕米拉实际上已经算是他们的家人了，他还是答应了。同时他在心里默默提醒自己，一定要面带微笑熬过所有寒暄和无聊的对话。

"下个星期怎么样？"莱姆问道。

"可以啊，爸爸就要从香港回来了。"他又补充道，他爸爸找到一本莱姆写的关于纽约罪案的书，"能帮忙签个名吗？"

最近一次手术改善了莱姆的肌肉控制，现在他可以亲手写自己的名字了——虽然字迹跟出事之前不能比，但至少比得上医生手写的处方。"我很乐意。"

赛斯走后，帕米拉脱下外套和帽子放在一张椅子上，问萨克斯："说吧，你的留言是怎么回事？发生什么事了？"

萨克斯朝隔着走廊的起居室点点头，说道："我们去那里说吧。"

15

“好了。”萨克斯说道，“听着，没什么需要特别担心的。”

帕米拉用她迷人的女中音说道：“好的，这可真是个不错的开场白。”说着，她甩了甩头发。帕米拉的发型和萨克斯差不多，长发过肩，没有刘海。

萨克斯微笑着说：“不，我是说真的。”她凝视着这个女孩，觉得她身上好似笼罩着一层光彩。也许这是因为她的工作，帕米拉将之称为“造型”。她正给一家戏剧制片公司工作。

她热爱百老汇戏剧的幕后工作。也很喜欢自己的这帮同事。

但，不是这样。萨克斯心想：我在想什么？当然是因为赛斯。

托马斯端着一个托盘出现在走廊里。盘里是热巧克力。

盘中飘来一阵又苦又甜的香气。“这让人怎么能不爱着冬日？”他问道，“当气温低于2℃时，热巧克力就不含任何热量了。林肯可以告诉你这个化学方程式。”

她们感谢了这位看护。托马斯问帕米拉：“什么时候首演？”

帕米拉正在纽约大学读书，这学期课不多。出于对缝纫的天赋和爱好，她利用业余时间去给百老汇一个助理服装师当助理。他们正在复排一出关于理发师陶德的音乐剧，这部剧的原作者是作曲家斯蒂芬·桑德海姆和编剧休·惠勒，讲述伦敦一个杀人理发师的故事。陶德会用理发刀割断客人的脖子，而他的同伙则把人肉烤成馅饼。莱姆告诉萨克斯和帕米拉，这个理发师让他想起曾经追查过的一个罪犯，不过理发师陶德本身肯定是虚构的。帕米拉对此似乎有点失望。

割喉，吃人肉，萨克斯内心想着，这才是真正的人体改造呢。

“本周内就会上演。”帕米拉说道，“我给大家都留了票，包括林肯。”

托马斯说道：“他可期待去看了呢。”

萨克斯说道：“不会吧！”

“一点也没错。”

“我可太惊讶了。”

帕米拉说道：“我预订了一个无障碍席位。而且你知道的，剧院里有酒吧。”

萨克斯大笑了起来：“那他肯定是要去了！”

托马斯转身离开，带上了门。萨克斯接着说：“那么，其实是有事发生。还记得那个绑架了你和你妈妈的人吗？很多年前那个？”

“哦，记得。集骨者，对吧？”

萨克斯点点头：“现在看来，似乎有个人正在模仿他——某种形式的模仿。但他感兴趣的不是人骨，而是人皮。”

“天哪。他做了什么……？他把谁剥了皮吗？”

“不，他用毒药给被害者刺青。”

帕米拉闭上眼睛，颤抖起来：“变态。哦，等等。就是新闻里那个人？他在苏荷区杀了一个女孩？”

“没错。目前为止，还没有证据表明他对当年从集骨者手中幸存的受害者感兴趣。他用刺青来传递信息，所以我们认为，如果不阻止他的话，他会在一些偏僻的地方继续挑选目标。我们查过了，除你之外，当年其他的幸存者都不住在纽约。最近，有人跟你打听过当年被绑架的事吗？”

“没有，没人问过。”

“那么，我们基本可以肯定他对你没兴趣了。那个杀手——”

“是嫌疑人。”帕米拉说着，露出一个会心的微笑。

“那个嫌疑人应该不知道你的存在——当年你还太小，媒体没有披露你的名字。你妈妈用的也是化名，但我还是希望你知道这件事，万事小心。我们会安排一名警官，晚上守在你的公寓外面。”

“好吧。”帕米拉看起来一点也不困扰。萨克斯现在明白了，帕米拉对于有关这位不明嫌犯11–5（媒体将他称为“地下人”）的消息这么满不在乎，是因为她有一桩别的心事。

而且她很快就说出来了，不吐不快。

帕米拉啜饮了两口热巧克力，眼睛东张西望，就是不看萨克斯。“事情是这样的，阿米莉亚。我想跟你谈谈。”她微笑着，笑得有点太用力了。萨克斯开始警惕起来。她也喝了两口热饮。却有些食不知味。

她的第一反应：怀孕了？

当然，一定是这样。

萨克斯强忍住怒火。你们为什么不小心一点？为什么——

“我没怀孕。别紧张。”

萨克斯的心头如同放下一块大石。她笑得咳了起来。她心想，自己的身体语言表现得这么明显了吗？

“但赛斯和我，我们要同居了。”

这么快？但萨克斯依然保持微笑。她脸上的笑跟帕米拉一样假吗？

“马上就搬吗？这太让人激动了。”

帕米拉笑了，显然没有注意到萨克斯的表情一点都不激动。“听着，阿米莉亚。我们没打算结婚。但是现在我们是时候同居了。我能感觉到，他也感觉到了，时机正好，我们非常合拍。他了解我，真的很了解。有时候我什么都不必说，他就知道我在想什么。而且他人真的很好。你知道吗？”

“有点太快了，你不觉得吗，亲爱的？”

帕米拉脸上那层热情似火的光彩黯淡了下去。萨克斯突然想起，帕米拉小时候一直被她母亲毒打，还会被关在衣柜里长达数小时。而她母亲就喊她“亲爱的”。帕米拉从小到大都痛恨这个称呼。萨克斯有些后悔，但她刚才太慌乱了，一时忘记了这个词已被玷污。

她继续努力试图说服帕米拉。“帕米拉，他人很不错。林肯和我都这么觉得。”

这是真话。

但萨克斯继续说着：“只不过，我是说，你不觉得最好过一阵子再说吗？为什么这么急呢？再相处一阵子，约会。一起过夜……或者去旅行。”

萨克斯暗骂自己懦弱。她的目的是让帕米拉和赛斯之间疏远一点，但她提出最后这两个建议，简直是在跟自己作对。

“嗯，你能这么说挺有意思的。”

有意思？萨克斯反应过来。如果她不是怀孕了……哦，不。她咬紧了牙关，接下来听到的话证实了她的恐惧。

“我们打算休假一年，去旅行。”

“哦。好啊，一年。”萨克斯有点不知所措，只知道要随便说点什么拖延时间。她也可以说，“最近洋基队打得怎么样？”或者“听说冻雨这一两天就要停了”。

帕米拉向她俯过身。“他不想再接文案的活儿了，他非常有才华，但在纽约根本没人赏识他。虽然他没有抱怨，但我看得出他很沮丧。他工作的广告公司也有些财务困难，他们不能给他一份全职工作。他想到处走走看看，他很有理想。但在这里，实现理想太难了。”

“哦，是啊。纽约的生活压力总是很大。”

帕米拉的声音变得冷漠起来。“他努力过，不要说得好像他没努力过一样。”

“我不是这个意思——”

“他打算写游记，我会帮他，我一直想四处旅行。我们以前不是也一起讨论过吗？”

是啊，她们一起讨论过。只不过在萨克斯的设想中，是她和帕米拉一起游历欧洲和亚洲。大姐姐和小妹妹。她最想去的是德国，因为她的祖先就是德国人。

“那学校……数据表明，休学后再完成学业的比例很低。”

“这有什么？哪来的数据？这根本说明不了什么。”

好吧。其实萨克斯根本不知道什么数据。她只是随口一说。“亲——帕米拉，我真的为你高兴，为你们俩。但，话说回来，你也得理解。这有点太突然了。太快了，我刚才也说了。你跟他还没认识多久。”

“一年了。”

没错。可以这么说，他们去年十二月才认识，短暂约会了一阵。然后赛斯所在的广告公司要在纽约开一家分公司，派他先去英国培训。这期间他和帕米拉开始异地恋，通过短信、推特和邮件维持感情。后来这家公司决定不进入美国市场，于是一个月前赛斯回来了，开始接一些文案的零活儿。他们二人也开始了正常的约会。

“就算太快又怎么了？”帕米拉的声音里带着一丝怒气。她的脾气一直很暴躁——考虑到她的出身背景，不可能没有愤怒。但她控制住了自己，“听着，阿米莉亚。现在时机正好。我们还年轻。等等再说？等到我们结了婚，有了孩子吗？”

求你了，别说这么远。

“到时候就不可能背包穷游欧洲了。”

“那钱从哪儿来？你们又不能在那里工作。”

“这不是问题，他会把写的文章卖出去。赛斯存了一阵子钱了，而且他的父母很有钱。他们会帮助我们。”

萨克斯想起来，赛斯的母亲是一名律师，而父亲是一名投资银行家。

“我们还开了一个博客，一路上都会更新的。”

几年前，赛斯创建了一个网站，人们可以在上面支持不同的社会和政治议题，其中大部分是左派的——支持女性权益，支持艺术，支持禁枪。现在这个网站更多是由帕米拉在运营。是啊，这个网站看起来挺火的，但萨克斯估计他们每年收到的捐款大概只有一千美元。

“但……你们要去哪里？哪些国家？安全吗？”

“我们还没想好，这也是冒险的一部分。”

萨克斯急于争取时间，问道：“那奥利凡蒂夫妇怎么说？”

在被萨克斯救出来以后，帕米拉进入了寄养家庭（萨克斯对他们进行了严密的考察，仿佛在给总统选拔保镖）。这对临时父母好得没话说，但去年满十八岁以后，帕米拉想要搬出去住。在莱姆和萨克斯的帮助下，她考上了大学，找了份兼职的工作。不过她跟寄养家庭的父母还是保持着非常亲近的关系。

“他们没意见。”

当然了。奥利凡蒂夫妇是职业的父母。在接手帕米拉之前，他们跟这个小女孩毫无关联。

他们没有破门而入，把她从集骨者手中救出来，旁边还有一只野狗虎视眈眈。他们没有跟她的继父交过火，当时他正准备掐死帕米拉。除了这些惊心动魄的往事，萨克斯在帕米拉身上花的时间也比这对忙碌的养父母多得多。从课外活动、看医生到心理咨询，都是萨克斯出面。而且也是萨克斯，动用多年前模特生涯期间积攒的人脉，才给帕米拉找到一份在百老汇剧院服装部门做兼职的工作。

而且萨克斯不可避免地有点介意，帕米拉在找她之前，先跟奥利凡蒂夫妇说了自己的旅行计划。

拜托，至少要找我商量一下吧，萨克斯心想。

然而帕米拉并不是这么想的。她毫不客气地说：“总之，我们已经决定了。”

随后，帕米拉突然做出一副轻松的样子。不过萨克斯一眼就看出这是装的，太明显了。“只去一年，顶多两年。”

现在，又成两年了？

“帕米拉。”萨克斯开口了，“我不知道该说什么。”

不，你知道的。说出来吧。

作为警察，萨克斯从不知退缩为何物。作为一名大姐姐，或者代理母亲，或者这个女孩生命中的任何角色，她也不能退缩。

“肉搏时刻，帕米拉。”

帕米拉听说过萨克斯父亲的这个说法。她眯起眼睛打量着萨克斯，眼神警惕而冷漠。

“跟一个并不怎么了解的人，一起去旅行一年？”萨克斯平静地开口了，试图在语气中保留一些温情。

但帕米拉的反应，就像是萨克斯打开了房间的窗户，让一阵夹杂着冻雨的狂风呼啸着席卷而来。“不怎么了解的人。”帕米拉怒气冲冲地说，“这就是你要说的。我刚刚说了半天，你都没有听进去吗？”

“我的意思是，真正的了解。这需要花上几年时间。”

帕米拉回击道：“我们很适合彼此，就这么简单。”

“你见过他的家人吗？”

“我跟他妈妈聊过天，她人很好。”

“聊天？”

“是的。”帕米拉厉声说道，“聊过天，而且他爸爸也知道我。”

“但你没见过他们？”

一阵寒意袭来。“这是我和赛斯之间的事，跟他的父母无关。而且你这样盘问，我很不高兴。”

“帕米拉。”萨克斯俯过身去。她试图伸手握住女孩的手。但可以想到，帕米拉躲开了，“帕米拉，你跟他说过过去发生的事吗？”

“说过，他不在乎。”

“所有的事？你把一切都告诉他了？”

帕米拉沉默了，眼睛盯着地面。然后她充满戒备地开口了：“没必要把一切都……不，我没有都说出来。我只告诉他，我妈妈精神失常，做过一些坏事。他知道我妈妈在监狱里，要关一辈子。他不觉得这有什么问题。”

简直像是《行尸走肉》里的角色，萨克斯心想。“那你有没有告诉他，你在哪里长大？是怎么长大的？”

“没说，都是过去的事了，跟现在没关系了。”

“我不认为你可以一笔带过，帕米拉。他必须知道，你母亲伤害了很多——”

“哦，就是说我也是疯子？像我妈妈那样？你就是这么看我的？”

萨克斯一时语塞，但她还是竭力用一种轻松的语气说道：“得了吧，你比华盛顿所有的政客都要理智。”

说着，她露出一个微笑。可惜帕米拉没有笑。

“我完全没问题！”帕米拉的音量升高了。

“当然了！我只是关心你。”

“不。你刚才说我一团糟，我不够成熟，不能自己做决定。”

萨克斯也开始火大。她受不了帕米拉对她戒心这么重。

“那就做点理智的决定。如果你真的爱他，而你们的计划又行得通，那再多约会一年再说，也不会影响什么。”

“我们马上就要出发了，阿米莉亚。等我们回来，就要同居。我的意思是，你也只能接受。”

“别这样跟我说话。”萨克斯厉声说。她知道自己输了，但还是无法控制自己。

帕米拉猛地站起身来，撞翻了面前的杯子，巧克力洒在了银质托盘上。

“该死。”

她弯下腰，怒气冲冲地擦了擦。萨克斯俯身过去帮着擦，却被帕米拉一把夺过盘子，自顾自地擦干净，然后把弄脏的棕色纸巾扔到一边。她恶狠狠地盯着萨克斯，说道：“我知道你是怎么想的，你就想把我们分开，你只是在找借口而已。”她冷冷地一笑，“一切都是以你为中心，不是吗，阿米莉亚？你想把我们分开，这样你就可以继续拥有一个女儿了。你当警察太忙，没空自己生。”

萨克斯差点被这番刻薄的指控噎个半死。但她不得不默默承认，也许从某种程度上，事实正是如此。

帕米拉冲到门口，又顿住脚步，说道：“你不是我的妈妈，阿米莉亚。不要忘记这点，你是把我妈妈关进监狱的人。”

然后，她走了。

16

接近午夜时分，比利·海文收拾起晚饭的餐具，把所有非一次性餐具都用漂白剂洗了一遍，清理掉上面的DNA。

对他来说，DNA非常危险。就跟他亲手提纯的毒药一样危险。

这里是他位于运河街的工作室。他在厨房里那张不太稳当的餐桌旁坐下，翻开那本边缘已经被翻烂的笔记本，里面写着他的《改造诫令》。

从某种程度上说，这部诫令出自上帝之手。

就像交给摩西的石板。

笔记本上，比利用一手优美流畅的花体字密密麻麻写了几十页字句，详细描述了改造大业应该如何进行。谁应该死去，什么时候该做什么，如何避开风险，哪些风险不得不承担，哪些优势可以利用，如何应对意外情况。这是一份详细的时间表。如果《创世记》是像《改造诫令》这样的操作指南，那么《圣经》的开头会是这样的：

第三天，上午十一点二十分，创造落叶树。好吧，你现在有七分钟去创造常青树……

第六天，上午六点四十二分，现在该创造鲑鱼和鳟鱼了。马上开始！

第六天，中午：现在该轮到亚当和夏娃了。

由此他自然而然地想到了可爱女孩。他的脑海中浮现出她的面孔、头发、洁白的肌肤，然后强迫自己不再去想那个令人分心的形象，就像把失去的爱人的珍贵照片放到一旁：小心翼翼地，仿佛相框落地就会伤害到他爱的人。

他翻阅着笔记本，查看接下来该进行哪一项。他再次停下来思考，这份计划有点太复杂了。在执行的过程中，他几度怀疑计划过于复杂。但他又想起这天早些时候从图书馆找到的那本书《连环城市》。他从书里偷了几页，其中的情节令他感到惊奇，不，确切地说是震惊。

执法机关的专家一致认为，林肯·莱姆最为过人之处在于他的预判能力，预判其追查罪犯的下一步动向。

他记得书里是这么说的，但不是很确定。克洛伊·摩尔在死去之前，无意之间撕掉了那一角书页。

预判……

这么说来，是的，改造大业的计划必须做到如此精确。他要对付的人太厉害了，容不得他有半点闪失。

他又看了一遍关于下一次袭击的计划。就在明天。他记下了地点，时间。一切似乎都进行得有条不紊。

他在脑海里排练了一遍袭击的细节。之前他已经去现场踩过点。

现在他可以想象现场的画面，闻到现场的气息。

很好。他已经准备就绪。

然后他看了看自己右手手腕的那块表。他感到一丝疲惫。同时他内心也在好奇：关于克洛伊女士被杀案的调查，进行到哪一步了？

他打开广播，想听听新闻。

在之前的报道中，只说是一位居住在皇后区、在苏荷区精品时装店当店员的年轻女子，被发现陈尸于地下室外的检修通道中。比利有点困惑地想，嗯，那应该称不上精品时装吧。都是些定价虚高的垃圾，卖给那些满头发胶的新泽西女子还有遇到中年危机的大妈。

最开始克洛伊的名字还没被报道出来，要等通知了近亲才能公布。

听到这里，比利心想：警察还真残忍，报道一则关于皇后区年轻女性被杀的新闻，却不公布姓名？那一带得有多少家长开始绝望地给自己的孩子打电话啊。

现在，比利等着听进一步的报道。但播放的都是些广告。就没有人关心可怜的克洛伊·摩尔吗？

克洛伊·摩尔，婊子克洛伊……

他在自己那些玻璃培养皿前来回踱步。白色的叶子，绿色的叶子，红色的叶子，蓝色的……

然后，就像他凝视着这些与他相依为命的植物时经常发生的那样，他想起了夹竹桃。

以及夹竹桃室。

比利对自己的走神非常不满，但他对此也无能为力。他可以——

啊，播报新闻了。总算等到了。

一则市议会的丑闻。一件轻微的火车出轨事件。一则经济新闻。然后，压轴的是克洛伊·摩尔之死的最新报道。其中补充了一些案件细节。证据显示，这不是一桩性侵案件（当然不是。就连提起“性侵犯”这个话题都让比利很不高兴。这些媒体，真是低级）。还有对凶手外貌特征的描述。这么说，有人在安检孔盖附近看到他了。

他认真听了下去。

还是没提到刺青，也没有提到毒药。

比利知道，这是典型的处理方式。他了解过警方的办案过程，知道他们要如何辨别犯案者供述的真实性。在讯问自首者的时候，警察会问到一些特定的作案细节，如果他们无法回答，那就是来捣乱的神经病（这类谎称自己犯下某案的人，有时候真是多到你都想不到）。

新闻里也完全没有提及“第二”这个词。

但这个词现在一定令警方百思不得其解吧。

他们那位神秘的嫌犯，到底是要传达怎样的信息？

根据《改造诫令》的要求，不能让警方在调查最开始的几个受害人时就破译真正的信息。他关上了收音机。

比利打了个哈欠。睡觉时间快到了。他查了下邮箱，发了几条信息，又收到一些。这时，手表震动了两下，提醒他该睡觉了。

他在浴室洗漱了一番，又用漂白剂冲刷脸盆和牙刷，再次清理掉DNA。然后他回到床边，躺了上去，从枕头下抽出《圣经》，抵在自己的胸口。

几年前，比利遭遇过一次严重的信仰危机。他相信耶稣基督，也相信基督的力量。但他同时也相信，应该运用自己的才华成为刺青艺术家。

但问题是，《利未记》中警告：不可为死人用刀划身，也不可在身上刺花纹，我是耶和华。

发现这一点后，他沮丧了好几个星期，一直苦苦思索该如何解决这个问题。

有人认为，《圣经》中充满了自相矛盾之处：比方说在同一个章节中写道“不可穿羊毛、细麻两样掺杂料做的衣服”，但比起把穿着混纺衣物的人送进地狱，上帝一定有更重要的事要做。

比利也曾好奇，上帝是否希望未来世代的人重新解读《圣经》，使其更加适应当代社会。

但这似乎不太可能。就像是最高法院的那些大法官说法律是活的，应该随着时代而改变。

这个想法本身就很危险。

在如此矛盾的情况之下，比利最终还是找到了答案。比利的逻辑是：《圣经》也说了，不可杀人。但《圣经》里从头到尾充斥着各种谋杀的例子，其中不少屠杀就是全知全能的上帝所为。这么说来，在某些情况下，杀人是可以接受的。比如说为了彰显上帝的荣耀，为了除去异教徒与威胁，为了宣扬真理与正义。几十种情况。

因此在《利未记》中，显而易见，上帝的本意想必是：刺青在某些情况下也是可以接受的，就像杀人那样。

那还有什么情况比比利现在正在执行的任务更好呢？

改造大业。

他打开这本《圣经》，翻到《出埃及记》的一节。这一页他读得很熟了。

人若彼此争斗，伤害有孕的妇人，甚至堕胎，随后却无别害，那伤害她的，总要按妇人的丈夫所要的，照审判官所断的，受罚。若有别害，就要以命偿命，以眼还眼，以牙还牙，以手还手，以脚还脚，以烙还烙，以伤还伤，以打还打。

第二部分 地下人

十一月六日 星期三 正午

17

这个早上，大家一阵忙乱，试图从萨克斯搜集到的证据中理出头绪，推断出不明嫌犯的藏身之处或是下一次作案地点。

莱姆坐着美利驰轮椅在白板前转来转去，每当轮椅碾过地上的电线，他的脖子和下巴都会感受到一阵抖动。

伊丽莎白街237号

被害人：克洛伊·摩尔，二十六岁

- 与不明嫌犯无关联
- 无性侵，但触碰皮肤

嫌犯11—5

- 白人男性
- 瘦削或中等身材
- 针织帽
- 长度到大腿中部的深色大衣
- 深色背包
- 穿了鞋套
- 没有指纹

– 是或曾是专业刺青艺术家

– 刺青内容或为“拼合字句”

–用血线勾画刺青

– 非本地人；更有可能来自乡村

– 从书中研究莱姆和警方的办案技巧和思路？

– 迷恋皮肤

– 有可能把警方当成目标

– 作案很有条理；作案前会先规划

– 很可能返回作案现场

死因：毒芹素中毒，由刺青进入人体

– 来自毒芹

– 来源不明

– 浓缩物，正常浓度的八倍

使用普洛福，让被害人失去意识

– 如何获得？有医疗用品的渠道？

“第二”字样刺青，老式英文字体，上下有扇形纹

– 信息的一部分？

– 总部的临时小组正在查证

– 扇形线为疤痕刺青，可能有特殊意义

凶器是可携带刺青机

– 可能是“美国老鹰”牌

棉纤维

– 灰白色

– 很可能来自嫌犯的上衣，在扭打中扯下

书页

– 很可能在打斗中从嫌犯的口袋里撕下

– 可能是一九九六年至二〇〇〇年间的大批量印刷精装书籍

– 该书为《连环城市》。他对第七章感兴趣，关于集骨者

– 与集骨者有心理联结？复仇动机？

– 从书中研究莱姆和警方的办案技巧和思路？

– 迷恋皮肤

– 有可能把警方当成目标

实施犯罪前很可能用黏性滚筒去除衣服上的证迹

手铐

– 无品牌，无法追踪来源

手电筒

– 无品牌，无法追踪来源

防水胶带

– 无品牌，无法追踪来源

微物证迹

一氧化碳、臭氧、铁、锰、镍、银、铍、氯化烃、乙炔

– 可能是氧燃料气焊法的燃料

河豚毒素

– 源自河豚身上的毒素

– 僵尸药

– 微量

– 未用于此受害者

粪胆素，尿素9.3g/L，氯化物1.87g/L，钠1.17g/L，钾0.750g/L，肌酸酐0.670g/L

- 粪便物质
- 可能对地下场所有兴趣／执念
- 来自以后的地下犯罪现场？

苯扎氯铵

- 四价铵，大型场所消毒剂

黏性乳胶

- 用于创可贴、施工，以及其他

英伍德大理石

- 粉尘和颗粒状

托维克斯炸药

- 可能来自爆破区域

莱姆的目光从白板转向阿米莉亚·萨克斯，发现她正盯着窗外雨雪交加的清晨风景。显然，她还在为昨天的事烦恼——帕米拉准备和她的男友一起踏上环球旅程，回来以后还要同居。

昨晚，他俩躺在豪华的大床上，关了灯，听着狂风击打窗户的声音。

萨克斯突然说，赛斯是个不错的年轻人。“但他们应该去约会，而不是窝在摩洛哥或者果阿的什么小旅馆里。也许他是完美先生，也许不是。谁知道呢？”

“你觉得他们会打消这个念头吗？”

“不会，她已经决定了。”

“跟你一样。还记得你妈妈不同意你跟一个瘫子约会吗？”

“就算你是个马拉松健将，她也不会喜欢你的。没人能达到我妈妈的标准。不过她现在还挺喜欢你的。”

“我想说的就是这个。”

“我喜欢赛斯，一年后我会更喜欢他。”

莱姆微笑起来。

她问道：“你有什么想法？”

“恐怕没有。”莱姆此前曾有一段为期几年的婚姻。意外发生后不久，他就离婚了（是他主动要离，不是前妻提的）。不过在此之前很长一段时间，这段婚姻就已经名存实亡。他确定自己爱过她，但二人的婚姻还是走不下去了，其中的种种原因也无从分析、计算和深究了。至于他和萨克斯的事？在一起就是在一起了。他本人也只能这么说。林肯·莱姆可没什么资格给人点拨情感问题。

但说到底，谁又有资格呢？谈到爱情，没有人是专家。

萨克斯补充道：“我也没处理好，我保护欲太旺盛了，太像个老母亲。弄得大家都很难堪，我应该更客观、更理智一点。但我没有，我还是让一切都失控了。”

现在已是早晨，莱姆看出萨克斯还十分烦恼。他正在想是否该说点话宽慰一下她，这时，工作打断了私人感情，让莱姆松了一口气。

“我查到一些东西。”普拉斯基在实验室的另一头喊道，他的双眼正紧盯着显示器，“我想……”他说到一半打住了，气得瞪起了眼睛，“该死的网络，刚查出点头绪就断了。”

莱姆看见他的显示屏卡住了。

“好了，好了，又联上了。”

他继续敲击键盘。屏幕上出现了地图和图表，还有看起来像是化合物和元素物质的清单。

“菜鸟，你简直像是个科学家了。”莱姆边浏览资料边说道。

“你查到了什么，罗恩？”梅尔·库柏问道。

“一些突破性的好消息。也许吧。”

18

哈莉特·斯坦顿一家人盼望了好几年，终于来到纽约。圣诞这趟家庭旅行却脱离了原计划。

这趟旅途中发生的意外，原本有可能永远改变她的生活。

哈莉特在旅馆房间度过了一个不眠之夜。现在她正站在房间里的镜子前，打量自己的套装。深色的。不是黑色，是藏青色。

当时她差点选了黑色。如果真的选了黑色，那就太晦气了。

她从衣服的毛料上拈起几根线头，又拂去一些灰尘。旅馆没有网上广告里说得那么好（但至少经济实惠，而实惠对于斯坦顿家来说是最重要的。更何况他们居住的那个小镇，最好的旅馆就是假日酒店了）。

哈莉特今年五十岁，肩膀窄瘦，是梨形身材。当然，这是一只瘦长的梨子。她面色红润，神情坚定，脸上呈现出日晒的痕迹。这些痕迹来自园艺活儿，来自在后院陪放学的孩子们玩耍，来自野餐和烧烤。但她是全世界最不虚荣的女人了，脸上的褶皱并不足以让她困扰。她只会为衣服上的褶皱烦心，而这是她可以轻松搞定的。

考虑到她要去的地方有点阴森森的，哈莉特完全可以忽略掉这点衣摆上的小小不完美。但这不是她的风格。她觉得不去管那些褶皱是错误的，也是懒惰的。

于是她拉开拉链，褪下米色衬裙外的裙子。

她利落地单手打开那个廉价的熨衣板（哈莉特用起洗熨工具非常熟练），给那个粗制滥造的熨斗插上插头。熨斗被用一根线缆固定在了熨衣板上，不禁让人疑问：在纽约，这类小东西有这么容易被偷吗？酒店没有让客人交住店押金吗？

哦，好吧。看来这里是个完全不一样的世界，跟家乡完全不同。

在等待熨斗加热的很短的时间里，哈莉特不断想起昨天走在纽约寒冷的街道上时丈夫说的话。

“嘿，哈莉特，嘿。”当时他们正走在史瓦兹玩具店和麦迪逊大道之间，他忽然在路边停下，单手撑在路灯杆上。

“亲爱的，怎么了？”她转过身问道。

“对不起，真对不起。”这个比他的妻子年长十岁的男人看起来有点难为情，“我觉得不太舒服，这里。”他捂着自己的胸口。“这里有点不对劲。”

叫车还是打电话？她犹豫了，内心挣扎着。

当然是打 911，别犯傻了。

二十分钟后，他们就进了附近医院的急诊室。

诊断结果是轻度心肌梗死。

“这是什么意思？”她问道。

意思好像是心脏病发作。

这太奇怪了。他的胆固醇含量很低，一生中从不抽烟，只是偶尔抽雪茄，一米八八的高个子，十分精壮，就跟他发病时扶住的那根路灯杆一样结实。每到狩猎季节，周末只要有时间，他都会去森林里狩猎鹿和野猪。他会帮朋友们改建娱乐室和车库。每周末，他还会把一袋袋将近二十公斤的肥料和盆栽土，从火车扛到他们的屋子里。

“这不公平。”听到这个诊断结果，马修不禁喃喃自语，“我们好不容易梦想成真来到纽约旅行，却发生了这种事。真他妈不公平。”

为了以防万一，医生把他转到了另一家医院，位于他们旅馆北部大概半小时车程的地方，那里有全纽约最好的心脏科室。他的预后非常好，预计明天就可以出院。不需要做手术。医生会给他开一些降血压的药，以后再随身携带硝酸甘油片。每天还要服用一片阿斯匹林。不过医生们似乎认为，这次的心脏病发作非常轻微。

她弹了一点唾沫到熨斗的特氟龙板上测试热度。唾沫嘶嘶作响，很快就消失不见了。她从达能矿泉水瓶里往裙子上倒了点水，把褶皱熨烫平整。

她重新穿上裙子，再次检查镜中的自己。

很好。但她觉得还需要增添几分亮色，于是在脖子上系了条红白相间的丝巾。完美，亮丽而不轻佻。她拿起手袋，离开房间，搭乘一架在经过每一层楼时都要吱嘎作响的电梯下到了旅馆大堂。

哈莉特来到街边，认准了方向，叫了一辆出租车。她跟司机说了医院的名字，爬上后座。车里一股恶臭，她觉得这个不知道哪国来的司机肯定好一阵没洗澡了。虽然是老生常谈，但也是事实。

尽管外面雨雪交加，她还是摇下车窗，想好了如果司机反对她就跟他吵。但他没反对。似乎这个司机对她根本视而不见——或者说，似乎他对一切都视而不见。他按下计程表的按钮，加速驶离了路边。

坐着这辆老迈的出租车一路向北，哈莉特想着那家医院的设备。工作人员看起来都很和善，医生也很专业，虽然他们的英语讲得不太好。不过有一点她不是很满意，马修在这家上曼哈顿医学中心住的病房竟然是在地下，而且是在一条漫长的阴暗走廊尽头。

这条走廊破旧不堪，令人毛骨悚然。昨天晚上她第一次去了那里，走廊里空无一人。

此时的车窗外，左边是一排优雅的联排式住宅，右边是中央公园。哈莉特试图不再为即将要去的阴森走廊感到担忧。她想着，也许这次心脏病发作的意外事件只是个预兆，预示着将会发生一些更糟的事。

但很快她就把这些思绪归诸迷信。她拿出手机，用兴高采烈的语气发了条信息，说她在路上了。

19

比利 · 海文背着一只双肩背包，里面装着他的美国老鹰牌刺青机和一些剧毒的毒药。他转过一条小街，又穿过一片巨大的工地，尽量避开行人。

这也是为了避开可能的目击者。

他走进上曼哈顿医学中心住院区旁边的门诊大楼。在医院大厅里，他一直低着头，直接走向楼梯。他仔细研究过这里的地形，很清楚自己该往哪里走，一路上又该如何避人耳目。

没有人朝这个瘦削的年轻人多看一眼。纽约有太多这样的年轻人，艺术家、音乐家，还有做着演员梦的人。

他就和他们一样。

尽管他们的背包里不会装着他的那些家伙。

比利推开防火门，沿着楼梯往下走。

他来到地下室，一路沿着前往病房区的标识，走进一条漫长而幽暗的走廊。走廊里空无一人，好像这是一个工作人员都不知道的秘密通道。但更有可能的是，他们都知道这里有条又黑又脏的路可以从门诊大楼通往病房区，但都宁可从地面上走。不仅因为地面会路过一家星巴克，还能买一块雷氏比萨，主要是没人想在半路被拖进衣柜里强暴。

通往病房区的走廊非常长，至少得有一百来米。四壁涂成了灰色，令人联想起军舰。走廊顶部有一些管道。也许医院是为了节省经费，只有三分之一的灯安装了灯泡，让这里更加昏暗，并且四周没有监控摄像。

比利知道时间在计划中很关键，但他在中途必须停下来一次。他昨天来这条路线踩点时，发现了一个地方。

门上的标识引起了他的兴趣。

他必须进去一探究竟。

所以现在他就算知道时间紧迫，也还是推门进去了。这种感觉，就像一个小孩逃学去玩具店玩耍。

这个门口写着“标本室”的大房间里光线昏暗，但几盏紧急照明灯的光线也够用。一片诡异的紫红色灯光照亮了屋里的东西：上千只玻璃罐，里面装着的应该是甲醛的黄色液体，其中漂浮着人体的各个部位：眼珠，手掌，肝脏，心脏，肺，性器官，胸部，脚掌，还有完整的胎儿。比利注意到，大多数标本的日期都在二十世纪早期。也许当时医学院的学生都是用这些实物学习解剖学的，而现在的学生则是看高精度的电脑影像了。

靠墙的架子上放了几百根人骨。这让他回想起多年前林肯·莱姆那个臭名昭著的案子，集骨者案；但比利·海文对骨头不感兴趣。

人骨法则？

不，听起来就不如“人皮法则”那么响亮。没法比。

现在，他在走道上走动，检视那些玻璃罐。这些罐子高度不等，从几厘米到一米多都有。他停下脚步，和一颗被割下来的脑袋对视。他觉得这颗脑袋的五官看起来像是南太平洋族裔；

而且他还很高兴地发现，上面有一个刺青，就在原有的发际线下面，刺了一个十字。比利认为这是个好兆头。实际上“刺青”(tattoo) 这个词就来自波利尼西亚或者萨摩亚语的“tatau”：在男性躯干下半身刺上一个被称为“pe' a”的复杂几何图形。而在女性身体上刺一个类似的图案，则被称为“malu”。完成这个图形可能需要几个星期，过程十分痛苦。完成刺青的人会获得特别的称号，族人以此表示对他们勇气的认可。那些不敢尝试的人则被称为“裸人”，并受人排斥。不过最糟糕的则是那些已开始刺青，但因为无法承受剧痛而没能完成的人。这种耻辱会伴随他们一生。

比利很欣赏这种用人和刺青之间的关系来定义不同身份的做法。

他相信，他正盯着的这个男人曾经忍受了“pe' a”的痛苦，并成为部族的中坚力量。尽管他可能是异教徒，但他够勇敢，是个优秀的战士（虽然不怎么聪明，最终还是落得一个被砍头的下场，脑袋还被带回新世界作为展品陈列在架子上)。

比利一手扶着这个罐子，身子往前越凑越近，直到距离这颗被割下来的脑袋只有几厘米，中间只隔着厚厚的玻璃和稀薄的液体。

他想起了自己最喜欢的一本书之一：《人魔岛》。这本小说的作者是赫伯特 · 乔治 · 威尔斯，主要讲的是一个英格兰人在海上遇难，流落在一座岛上，并在那里发现有一位莫罗博士在进行将人类和动物结合的手术实验，鬣狗人、豹人……这本书比利读了一遍又一遍，就像其他小孩子会反复看《哈利 · 波特》或是《暮光之城》一样。

当然，活体解剖和人体重组就是最终极的人体改造。而莫罗博士更是应用“人皮法则”最完美的例子。

好了，该回到现实世界了。他告诫自己。

比利走到门口，扫视着走廊。还是空无一人。他继续往病房区走，对自己的路线胸有成竹。走着走着，门诊大楼里清洁剂和霉菌的味道变淡了，取而代之的是一股混合的气味——除臭剂、酒精、来苏尔消毒剂以及优碘。

还有其他的气味。有些人会觉得反胃，但比利不会：皮肤腐烂的味道，皮肤在细菌感染下溶解的味道，皮肤被灼伤成灰烬的味道……后者或许来自手术室里的激光刀。也可能有医院的工作人员正把废弃组织和器官放进哪里的焚化炉里。想到这里，他又想起了纳粹。在第二次世界大战期间，他们曾把大屠杀遇难者的皮肤做成种种物件，比如灯罩和书。而且他们还发明了一套有史以来最简单，也是意义最重大的刺青系统。

“人皮法则”……

比利深吸一口气。

他闻到了别的气味：一阵恶臭。是什么味道，到底是什么？

哦，他明白了。医疗系统里有很多外国劳工，医院准备的餐食肯定包括咖喱和大蒜。

真恶心。

比利终于进入医院位于地下三层的核心地带。这里一片荒芜。真是个完美的地点，应该带一个受害者来这里进行一番致命改造，他心想。

电梯里有监控摄像，所以他找到楼梯间，开始往上爬。到了地下二层的楼梯间，他停下来向外张望。这里是太平间，现在没有工作人员。显然那些医生今天还没有成功弄死任何人。再往上一层，来到地下一层的病房区。防火门上有一面油腻的玻璃，上面还覆盖着一层细密的金属铁丝网。他隔着这层玻璃朝外张望，先是看见一片色彩闪过，然后看清了动作：一个女人背对着他，正沿着走廊往前走。

他注意到，虽然她的裙子和外套都是藏青色，但脖子上系着一条红白相间、微微发亮的丝巾。在这片昏暗阴沉的背景里，那条丝巾就像是一面旗子般醒目。

她是独自一人，他悄悄走出门跟上去。他又注意到她及膝裙下那双肌肉发达的双腿，以及纤细的腰身和屁股。褐色的头发紧紧地挽成一个髻，里面夹杂着几缕灰色。尽管接近脚踝处浮现出一条泛紫的血管，但作为一个有点年纪的女性来说，她的皮肤状态算是相当好了。

比利发现自己兴奋起来。心脏狂跳，血液涌进太阳穴，以及其他某个部位。

血。夹竹桃室……地毯上的血，地板上的血。

别想这些。快点！想想可爱女孩。

他强迫自己收拾思绪，这阵冲动减弱了。但只是减弱，并没有消失。

有时候你只能投降，无论后果会是什么样。

夹竹桃……

他走得更快了，已经来到她身后。

十米，八米……

比利把距离拉近到五米、三米、一米，双眼紧盯着她的小腿。此时他听见身后传来一个女人严厉的声音。

“你，戴帽子的，我是警察！丢下背包，双手放在脑后！”

20

阿米莉亚·萨克斯在距离那个人十米左右的地方举起自己的格洛克手枪，更严厉地重复道，“背包放到地上，双手抱头！马上！”

那个正要被他袭击的女人转身了，离他只有几英尺远。她看着这个正要行凶的人，意识到自己眼下的处境，脸上的困惑转而化作惊恐。“不要，求求你，不要！”

那个凶犯穿了一件夹克外套，不是之前目击者报告中嫌犯穿的长及大腿的大衣，不过他也戴着针织绒线帽，背着黑色背包，这就足够说明问题了。如果她搞错了，她会道歉。“马上！”萨克斯又喊了一遍。

他仍然背对着她，慢慢举起双手。他的袖子滑了下来，她瞥到他左臂上有某种红色的刺青，从手背一直延伸到衣服下面。一条蛇？还是龙？

他举起了手，没错，但他没有丢下背包。

见鬼，他要跑。

不出她所料，他一把拉下帽子，把它变成挡住脸的滑雪面罩，向前窜了出去，抓住那个女人甩到身前。他用手臂勒住她的脖子。她大叫着挣扎起来。瞪大的黑眼睛里满是恐惧。

没错，他就是嫌犯 11–5。

萨克斯小心翼翼地慢慢向前移动，格洛克枪的峰状准星寻找着可以下手的地方。

找不到。都是拜那个惊慌失措的人质所赐，她挣扎着试图逃脱，又踢又扭。他把脸贴到她的耳朵上，显然对她低声说了些什么，她瞪大双眼，不再挣扎了。

“我有枪！”他大喊道，“我会杀了她，丢掉你的枪，马上。”

萨克斯喊了回去：“不。”

因为你永远不能丢掉你的武器，你永远不能偏离目标。句号。她怀疑他是不是真的有枪——那样的话他早该拔出来，四下开火了——但就算他有枪，你也永远不能放低自己的枪口。

萨克斯把枪对准他头部露出来的新月形范围。如果对着一个静态目标，很容易就能击中，但他一直在后退和左右移动，而且一直躲在人质后面。

“不要，请不要伤害我！求求你！”那个女人压低了声音喊道。

“闭嘴！”嫌疑人咕哝着。

萨克斯用讲道理的语气说：“听着，你不可能从这里逃走的。举起手来，然后——”

旁边的一扇门打开了，一个穿着蓝色医护服、身材修长的男人进到了走廊里。这就足以导致萨克斯的注意力从目标身上移开了一瞬。

那一瞬就足够嫌犯抓住机会。他把人质径直朝萨克斯推过来，她来不及闪到一边，重新瞄准，他就撞进另一扇门里消失了。

萨克斯从那个穿着藏青色套装的女人身边冲了过去。她吓坏了，瞪大了双眼，整个人紧贴在墙上。

“他是什么——”

没有拉扯的时间了。萨克斯把门甩开，飞快向里扫了一眼。没有威胁，没有目标。她偏过头去朝女人和医生大吼："回到大厅里去。马上！等在那里！打911。"

"是谁——"那个人质喊道。

"快去！"萨克斯转过身，小心翼翼地穿过嫌疑人刚刚跑进去的那扇门。她侧耳倾听。从下面传来一记微弱的咔嗒声。说得通，他不可能从楼上逃跑，嫌犯11–5是地下人。

萨克斯不是来执行攻坚任务的，所以她没带对讲机，但她拿出了自己的苹果手机，打了911。这比报告指挥中心来得直接些。她报告了一起10–13状况，这是纽约市警察局术语，表示有警官需要支援。她觉得那个人质和医务人员也会打电话报警的，但他们也可能就那样一走了之，不想惹上什么麻烦。

萨克斯又往下走了一层楼。脚步很稳，但是很慢。谁敢说那个家伙不是假装关上底楼的门，骗她下去，其实埋伏在那里等着对她放冷枪呢?

萨克斯其实没想到会在这条走廊的尽头看到嫌犯。她就是过来看看，找找有没有工作人员注意到任何符合凶手外貌特征的人。根据莱姆的推理，这家医院里可能会发生袭击事件。泰瑞·杜宾斯的心理侧写也表明，作为一名有计划的罪犯，嫌犯会提前安排好行凶的细节。也就是说，他们在克洛伊·摩尔受害现场找到的某些线索还可能出现在未来的毒杀现场。

四十分钟前，罗恩·普拉斯基发现，萨克斯之前搜集到的英伍德大理石证迹只在曼哈顿的这个地区才有。爆炸许可证是发给总承包商的，要在上曼哈顿医学中心建一座新的翼楼。其他的痕迹——工业清洁剂和用在胶带上的黏合剂——也说明他到医院来是计划要袭击第二个受害者。

但萨克斯万万没想到，自己会真的打断他的行凶过程。

她喘着粗气，在第一扇门前停下，把它推开，摆出一个格斗射击的姿势，来回转动身体。这里是停尸房的一层；四个穿医护服的工作人员站着在喝咖啡、聊天，他们身边是两台盖着白布的轮床。

他们转过身来，看到了那把枪，然后才是萨克斯，个个都瞪大了双眼，愣住不动。

她亮出自己的警徽。“白人男性，穿黑色大衣。大约六英尺高，绒线帽或面罩。身材瘦削，来过这里吗？”

“没有。”

“你们在这里待了多久？”

“十分钟，十五分——”

“到里面去，锁上门。”

一名看护动手把轮床往门里推。萨克斯喊道：“活人进去就行。”

退到昏暗的楼梯间。再下楼梯，她到了最底层的地下室。他肯定到这里来了。

行动。

快点。

只要你移动，他们就抓不到你……

她推开门进去，左右移动枪口。

这层楼被弃置了，主要用于存放基础设置和储备物品，看起来是这样。

她一直在移动手枪，向右，向左。因为她一直怀疑，他可能根本不是逃跑，可能这根本就是个陷阱。也许他躲在这里，是要干掉追来的人。

她想起《连环城市》那本书里，关于莱姆的那段话。

执法机关的专家一致认为，林肯·莱姆最为过人之处在于他的预判能力，预判其所追查的罪犯下一步的动向。

也许嫌犯 11–5 也在预判。

泰瑞·杜宾斯也认为他可能会把警方当作目标。

她的眼睛逐渐适应了昏暗的光线，她查看着走廊。他不可能往左边去了，那里是死路一条。往右呢，有一个标识，显示那是通往医生办公楼的通道。

他可能往那边逃走了……或者躲在那里等着她。

可是除了向前走，别无他法。

肉搏时刻……

她朝那个方向走去。

她面前突然出现了一个身影，正沿着通道走过来。她站住了，紧贴在墙上，把枪举高，但还是朝着那个人的方向。

“嗨，”他喊道，“我能看到你，你是警察吗？”

一名高大的非裔美国人走近了些，他穿着一套黑色的雇佣警察服装——看起来比纽约市警察的制服更吓人。“我能看到你！警官。”

她厉声低语道：“过来！到掩护范围里来，这个地方有个嫌犯。”

他走到她旁边，两人都贴在墙壁上。

“阿米莉亚。”

“我叫勒容，”这个人眼力很好，他查看了下门廊的情况，“我听到一起 10–13。”

“听到？”

“有雷达仪。”

“后援在路上了吗？”

“对。”

她注意到他臀部挂着一把小手枪，伯莱塔·纳诺，九毫米口径，在良好的状况下足够精确，只要你能应付得了延长的扳机力。一个配枪的医院保安可不常见。她注意到他没有拔枪。没必要，没有目标。这解释了他的行为。

“你过去在哪个队？”她问。

“十九。”

上东区的分队之一。

“巡警。退休了，因为生病，糖尿病。糟透了。保持体重，”他用力喘气，“不是说你——”

“你从医生办公楼来的？”

“是啊。今天来采样的。医院的保安部门叫我来的，”他看了看她身后，窃笑道，“跟我一起干活儿的伙计们都不想来看一眼。哈。”

“所以他不可能从那边出去了。”

“不会，有我在。”勒容又扫视了一遍他们的身后，先往左，再往右。

既然如此，那么嫌犯11–5还在这附近。但这里没有多少可以藏身的地方。只有几扇门，大多都是通往储物间、配电室或基建设备的，全都上了挂锁。

勒容悄声说：“背包。”

“没错。”

“炸弹？”

“不是他的风格，我们觉得是连环杀手。”

“武器？”

"据说有，可我没看见。"

"如果他们说有却不拿出来，那多半就是没有。"

这是真的。

"可是，勒容，你该上楼去了。"她朝楼梯示意，"我来接手。"她应该要让平民——也就是勒容——远离战斗现场，哪怕他穿着冲锋队的制服，还有一把美国制的意大利手枪。

"抱歉，警探，"男人坚定地说道，"医院是我的地盘，没人能捣乱。你叫我留在原地，我也会跟着你的。我想你也不愿意在这个阴森的地方听到背后有脚步声。"

后援还要十到十五分钟才能来，她想着。

她抗议了几句，但没坚持多久。"成交，除非那个嫌犯要朝我或者朝你开枪，不然你可别开枪。你那把女人用的玩意儿，要是你被打中了，我就要写报告到地老天荒。那会把我惹毛的。"

"明白。"

"我们一起走，勒容。动起来。"

21

二人贴着墙壁前进。萨克斯问勒容："如果是你，你会躲在哪儿？"

"他肯定不会去那边。"勒容向着右侧的过道，点了点头，"那是个死胡同，没有出口，一定就躲在走廊的某处。"他指了指正前方。萨克斯打头，二人沿着病房区和门诊大楼之间的地下通道继续前进了十米左右。

他轻声问："那边？"眼前是隔着走廊相对的男女卫生间。

萨克斯点点头。

勒容接着说："女卫生间隔间多，方便躲藏。我先去那边，然后……"

"我进去检查，你就在这里等着。"

"我可以帮你。"

"不，如果他躲在另一间，我们一起进去的话，他正好可以逃走。"她凑在他耳边低声说（他身上须后水的味道很好闻），"如果要开枪，注意瓷砖。"

"明白，枪声会被放大。开一枪，五分钟内我们什么也听不到了，我经历过。真的那样的话，我们只能用眼睛来找他了。就算他走过来，我们也听不到……当然，前提是我没打中他。话说回来，阿米莉亚，我的枪法没那么差。”

她很喜欢他。“看来你有这种经验了？”

“太多，太多次了。”

“拔枪吧。”她说。

袖珍手枪藏在他黝黑的手中，若隐若现。他的手上戴着两枚戒指：一枚婚戒，另一枚戒指上印着警官院校的印章。“有我在呢，去吧。”

她冲进了女卫生间。

没什么特别的。里面有两个隔间，门都是敞开的。

她出来了，依然保持警惕，仔细搜索着。他点了点头，表示没有情况。

男卫生间只有一个隔间，很快就完成了排查。

萨克斯再次回到走廊上，注视着前方十几间储藏室。她注意到勒容将头歪向了一边。他摸了摸耳朵，指向大概十米开外的一道门。门上写着：“标本间。”

勒容低声说：“里面有刮擦的声音，我听到了。”

“里面有窗户吗？”

“没有，我们在地下室。”

“上锁了吗？”

“锁了，但是没用。任何人用个发卡就能打开。话说，现在女人还用发卡吗？”

“当然，可以开锁。”她回答。

她和勒容靠近门口。门上有一扇波纹玻璃的小窗。勒容弯下腰，迅速钻到小窗的另一边。两个人一左一右站在门的两边。

你之前有类似经验……

阿米莉亚·萨克斯有些纠结。

门的另一边可能有一个穷凶极恶的罪犯，且他们都认为他手上有武器——至少持有致命毒药。

难道要等紧急勤务小组来援助吗？等他们带着生化保护装备来？

纠结……

进去，还是不进去？

她决定了，她要进去。每多耽误一分钟，门后的不明嫌犯就有更多机会加强防备、设下陷阱。

但她要进去，最主要的原因是她想进去。

必须进去。她想：我没法解释，莱姆。反正就是这样。

只要你移动……

“你留在这里，”她用口型默示道，“掩护我。”

“不，我……”勒容没有说完，看着她的眼睛。他点了点头。

她握住门把手，旋转，门开了。

推开门……门的另一边什么都没有，只有黑暗。萨克斯向左边慢慢跑去，蹲了下去，蜷缩成一团。这样，门口的灯光就不会照出她的身影。

突然，从房间左后方的角落中传出一声巨响。

勒容冲了进来，萨克斯急迫地用气声喊道：“不要！”

然而，勒容已经推开门，勇敢地冲进来援救。她本不需要援救，刚刚的巨响只是为了转移他们的注意力。

为了接下来的行动。

“小心！”萨克斯大叫了一声。一件不明物体从黑暗中飞了出来。它从头顶飞过，划出一道弧线，在门外灯光的照耀下，闪闪发光。她知道那是一瓶毒药，毒芹素或是僵尸药那一类的东西。

没有解药的那种……

"是毒药！"她喊出声来，本能地躲开了。勒容飞身向左跳去，但是没有站稳，重重地倒在地上。他痛苦地吼了一声。

但不明嫌犯似乎并没有直接瞄准她和勒容。当然没有，他们的身体无法将毒药瓶撞碎。他高高地抛出瓶子，对着天花板丢了过去。

毒药瓶撞击在管道上，碎了。勒容正处在瓶子的正下方，毒药洒在他的身上。他丢掉自己的手枪，尖叫着。

当萨克斯站起来时，不明嫌犯早已推开标本间的第二道门，大约在走廊尽头十米的地方。他冲进了医院的门诊大楼，脚步声逐渐远去。

她转身回到勒容身边。他正绝望地呻吟着，试图将脸上的毒药抹去。"水，赶紧洗掉……我看不见了。"

这该死的东西是什么？一股难闻的味道，带着微微的苦味。

是酸！他脸上的部分皮肤似乎要融化了。

天哪！

萨克斯又开始纠结了。继续追踪疑犯……还是为勒容做点什么？

管不了那么多了。她拿起手机，拨打 911 汇报了情况，疑犯通过地下通道从医院逃跑到了门诊大楼。

挂断电话后，她跑向最近的消防栓，猛地一下把水管扯下来，拧开阀门，对着勒容的脸部和胸部喷洒。即便如此，这似乎并没有起到多大作用。他还是在大声吼叫，吼叫声比水喷出的声音还要大。

"啊，啊，啊……"

体格魁梧的勒容慢慢坐起身来，使劲挥了挥手，"够了，够了，够了！”

他呛水了，开始咳嗽。萨克斯这才意识到自己直接对着他的面部喷水，差点让他溺水，于是赶紧关闭了水阀。

他跪在地上，不断吐水。

他的双眼充血，此外一切正常——除了被呛到。

“你还好吗？”她问道，“有灼烧感吗？是酸吗？还是毒药？”

“没事，没事……我还好。”

萨克斯眯着眼睛，看了看地板，有不少碎玻璃。她走了过去，其中一片碎玻璃上贴着泛黄的标签。

原来如此。

勒容眯着眼看了一眼，点了点头。“他对着我丢了一瓶样品，准确地说是标本。房间里面的瓶子，对吗？”

“看上去是的，可能是福尔马林。”

“有点刺痛感，不过不是很糟糕。你帮我把大部分都冲洗掉了。”

萨克斯在地板上发现了标本瓶中的组织标本，就在勒容身边。她本以为那是勒容脸上融化的皮肉，于是认为疑犯丢出来的是一瓶酸性液体。事实上，这原本是瓶子里面的组织标本。勒容顺着她的目光看过去，用脚碰了碰那个组织样本。“该死，那是我想的东西吗？”

“我想是的。”

“他对着我丢了个什么？真是个浑蛋。等你抓到他，阿米莉亚，请答应我，让我揍他一顿。”

22

比利·海文穿过地下通道，来到医院的门诊大楼。他希望他的追捕者们——一个警察和一个保安——依然困在地下通道里，抓挠着灼热的双眼，痛苦地挣扎。

他没有看清到底有多少福尔马林洒在他们身上。即便他很想亲眼看看他们狼狈的样子，但是当时什么也看不清。

走廊上一个人也没有，他看见一个男卫生间，立刻走进去，躲进了一个隔间。他试图在背包里找到一件可换的衣物——选项不多。他套上一件连裤工装服，摘下绒线帽，换上一顶纽约大都会队的棒球帽，再戴上一副深色边框的眼镜。最后，他取出一只帆布工具包，就是那种工地上包工头会用的那种。他把背包和外套一并塞了进去。他走到哪里都会带着这个帆布包，就是为了随时随地改变自己的外表，以便逃离现场。

你必须做好变成另一个人的准备。

他小心翼翼地从卫生间里走出来，向办公大楼的前门走去。刚要从双开门入口出去时，警车到了。一共三辆警车出现在门口，急刹车时，后轮胎打滑，发出了刺耳的摩擦声。警察迅速从警车上下来，开始对大楼周围出现的十五岁至五十岁的白人男性进行询问，索要身份证件，并对随身包裹进行搜查。

糟了。

随后，又来了几个警察，还有一辆纽约警察局紧急勤务小组的卡车来到现场。他们在前门形成了包围圈，想必后门也被紧紧包围了。

比利转身回去。他非常生气，愤怒让他不禁颤抖起来。那个女警察的出现太意外了。她毁了这一切。阿米莉亚·萨克斯本人的出现，着实让他感到震惊。她的眼神像钢铁一样坚毅，和《连环城市》第七章照片上的样子一模一样。她依然穿着一件看上去毫无性感可言的外套。噢，他是多么渴望把她摁倒在地，给她尝尝他特制配方的味道。木曼陀罗属植物。又称“天使的号角”。可迅速致人死命，但也不会快到让萨克斯警官免于剧痛的折磨。

但是，在做到这一步之前，他必须先从这栋楼里出去。看来警方已经做好准备，将要搜索大楼。

他很清楚地知道，警察一定会非常仔细地搜查。

第一批警察正在靠近大门。

他轻松地转身，走向电梯口。他停下脚步，然后尽可能做出若无其事的样子，仔细打量着大楼索引，好像对周围正在发生的一切毫不关心。仿佛他只是个普通患者，来找医生去痣或是做结肠镜检查。

他开始疯狂地思考。这栋大楼有十层或十一层高。大楼外墙上会有消防用的安全楼梯吗？可能性不大。这种安全楼梯已经不常见了。可能会有消防通道，出口往往会设在不起眼的小巷子里。如果有的话，警察一定守在那里。这是肯定的，他们拔枪准备着，等着这名罪犯出现。

然后他发现一行小字，标注着门诊大楼六楼有一间医生诊疗室。

比利 · 海文思考了一会儿。

很好，他决定了。他离开了楼层索引的位置，这时，第一批警察进入了大厅。

你必须做到随机应变……

23

朗·塞利托慢慢走进上曼哈顿综合医学中心的大堂。电梯来得特别慢——已经有四个人在很不耐烦地等着。他想：病人总是没耐性的[①]，然后回味了一下这个文字游戏的趣味。他打算走楼梯去地下室，袭击案就差点发生在那里。要不是探员阿米莉亚·萨克斯发现了危险并及时阻止，要不是莱姆和普拉斯基之前调查出犯人踩过点的可疑地点，他们现在很可能就不会在追缉嫌犯，而是在调查又一宗凶杀案了。

朗挂在脖子上的警徽拍打着他的肚腩。他把博柏利大衣搭在手臂上，快步走着。快得都快喘不过气了。

他妈的那么多节食食谱，哪一次有效过？

还真的要多运动啊。

以后再说吧。

来到地下室，朗走进心脏病加护病房区，至少走了十几米才来到要找的那间病房。房门外站着两个身穿制服的警察，一个拉丁裔、一个黑人。他往病房里一看，看见病床上躺着一个身形瘦削、满头白发的男性患者。也许是因为脸上皱纹的原因，他看起

①原文为 Impatient patients。

来很颓丧。床边坐着一位大概五十多岁的优雅女士，她穿着保守的藏青色套装，搭配一条厚实的不透明的丝袜以及一条鲜亮的丝巾。女人的一张长脸面无表情，那双绿色眼睛正慢慢扫视房间。视线扫过正站在走廊的塞利托，绕了一圈又回到病人身上。她那双红润的双手正下意识地把一张纸巾搓成碎屑。床的另一边坐着一个年轻的金发男子，看相貌大概是女人的儿子。

塞利托冲门口守卫的警察们点了点头，二人给他让出一条道。

塞利托低声问："萨克斯探员呢？"

"她一直陪着警卫——医院的警卫，直到急诊室医生赶来。这会儿估计在走廊和房间那边搜证呢，就是嫌犯攻击她和警卫的地方。她已经搜证过嫌犯追踪那位被害人——那位女士的现场了。"说完他朝病房里点了点头。说话的这位警员制服名牌上写着：苏亚雷斯。

"是毒药吗？"

"八是[1]。"

"八是？"塞利托学着他的口音说。

这名年轻的警员没有听出塞利托嘲笑的口吻，接着说道："八是的。嫌犯从储物室还是哪儿搞来那个瓶子，朝她和警卫丢了过去。瓶子碎了，里面的东西溅了警卫一身。那个警卫以前也是个警察，从第十九分局退休了。"

"萨克斯探员没有受伤。"他的搭档补充道。这位的名牌上写着威廉姆斯。

"瓶子里装的什么鬼东西？"

"医生还没确定。但一开始他们说，可能是强酸之类。"苏亚

①原文为 Naw。

雷斯说。

“他妈的，强酸？”

“八是，后来发现可能是些防腐剂吧。”

塞利托问道：“医院现在戒严了吗？”

“全都封锁了，没错。”

苏亚雷斯漫不经心的口吻惹得塞利托狠狠瞪了他一眼，他这才明白过来，补充道：“是的，长官。不过他们很确定嫌犯就在隔壁大楼里。萨克斯探员亲眼看到他沿着两幢大楼之间的通道逃逸，这条通道只会通往一个地方，就是门诊大楼。”

“紧急勤务小组认为他还在里面？”

苏亚雷斯说道：“除非他速度真的非常快，才能在封锁前逃走。袭击一发生，萨克斯探员就立刻向上通报，大厦各层的出口随即就关闭了，最多也就两分钟吧。他能逃走的概率极小。”

“嗯，两分钟。”塞利托抻了一下他皱巴巴的领带，好像这样能把领带抻平一样。接着他放下领带，取出破旧的笔记本，走进病房。

塞利托简单介绍了下自己。

床上的男人说：“我是马修 · 斯坦顿，门口不是应该有警卫吗？”他那双深色眼睛直勾勾地盯着塞利托，好像在责怪门外警员故意开门把这个变态放进来。

塞利托可以理解，可他也有任务在身。“我们会改进的。”显然并没有解答男人的疑问。说完他转头向着那个女人：“你是……”

那男人不客气地回答：“她是我的妻子，哈莉特。这是我儿子，乔希。”

年轻男人站起来跟塞利托握手。

"你能告诉我刚才发生什么事吗？"他转头问哈莉特。

马修抢着回答："她从那条走廊过来看我，然后有个……"

"先生，不好意思。可以请你妻子回答吗？"

"好吧。我已经在跟我的律师联络，之后我肯定会提出诉讼的。"

"好的，先生。"说完，塞利托冲哈莉特扬起一边眉毛。

"我……我还没回过神来。"她说。

塞利托完全没有想笑的意思，可他还是勉强挤出笑容，宽慰她，"没事的，慢慢来。"

哈莉特看起来有点呆滞，解释说他们夫妇在几天前带着儿子和外甥才来到本市。他们本来也没想好是来纽约还是去迪士尼乐园。考虑到圣诞快到了，最后还是来了纽约。昨天，在去史瓦茨玩具店的路上，她丈夫突然感到心脏有点不适，来到医院才知道是轻微的心脏病。今早她来医院探视，走在走廊时，突然听到警员在大喊站住，或者其他什么的。

"我完全不知道有人跟在后面，他完全没发出声响。然后我一转身，天啊，就看到他站在我后面。警官，你认为他是，他是打算攻击我吗？"

"这个我们还不清楚，斯坦顿太太。你对他的描述，很符合我们在调查的另一宗袭击案的嫌犯……"

丈夫插嘴道："那你们警察干什么去了？也不提醒大家，就让同样的事再次发生！"

"马修，拜托。换个方式来看，警察也救了我啊，你知道的。"

那个男人没再出声，可是看起来更加愤怒了。塞利托暗自祈祷他别再来一次心脏病。

“你……你说的另一宗袭击案是怎么回事？”哈莉特有些犹豫地问道。

“不是性侵，是凶杀案。”

她听完，呼吸不自觉变得急促起来，浓妆之下的皮肤也变得更加苍白。“哎，是连环杀人犯那种吗？”手上的纸巾被搓得更碎了。

“这个我们也不清楚，你可以形容一下那个人吗？”

“我尽力，但我只看到了他几秒钟，他马上就戴上面具，抓住了我，然后逼我转身。”

塞利托已有几十年访问证人的经验，也很清楚地知道，就算脑筋最清楚的人也常常记不全整个案发经过，或者会同错误的信息混淆。尽管如此，哈莉特的描述也算相当具体。她描述了一个大约三十来岁的白人男性，穿着深色外套，大概是皮衣，还有手套，一顶黑色或深蓝色的针织羊毛帽，下身是深色裤子。他身形精瘦，不过脸挺圆的，这让哈莉特感觉他是个俄罗斯人。

“几年前，我丈夫跟我去过圣彼得堡，也留意到那边青年的长相，都是圆头圆脸的。”

马修用一种嘲讽的语气说：“那边也有罪案，可都是一些小偷小摸，不像这里，竟还有人潜入医院作案。”

“这边的水准是高一点。”塞利托回应道。然后接着说，“那个男人的长相……看起来是斯拉夫人？还是东欧人？”

“我也不知道，大概是吧，反正我们只去过俄罗斯。啊，还有，他的眼珠是很浅很浅的蓝色。”

“他有疤痕吗？”

“我没有看见，我还记得他有刺青。在他的手臂上，红色的。不过因为他穿着外套，我也看不清楚。”

“头发呢？”

哈莉特眼睛转而望向地下。“他很快就把帽子拉下来了，所以我也不是很确定。”

“他有说什么吗？”

“他只是小声告诉我别动，否则就要伤害我。听不出来有什么口音。”

问到这里应该可以了。

年纪，身形，眼睛颜色还有圆脸。俄罗斯或斯拉夫人，还有穿着特征。

塞利托用对讲机联络上鲍尔·霍曼，纽约警队紧急勤务小组的头儿，负责医院里的搜捕行动。他报告了犯人的长相特征以及最新的线索。

“收到，朗。现在我们已经封闭了整个办公大楼。相信他还没有逃出来，不过保险起见，我还是安排了人手疏散附近的街道。完毕。”

“我回头再联络你吧，鲍尔。”塞利托也懒得说通信的术语。他从来都没说过。不是因为职级较高，而是因为资格较老。

他转头对着哈莉特·斯坦顿和她那个依然怒气冲冲的丈夫。他可一点都不像刚得心脏病的样子，看上去健康得很。也许是常年户外活动，他的脸看上去饱经风霜。可能心脏病的副作用之一就是心情变差吧。塞利托倒是同情起哈莉特来，毕竟她给人感觉相当不错。

考虑到第一宗袭击案的嫌犯和受害人毫无关联，所以眼前的情况也很可能如此。不过塞利托还是问了她：之前是否见过嫌犯？在来医院前有感觉自己被人跟踪过吗？又或者她和她丈夫被列为袭击目标，是因为钱财还是其他什么原因？

最后一个问题让哈莉特苦笑了起来。不，她解释道，只是来纽约旅游的普通工薪阶层，现在假期也被毁了。

塞利托最后还是要了她的手机号和在纽约住的酒店名，临走之前也没忘祝她先生早日康复。哈莉特表示感谢，马修则板着脸点了点头，拿过电视遥控器，转到历史频道，把音量开得很高。

离开病房后，塞利托的对讲机突然震天响："所有人注意，六楼内科医生办公室发生袭击，搜查小组正在赶往现场。旁边的上曼哈顿综合医学中心高层有化学物质泄漏，具体物质不明。除有防毒面具的人员外，其他人员立刻撤离。"

"浑蛋！" 塞利托喘着粗气骂道，一边飞快地顺着走廊跑出医院。他抬头望着左手边的门诊大楼，一边从腰带间拿起对讲机，小跑过去。

"鲍尔？"他有点喘不过气，"鲍尔？"他又喊了一声。

"是你吗？朗？完毕。"

"是，是，是我。我刚听说了袭击，怎么回事？"

这个前陆军训练官脆声答道："我也是二手消息。说是那个嫌犯想偷医生办公室的外科手术服，被人发现了，他就开了一瓶不知道什么东西，洒在地板上，跑了。"

"会不会是甲醛？跟他攻击阿米莉亚的那瓶一样"

"不，这次很严重，很多人呕吐，晕厥。到处都是烟雾，肯定是有毒的。"

塞利托想了想，问道："你知道他下毒的是哪一科的诊疗区域吗？"

"我可以查查看，我现在在一楼楼层导览这边，我找找看。"过了一会儿，他说，"六楼只有一个医生办公室，独占一层楼。"

塞利托问道："是整形外科医生吗？"

"是的，等等，你怎么知道？"

"因为我们正在搜捕的不明嫌犯此刻脸上缠着绷带，和你正在疏散的其他病人一起，正从消防楼梯撤离。"

霍曼停顿了下，说道："该死！好吧，我们会把他们带到大堂，集中查证身份。缠着绷带的人都不准出去。多谢提醒，朗。如果运气好的话，我们能在十分钟内抓到他。"

24

莱姆的轮椅在高清显示屏前转来转去。自他们收到嫌犯在门诊大楼六楼释放有毒气体的报告，已经过去差不多四十分钟了。

屏幕连着紧急勤务小组的摄像头，实时显示门诊大楼正门和后面住院区大楼的情况。

门铃响了，托马斯走过去开门，一阵风吹进来，然后是一串熟悉的沉重脚步声，莱姆知道，是塞利托来了。

啊……

塞利托转过转角，停了下来。他转过身，脸色有些阴沉。

“好了。”莱姆尖酸刻薄地挖苦道，“我就奇了怪了……”

“好啦，林肯。”塞利托脱下他的博柏利风衣，“那只是……”

“我刚刚说，我只是觉得奇怪。难道就没人想到吗？一个都没有？就没有任何一个人想到，通报有毒气体泄漏的不是医护人员，而是嫌犯自己？大家就这么相信了，然后开始排查脸上缠着绷带的病人？”

“林肯，别说了。”

“就没人去检查下那些戴着牙医防护面罩的人？就是刺青艺术家也会戴的那种面罩。或者是那些穿着连体工作服的人。他就这样装扮成急救人员，大摇大摆地出去了。”

“我们现在知道了，林肯。”

“所以当时就没人想到啊，直到——”

“你他妈说够了没！”

“——现在才反应过来——”

“林肯，你有时候真挺招人烦的。”

莱姆知道，但他一点都不在乎。“现在大理石山附近的搜捕行动怎么样了？”

“大理石山的主干道，那一区每一站公交和地铁都设了检查点。”

“目标对象是？”莱姆继续问道。

“任何三十岁左右的白人男性都不放过。”

莱姆收到邮件提醒，打开一看，是刑侦组的简·伊格尔斯顿发来的。他们根据哈莉特·斯坦顿的证词，合成了嫌犯画像，一个看上去明显是斯拉夫人的男子，不苟言笑，额头很突出，长着一对连心眉，极浅色的眼珠让他看起来格外怪异和可怕。

莱姆本来不觉得人的善恶会反映在外貌上。但是直觉告诉他，这张脸背后是一个非常危险的人。

另一个显示屏亮起，阿米莉亚·萨克斯的脸出现在屏幕上。

“莱姆，你在吗？”

“在，在，萨克斯，你说。”这台电脑原本是用来跟其他城市的执法部门开视频会议用的，有时也用来审讯嫌犯。还被莱姆用来和新泽西表弟的孩子们打视频电话，这家人算是跟莱姆最熟的亲戚了。不过主要还是靠萨克斯，会给他们念故事书和讲笑话。有时萨克斯也和帕米拉打视频电话，一聊就是好几个小时。

莱姆想知道，她俩吵架之后，还会不会再这样闲聊了。

萨克斯说：“结果怎么样了？真的被他逃脱了？”

莱姆瞪着塞利托，翻了个白眼说："是，他跑了。但我们从人质那边获得了很清晰的描述。"

"那个警卫恢复得还好吗，萨克斯？"

"勒容的眼睛需要继续治疗，其他都没问题。他被甲醛和睾丸标本击中了，这让他可很不高兴。"萨克斯微微笑了下，"当时太黑了，我看到地上有一些皮肉，还以为嫌犯泼的是强酸，把他的肉都融化了。但他没事了。现在，朗，跟我说说搜捕的情况吧？"

塞利托向她解释道："我们已经在大理石山范围内的公交站和地铁站布满眼线，尤其是一号线。当然他也可以坐出租车，但我相信他应该不会愿意跟出租车司机一对一接触。根据那位刺青专家的说法，他不是本地人，所以他大概也不懂得坐黑车。我们猜他大概率还是会选择公共交通。"

莱姆眼角瞄到萨克斯在点头，然后看到屏幕上的画面开始闪烁卡顿。网络太差了。

画面突然又清晰了。

只听到她说："他应该会往东边走，然后搭乘地铁。"

"对，我也这么觉得。"

莱姆说："说得有道理。"接着对塞利托说，"立即安排你的人去查四号线。还有 B 线和 D 线。那边已经是布朗克斯区的中央，他不可能跑得更远了。"

"好的，我这就去布置。"塞利托转身就去打电话。

萨克斯问道："莱姆，我发现有一点挺奇怪的。"

"什么？"

"医院有好几十间让他藏身的储物室，为什么他偏偏要去那间储物室呢？"

“你认为呢？”

“他之前去过那里，我估计他是想把哈莉特·斯坦顿带去那里刺青。”

“为什么？”

“那里就像是个人皮博物馆。”她接着形容了一下容器里保存的人体组织标本。

“皮肤。当然了，就是他迷恋的东西。”

“是的。除了外部器官、脑部，有将近一半的容器装着体表组织。”

“你这是在宣讲什么暗黑心理学吗，萨克斯？我不确定这有什么帮助。我们已经知道他对人皮有特殊爱好。”

“我只是猜想，他曾在那里待过更长时间。不仅仅是为了密谋凶杀去踩点。可以这么说，就像去当代艺术博物馆观光的游客一样，纯粹被那个地方吸引。所以我还在那里走了三次格子。”

“哈，这样运用心理学还挺合适的。”莱姆说。

25

比利低着头，快步朝布朗克斯的地铁站走去。他搭乘地铁前往曼哈顿南部，回到他的工作室，回到他的玻璃盆栽身边，回到安全和舒适之中。

他的脑海中回想起医院走廊里发生的一幕，以及阿米莉亚·萨克斯的形象……一想起她，比利就有一种莫名的熟悉感，毕竟他一直想尽办法了解关于这个女人的一切，以及关于林肯·莱姆的一切。

她是怎么找到他的？这个问题不太准确。

林肯是怎么找到他的？她很优秀，毫无疑问；但莱姆更胜一筹。

好吧，怎么找到的？详细步骤是怎样的？

嗯，他之前去过那家医院。也许他就是在那里沾上了一些证迹。尽管他极尽小心，还是在克洛伊·摩尔的尸体边留下了一些痕迹。

所以警方派萨克斯到医院，是为了阻止他发动另一次袭击？

不。比利判定，警方不可能预判他会在那个时候回去。萨克斯去医院，只是为了问问有没有医务人员看见过符合他们描述的嫌疑人。

他的思绪萦绕在阿米莉亚·萨克斯身上……从某种程度上，她让他想起可爱女孩。她美丽的面庞，她的发丝，她那双热切的、坚定的眼睛。他知道，要控制女人，有些要靠讲道理，有些要靠权威和命令。还有一些，你永远无法控制她们。这就会出问题。

想到她苍白的皮肤。

夹竹桃室……

他想象着阿米莉亚身处夹竹桃室中，躺在沙发上，躺椅上，那爱的座位上……

他的呼吸变得急促。他想象着血液流淌在她的皮肤上。他尝到过其中滋味，闻到鲜血的气息。

但现在，姑且忘记这些。

另一个词跳进他的脑海：预判。

如果莱姆算到了医院的事，那他也很可能算到他会从这条路线逃逸。他不禁加快了脚步，这条路人很多。折扣店，餐馆，手机店，还有电话卡商店。主要客户群体是工薪阶层，预支薪资，全市最低价。

到处是人：带孩子的父母，把孩子包得像袜子玩偶一样严实，在刺骨的寒冷和冰雨中行走。青少年却无视寒冷，或者说他们可能根本感觉不到冷，只穿着薄薄的外套，牛仔短裤，或者是装饰着假皮草的花哨外套。光着腿穿高跟鞋。动个不停，一刻也不消停。比利差一点就撞上了一个玩滑板的孩子。

他恨不得把那个小孩从滑板上拖下来。但他顷刻之间就滑远了。再说，比利也不能引起别人的注意。

就现在的状况来看，这可不是个好主意。

他继续向东逃逸。他发现沿途也有不少皮肤艺术——这是比利对于刺青的说法。这一代出没的人群大多阶层较低，种族混杂。不少人在皮肤上刺字，大多是手写体。常见的有《圣经》选段、诗歌和各种宣言。根据比利的观察，最有代表性的当属马丁·路德·金了。也有些来自《古兰经》或者大鲨鱼奥尼尔。有些大到差不多是 72 号字，很显眼。但更多小到几乎要用显微镜才能阅读。

无论是那些长得像黑帮成员和毒贩子的男子，还是疑似娼妓的女人，身上的刺青似乎都有十字架。

一个二十来岁的年轻人迎面向比利走来。他深色皮肤，体格庞大，较比利稍微矮一些。比利盯着他脸颊和太阳穴的疤，几道交叉线条组成了一个复杂的图案。

他注意到比利的目光，放慢脚步，最后停了下来，冲他点点头。

“嘿。”他微笑着打招呼。也许他发现比利很欣赏他的疤痕刺青了。

比利也停下脚步。“你的刺青很酷。”

“哟，谢了。”

这是非洲撒哈拉沙漠以南地区的传统刺青方式，先割出线条，再敷上刺激性的植物汁液，让伤痕肿起，从而形成永久性的纹路。疤肿有几种目的：表明是某个家族或部落的成员，彰显某种社会或政治地位；另外也可能用来纪念人生转变的里程碑，比如成年或结婚。在某些非洲文化中，疤痕刺青也可能象征着性能力高超和性欲旺盛。实际上，疤痕本身也是一种性感带。女人的疤痕刺青越多，就越适合结婚。因为这意味着她更能忍受分娩的痛苦，可以孕育更多后代。

比利一直很欣赏疤痕刺青，但自己没有尝试过。这个年轻人脸上的刺青实在令人印象深刻，像交错的藤蔓和锁链一般。非洲的皮肤艺术主要是几何图形，很少描绘动植物或人像，也从不用文字。比利几乎难以抑制自己的冲动，想伸手去抚摸那个图案。还好，他忍住了。

年轻人也用异样的眼光看着比利，目光中混合着好奇和暧昧。最后，他看了周围一圈，然后似乎下定了决心，压低了声音问道："哟，你要褐仔吗？月亮石？糖粉？要哪种？"

"我……"

"你有多少钱？我算你便宜点。"

毒贩子。

恶心。

片刻之间，对于疤痕刺青的欣赏转化为了厌憎。他几乎觉得这个男人背叛了自己。精美的皮肤艺术也遭到玷污。比利想在他脖颈里扎上一针，把他拖进小巷，用白蛇根草或毒芹汁在他身上刺几个字。

但比利很快意识到，这件事再次证明了"皮肤法则"的正确性。毫无疑问。就像物理法则一样，不应该影响他的情绪。

他失望地笑了一下，绕开这个男人走远了。

"哟，我给你算便宜点！"

又往东走了一个街区，比利回头看了看。没什么可疑人物跟在后面。他走进一家服装店。用现金买了一顶洋基队棒球帽和一双便宜的帆布鞋。他戴上帽子，换了鞋。没有急着扔掉旧的鞋帽，因为警察可能搜查附近的垃圾桶，找到这双带有他指纹的巴斯牌皮鞋。趁店员没注意，他把一只鞋丢进了清仓减价的货堆，另一只放在一排放满类似鞋子的货架后面。然后他走出这家店，继续前往自己的目标——可以搭乘地铁回到运河街的地铁站，回到安全之处。

比利低着头，观察着拥挤的人行道地面。好脏，到处都是椭圆形的狗屎和一块块口香糖污渍。周围还残留着泥泞的融雪。

但没人朝他的连体工作服、工具包以及他本人看上一眼，在内心好奇：这就是在苏荷区杀了那个女孩的男人吗？就是那个在大理石山的医院里差点被围捕和枪杀的男人？

他再度加快脚步，吸入充满汽车尾气的冰冷空气。他肯定不会搭乘一号线，这列地铁会途经大理石山，距离医院太近了。

他花了好几天研究纽约市交通系统，最后决定去东边一点的车站，虽然这样就要在这令人不适的天气里走更多路，遇到更多令人不适的人。

哟，我给你算便宜点……

这种人到处都是。人群越来越密集，其中很多购物者，比利认为，他们都是想趁圣诞节前商场打折来囤礼物的。这些人都穿着深色衣服，破烂又邋遢。

莫罗博士的猪人，狗人……

有些警车从身旁驶过，往大理石山开去。没有一辆停下。

比利喘着粗气，胸口隐隐作痛，终于走到地铁站入口。这一站地铁不是地下的，而是在高架上。他刷了地铁卡，镇定自若地爬上陡峭的楼梯，来到站台上。潮湿的寒风席卷而来，让他下意识蜷缩起身子。

比利把帽檐又压低了一点，换了副不同镜框的眼镜，又把灰色围巾拉高、遮住嘴巴。这里太冷了，这么做看起来再自然不过。

比利搜寻着周围警察的踪迹。下方的街道上没有闪烁的警车顶灯，人群中和站台上也都没有穿制服的警察。

可能——

等等。

他注意到月台上距离他大概十米远的地方有两个穿大衣的男子。其中一个正往他这边看，跟同伴说着什么。

那是两个白人，穿着保守的服装，厚重的大衣底下是白衬衫和领带。站台上大部分乘客都是黑人或拉丁族裔，穿着也要随便得多。

便衣警察？这是他的第一直觉。他们不一定参与了搜捕行动，可能只是来这里调查贩毒团伙的，但听到警报后，相信自己遇到了那个地下人。

其中一人打了个电话，比利感觉他肯定是在跟林肯·莱姆汇报。毫无缘由地，比利就是相信这个警察是莱姆的朋友和同伴。

一辆地铁呼啸而来，距离站台还有不到一百米。那两人交谈了一些什么，在寒风中艰难地朝比利走来。

他已经够谨慎了，在逃离门诊大楼时也足够机智。难道就要因为这样的机缘巧合被抓住吗？因为两个凑巧在附近的警察？

比利周围没有出口。如果他逃跑的话也来不及。跳下去怎么样？

不，这里距离地面有七米高。他会摔断骨头的。

比利决定蒙混过去。他有一张市政府雇员的证件，临时骗骗人还行。但如果有人打电话到市政府查验，一下子就会露馅。他还带了真实的身份证，但严格来说，拿出来就违反“改造诫令”了。

你应该隐藏自己的真实身份。

但是这本身当然也行不通。只要用对讲机或者手机问一声，就知道他的真实身份了。

他只好继续犯罪。他打算假装没注意到那两个男人，等他们走到身边时转过身对他们微笑，然后趁其不备把其中一人或两个人一起推到站台下。然后趁乱逃走。

这个计划糟透了，笨拙而危险，但他心意已决，别无选择。

两个男人距离他更近了。他们冲他微笑着，但比利一点儿也不相信他们有什么好意。

列车越来越近，三十米，二十米，十米……

他想看清这两人腰间是否有配枪，但他们没有解开大衣纽扣。他又看了看出口，计算着时间和距离。

准备好。那个个头比较大的，先推他——林肯 · 莱姆的同伙。

列车几乎就要到站了。

二人中的高个子，也就是要先一步去死的那个，跟比利对上了眼神，冲他点点头。

等会儿，等会儿。再过十秒钟。八，七，六……

比利的神经绷紧了。

四，三……

那个男人微笑着说："埃里克？"

"我，呃，我没听清？"

"你是埃里克 · 威尔逊吗？"

列车进站了，呼啸着停了下来。

"我？我不是。"

"哦，嘿，你看起来跟我们以前一个同事的儿子一模一样。不好意思，打扰了。"

"没事。"

那人转身走开了，走进人群涌出的列车。

比利也走进地铁车厢，在可以听到他们二人交谈的距离之内找了个地方站着。

然后他意识到，他们就是看上去的样子，商人，刚在上城谈完生意，准备回麦迪逊大道的办公室写会议纪要。

列车启动了，一路摇晃着、呼啸着，向南行驶。

很快，他们就来到曼哈顿，列车钻进了地下。

地下人又回到了他的世界里。

搭乘地铁有风险，但至少可以把风险降至最低。而且显然他这个选择是明智的。他没有坐一号线，或是东边一点的四号线，甚至是 B 线和 D 线，而是走了好几里路到阿勒顿大道乘坐二号线。他可以想见，肯定有人——当然，是林肯 · 莱姆——会吩咐警察搜索附近的地铁站。但就算是纽约市警局也没有那么多人手全城搜捕。所以他希望可以经过这么一通猛走，逃过这次追捕。

显然他成功了。

列车往南疾驰时，比利在心中说：你不是唯一会预判的，莱姆警监。

26

嫌犯 11–5 先生非常内行，林肯·莱姆再次感慨。

他操控轮椅，来到证物检查台前面。梅尔·库柏和萨克斯正在检查从医院拿回来的证物。

尽管她彻底搜查了走廊、门诊大楼和“人皮博物馆”，但在这宗对哈莉特·斯坦顿袭击未遂的案件中，他们得到的证物少得可怜。

没有指纹。他太机警了，手指始终没有触碰哈莉特（皮肤上可以采集到指纹）。看来他要么是抓着她的衣服，要么是隔着自己的袖子触碰她的肌肤。而且在逃出试图进行攻击的地下室之后，进入标本室之前，他戴上了乳胶手套。而且不是乙烯基涂层手套，这种材质会呈现出特殊的纹路，从而成为呈堂证供。

但跟上一次不同，他被打了个措手不及，没有时间穿上鞋套。因此，萨克斯采集到一些很不错的静电鞋印。

十一码，巴斯牌皮鞋。不过就算他穿着一双十一码的巴斯牌皮鞋，并不意味着他的脚就是十一码。

根据鞋印上的磨损情况，虽然有时候可以推断出关于体重和体态的细节，但这次也没有太大帮助。而且莱姆心想：这个重要吗？他们已经知道他的体重和体态了。

萨克斯在地板上的鞋印周围用滚筒采了样，想看看是不是能找到什么证迹。但梅尔·库柏说，分析结果显示："有很多英伍德大理石，还有更多清洁剂和医疗物质。就是那些当初引导我们去医院的证迹。这次又多了清洁剂，但其他就没有什么了。"

她在标本室里还找到了一些特殊的证迹，气相层析／质谱仪分析结果是聚二甲基硅氧烷（硅灵），这种物质常用于化妆品、工业润滑剂，还有食品加工，用以防止产品结块。有趣的是，硅灵也是橡皮泥的主要物质。莱姆也想到了这一点，但经过一番思考之后，他判定，这种玩具应该不在这位不明嫌犯的计划之内。

"我认为他是在控制斯坦顿太太的时候沾染上这种物质的。"萨克斯说道。作为一名五十多岁的女性，斯坦顿太太的妆还挺浓的。萨克斯拿出手机，打通了斯坦顿太太给她的手机号，向她通报了查案进度，问到了她常用化妆品的品牌名。随后她找到化妆品牌的网站，查到硅灵其实是她所用粉底的主要成分之一。

这条线索断了。

也没有其他证迹或纤维。

萨克斯把这些新的发现写在白板上，说道："还有一点。我看到他有一个刺青，就在他……"她皱了皱眉头，"是的，左手臂，一个动物之类的，也许是条龙。就是那本惊悚小说里写的那样，《龙文身的女孩》。红色的文身。"

"没错。"塞利托看了下他的笔记本，补充道，"哈莉特·斯坦顿也说他有个刺青。但她没看清是什么图案。"

"有关于毒药的证迹吗？他打算用在被害人身上的毒药？"普拉斯基问库柏。

"根据阿米莉亚搜集到的证迹，没有任何毒药的痕迹。"

"我想我们可以假设，他把他心爱的毒药都好好保管着，等到一切准备就绪才会动用。”莱姆再次感到好奇——为什么选取这种作案方式？毕竟现在很少有人用毒药作为武器了。虽然过去几百年里，下毒杀人的方式十分常见，但现在早就不流行了。这主要因为十九世纪中叶，英国著名化学家詹姆斯·麦什发明了一种检测手法，可以检测出人体组织中的砷。而检测其他有毒物质的手段也随之面世。许多害死老婆的丈夫和贪婪心急的财产继承人，曾经以为医生会把死因误判为心脏病发、中风或其他疾病；但在早期刑侦人员的侦查之下，他们都被关进了大牢或是送上了绞刑架。

与此同时，有些物质诸如常用于汽车防冻剂的乙二醇，还是会被一些不幸福的妻子拿来毒害丈夫。国土安全部也担心恐怖分子会利用各种有毒物质作为武器。从可以萃取出蓖麻毒蛋白的蓖麻籽，到氰化物，再到毒性最强的物质肉毒杆菌（用于医美的肉毒杆菌注射物极其微量）。只要几公斤肉毒杆菌，就能杀死地球上的所有人类。

然而毒药难以携带，又很容易被发现，而且在使用时也难以控制，更别说还有毒害到下毒者自己的风险了。

为什么你如此热爱毒药？莱姆在心中向不明嫌犯发问。

梅尔·库柏打断了他的沉思。“在医院，我们差点就抓到他了。你认为他会收手吗？”

莱姆哼了一声。

“意思是不会？”

萨克斯帮他翻译：“意思是不会。”

“我们只需要思考。”莱姆说，“他接下来会在哪里动手？”他控制轮椅来到白板前，“也许，答案就在这里。”

上曼哈顿医疗中心

被害人：哈莉特·斯坦顿，五十三岁

- 游客
- 未被伤害

不明嫌犯 11–5

- 细节参照前一犯罪现场
- 左手臂有红色刺青
- 俄罗斯或斯拉夫裔外貌
- 浅蓝色眼睛
- 没有口音
- 十一码巴斯牌皮鞋
- 没有指纹
- 曾在医院标本室逗留（“人皮博物馆”）

证迹

- 没有发现有毒物质
- 硅灵

  # 但很可能来自哈莉特·斯坦顿的化妆品

27

"普罗旺斯[2]"里人满为患。

自从《纽约时报》发布了餐厅评选结果，这家位于地狱厨房（即曼哈顿克林顿地区）的小餐馆就生意兴隆，顾客们拼命想挤进吵闹、混乱的餐馆里，享用融合美国南部和法国南部两种料理风味的美食。

炸鸡佐酸豆与炖蔬菜。

蜗牛佐玉米粥。

看似不可思议，但风味绝妙……

餐馆南边是一处仓库，北边是一幢时髦的玻璃幕墙办公大楼。而这家餐馆则是中城西南部的典型建筑：房龄超过百年，歪斜的地板踩上去发出嘎吱嘎吱的声音，天花板是手工捶制的锡板。每一间狭小的隔间之间低矮的过道和餐馆的墙壁都由喷砂砖砌成，这让室内的噪声更加嘈杂。

室内灯光昏暗，低悬的灯盏里装着昏黄的灯泡，看起来跟整栋建筑一样古老。但其实制造商并不是百年前哈得孙河畔的铁匠铺，而是韩国首尔近郊的一家工厂。

店内靠里的一张餐桌旁，年轻男女正聊得热火朝天。

"他没机会的，太可笑了。"

"你听说过他女朋友吗？"

"那不是他女朋友。"

"现在是了，脸书上更新了。"

"总之我都不觉得她算是女的。"

"哇哦，你也太毒了。"

"等到媒体发现，他就完了。我们再叫一瓶吧，那瓶夏布丽葡萄酒。"

萨曼莎·勒凡心不在焉地听着同伴们的谈笑。一来她不是很关心当地的政治。他们正在谈论的那个候选人应该选不上，不是因为他的女朋友有问题，而是因为他才华平平且目光短浅。你需要有大格局才配成为纽约的市长。

候选人们，你们都需要那种人格魅力。

除此之外，萨曼莎还一直想着自己的工作。最近出了大问题。她今天加班了，大概在八点多，也就是半小时之前才下班，从隔壁那座华丽的办公楼赶来这里跟朋友们会合。她试图抛开工作，但在如今这个高科技世界里，你其实没法真正逃离每日都要面对的烦恼和问题。当然，这个时代也有好处，那就是你可以穿牛仔裤和毛衣（夏天换成背心）。就像萨曼莎现在做的那样。你还可以赚六位数的年薪，可以去刺青、穿孔，选择弹性工作制，还可以带一只枕头去办公室，休息时趴着睡一觉。

只要你有业绩。

并且领先于你的竞争对手。

并且，该死，实在有太多竞争对手了。

互联网行业，真是块宝地。如此多的资本在这里流动，很轻易就可以出人头地；反之亦然。

萨曼莎今年三十二岁，身材丰满，一头秀发染成不羁的棕色和紫色，一双深色大眼睛如同日本动漫人物。她又喝了一些白葡萄酒，试图忘记不久之前跟老板一起开的会。这个会议令人焦躁万分，至今依然无法释怀。

别。想。了。

最后，她终于不想了。她叉起一块油炸绿番茄配凤尾鱼碎品尝，并把注意力转移到朋友们身上。他们正在笑着（除了那个正在发短信的女孩），因为她的室友——真的只是室友——拉乌尔正在讲一段关于她的轶事。他是一名时尚摄影师的助理，他们为一些想成为 *Vogue* 杂志的电子刊物拍摄。曾有一次，那个身材瘦削、留着小胡子的摄影师来他们位于切尔西的公寓接拉乌尔，当时萨曼莎穿着 T 恤和睡裤，头发上绑满五颜六色的橡皮筋，还戴了副非常非常严肃的眼镜。但摄影师打量了她一会儿之后说："嗯，我能给你拍大片吗？"

"哦，你是刚接了宅女年历的活儿吗？"萨曼莎问道。

拉乌尔把这件事添油加醋地说给大家听，逗得一桌子人哈哈大笑。

这真是一群很不错的朋友。拉乌尔和他最好的哥们儿詹姆斯，还有萨曼莎的同事露易丝和另一个女人，那个挽着詹姆斯的胳膊出现的女人。她是叫卡特丽娜、凯瑟琳还是卡丽娜？詹姆斯本周的金发女伴。萨曼莎悄悄给她起了个外号叫"短信女郎"。

男人们继续讨论政治，仿佛他们押了重注在这场选举上。路易丝试图跟萨曼莎讨论某个严肃的话题，而另一个女孩则继续发着短信。

"去去就来。"萨曼莎说道。

她站起身，踩着古老的地板向外面走去。喝了三杯葡萄酒纾解压力之后，她觉得更焦虑了。放松点，姑娘。你可以在汉普顿喝挂，也可以在五月角喝挂，但你绝不能在曼哈顿喝挂。

小酒吧里有两个家伙试图跟她调情。她无视了他们，尽管拒绝其中一个时有点犹豫。那家伙独自一人坐在最偏僻的角落里，身材消瘦，肤色苍白，昼伏夜出的那种苍白。像是个画家、雕塑家或者其他什么艺术家，她猜想着。长得算是英俊，虽然他低头时下巴显得有点短。一双目光炯炯的眼睛，向她投来锐利的一瞥。

萨曼莎把他们称为“舔狗”，想象狗舔食食物的样子。

她有点不寒而栗。因为他的这一瞥时间有点太长了，有些吓人。

他仿佛用目光脱掉了她的衣服，看透了她的胴体。

她有点后悔跟他对视，不由加快脚步，沿着逼仄而陡峭的楼梯，下到了位于地下室的洗手间。

咯吱，咯吱……

她终于逃离了那目光。

这下面黑暗而寂静，但非常干净。她第一次来到这里时，感到颇为意外。改造这家餐馆的人花了很多精力，刻意营造出一种粗糙的乡村风格（没错，我们知道确切的说法是：法式和美式乡村风格），但洗手间却是纯正的苏荷区现代风。板岩墙壁，嵌入式照明，装点着观赏植物，墙上挂着几幅梅普尔索普[①] 不那么怪异的摄影作品，里面没有鞭子，也没有臀部。

萨曼莎走向女洗手间，推了推门。

锁着的。她龇了龇牙。“普罗旺斯[2]”确实面积不大，但这世界上就不该有哪家餐厅只设他妈的一间女厕所。店老板是白

①梅普尔索普（Robert Mapplethorpe，1946—1989），美国摄影师，擅长黑白摄影，他的作品主要包括名人摄影，男人裸体，花卉静态物等。

痴吗？

头顶一阵嘎吱嘎吱作响，有人踩着高低不平的木地板朝这里走来。

一阵沉默。

想起了酒吧里的那个男人。

我刚才是怎么了，为什么要看他？上帝啊。长点心吧。好吗？为什么跟人调情？你已经跟同事艾略特有点意思了。虽说他不是理想型，但至少体面、可靠，还看公共电视网的节目。下次他约你，就答应吧。他的眼睛很好看，在床上的表现应该也不错。

天哪，我只是想尿尿。却只有一间女厕所？

随后，是另一阵嘎吱嘎吱作响，脚步声来到楼下了。

嘎吱，嘎吱……

萨曼莎的心怦怦直跳。凭直觉她就知道是那个调情的人，那个危险分子。

她看见一双靴子出现在台阶上。那是一双男式踝靴，二十世纪七十年代的风格，透着怪异。

她微微扭头打量着。她位于走廊尽头。无路可逃。没有出口。如果他冲向我怎么办？餐馆里太嘈杂了，没有人会听见这里的动静。手机也丢在楼上了，我——

接下来她想：放松。你不是一个人在这里。厕所里还有个贱人。如果我尖叫，她会听得见。除此之外，不管有多饥渴，也没人会在餐厅走廊里强奸别人的。

应该就是有点尴尬罢了：那个瘦男人太急于求成，强行调戏她，被拒绝后恼羞成怒，但最后还是会走开的。这种事都发生多少次了？顶多骂她是个浪货。

每当有个女人看向一个男人，她就会被骂是浪货。

双重标准。如果有个男人盯着女人看，哦，这就没什么了不起了。男人都这样。

这种情况会改变吗？

等等，万一他真的是个精神病呢？手里拿着把刀？专门用来捅人？

那双目光炯炯的眼睛，看起来真像个精神病。前几天不还发生了一起谋杀——苏荷区有个女孩在地下室被杀了。

就像这种地方。该死的，我该憋着——

随后萨曼莎爆发出一声大笑。

穿靴子的人终于现身了。那是个西装革履的胖老头儿。显然是个从达拉斯或者休斯敦来的游客。他看了她一眼，冲她草草点点头，走进了男用洗手间。

她转过身，继续等在女用洗手间门口。

快点吧，亲爱的。上帝啊，你是在里面化妆准备勾引男人吗？还是趴在马桶上吐个天昏地暗？萨曼莎再次抓住门把手扭动着，提醒里面的人：外面有人等。

门把手转动了。

妈的，她心想。这门一直没锁。刚才她可能拧错方向了。

你这得有多蠢？她推门走进去，打开了灯，门在她身后关上了。

紧接着，她看见里面站着个男人。他身穿一件连体服和一顶针织帽。转瞬之间，他把门锁上了。

哦，上帝，上帝，上帝，上帝啊……

他的脸烧伤了！不，是扭曲了。他头上套着黄色透明的乳胶头套，把面孔压得扭曲变形。手上戴着同样是黄色的橡胶手套。他的左手臂上，在手套和袖子之间的缝隙里，露出一点红色的刺青图案。是个昆虫，有钳子，有带刺的腿，还有一双人类的眼睛。

“啊啊啊，不，不，不……”

她迅捷无比地转过身抓住门，但他抢先一步，双臂钳住她的身体，朝她的脖子打了一记。她感到一阵剧痛。

她拼命踢，拼命尖叫，但他往她嘴里塞了一块布。声音消失了。

接着她注意到厕所后面还有一扇小门，一米见方的样子，小门通往一片无尽的黑暗——那是一条隧道，通往餐馆下方更深的地方。

“求你了！”她央求道，但声音含糊不清。

越来越无力，越来越疲惫。不再感到害怕。她忽然意识到：刚才给她脖子的那一记，他给她注射了药物。在昏睡过去的那一瞬间，萨曼莎最后的记忆是自己被放倒在地，拖向了那扇小门。

她感到一阵暖流沿着腿部流淌而下——恐惧与药物的双重作用，让她失禁了。

“不要。”她低声说道。

紧接着她听见一个声音：“要。”这个声音被无限拉长，仿佛不是袭击者在说话，而是他胳膊上的那只虫子发出的声音：嘶嘶，嘶嘶，嘶嘶。

28

人皮法则……

当比利手持美国老鹰在这位最新受害者的肚皮上创作时，他回想起自己最迷恋的事物，上帝的画布。

人皮……

这也是比利的画布。他对人皮的迷恋，就仿佛集骨者对于人类骨骼系统的迷恋那般——在阅读《连环城市》这本书时，他觉得这是最有趣的地方。他很欣赏集骨者的这种狂热，但说实话，他无法理解人骨有什么好的。很显然，人体中皮肤才是更吸引人的部分，也更核心，更重要。

人骨能给你带来什么触动？什么都没有，跟人皮差远了。

在保护人体的表皮器官中，人皮是进化最完备的，远远超过蹄、指甲、鳞片、羽毛以及那些聪明而诡异的节肢动物的外骨骼。对于哺乳动物来说，皮肤是最大的器官。就算器官和血管可以靠科幻小说里发明的设备来维持运作，皮肤的作用却是不可替代的。它可以预防感染，可以防止机体过冷或过热，可以抵御病毒和感染，可以防御一切外界入侵，不管来自蜱虫还是棍棒、尖牙还是子弹。皮肤还帮助留存对于机体来说至关珍贵的物质——水。它可以吸收我们需要的光照，从而生产维生素 D。怎么样，够厉害吗？

人皮。

是的，像皮革一样，精致而坚韧（眼周肌肤只有半毫米厚，而脚底的皮肤则有五毫米厚）。

皮肤的最上层是表皮，呈米色、黑色或棕色，而刺青机的针头必须刺穿再下面一层的真皮层。皮肤是再生大师，如果针头不够深入，就算你创造出全世界最美的刺青，也会如同画在沙滩上的蒙娜丽莎，终有一天会被磨灭。

这些关于皮肤的基本事实固然有趣，但对于比利·海文来说，并没有触及其真正的价值核心。皮肤会说话，皮肤会倾诉。皱纹意味着年龄和生育，老茧暗示主人的职业和爱好，色泽反映健康情况。此外还有色素沉着，那又是另外一段故事了。

现在，比利·海文正坐着，端详着受害者皮肤上自己的最新作品。没错，很好。

比利手作……

右手腕上的手表嗡嗡作响。五秒钟后，他口袋里的另一块手表也响了起来。有点像打盹时设置的叫醒闹钟。这也是“改造诫令”中规定的。

这主意不错。跟大多数艺术家一样，比利总是全身心沉浸在创作中。

他站起身来，借着头戴式卤素灯的灯光，在“普罗旺斯[2]”地下这个昏暗的空间里走了一圈。

这是一个八角形的房间，大约十米见方，周边有三个拱门，通向三条黑暗的隧道。比利在此前的调查中得知，在几百年前，这些国道是用来把牛赶往曼哈顿西区两座不同的地下屠宰场的。

健康的奶牛走一条道，生病的走另一条道。

不管走哪条道，都会被屠宰。不过病牛肉会被卖给当地地狱厨房附近的穷人，或者运去五点地区和布鲁克林肮脏的市场。而优质牛肉当然属于上东区、西区和中城的高级餐馆。

比利在踩点时把这两条隧道都走过一遍。其中一条隧道是砖墙，另一条是瓦墙，但他不知道当年两种牛分别走哪条道。

他希望自己能推断出答案，因为他想在病牛走的那条道里给这位年轻女士刺青——这听起来非常合适。但他最终决定在屠宰的地方动手，也就是这个八角形的房间。

他再次细细打量了她一番，刺青作品很完美，边界的割痕也很完美，他对此非常欣慰。在家乡的刺青店里工作时，他从来不在意顾客的反应，他有自己的标准。客人们毫无感觉的作品，可能让他心醉神迷。而当一个女孩看着自己身上的结婚蛋糕刺青（是的，这种图案相当流行）感动到泪流满面时，他可能会因为其中一个小小的瑕疵、一处小小的不完美而大发雷霆好几天。

但这件作品非常棒，他心满意足。

他很好奇，警方现在有没有破解他留下的信息。不，不可能，就算是林肯·莱姆也没那么厉害。

想起之前在医院和门诊大楼发生的意外，他决定是时候放慢进度，让他们别跟这么紧了。

比利曾用自己优美的字体写下过诫令中的一段：“要不断重新评估调查你的警方，有时候有必要在他们的调查之路上布置一些障碍。只可以针对低级警员；攻击高级警员或者政府官员会让他们加大追捕力度。”

或者，用比利的话来说就是：凡阻碍改造大业者，虽远必诛。

他打算用来放慢追捕进度的手法很简单，那些没有刺青的人会想当然地认为刺青机用的肯定是空心针头，但事实并非如此。

刺青针头都是实心的，通常好几根焊接在一起使用，墨水顺着针头流淌下来，注入皮肤。

比利还是用了一些皮下注射药剂，让受害者安静下来。他现在把手伸进工具包，掏出一个带密封盖的塑料药瓶。他小心地打开盖子，把这个棕色小药瓶放在地上。他又从一整排手术器械中挑选了一把外科手术用的止血钳，伸进塑料药瓶中夹起一枚0.25厘米针头、三十口径的注射针管——这是现有的最小型号。他小心翼翼地把针头从注射器上拧下来，又在其中注满毒药。

他捡起那个女人的手包，把针头末端扎进包扣下面的皮革里。当来现场勘查的警察打开这个手包，这枚几乎微不可见的针头便会扎进警察的手套和皮肤中。针尖很细，即使被扎也几乎不会被察觉。

当然，直到大约一个小时以后，他们就会开始发作。发作的症状十分美妙：士的宁的效力，在所有毒物中堪称最为极端和痛苦。你会感到恶心，肌肉痉挛，血压飙升，身体僵直，最后窒息。

确切地说，士的宁会令你痉挛致死。

不过这点剂量对一名成年人来说并不会致死，只会造成严重的脑损伤。

向你的追捕者播撒瘟疫。

身后传来一声呻吟。

她的意识正在恢复。

比利转向她。随着他的脑袋动来动去，卤素灯的光束在房间里不断变换着方位。

他小心翼翼地把手包放在地上，布置成他只是随手一扔的效果。他们会认为包里可以找到有用的线索和指纹，他希望是阿米莉亚·萨克斯本人捡起这只包。尽管莱姆才是幕后操纵者，但比利还是对自己在医院被萨克斯找到而大为光火。他还指望以后可以回标本室，但是都怪她，他永远没法回去了。

当然，就算被刺伤的不是她，也会是林肯·莱姆的帮手。

至于莱姆本人？他认为也不是不可能。他已经得知，林肯·莱姆的手臂和手已经恢复了部分功能。也许他会戴上手套，拿起这只包。但他肯定是感觉不到被针扎的。

“哦……”

他转过身，看向横陈在地面上那件美丽的人皮艺术品。象牙的底色。他用强力胶带在这块画布上方绑了一支手电筒，打开开关，凝视着她的眼睛。先是迷茫地眯着眼睛，随后流露出无尽的痛苦。

他的手表嗡嗡作响。

另一只也响了。

该走了。

29

灯光照亮了空中落下的冰雹、堆积的残雪和湿漉漉的沥青地面。

蓝色的、白色的、红色的灯光，急促地、有节奏地跳动着的灯光。

阿米莉亚·萨克斯把自己那辆棕色的都灵产汽车停在几辆救护车旁边，爬了出来。其实这几辆救护车并没有必要过来，一辆都不需要。只需要来一辆运尸车就行了，最先到达的现场警察已经宣告萨曼莎·勒凡当场死亡，她是未知嫌犯的第二名受害者。

不出意外，依然是下毒。这只是先遣警员的初步结论，但毫无疑问，出自不明嫌犯 11-5 的手笔。

萨曼莎久久没有回到“普罗旺斯[2]”的餐桌边，她的朋友们开始担心。他们找遍了餐馆，发现洗手间后面有一扇歪歪扭扭的门。一个侍应生打开门，把头探进去，立刻喘息着吐了起来。

萨克斯站在马路上，看着餐馆和周围汇集的车辆。朗·塞利托走向了她。“阿米莉亚。”

她摇着头说：“今天早上我们刚在医院阻止了他，现在他找到了另一个受害者。动作够快的，几乎是指着我们的鼻子骂：去你的。”

食客们纷纷结账离开，餐馆员工则惊慌失措。有顾客在餐厅洗手间里被绑架，然后被拖到房子下面的隧道里杀掉，他们再怎么惊慌也是意料之中的。

萨克斯心想，“普罗旺斯[2]”迟早要关门，只是时间问题罢了。餐馆本身，就是这宗罪案的另一个受害方。她觉得，伊丽莎白街上那间服装店也会很快倒闭。

“我马上开始调查。”萨克斯低声说道，从口袋里慢慢掏出一本笔记本。

快速反应车抵达现场后，停在了路边。萨克斯对走下车的技术人员挥了挥手。带队的是简·伊格尔斯顿，在苏荷区克洛伊·摩尔的现场也是她。其实就是昨天的事，但感觉却像发生在上个月。

这次她带了个新搭档，是一个瘦瘦的拉丁美洲人，长着一双冷静而敏锐的眼睛。从这一点就可以看出，这是犯罪现场调查的一把好手。萨克斯朝他们走过去：“老规矩。我先进去，调查尸体，走格子。你负责他绑架被害人的洗手间，以及所有可能的逃离路线。”

伊格尔斯顿说道：“交给我，阿米莉亚。”她点点头，萨克斯走到快速反应车后面，开始穿戴防护服、鞋套、头套和手套。当然还有 N95 口罩。一定要牢记，不管发生什么，都不能摘下口罩。

铁锈……

这次还要戴护目镜。

萨克斯在套上防护服的两条裤腿时，不经意间往马路上瞥了一眼。就在餐馆所在马路的这一边，街角有个穿深色外套的男人一闪而过，除了头戴棒球帽而不是针织帽之外，他看起来跟医院里偷袭哈莉特·斯坦顿未遂的不明嫌犯简直一模一样。他正在打电话，心不在焉地看着犯罪现场这边的动静。不过他的动作不太自然。

这会是不明嫌犯吗？就跟在苏荷区那样，他又回到犯罪现场窥探？

萨克斯迅速转移开视线，继续穿防护服，试图表现得若无其事。

其实嫌犯返回犯罪现场这种情况在现实生活中并不多见，更像是那些蹩脚的犯罪剧里的陈旧套路。不过这种情况也不是绝对不会发生。特别是那些非专业的或者有精神疾病的罪犯。这些罪犯的杀人动机往往是精神疾病或情绪问题。而这位不明嫌犯11–5似乎就是这样一个人。

她假装要去快速反应车的另一边拿一副新手套，慢慢靠近了一名认识的警探，南希·辛普森。南希头脑聪明，颇有一些街头智慧，最近刚被派到中城北部的分局。她正在控制现场，指挥食客们有序撤离现场。

“嘿。”萨克斯向她示意，“南希。”

“又是那家伙？”南希低声说。她身穿一件纽约市警察局配发的风衣，竖着领子来挡风。萨克斯最喜欢的，是她那顶深绿色的贝雷帽。

“看上去是这样的。”

“全城的人都吓疯了。”辛普森说道，“关于地下室遭到入侵的报道增长了百分之百，可没有一例是真的罪案，但我们还是加强了巡逻，总得做点什么。”她挤了挤眼睛，“没人再去洗衣服了。都怕去洗衣房。”

“南希，出状况了。”

“你说。”

“不要回头看。”

“好的。怎么了？”

“有条大鱼，街角有个人，就在这个街区。他穿一件外套，戴一顶棒球帽。我希望你靠近他，但不要往他那儿看。你懂我的意思吗？”

“当然。我看到人影了，用余光看到的。他在走动。”

“靠近他，然后拦住他。准备好武器，有可能那就是嫌犯。”

“就是杀人凶手？”

“就是他，不确定。我的意思是，有可能。”

“我该怎么靠近？”

“你在疏导交通，你在打电话。我的意思是，你可以假装在打电话。”

“要逮捕吗？”

“先检查身份证件，我随后就来。我先去准备好武器。”

“他是鱼，我是鱼饵。”

萨克斯往旁边瞥了一眼。“哦，该死，他不见了。”

那个也许是不明嫌犯的人已经不在街角，消失在餐馆旁边那幢十层楼高的玻璃幕墙大楼后面。

“我去追。”辛普森说道。她朝着男人消失的方向跑了过去。

萨克斯跑到指挥中心，告诉正守在那里的鲍尔·霍曼，嫌犯可能出现了。他立刻召集六名包括紧急勤务小组在内的警员。她朝辛普森望去，只见她停下了脚步，四处张望。萨克斯意识到，嫌犯肯定逃了。

辛普森转过身，小跑着回到萨克斯和霍曼身边。

“对不起，阿米莉亚。他跑了。可能躲进了那幢大楼里，就是街角那幢特别漂亮的大楼。也可能叫了辆车。”

霍曼说道：“我们会追查的。我们手头有昨天那个案子里不明嫌犯的画像——拼图识别系统生成的。”

她看了看那张画像，画像上明显是一张斯拉夫人的脸，长着一双浅到怪异的眼睛。

紧急勤务小组的头儿对他召集来的人下达命令：“行动，去找他。要有一个人打给中城南分局，我要一队人马沿着四十二街向西搜索，如果可以的话，我们就能包围他。”

“是，长官。”

他们分头出发了。

跟去犯罪现场走格子相比，萨克斯更想跟他们一起去搜捕。但她还是穿戴好了勘查现场的装备。

防护服、鞋套和头套，最后拿起证物搜集箱。最后，她忍不住又扭过头看了一眼那条大鱼摆摆尾巴消失的街角。

萨克斯打开了餐馆的门。

30

萨克斯心怀感恩。和上次一样，她不必自己把沉重的卤素射灯搬到谋杀现场。等她赶到时，那里已经被照得灯火通明。

谢谢你们，紧急反应小组的同事。

她看了一眼手中的图表找方向。图表来自莱姆那个关于纽约

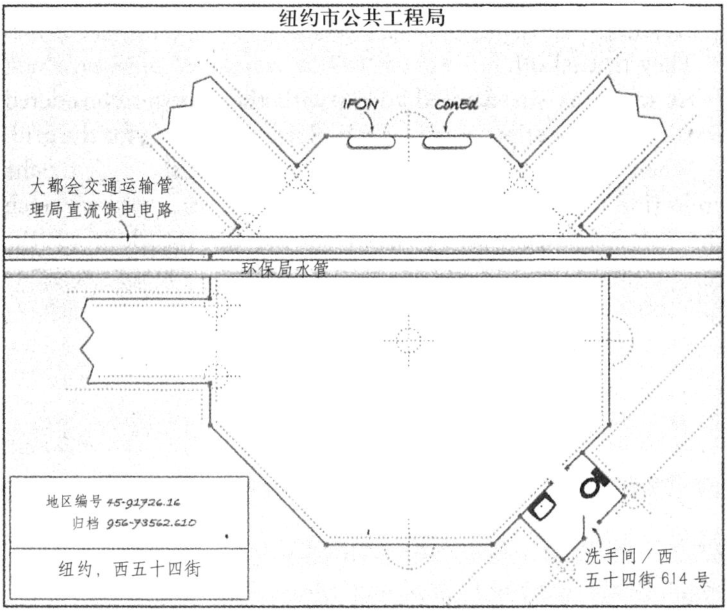

地下交通网络的数据库。

这个现场和上一个有颇多共同点：市政工程的下水管道，标记着“IFON”字样的黄色盒子。但两地之间也有一处很大不同。这个地方要大得多。而且她可以直接从洗手间走进去。不需要爬进圆柱形棺材，也不再有胃管。

谢谢你们……

萨克斯从泥土地面周围残余的木头围栏推断出，这里曾是一条用来运送牲畜的通道，连接着这里和地狱厨房地区的牲畜围场。她再次想起，这个不明嫌犯深受集骨者影响，而集骨者也曾选取一座废弃的屠宰场囚禁其中一名受害人，把她血淋淋地钉在地上，然后活活被老鼠咬死。

不明嫌犯 11–5 显然是站在了大师的肩膀上。

洗手间里的小门通往一个八角形的房间，从那里有三条通道一直延伸到黑暗之中。

萨克斯打开了音频和视频通话的开关。“莱姆，你在听吗？”

“啊，萨克斯，我刚还在想你什么时候打过来呢。”

“他可能回过现场，跟在伊丽莎白街一样。”

“回到作案现场？”

“也可能一直没离开，我看见有个人在街角窥探。鲍尔·霍曼派人去追了。”

“追到了吗？”

“还没有。”

“他为什么回来？”莱姆喃喃自语道，并没有指望有人回答。

摄像头正对着萨克斯视线的方向——幽暗的隧道尽头。在检查尸体之前，她在鞋套上绑了橡皮筋，沿着嫌犯的足迹走了一遍。他那串同样也穿了鞋套的脚印消失在其中一条隧道前。

"他就是从这里进来的吗？我看不太清。"

"看起来是这样的，莱姆。我看见前方有点光亮。"

这次嫌疑人进入犯罪现场不是通过安检孔。而是这三条隧道之一，通往从宾夕法尼亚车站驶向北边的地铁。隧道入口被坍塌的瓦砾掩埋了一大半，但还是留了足够的空间可容一名成年人钻过去。

不明嫌犯应该是从曼哈顿西边高速路那里爬下来，沿着地铁轨道走到这里，扒开出口的碎石，进入那间八角形房间杀死萨曼莎的。她呼叫简·伊格尔斯顿，向她通报第二犯罪现场和出入路径。

随后，萨克斯回到了八角形房间，受害者依然躺在房间正中央。她抬头看了一眼，被急救人员架设在那里的大功率卤素灯光照射得眯起了眼睛。"又是一支手电筒，莱姆。他这是要确保每个人都能第一眼看见尸体。"

来自不明嫌犯的信息……

和克洛伊一样，萨曼莎被戴上了手铐，脚踝也被绑上了胶带。衣服被掀起来，露出腹部，并在这里留下了一个刺青。萨克斯快速检查了一遍，同样没有明显的性侵迹象。的确，嫌犯让两位被害人都呈现出一副怪异而纯洁的样子。萨克斯觉得，这比直接进行性侵更加令人毛骨悚然。因为他借此留下了一个巨大的悬念：他为什么要这么做？如果他强奸了被害人，那么这个案子还可以被明确归类。但像这样算什么？

萨克斯低头盯着那个刺青。

forty

莱姆的声音打断了周围的寂静。"'四十'。小写字母。还是没头没尾。这次是基数，不是序数‘第四十’。这又是什么意思？”接着他试探性地补充道，“好了，没时间推测了。我们继续。”

萨克斯检查了一遍尸体，刮了指甲缝隙（这次没有采集到明显的证迹），采集了血液和体液样本以及伤口中渗出的毒液。随后又在她的全身寻找指纹。不过，显然这次嫌疑人又戴了手套。

萨克斯走了一遍格子，搜集尸体周遭的证迹，以便和远处的泥土样本与证迹进行比对。她审视着地面，得出结论：“还是穿着鞋套，没有留下鞋印。”

“他穿了双新鞋。”莱姆说道，“他把之前那双十一号的巴斯牌皮鞋扔了，估计现在正在布朗克斯的下水道里。”

萨克斯走格子时，注意到远处一面墙壁旁边有什么东西。开始她还以为是只侧卧着的老鼠。但那个东西一直没动，她又以为是老鼠啃食了一点萨曼莎的肉，中毒了，爬到远处死了。

但当她走近才发现那不是老鼠，而是一只手包。

“找到她的手包了。”

“很好，包里可能有线索。”

她捡起那只皮质手包，丢进一只证物袋里。

所有在现场搜集到的证据都用塑料袋或纸袋封存，放进一只牛奶箱里。

随后，萨克斯换用多波域光源再次检查萨曼莎的尸体、八角形房间的地面和隧道。发现不明嫌犯也曾击晕萨曼莎，并给她注射药剂。而鞋套的印迹则表明他在隧道和瓦砾堆之间来回走了好几遍。这一点有点奇怪，于是她告诉了莱姆。莱姆说，也许是因为他听见有人进来了。

也可能是因为他把装备放在入口处了。萨克斯拍了照片，又回到洗手间的小门那里，喃喃自语地向空气致谢，感恩这次搜查没有遇到任何会引发幽闭恐惧症的情形。

回到外面之后，她把证物箱交给了其他刑侦组的警员，他们也已经完成了第二现场的搜查。

简·伊格尔斯顿警探带来一个意料之中的结果：嫌犯在地铁轨道和隧道入口处留下的所有痕迹，都在大雨和冰雹中被冲刷得干干净净。

除了在女洗手间有过短暂搏斗之外，他似乎没有触碰过任何东西。在进入洗手间时，他没有留下任何拧动螺丝的痕迹。他也没有在洗手间里留下脚印，那几十枚鞋印都是上厕所的人留下的。

冰雨不断砸在萨克斯的兜帽上，她告诉莱姆自己要关掉头戴摄像头，以免这个昂贵而精密的设备进水。

她回到车边，在后备厢车盖的遮蔽下一张张填写证物卡片，以免卡片和证物袋被雨打湿。随后她脱下防护服，把它塞进紧急应变车上的一只焚烧袋里，披上自己的皮夹克，回到街上。

萨克斯看到南希·辛普森警探正在跟鲍尔·霍曼说着什么，其他去追缉大鱼的警察正三三两两地回来。

霍曼摸着自己灰白色的平头，看着萨克斯向他走来。

“没找到，没人看见他，但是——”他抬头望了望抑郁的天空，“原本今晚也没多少人在外面。”

萨克斯点点头，走向朗·塞利托，他正跟一帮人打听萨曼莎的年纪。萨克斯向他通报了追缉不明嫌犯——或者只是个无辜路人——的结果是一无所获。塞利托咕哝了一句什么，又把注意力转回面前这几个人身上。他告诉萨克斯，这些是跟萨曼莎一起吃饭的朋友。不过萨克斯早已从他们的表情看出来了。

“请节哀。”萨克斯说道。其中一个女人已经泪流满面。那是萨曼莎的同事。另一个金发女人看起来焦虑不安，萨克斯猜她身上带着可卡因。管他呢。

那两个男人看起来则是怒火中烧。他们都不是萨曼莎的爱人。其中一个看起来最悲伤的是萨曼莎的室友。

萨克斯和塞利托都问了几个问题，不出意外，他们都没听说萨曼莎·勒凡跟什么人结了仇。她是个生意人，也没陷入过什么法律纠纷。跟前男友之间也没什么纠葛。

又是一起随机谋杀。从某种意义上说，所有犯罪种类中最具有悲剧性的情节莫过于此：被随机选中的被害者。

同时也是最难破案的。

这时，一名身穿昂贵西装的男子急匆匆地向他们走来。他没穿大衣，却似乎对冻雨和严寒置若罔闻。这名男子五十岁出头，肤色黝黑，发型修剪得很细致，身高一般，但身材匀称，面容也很英俊。

“克利夫格先生！”萨曼莎的同事哭喊着，拥抱了他。

这名男子紧紧回抱了她，然后眼含热泪，向其他人点头致意。

“露易丝！这是真的吗？我刚听说。刚有人给我打电话，真的是她吗？是萨曼莎吗？她死了？”萨曼莎的同事回答道，“是的，简直无法相信。她……她死了。”

萨克斯问道：“你认识勒凡女士吗？”

“是的，是的。她是我的下属。她……几小时前我还跟她说过话。我们开了个会……就在几小时之前。”

他朝着餐厅旁边那幢晶莹剔透的大楼点点头。“就在那里。我叫托德·克利夫格。”他递上一张名片——国际光纤网络，他是这家公司的主席和首席执行官。

塞利托问道：“你能想到有什么人会有动机想要伤害她吗？她的工作中有什么敏感业务吗？有可能给她带来危险的那种。”

“想不到，我们的工作只是为宽带网络铺设光纤……通信业而已，而且她也没说过任何她有危险之类的话。我想不出，她是世界上最甜美的人。聪明，非常聪明。”

那个叫露易丝的女人说道：“我想起另一件事，前几天有个女人在苏荷区被杀了，是同一个变态杀手吗？”

“我无可奉告，一切都还在调查中。”

“那个女人也是在地下室被杀的，对吗？在一条隧道里。新闻里报道了。”

萨曼莎的室友拉乌尔是个瘦骨嶙峋的年轻男人，看起来有点艺术家的范儿。他开口说道：“没错，一模一样。你知道的，作案手法。”

萨克斯再次拒绝发表评论。她和塞利托又问了几个问题，不过这几个人显然无法再提供更多有效信息了。

错误的地点，错误的时机。

被随机选择的被害者……

基本上，如果被害人独自遇到凶手，周围没有目击者，那就只有靠证据来揭露真相了。

而萨克斯和其他警员正在仔细打包各类证据，放进她的车里。

五分钟后，她就风驰电掣般行驶在西城高速公路上了。仪表盘上的警灯疯狂闪着蓝光，她在无数汽车和卡车之间穿梭自如。她亢奋的情绪战胜了恶劣天气带来的阻碍，借着功能强大的引擎在这场障碍赛中发挥得淋漓尽致。

31

将近夜里十一点。莱姆听见萨克斯的开门声和脚步声，随之而来的是灌进门里的嘶嘶风声。

“啊，终于回来了。”

片刻后，她抱着一只牛奶箱走进客厅，箱子里装着十几只塑料袋和纸袋。她冲着梅尔·库柏点点头，后者看起来已经疲惫不堪，但依然随时准备开始分析。

莱姆急匆匆地问道：“萨克斯，你说你认为他可能在犯罪现场逗留？”

“没错。”

“查到什么了吗？”

“一无所获，鲍尔派了几个紧急勤务小组的年轻人去追缉，但他已经跑了。我也没看清他长什么样，也可能不是他。但我的直觉告诉我，那就是他。”她在最大的那块电脑屏幕上调出一张地狱厨房地区的地图，圈出普罗旺斯[2]餐厅的所在，以及街角那幢办公楼，“他朝这里跑掉了，看见了吗？这里离时代广场只有几个街区。他就消失在人流里了。我不确定那就是他，但如果不是，那也太巧合了。他看起来对调查很感兴趣。而且在伊丽莎白街的时候，不明嫌犯也回到了现场，从安检孔盖里窥视我。”

四目相对……

“好吧，我们开始分析证据吧。萨克斯，你找到了些什么？”

这时，托马斯·莱斯顿口气坚决地插话说：“看看她找到了什么，不过要快点。林肯，你要赶紧去睡觉，今天已经很累了。”

莱姆一脸不高兴。但他也承认，托马斯身为看护的职责就是保证他的健康与活力。对于瘫痪的人来说，身体上的一点小毛病都可能造成严重后果。其中最危险的就是自主神经反射障碍——也就是由机体压力导致的血压升高。目前还不确定疲劳是不是诱因之一，但托马斯向来不会冒不必要的风险。

“好的，好的，好的。几分钟就好。”

“没找到什么特别厉害的。”萨克斯说着，冲证物箱点点头。

但莱姆心里却想着，这世上不存在什么确凿的证据。刑侦工作靠的就是一点一点的推断。他个人觉得，任何特别确凿的发现都值得怀疑：很有可能是被故意布置的。这种情形比你能想到的要多得多。

萨克斯首先拿出刺青的照片。

forty

根据TT.高登的说法，单词上下围绕着扇形线，意味着对其重要性的强调。

这让整个刺青显得更加神秘，也更令人恼火了。

“先是‘第二’，现在又是‘四十’。这次前面没有冠词，但还是没有标点。”

他到底要说什么？从二到四十，相差三十八。那从序数变成基数是为什么呢？莱姆思索着说道：“我看，这个有点像是个地方，或者地址什么的。卫星定位系统或者经纬度，但信息还是不足。”

他放弃猜测，把注意力转回到萨克斯带回来的证物上。萨克斯选了一包证物，递给库柏。后者从里面夹出一颗棉球。

“是毒药。”萨克斯说道，“已经送了一份样本到法医办公室。但我还是想自己先开始查。开始吧，梅尔。”

梅尔把证物放进气相层析！质谱仪，几分钟后，色谱出来了。“是混合物，里面有阿托品、莨菪碱和东莨菪碱。”

莱姆正盯着天花板。他说道：“这是从某种植物中萃取的……没错，没错……该死的，到底是哪种植物？”

库柏将这个毒物的组合输入资料库，不久后得出结论。“天使的号角：也就是木曼陀罗。”

“是的，”莱姆叫道，“就是这个没错，但我知道的细节不多。”

库柏解释说，这是一种生长在南非的植物，在哥伦比亚的罪犯中特别受欢迎，他们将之称为“魔鬼的呼吸”。他们会把这种毒素吹到被害人脸上，以造成瘫痪和失忆，被害人就算没有失去意识、依然保持清醒，也会失去战斗力。

如果剂量掌握得好，被害人在几分钟内就会死亡，就像萨曼莎这样。

就在这时，客厅里的电话响了，是法医办公室打来的。

库柏抬起一边的眉毛，望着萨克斯。“他们今晚很闲吗？要不就是你威胁他们优先处理我们的证据了，阿米莉亚。”

显然，莱姆知道是怎么回事。

打电话来的验尸官确认用于萨曼莎·勒凡腹部刺青的有毒物质是“魔鬼的呼吸”，他还补充说那是经过高度浓缩的。另外她的血液里还检测出了普洛福残留物。库柏听完后，向他表示了感谢。

萨克斯和库柏继续检测她搜集到的证迹。但这一次，他们没有在对照样本中找到什么不同。这就意味着无论是从萨曼莎尸体上找到的、还是不明嫌犯在犯罪现场留下的残余物，都是这个地下牲畜围场本来就有的。也意味着无法根据这些证迹追踪到嫌犯曾去过哪里。

“因此，全他妈的没用。”莱姆低声咒骂道。

最后，萨克斯用镊子从一只塑料袋里夹出一个像手包一样的东西。“开始还以为是只老鼠。棕色的，对吧。背带就跟老鼠尾巴一样。小心点，里面有个陷阱。”她看了库柏一眼。

“有个什么？”莱姆问道。

萨克斯解释道：“这个手包在萨曼莎尸体三米多远的地方，看起来有点不对劲。我仔细看了，发现里面插着一根针。很细，我是用镊子把它夹起来的。”萨克斯又补充道，她一直很留心现场是否布置陷阱，因为纽约市警局的心理学家泰瑞·杜宾斯告诉他们，不明嫌犯可能会开始针对追缉他的警员。

“真卑鄙。”库柏一边说，一边戴上一只单片放大镜检查针头，“皮下注射针，我看是三十号的，非常细小，里面有白色物质。”

莱姆操纵轮椅凑近过来看，他锐利的双眼看见靠近手包搭扣处有一处闪着微小的银光。

库柏选了一只镊子，小心翼翼地从证物袋里取出手包。

“检查一下有没有爆炸物。”莱姆说道。虽然这并不是不明嫌犯的作案风格，但还是小心为上。

扫描的结果显示没有爆炸物，但库柏还是把手包放进一个防爆容器中，用遥控机械手打开，以防其中设置了会喷出有毒物质的陷阱。

但是并没有，唯一的陷阱就是那枚针头。手包的内容物没什么特别的，只不过是一段戛然而止的生命曾存在于这世上的种种痕迹，令人伤感——一张健身房的会员卡，一张乳腺癌捐款的感谢卡片，中城区一家餐厅的优惠券。还有几张孩子们的照片，看起来是萨曼莎的侄子和侄女。

至于那个小陷阱，库柏小心翼翼地夹起那根针。

“很细小。”莱姆说道，“这种针头是用来做什么的？”

库柏答道：“可以用来注射胰岛素，但更广泛地用于整形手术。”

莱姆记起来了：“他还有普洛福，很常见的麻醉剂。他有可能准备进行整形手术，以此逃脱追捕。但更有可能是他溜进了一家医疗用品商店，偷取了需要的东西。萨克斯，查查过去一段时间附近有没有类似的犯罪报告。”

萨克斯走到一边，打电话给总局，要求向全国犯罪资料中心申请查询。莱姆接着说道：“但更重要的是，他到底在这只小小的礼物盒里给我们准备了什么惊喜？也是天使的号角吗？”

库柏开始分析样本。片刻之后，他读取了结果。

“不是，比那更糟。嗯，我不该说更糟，这个说法有失偏颇。应该说更有效率。”

“你的意思是说，更致命？”莱姆问道。

“致命得多，是士的宁。”库柏接着解释道：这种毒物提取自马钱属植物，其中包括乔木和攀缘灌木。这种物质常用于灭鼠剂。在一个世纪之前，常用于毒杀；不过现在用的人少了，因为很容易被追查。此外士的宁在所有毒药中，能引发最剧烈的疼痛。

“剂量不足以杀死一名成年人。”库柏说道，“但会让受害者好几个星期都无法行动，甚至导致脑部损伤。”

不过从调查者的角度来看，这也有好的一面。因为这种毒药可以被用作杀虫剂，所以至今依然在市场上有售。莱姆向萨克斯和库柏提到了这点。

“我去查查能不能找到什么供应商。”库柏说道，“销售毒药是必须留存销售记录的。”

库柏在电脑上检索了一番，皱起了眉头。“好几十家供应商。实体商店。他只要用假的身份证和现金去购买，就不会留下任何线索。”

在鉴证科学的世界里，选择过多和过少一样令人难办。

萨克斯接到一个电话，她听了一会儿，向电话那头的人表示感谢，然后挂断了。“在过去三十天里，本地没有人报案说有药品或其他医疗器械失窃。只有几个嗑药嗑嗨了的人闯进药房，很快就被逮住了。也没有普洛福失窃。”

托马斯出现在客厅门口。

“啊，看看他，多么坚定不移的表情。”

“都快午夜了，林肯，你该上床睡觉了。”

“没问题，亲爱的，好的，亲爱的。”莱姆接着对库柏说，“小心点，梅尔。他应该不知道你在查这个案子，但还是小心点好。萨克斯，给朗和普拉斯基发消息，也提醒他们注意安全。”他看了一眼士的宁的图谱。

“我们成了目标，他已经宣战了。”

萨克斯给两位同事发了信息，然后走到一张干净的白板前，写下种种证物，以及自己和朗·塞利托获得的关于被害人的所有信息。

西五十四街614号

被害人：萨曼莎·勒凡，三十二岁

- 工作于国际光纤网络公司
- 很可能和不明嫌犯没有关系
- 无性侵，但接触皮肤

嫌犯11—5

- 细节参见前一现场
- 可能回到犯罪现场

无目击证人

- 无指纹
- 无鞋印

死因：木曼陀罗中毒，由刺青进入人体

- 天使的号角，魔鬼的呼吸
- 阿托品、莨菪碱、东莨菪碱

刺青

- “四十”，上下缘有扇形线疤痕刺青
- 为什么是基数？

用普洛福使被害人失去意识

- 如何获得？有接触医疗用品的渠道？（无本地失窃案）

地点

- 在普罗旺斯[2]餐厅的地下洗手间被绑架
- 谋杀地点在洗手间下方，一间十九世纪屠宰场的地下围场
- 与前一现场有类似的基础设施

IFON

ConEd 路由器

交通运输管理局直流馈电电路

环保局水管

手电筒

- 无品牌，无法追踪来源

手铐

- 无品牌，无法追踪来源

防水胶带

- 无品牌，无法追踪来源

无证迹

设置陷阱的手包

- 用于整形手术的皮下注射针头
- 内有士的宁

无法追踪来源

剂量很可能不致死

莱姆看着这些条目，耸耸肩。“跟他留下的信息一样神秘。”

托马斯又开口了：“午夜钟声敲响了。”

“好吧，你赢了。”

库柏穿上外套，道了晚安。

“萨克斯，你也上楼吗？”莱姆问道。

萨克斯从白板前转过身，凝视着窗外一根根结了冰的光秃秃的树枝，在一阵又一阵的寒风中摇摆不定。

“你说什么？”她似乎没听见莱姆的话。

“你来睡觉吗？”

“几分钟后就来。”

托马斯爬上楼梯，莱姆则操纵轮椅进了电梯。上到二楼，他忽然停下，偏过头认真听着。

萨克斯在打电话，声音很轻，但他还是听见了只言片语。

“帕米拉，嘿，是我……希望你会听这条留言。很想跟你聊聊，给我打个电话吧。好了，爱你。晚安。”莱姆相信，这是今天之内她打过去的第三个电话了。

他听见萨克斯上楼的脚步声，立刻进了卧室，和等在那里的托马斯说话。托马斯肯定觉得有点怪，因为莱姆对他的回答毫不关心。他只是不想让萨克斯知道，他听见她在求帕米拉·威洛比打电话过来。

萨克斯爬到楼梯顶部，走进了卧室。莱姆心想，当被我们视为生活重心的人突然变得脆弱起来，这是多么令人没有安全感啊。更让人没有安全感的是，他们还强颜欢笑掩盖自己的内心，就像萨克斯现在这样。

她看见莱姆的目光，问道：“怎么了？”

莱姆搪塞道：“我只是在想，我预感明天就会抓到他了。”

他原以为萨克斯会一脸不可置信地说：“你？有种预感？”

但她没有。她只是偷偷看了一眼自己手机的屏幕，然后把手机放进口袋。她看着窗外，说道：“有可能，莱姆，有可能。”

第三部分 红色蜈蚣

十一月七日 星期四 上午九点

32

比利 · 海文大声呻吟着，大汗淋漓地从一个噩梦中挣脱。

梦里有夹竹桃室。

很多梦都发生在那里，而且全都是噩梦。

而这个梦尤其可怕，因为他的父母也在那里。尽管二人在他第一次踏入夹竹桃室的几年前就死了。也许他们只是鬼魂，但看起来是那么真实。在不真实的梦境里，真实得那么怪异。

他的妈妈看着他的所作所为，尖叫着："不，不，不！停下来，停下来！"

但比利微笑着安慰她，说道："没问题的。"但他知道，这有问题。这太有问题了。然后他又意识到，自己的安慰毫无用处，因为妈妈听不见他说的话。他的微笑消失了，一阵巨大的悲伤袭来。

而父亲只是摇着头，对自己的所见所闻表示失望，极端失望。这让比利感到万分沮丧。

但他们的出场帮了他。他意识到：他的父母已经死了，死得很惨。

完美而可怕的逻辑。

比利开始闻到血腥味，看见鲜血，尝到血的味道。用血在自己的皮肤上刺青。这个场景不仅发生在梦境里，也曾真实发生在夹竹桃室里。用血在皮肤上描绘图案，就像那些禁止刺青和穿孔的地方人们所做的那样。

比利摔下了床，他坐起身来，双脚踩在冰冷的地板上。他拿过一只枕头，擦掉额头上的汗水，眼前出现他们的身影：可爱女孩，以及他的父母。

他低头看着自己大腿上的刺青作品。左边是：

ELA

右边是：

LIAM

他为自己身上带着这两个名字感到万分自豪。他会永远带着这两个名字活下去。它们代表着他人生中一道巨大的裂痕，但这道裂痕很快就会弥合。错误也会被纠正。

改造大业……

他又审视着自己身体上的其他部分。

比利·海文身上大多数地方都没有刺青。对于一名靠刺青来谋生的人来说，这很不常见。大多刺青师之所以开始自己的职业生涯，正是因为他们本身享受修改身体，甚至对刺青针头和机器有一种痴迷和狂热。

要更多，给我更多，然后他们会发现自己身上已经没有几寸肌肤可以用来刺青了。

但比利不是这样，也许他就像米开朗琪罗。这位绘画大师热爱绘画，但从不愿意被人画。

手指的皮肤互相接触……

事实上，比利根本就不想成为一名刺青艺术家。这原本只是大学时期的一份临时工作。但他发现，自己还挺乐在其中。而且在当地，做一名画家很难糊口，而刺青艺术家的收入还不错。因此，他把那张毫无用处的大学文凭放在一边，在一家购物中心里开了间店，很快就靠“比利手作”赚了不少钱。

他再次看向自己的大腿。

ELA LIAM

随后他看了眼自己的左臂。那条红色蜈蚣。

这条蜈蚣大约三十厘米长，弯成一条慵懒的S形，尾部位于他二头肌的中央，头部延伸到他的手背——上面长着一张人类的脸，丰满的嘴唇，深邃的双眼，一只鼻子，外加一张满口獠牙的嘴。

通常来说，人们在身上刺动物的图案有两种原因：一是为了这种动物的特质，比如狮子的勇气，或是猎豹的隐秘；另外则是将动物作为一种图腾，护佑他们免于遭受某种掠食者的侵袭。

比利不太懂心理学，但他很确定自己选择用蜈蚣装饰自己的手臂，是出于第一种原因。

他只知道，这条蜈蚣给他带来安全感。

他穿戴整齐，收拾好装备，然后用黏性滚筒在衣服、头发和身上滚了几遍。

他手腕上的手表开始嗡嗡作响。几秒钟后，口袋里的那只也响了。

狩猎时间又到了。

好吧，这可真烦人。

比利正身处中城东部下方一条安静、幽暗的隧道里，朝着他下一个刺青杀人的地点进发。

但他的路被堵住了。

此前他了解到，这条隧道在十九世纪时是一个转运点，一条窄轨铁路通往四十四街附近一家设有火车站的工厂。这是一处漂亮的建筑，有着光滑的砖块和优雅的拱道。没有老鼠，也没有霉菌，这一点令人有些意外。如今，枕木和铁轨早已不复存在，但通道当年作为运输要道的遗迹依然清晰可辨：比利能听到几个街区以外，列车开出中央车站，往北边或南边驶去的声音。还能听见地铁的声音从头顶和脚底传来。有时候这些声音似乎离得很近，震落了隧道顶部的尘土。

按照原计划，这条隧道将把他带到距离下一个受害人很近的地方。但没想到，就在过去的二十四小时里，某些粗心大意的工人把这条路给堵上了。这项工程超出了比利的原计划之外。

可恶……

他审视着昏暗的通道，阳光透过格栅、没盖好的窨井盖，以及周围一些建筑物的裂缝照进这里。怎么才能绕到那堵墙后面，而不必爬到地面？地下人就应该好好地待在地下。

比利又走了不到二十米，发现砖墙上嵌了一组 U 形铁条，组成一架梯子，通向约三米多高的地方，而那里有一条小一点的通道，看起来正是通往障碍物后面。他放下背包，走向梯子，爬到高处向通道里张望。是的，这个入口连接着另一条更宽敞的隧道，正通往他想去的方向。

他爬下梯子，拿起背包，继续前进。

就在这时，有个人不知从哪里冒了出来。

那个幽灵般的人影朝比利冲过来，一把熊抱住他，把他压在隧道的墙壁上。

上帝啊，比利祈祷着。救救我吧，上帝……

他的手颤抖着，心脏怦怦跳着。

这个男人上下打量着比利。他和比利年纪相仿，块头也差不多，但他非常强壮，壮得吓人。他身上很臭，混合了体臭、头油味和地沟油的臭气。他穿着牛仔裤，以及两件慈善组织“住房计划”的衬衫，一件是白色的，另一件是浅蓝色。外面是一件破烂的格子图案运动外套，可以看出原本质量很好，大概是从这附近的高档社区偷来，或是垃圾桶里捡来的。这个男人头发乱蓬蓬的，可胡子却刮得出奇干净。一双深色的小眼珠，如同野兽般凶猛。比利立刻想到了莫罗博士。

熊人……

“我的地盘。这里，是我的地盘。你在我的地盘，你为什么在我的地盘？”那双野兽般的双眼疯狂转动着。

比利想挣脱，但很快停下不动了。他看到熊人熟练地打开一把折叠式剃刀，刀锋压上了他的脖子。

33

“小心点，求你了。”比利用气音说道。也许还说了些别的，他也记不清了。

“我的地盘。”熊人不断重复着，显然没有打算小心一点。剃刀在他喉部刚长了一天的胡楂上刮了两下。在比利听来，那声音听起来像是汽车引擎声那么响。

“你！”男人咆哮着。

比利的脑海中浮现了爸爸妈妈，姨妈和姨夫，还有其他亲戚。

当然，还有可爱女孩。

他就要死了，就这样死了？真浪费，真可悲。

那只老虎钳般的手掐得更紧了。“你就是那个人吗？我打赌你就是。当然了，还会有谁呢？还会有谁。”

这该怎么回答？

首先，不要动。比利有种预感，如果他动了，喉头马上会一阵痒痛，随后鲜血喷溅，让他头晕目眩，甚至被自己的血呛住。最后，就什么都感觉不到了。

比利说道：“听我说，我是市政府的人，我是帮市政府做事的。”他冲自己的连体工作服点点头，“我不是来打扰你的。我只是在做自己的工作。”

“你不是记者？”

“我是市政府的。”他重复道，小心翼翼地伸出一根手指，点了点自己的连体服，然后他赌了一把，“我讨厌记者。”

这番话似乎让熊人安心了一些，尽管他还没有放松警惕。他那只肮脏的大手依然紧紧抓着剃刀；另一只手则把比利按在隧道墙壁上动弹不得，疼痛不已。

“朱利安？”熊人问道。

“什么？”

“朱利安？”

这个名字似乎是个密码口令，而比利应该对上暗号。如果他答错了，就会惨遭斩首。

他的手心汗津津的。他又赌了一把。“不，我不是朱利安。”

“不，不，不。你认识朱利安·萨维奇吗？”看见比利没听懂，他有点生气了。

“不认识。”

熊人狐疑地说：“不认识吗？他写了那本书。”

“这个，我不认识他。真的。”

他盯着比利的脸细看。“那本书是写我的。不只是我，我们所有人。我有一本，还是签名本。有个市政府的人——”他戳了戳连体服上的标志，“有个市政府的人把他带到这里来。带到我的地盘来。就是这里，我的地盘。是你干的吗？”

“我没有……不，我都不知道——”

“法律规定，如果我感到自己有危险，就可以割开你的喉咙。陪审团也会相信，我真的感到自己有危险。不是说我真的有危险。只要我觉得自己有危险。你懂其中的区别吧？我要的就是这个。你死定了，老兄。”

从他口中蹦出的语句撞击在一起，哐啷啷作响，像是一列紧急制动的列车。

比利冷静地问道：“你叫什么名字？”

“内森。”

“求你了，内森。”剃刀再次压上他的喉头，比利住嘴了。

刮擦，刮擦……

“你住在这里吗？”他问熊人。

“朱利安说我们坏话，他给我们起外号。”

“外号？”

“我们不喜欢！是你把他带到这里来的吗？是市政府的人带来的。等我找到他，我要杀了他。他给我们起外号。”

“什么外号？”比利觉得这个问题很合理，而且避开了那个真正敏感的问题，不会激发熊人的怒火。

“鼹鼠人。”熊人啐了一口，“在他的书里，这样称呼我们这些住在地下的人。几千个人，大多都无家可归。我们住在地下通道和地铁隧道里，他把我们称为鼹鼠人，我们不喜欢这个称呼。”

“谁会喜欢？”比利问道，“不，我没有带任何人下来。我也不认识叫朱利安的人。”

即使在昏暗的光线下，那把剃刀也闪耀着光芒，显然被保养得很好。这是熊人的珍宝。比利一下子明白了，为什么熊人的胡子刮得这么干净。他猜，这在流浪汉中应该不多见。

“我们不喜欢那样，被那样称呼，鼹鼠。”熊人重复道，仿佛他忘记自己刚才说过了，“我是个人，就跟你我一样。”

这句话不大通顺。但比利还是赞同地点点头。他觉得自己快吐了。“当然，你当然是个人。不过，内森，我不认识朱利安。

我只是来检查隧道的。为了安全，你知道的。”

熊人瞪着眼睛说：“你当然这么说了，可是我为什么要相信你呢？为什么？为什么？为什么？”他连珠炮般地吼叫着。

“你可以不相信我，但我说的是真的。”

比利觉得自己真的快死了。他想起了自己所爱的人们。

ELA

LIAM

他祈祷着。

熊人——不，鼹鼠人——把比利抓得更紧了，剃刀纹丝不动。“你知道吗，我们中有些人不是自愿生活在这里的。我们不想生活在这里，你想不到吗？我们更想在威彻斯特有个家。我们中有些人更想有个老婆，每周四晚上都可以跟她上床，春天的时候去她亲戚家做客。但现在这世道，不是你想要什么就有什么的，是吧？”

“是的，没错，内森。当然是这样。”比利拼命想在自己和熊人之间找到一点共鸣，差点就要告诉他关于他父母和可爱女孩的悲惨往事。但，不行。就算没有“改造诫令”，你也应该知道不要干傻事，“我没有帮什么作家写有关你们的书。我到这里只是检查隧道，预防塌方，或者是水管和输气管道泄漏。”他指了指隧道天花板上纵横交错的管道。

“那是什么？”内森扯着比利的袖子。他盯着那条蜈蚣看，流露出孩童般的痴迷。

“一个刺青。”

“哦，是吧。这真不错，很不错。”剃刀移开了，但并没有收起来。上帝啊，内森的手真大。

“这是我的个人爱好。”

“你自己刺的？你给自己刺青？”

“是的，是我刺的。其实不难，你也喜欢？”

内森点点头：“喜欢。”

“我也可以给你刺一个，内森。如果我给你刺青的话，你可以把剃刀从我喉咙上拿下来吗？”

“什么样的刺青？”

“你可以选个喜欢的。”

“我不要去上面。”他说道，仿佛比利建议他们走进一个正在融化的核子反应堆。

“不，我可以就在这里刺。我可以在这里给你刺青，你想要吗？”

“想要。”

比利冲自己的背包点点头。“我带着机器。”他又重复道，“这是我的个人爱好，我可以给你刺青，还可以给你钱，我还带了些衣服。只要你把剃刀拿开，让我走，都可以给你。”

上帝啊，他太壮了。他住在这种地方，怎么还能长这么壮？内森徒手就可以杀了他，根本用不到那把锃亮的剃刀。

内森的两条眉毛拧在了一起。

他摩挲着剃刀，接着抓得更紧了，比利心想。剃刀左右移动着，发出摩擦声，如同熊人的最终审判。

“内森？”比利问道。

男人没有回答。

“内森，我不知道这是你的地盘。我只是在做自己的工作，检查管道和阀门之类的。我希望这里的人安全。”

剃刀徘徊着。

熊人的双眼盯着蜈蚣，他的呼吸似乎更沉重了。红色刺青，那张人脸，满口獠牙，蜈蚣身上的节肢。

那双无法破译的眼睛。

“内森？”比利低声说，“刺青，你想要一个刺青吗？”

因为维修工不会随身携带一台美国老鹰牌刺青机，兴之所至就给人刺青？

“我会给你刺一个最漂亮的，你喜欢吗？这是个礼物。还有衣服和钱，我刚跟你说的，一百美元。”

“不会疼吧？”

“会有点刺痛，但不会很疼，我现在去拿背包。钱和衣服都在背包里，还有刺青机。我可以去拿背包吗？”

“我想，可以吧。”内森低声说。

比利把背包拉到身边，从里面拿出刺青机的部件。“你坐在这里，好吗？”剃刀还在不远处，依然没有收起来。上帝或者撒旦或者亚伯拉罕·林肯的鬼魂，可能随时会让内森杀死这个入侵者。比利尽量放慢速度。

嗯，内森似乎正在接收来自上天的指示。

他大笑起来，嘴里发出一连串难以辨别的音节。

最后，他盘腿坐了下来，咧开嘴笑了。“好吧，我就坐在这里，你帮我刺青吧。”

比利也在硬泥土地上蹲下身来，他的呼吸逐渐平稳下来，心跳也放缓了。

在比利组装美国老鹰时，内森在一旁仔细盯着看。他拿出几个小玻璃瓶，放在地上。他测试了一下刺青机，机器嗡嗡运转起来。

“有个条件。”男人威胁地说，微微抬起了剃刀。

“是什么？”

“不要鼹鼠，不要刺一个鼹鼠在我身上。”

“我不会刺鼹鼠的，内森。我保证。”

内森折起剃刀，收了起来。

34

“我们不说‘刺青枪’。”

“是啊，是啊，我知道。我只是忘了。我的意思是‘刺青机’。”朗·塞利托说道。

“而且我们更喜欢说‘皮肤艺术’或者‘作品’。‘刺青’有文化上的隐含意义，我不是很喜欢。”说话的是一个身材娇小的女人，身上有许多刺青（或者说皮肤艺术），她隔着一尘不染的玻璃柜台看着塞利托，柜台里整整齐齐地排列着一包包针头、机器零部件、书，还有一沓沓刺青图案转印纸以及五颜六色的人体彩绘笔。一条标语上写着：先画，再刺。

这家刺青工作室跟TT．高登的那家一样干净。显然，正规的皮肤艺术家们都对于预防病毒感染这件事非常认真。你甚至可以想象，这个女人想打喷嚏时会走到房间外面去。

她叫安·汤姆森，是这家“蛇蝎美人皮肤艺术与器材店”的老板。她现年三十多岁，一头深色短发，穿着一个巧妙的鼻环，相当有魅力。部分魅力来自她胸部、颈部和手臂上的四色刺青——哦不，皮肤艺术。其中位于胸部的图案是个半鸟半蛇的生物。让塞利托隐约想起之前去墨西哥度假时几次看见一幅图，是个宗教象征。她脖子上则是一些星座图案，不光是星星，还有跟星座有关的动物。巨蟹，天蝎，金牛。当她转过身时，塞利托又在她肩头看见一对闪闪发亮的红鞋。看起来惟妙惟肖，像是《绿野仙踪》里桃乐丝那双红宝石鞋……

该死的艺术，林肯。这就是我对艺术的看法。

但眼前这些还不错。塞利托喜欢这些图案，真的喜欢。那些图案好像会动、会伸展、会收缩，像是三维立体图案。到底是怎么做到的？他就像是在看活生生的画，或者看着某种完全陌生的生物——不是人类，而是超越了人类。这也让他想起几年前他儿子青春期时玩的那些电脑游戏。塞利托还记得自己越过儿子的肩膀看过去，指着游戏里的一种生物问道："这是什么？"那像是一条长着腿的蛇，有着鱼的尾巴和人类的头。

"你知道的，就是奈拉德。"好像答案显而易见。

哦，当然了，就是奈拉德。

而现在，塞利托抬起头来，才意识到对方发现他盯着自己的胸部看。

"我——"

"没事的，刺在那里就是让人看的。我是说皮肤作品，不是胸部。"

"我——"

"你刚刚说过了，我不会把你当成什么老色鬼。接下来你该问会不会痛了吧？"

"不，我知道会痛。"

"确实，但生活中有什么重要的事不会让人疼痛呢？"

性，晚餐，还有逮捕犯罪的浑蛋，塞利托心想，这些大部分情况下都不会痛。但他只是耸耸肩。"我想问，是你自己画的图案吗？哦，我的意思是说，设计。"

“不。我找了波士顿的一个艺术家，那可是整个东岸最棒的。我原先只是想要一个羽蛇神，墨西哥的一个神。”她的手指触摸着胸口上那条蛇，“我们讨论了好几天，让她彻底了解我的想法。她设计出这条羽蛇，又建议我刺一些星座。另外还有桃乐丝的鞋子。”她微笑着说。塞利托也笑了。

“我不想讲得太政治，但事实就是这样。你看，这就是女性艺术家处理刺青的方式。如果一个男人去找一个男性艺术家，跟他说我要一条链子，一个骷髅，一面旗帜，那么他就会被刺上一条链子，一个骷髅和一面旗帜。女性的处理方式则不同——没那么冲动，没那么直接，而是更贴心。”

塞利托喃喃地说：“就跟在生活中一样。我是说，生活中的男人和女人。”他还有关于嫌犯11–5的问题要问。但他却开口问道，“嘿，我只是好奇问问，你是怎么入这一行的？”

“你的意思是，除了干皮肤艺术这行，我看起来像个学校老师？”

“是啊。”

“我曾经确实是个学校老师。”汤姆森故意停住了话头，等着。

“中学老师。简直是受夹板气。你懂的，荷尔蒙过剩的孩子，脾气大得很。”

“我有个孩子，男孩。现在上大学了。但我也知道他的青春期是什么样的。”

她点点头。“那份工作不适合我。我在城里一家工作室做了个刺青，那里让我感觉很自在。于是我辞掉了学校的工作，自己开了家刺青工作室。现在我不仅做皮肤艺术，也画油画。在苏荷区和上城区都办过展。如果一开始我自己没有刺青，那我就不会得到这一切。”

“很精彩。”

“谢谢。现在你要开始问美国老鹰刺青机的事了。”

汤姆森这里是三州地区售卖那款刺青机的零部件和针头的少数商家之一。她还有一台二手机器要卖。在塞利托看来，这台机器扭曲又危险，就像是哪部怪异科幻片里的激光枪。

“我能问问你为什么对这个感兴趣吗？”

也许是被她对艺术的痴迷所打动，也许是因为她的胸部过于美丽。塞利托跟她说了嫌犯 11−5 的事。

“不是吧，天啊，不。”她的眼睛一下子瞪大了，“真有人会用刺青机杀人？”她打了个寒战。在这一瞬间，汤姆森本人，以及她身上所有的神奇生物和奥兹国的魔法鞋都看起来不再神秘、不再超越人类了。她看起来那么脆弱，那么娇小。当时 TT．高登的反应也是这样的，当听说同行有人利用自己的天赋才华去残忍地谋杀别人，他们感到自己受到了背叛。

“恐怕正是这样。”

“美国老鹰。”她说道，“是老款的机型，跟新的比性能没那么好。是最早一批使用电池的刺青机。”

“TT 也是这么说的。”

汤姆森点点头：“他是个好人。你很幸运，有他帮你。我想我也能帮到你。没人在我这里买过机器，但大概一周前，有个男人在我这里买过美国老鹰的配套针头。”她身体往前倾，双手压在了柜台上。右手食指上那枚闪亮的黑色戒指，原来也是刺青。

“我没太注意他的长相。大概二三十岁。白人。戴着顶深色棒球帽，脖子上戴着围巾，拉得很高，几乎遮住了下巴。还有墨镜。但其实那天天气跟今天一样糟，没必要戴墨镜。那副墨镜有点非主流，一点也不酷。但这附近常有些意象派。在利用刺青摆姿态和诚实对待刺青之间，还是有不小的差别。”

意象派。机智。

塞利托给她展示了电脑绘图的嫌犯画像。

汤姆森耸耸肩：“可能是他吧。我说过，没太注意他的长相。哦，但我记得一件事。我没看到他身上有刺青，也没有穿孔。大多数刺青师身上都有很多刺青和穿孔。”

“他手臂上有一个文身。也许是条龙，一个红色的生物。这有什么特别的含义吗？”

这个身上有羽蛇刺青的女人摇摇头：“没有——在那本惊悚小说走红之后，很多人都想在身上刺条龙。学人精。但据我所知，没什么特别的含义。”

塞利托接着问道：“那你知道在皮肤艺术的圈子里，‘第二’这个词有什么特殊的含义吗？或者‘四十’？”

“没有，至少据我所知没有。”

他又展示了两张刺青的照片。

“这个嘛。”她说，“老式英文字体，难度很高，还有溃破和肿胀，是因为毒药吗？”

“是的。”

“这样啊。但除此之外，他手艺很棒，非常棒。”

“而且他动作很快，很可能只花了十分钟到十五分钟的样子。”

“真的吗？”她看起来一脸震惊，“包括那些疤痕刺青，也就是那些扇形的衬线？”

“全部只用了十分钟到十五分钟。你看到这些作品，或者这个风格，能想到这个人可能是谁吗？”

“不是很清楚……但我没看到轮廓线。”

“因为没有，TT 说他割了血线，徒手割的。”

“那我就想不到有任何人能在十五分钟内做到这一切了，我认识城里所有的好手。你在找的可是一个了不起的艺术家。”

“TT 说他是外地来的，但说不好是从哪儿来的。”

“嗯，在这附近很少见到这个字体。但我也不知道现在奥尔巴尼、诺沃克或者是特伦顿都在流行什么字体。我的客户大多来自曼哈顿市中心。”

“他买针头时是用现金支付吗？”

真是多此一问。

“没错。”

“你还留着那些钱吗？也许可以找找指纹。”

“没有。但这也不重要，因为他戴着手套。”

当然。

“我当时也觉得有点怪。但也谈不上太奇怪。你懂的。”

意象派。

“他说了什么吗？”

“跟我说吗？没有。就问了针头的事。”

塞利托注意到她说的第一句话。“不过呢？”

“他准备走的时候接到一个电话。我结完账，就走到后面的房间里，听见他出门时说，‘是啊，就是贝维迪尔[①]。’接着我想他说了‘地址[②]’。总之，这只是我的理解，他说的也可能是‘贝拉亲爱的[③]’之类的。”

塞利托记了下来，又例行公事地问道：“你还能想起来别的

①原文为 Belvedere。

②原文为 address。

③原文为 bella dear。

些什么吗？”

“没了，应该就这些了。”

通常人们都会回答“恐怕没了”“没有”“就这些了”。但至少汤姆森在回答之前认真思考了一番，回答得非常诚实。

塞利托谢过她，最后看了一眼她胸口的羽蛇神，又一头扎进了冻雨之中，同时立刻打了个电话给莱姆，跟他说别他妈的抱太大希望，但可能有新线索了。

35

今天练得不错。

布兰登·亚历山大从健身房出来，一边走向位于东五十二街的公寓准备拿车，一边默默算着刚才自己做了多少下卷腹。做到一百下的时候，他就放弃了。

他放弃了计数。至于卷腹，他今天做了太多，简直数不过来。

亚历山大的工作是帮一家大型投资公司写代码，这份工作需要久坐。他每天要工作八小时，外加一小时通勤，因为公司的IT部门总部大楼设在泽西市。但这个三十七岁的男人下定决心要保持健美的身材。

那弯举呢？举着十公斤壶铃的那种？也许做了二百下。该死，今天练得太狠了。他决定明天要减点量。没必要太急功近利。亚历山大知道，健身贵在坚持。每天他都从自己的公寓往西走，去位于第六街的健身房。每一天，他都要踩单车、做弯举和深蹲，当然还有卷腹、卷腹、卷腹……到底做了多少？有一百五十下吗？

他从一面橱窗的倒影里看见自己的身影，心想：体重控制得不错。皮肤看起来有点苍白。这不太好。他和家人很快要去一个岛屿度假，也许就在感恩节后。

总之，现如今这个年头，谁看起来不是病怏怏的？冻雨下得没那么大了，但天色还是透着青灰，跟贫血似的。他现在满心期盼着在自己的办公桌前坐下。他觉得那个位置很舒适，但他只会跟妻子这么形容。

今天还有另一件事值得期盼。他要去他哥哥位于新泽西州帕拉莫斯的家里拿自行车。乔伊得到了一辆崭新的山地车，要把旧的那辆送给布兰登的儿子。这孩子兴奋极了，从学校发了两次短信给他，就是想问问“事情怎么样了”。

急吼吼的年轻人。

他往南边看了看，看见新盖的世贸大厦，或者说不知道会被怎样命名的建筑。二〇〇一年，恐怖袭击的时候，他还做着自己的第一份工作，在一家银行写代码。这幢新的建筑令人惊叹，建筑设计比原先方方正正的世贸大厦要有设计感得多。但没什么建筑会比原来的双子楼更加恢宏大气。

那真是令人难忘的岁月。他的第一个儿子就在恐怖袭击的第二天出生。亚历山大和妻子放弃了用她父亲的名字给孩子命名的想法，给他起名为艾莫瑞，以致敬艾莫瑞·罗斯父子建筑公司。他们和山崎宝一同设计了旧世贸大楼。

亚历山大继续往东走，他要回公寓取车去上班。在等一个红灯的时候，他回头看了一眼，看见有个人低着头跟在他身后。那是个年轻的家伙，深色衣服，戴针织帽。肩上挂着个袋子或双肩包。难道他就是那个坐在健身房对面咖啡店的家伙？

他在跟踪我吗？

亚历山大在这座城市生活了十五年。他觉得纽约是全世界最安全的城市。但他也不傻。就是因为世界上有坏人，他才能赚钱谋生。多年前，他刚刚成为程序员的时候，工作内容主要是检查程序，让服务器运行得更加顺畅，增加流量，让各种不同的系统可以兼容运作。但这些年来，他最擅长的工作内容成了网络安全。商业黑客、恐怖分子，还有一些时间和脑容量过剩的流氓，总是把他们公司这种金融机构当作攻击目标。而且这些人越来越大胆，手法也越来越高超。

于是这就成了亚历山大的专长，去对付那些天赋过人、行为恶劣的黑客，阻挡他们的攻击。他听说过一些案例，有些电脑安全专家会遭受真正的人身攻击。有时他也会想，自己是不是也有危险。他不知道有没有黑客知道他的身份信息，但他知道，你不可能隐藏关于自己的全部信息。只要有人足够努力，总是能查得出来。

在快走到自家公寓大楼时，他停下了脚步。他假装在打电话，又回头看了一眼。那个戴着针织帽的男人还跟在后面，头依然低着。他似乎没有注意亚历山大，脚步不停地走进了街对面的一幢建筑。那幢建筑很旧，现在是商业空间，一面肮脏的玻璃窗上贴着招租广告。也许他是个房屋中介，或者是新来的房客。也可能是个管理员，要去检查出了问题的暖气锅炉。今天晚上应该又会冷得刺骨了。

亚历山大对自己的过度警觉感到有点好笑。他继续走向公寓大楼，进了通向停车场的门，他的斯巴鲁就停在那里。这个停车位非常奢侈，光是车位的价格就比他的第一间公寓还贵。但在纽约能确保每天都有地方停车，就已经谢天谢地。何况这个车位还不是露天的，所以他永远不需要铲雪或除冰。实际上这个车位距离露天很远，位于地下三层。

进了门，亚历山大跟警卫挥挥手。警卫喊道："嘿，亚历山大先生，这雨下得还有完没完？"说着，这个瘦骨嶙峋、皮肤灰扑扑的男人看了看天空。

过去的一个星期，他都说着差不多的话。

亚历山大笑着耸耸肩，沿着盘旋的坡道走下昏暗的车库。

他的“小斯”停在车库底层，这是他妻子给车起的外号。亚历山大在低矮的天花板下，走向他那辆绿色的汽车。这座车库，确切地说是至少这层车库，似乎一个人都没有。但他不再感到紧张不安，那个想象中在跟踪他的杀手已经转进街对面的大楼。而且就算有什么匪徒或者黑客想要掰断亚历山大用来敲代码的手指，他们也得先过了警惕的警卫那一关。

你知道我的意思……

他一边走一边掏出钥匙按下开关。车灯闪烁起来。他走到车前，脑子里想的都是儿子的单车。他期待着这周末可以和艾莫瑞一起在中央公园骑车。

想到这里，他微笑起来。

就在这时，从右侧的墙后面出现一个男子。这个人若无其事地走过来，一拳打在亚历山大的脖子上。

“你他妈……”亚历山大喘息着转过身。

哦，上帝啊，上帝啊……这个男人穿着一身维修工或者市政工人的灰色连体服，但头上却套着一个黄色的乳胶头套，看起来像个外星人。

随后，他看见这人戴着黄色手套的手上，握着一个注射器。

亚历山大摸摸自己的脖子，一阵刺痛。

他注射的是什么！亚历山大的第一反应是：艾滋病毒。

死变态。不，不，不……

接着他想：绝不能放过这个人渣。亚历山大在健身房上过几节防卫术和拳击课。更别提还操练过几千个卷腹和弯举。他转过身面对那个男人，双腿站稳，右拳往后拉，想着怎么快速出拳，持续攻击。

一，二，假动作，打。

一，二……

但他的手臂不听使唤。沉甸甸的。太沉了，举都举不起来。紧接着，他发现自己不再慌张，不再震惊，甚至也不再害怕。

当眼前昏暗的灯光越来越暗，亚历山大明白过来了：不，不是艾滋病人的血。当然不是。那个浑蛋给他注射的是镇静剂。没错，没错，就是之前跟踪他的那个男人。他从街对面的大楼过来了。但是怎么……哦，是了。那里有个小小的金属门半掩着。门后一片漆黑，像是个隧道，或是地下室。

这人的目的是什么？绑架亚历山大。让他泄露负责客户的程序代码，或是防火墙的漏洞。

“我会说……我……”亚历山大挣扎着说道。

要什么直说吧！说吧！我什么都告诉你，只要你让我走。

“你……要……什……”

口中的音节支离破碎。

说不出口的词句都堵在喉咙口。

他很惊讶地发现自己不知什么时候从站着变成了坐着，全身瘫软，仰头盯着那个变态。扭头看看周围。小斯的轮胎。一张好时巧克力的包装纸。一摊干了的狗尿。

袭击者弯下腰，去摸一只背包。

光线更暗了，相当暗。亚历山大眯起眼，看见那个男人的左手臂上有一个怪异的刺青。一条蛇……不，是一只蝎子，长着一张人类的脸。

然后他仰面躺倒，再也没有力气坐起来。袭击者粗暴地把亚历山大的手腕拉到背后铐了起来。然后又把他翻回到仰面朝天的姿势。

不，尽管这家伙戴着一张融化的人皮面具，还有个恐怖的刺青，也不代表他就是个变态杀手。不，他一定只是想要列文斯顿公司服务器的代码。或是进入东拿骚银行防火墙的密码。

当然了。

不是变态杀手。

只是为了商业机密。就是这样。他们没打算伤害他。他们想要数据？没问题，他会交出数据。密码？也可以给。

只是商业机密，对吧？

但他为什么要掀起亚历山大的外套和衬衫，紧盯着他的腹部看？还伸出一根僵硬的、试探性的手指，抚摸他的皮肤？

一定……只是……

他完全被黑暗包裹了。

36

“萨克斯，你到哪儿了？”

“就快到了。”音箱中传出她的声音，在客厅里回荡。莱姆和普拉斯基、库柏留守家里，阿米莉亚·萨克斯则正驾车穿越中央公园，往东驶去。“先挂了，在开车。”

朗·塞利托在总局组建了另一支小分队，查出曼哈顿有四十八处地方的名字中带有“贝维迪尔”。之前那个“翻书小分队”已经解散了。“第二和四十到底他妈是什么鬼意思小分队”则还在持续工作中。

现在，因为安·汤姆森凑巧听到了那通电话，“到底是哪个贝维迪尔小分队”正式宣告成立。

曼哈顿有四十八处名字里带有“贝维迪尔”的地方。之所以范围局限在曼哈顿，是因为嫌犯 11–5 似乎就喜欢在这个地区犯案，而且再扩大范围也有点不现实。

这其中包括餐厅、住宅楼、运输公司、酒店、出租车公司和一个码头。

还有一家妓院。

半小时前，莱姆、萨克斯、塞利托、库柏和普拉斯基在这个客厅里讨论了一番哪个“贝维迪尔”更有可能跟嫌犯扯上关系。

这个名字不一定会跟他的下一个作案目标有关。可能是他的住处，可能是他住处旁边的什么地方，或者是他常去的干洗店，寄养猫的宠物店。也可能是他感兴趣的哪家商店。但保险起见，他们还是假设这个地方是他的目标作案地点，希望能尽快派遣人手过去。

他们从中找出了三个理想的作案地点。其一是曼哈顿切尔西地区一处废弃的地下仓库，就在格林威治村北边。这里有无数迷宫般的地下通道和储藏室，很适合这位不明嫌犯。但库柏提出了反对意见：这里有点太荒凉了。“他至少需要来个人当他的被害人。”

莱姆想了一下，调出一些实时监控画面，发现此地的人气还是比想象中旺一点——天气这么差，还有人在这里慢跑。

“他怎么都能找到一个人当受害者。”莱姆说道。

塞利托呼叫了紧急勤务小组，让他们派人过去。

第二个可能的“贝维迪尔”是上西区的一家老影院，就是以前百老汇大道上那种华丽的剧院，克拉克·盖博或者玛丽莲·梦露当年会去出席电影首映式的那种。这时候影院已经关门了，从莱姆的资料库里找到的某张地下市政工程地图显示，这地方有好几个地下室，正是嫌犯 11-5 喜欢带被害者去的地方。另一支紧急勤务小组被派往了这里。

最后一个可能的地点是中城区东部一座叫贝维迪尔的住宅楼。这是一桩肮脏老旧的建筑，就跟古老的达科塔公寓（纽约曼哈顿的著名公寓大楼，包括约翰·列侬和小野洋子在内的不少名流都曾居住于此）一样。住宅楼下有一个很大的地下室以及地下停车场。于是塞利托派遣第三支小组赶往那里。

萨克斯说：“我觉得应该是这个地方，我也过去。”

莱姆注意到她的眼中闪烁着猎鹰看见猎物时那种坚定热切的神情。她的这种神情让莱姆觉得格外迷人，也格外令人恐惧。萨克斯是莱姆见过最优秀的刑侦警察。但最让她热血沸腾的，莫过于带领武装小队执行攻坚任务的时候。

她一边披上外套，一边冲出了家门。片刻后，塞利托也随之出发了。

现在，莱姆收到了塞利托从切尔西那座贝维迪尔地下仓库打来的电话，汇报说紧急勤务小组在那里一无所获。紧急勤务小组的指挥官鲍尔·霍曼留下一小队人盯着那里，其他人被分成几组：一组前往贝维迪尔住宅楼，一组去面积最大的电影院。搜索这两处大概要花更多时间。

刚挂断电话，莱姆的手机又响了。

“莱姆？”扬声器中传来萨克斯的声音。

“朗刚打过来。”他说道，告诉萨克斯那个仓库已被排除，“这也意味着你们有增援了——一支紧急勤务小组正在赶往你们在的那座住宅楼。”

“我们还没到，莱姆。”她咕哝着，“但也快到了，有点堵车，这种天气都不知道怎么开了，我开到人行道上了，等一下。”莱姆随之听到一声撞击声，猜想是萨克斯的车又回到柏油马路上了。他猜想动力传输系统或是车轴是不是损坏了，“以这个速度，估计要十分钟才能到吧。只不过是穿过中央公园而已，上帝啊。”

莱姆看见手机上有另一个电话打了进来。

“一会儿打给你，紧急勤务小组打进来了。”

“是你吗，林肯？”是霍曼的声音。

“是我，鲍尔。情况怎么样了？”

“二号小组快赶到贝维迪尔住宅大楼了，我们会去地下室和车库。有证据表明他有武器吗？”霍曼应该是想到在大理石山医院里，嫌犯 11–5 威胁说要向哈莉特·斯坦顿和萨克斯开枪。

“没有进一步证据，就假设他有吧。”

“我传达下去。”霍曼跟旁边什么人吩咐了一句，莱姆没听清。

“好，我们要收声进去了。”

“我会告诉阿米莉亚你们到了。她会想参与武装攻坚的。但我也不想冒险。你们不能等了。快进去吧，进行攻坚，尽快。”

“当然，林肯，交给我们。”

林肯又说：“跟你的人说，当心有诈，这是他的新手法。戴上手套和防毒面具。”

“收到。等等……还在吗，林肯？”

“我还在。”

“直升机也到位了，你想接进去看看现场的情况吗？”

“当然。”

霍曼把密码告诉了他，不一会儿，莱姆、普拉斯基和库柏盯着屏幕看了起来。屏幕上出现高清晰度的画面，能看见两辆方方正正的紧急勤务小组战略卡车，车顶上的编号清晰可辨。莱姆看到二十四名武装警察进入住宅大楼的大门，沿着车库的坡道往下走。其中一名警察带着停车场警卫去到了安全的地方。

现场的音频也接了进来。莱姆听见紧急勤务小组进入现场的声音。“……西南方向的走廊，第一层，排查完毕……这里有个检修门……不，门封住了……”

霍曼挂了电话，莱姆又打给了萨克斯，同她更新了情况。

萨克斯叹了口气。“五分钟后到达现场。”听得出她很失望错过了这次攻坚行动。

莱姆的注意力转向了攻坚小组的无线电对讲。

“二A组进去了，走楼梯到下一层。二B组沿着停车场坡道下去。等一下……到目前为止没有遭遇抵抗，没有其他人。一路畅通，完毕。”

“莱姆，我就快到了。我——”

莱姆没听到她说了什么，对讲机里传来一名警官的声音。“二B组……有情况。停车场底层……天哪……叫人进来，叫人进来……消防队……快，快，快！消防队赶快进来！完毕。”

着火了？莱姆心想。

另一名警官说出了他的疑问。“什么东西着火了？我没看见火光。完毕。”

“二B组。没有火情，凶手逃逸时打开了一根水管掩护自己。这里淹水了，我们过不去。已经十五厘米了，还在上涨。需要消防员带一个扳手来把阀门关上。完毕。”

莱姆听到扩音器里传来一声低笑。显然是外面的警察听见自己要对付的只是淹水而不是歹徒，有点如释重负。

但他没有被逗笑。他太清楚这位狡诈的嫌犯做了什么：在现场造成淹水不仅可以阻碍追缉的警察，还可以销毁所有留下的证据。

37

快跑，全速前进。

比利·海文身处地下，再次来到那条老旧的铁轨隧道，又经过了熊人内森差点用那把折叠剃刀给他做人体修改的地方。

肩头的背包轻飘飘的，肾上腺素的作用让他健步如飞。他脱掉了乳胶头套，但没有脱掉手套和连体衣。他也脱了鞋，只穿着袜子。他知道，警方没有任何袜子资料库，因此这样就追踪不到他了。鞋套会打滑，穿着跑不快。

快，快，快……

之所以意识到要赶紧撤离贝维迪尔住宅楼，不是因为他听到了紧急反应车的刹车声，也不是警察刻意放轻的脚步声。在此之前，他就知道有危险。

警方的派遣小组已经通报了地址，还提到了贝维迪尔，比利从一副连接到警方监控广播的耳机里听到了。

随后他采取了一系列措施，确保警方没法在犯罪现场和被害人身上找出什么有用的线索。

你应该清理犯罪现场，不要留下任何嫌疑。

然后他穿过了贝维迪尔地下停车场墙上的那道检修门。

终于可以回到地下了。

终于安全了，可以回到地面了。比利心想。他胸口疼痛，轻轻咳嗽起来。爬过另一个检修门，来到中城区一座办公大楼的地下。那是一幢老旧的石灰岩建筑，至少有七十五年的历史。楼高十层到十二层，电梯里灯光昏暗，运行起来摇摇晃晃的，走进去的人都要忍不住先画个十字。

不过比利是走楼梯上来的，先探头张望了一下，才若无其事地走进一楼大厅。在这里办公的包括帮人敲诈的律师、会计师，还有一些进出口商。公司的英文名下面还有外文。比利脱掉连体工作服，塞进一只垃圾桶里，然后戴上一顶不一样的针织帽，这次换了米色的。

鞋子也穿上了。

比利走到那扇油腻腻的玻璃门旁，在走出门之前停下脚步，查看周围有没有警察。没有。这也是情理之中，他已经离开贝维迪尔够远了。警察还得在那边忙上好一阵子。想到那个地下停车场现在该是个什么样的场景，他就觉得很好笑。

他来到大街上，然后快步往东走去。

那位了不起的预判专家，这次又是怎么预判情况的？是的，他此前为了踩点，来过贝维迪尔几次。也许莱姆就是在这里发现了什么线索。感觉这不太可能，但对莱姆来说，没什么是不可能的。

他低着头，在冻雨中快步走着，一路回想自己可能犯过的错误。想着：是的，是的……他记起来了。大概一个星期之前，他打电话给查号台，查询贝维迪尔的电话号码，以便确认停车场的营业时间。当时他在那家刺青设备用品店购买了美国老鹰刺青机的备用针头。他们就是这么找到他的。

那么问题来了：店主之所以会提到贝维迪尔，肯定是因为警察去查问有没有购买美国老鹰刺青机或针头。但他们是怎么知道他的凶器是什么的?

他得再好好想想。

前方影影绰绰出现一座地铁站，他走下泥泞的台阶，搭乘上一班向南开的地铁。二十分钟之后，比利就回到了他的工作室。在淋浴间里，他冲着热水，努力刷洗着自己。

然后他擦干身体，穿上衣服。

他打开收音机。不久之后就听到一则关于“地下人”再次伤人的报道，对他来说这可真是个可悲的称呼。他们就想不出一个好点的称号吗?

但新闻还是没提到阿米莉亚·萨克斯或者其他什么人中了士的宁毒的事。这也就意味着，那些出警的人没有被萨曼莎的手包里那根针头扎到。可能是因为机敏，也可能是因为运气好。

比利深知改造大业就如同一场战争，双方都会有输有赢。他成功干掉了两个受害人，而警方也小胜了几场。这也是在意料之中的——应该说，是在预判之中。现在，他心想，该做点什么来保护自己了。

他忽然有了主意。

非常简单，也非常巧妙。

借用诫令中的话来说就是：了解你的敌人，也要了解他们的朋友和家人。

38

“该死，阿米莉亚。情况有多糟？”塞利托问道。

二人肩并肩站着，手都按在腰间的枪柄上，俯视着贝维迪尔住宅大楼下方那座黑黢黢的停车场。

“相当糟。”她低声说。她看了看附近建筑的市政施工地图，手指从地下停车场的位置滑到中央车站废弃的轨道，“全废了，

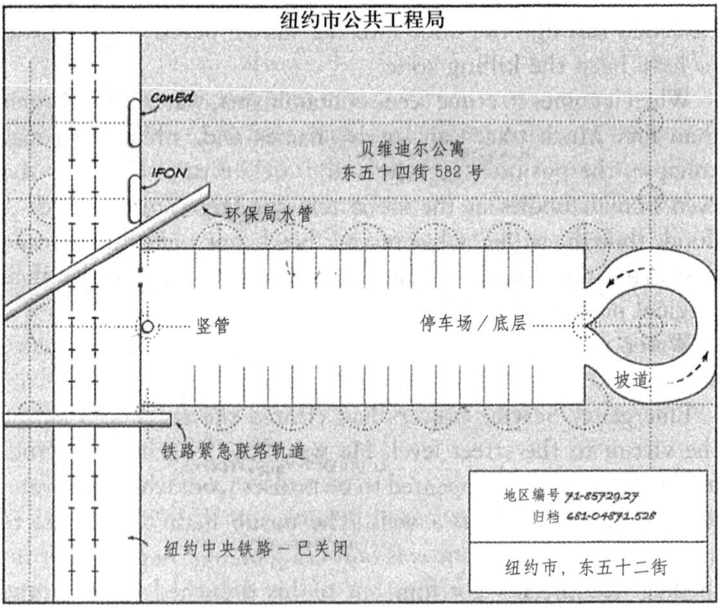

都没有了，所有的证据。”

二人站在冰冷的泥泞之中，忍受着刺骨寒意。塞利托跺跺脚，希望借此让脚暖和起来。萨克斯也跺跺脚，发现根本没用，脚趾反而更疼了。

她看见鲍尔·霍曼就在附近打电话，挂断电话后朝他们走过来，点头示意。塞利托问道：“有进展吗？”

这个瘦削矮小的男人只在衬衫里穿了一件套头毛衣，正摩挲着灰白的平头短发。他的眉毛上结了霜，但看起来一点都不觉得冷。“他跑了。派一队人去查检修孔后面的隧道，一路查到地面上。但估计这也是白搭，他们肯定会说，‘无影无踪了’。”

萨克斯冷笑了一声：“无影无踪，是啊。”

莱姆的担忧成真了。不明嫌犯 11–5 仅仅是打开消防栓，就高效地消除了犯罪现场的所有证据。嫌犯沿着来时的路，从检修门一路逃逸。由于走的时候没关门，几分钟之内，停车场底层的积水就经门淹到了地势较低的隧道。而那里，一定就是这次的杀人现场。

对于刑侦来说，淹水比失火更糟糕。很多东西在火灾中都能保存完好，就算墙壁坍塌，物体的位置、建筑的状态，甚至是现场的尸体可能变化不大；但如果现场淹水，那一切就仿佛被放进了沙拉碗里，被稀释、破坏、混合，甚至完全改变原来的位置。

就像莱姆经常指出的那样，水是最常见的溶剂。

紧急勤务小组的警察确认现场没有危险，并把被害者带到了地面上。他被下了麻醉药，但意识还清醒，全身上下唯一的伤处似乎是在水流冲击之下撞到墙上留下的瘀伤。嫌犯 11–5 还没来得及开始刺青。受害者已濒临失温，但医护人员已经帮他脱掉湿透的衣服，披上了保温毯。

在救出被害人、确认现场没有危险之后，警察撤出了现场，改由两名消防员全副武装生物防化装备，蹚过水流、关掉水阀并采了水样。莱姆本来担心嫌犯可能在水里下毒，即使被稀释，也可能造成人员伤亡。

一名紧急勤务小组的人走向萨克斯一行人。“警探，队长。”

“说吧。”霍曼说。

“水开始退了。消防队的人装了一台抽水泵，不过还是有积水。啊，另外他们对水样进行了初步检测，其中没有生化危害物质，没有任何特殊物质。所以他们就把水排到排水沟里。应该再过一小时水就可以抽干了。”

随后那名警察转向萨克斯：“警探，他们说发现了一样东西，你会想看看。有个消防员马上拿上来。”

“是什么东西？”

“我只知道是个塑料袋。”

萨克斯点点头，没抱太大希望。可能跟案子没什么关系，可能只是块香蕉皮，一根大麻烟卷，或是停车场的代币。

当然，也不排除是嫌犯的钱包，里面有他的社保卡。

这里没其他事可做了。萨克斯和塞利托走向救护车，从后门上了车，关上门。亚历山大穿着蓝色的罩袍坐在那里，瑟瑟发抖。救护车里有暖气，但他刚在寒冷刺骨的水里泡了那么久，还没缓过来。

“你怎么样？”塞利托问道。

他的上下牙关打着战：“很冷，还有点晕，那个浑蛋不知道给我扎了什么针。他们说是普洛福。”他结结巴巴、含混不清地说道，“还有，看到他戴的那个面具，把我吓死了。”

“能形容他的样子吗？”

“没法形容得太详细。身高大概一米八，身材保持得很好，白人，戴着黄色乳胶面具。上帝啊，我吓死了，我真的快吓死了。我说过的，对吧？眼睛、嘴巴和鼻子那里挖了洞——就这样。”

塞利托给他看了嫌犯画像。

“可能是吧，有可能。但他戴了面具，你知道的。”

“当然，穿了什么？”

“在车库袭击我的时候，穿的是连体裤，应该是吧。我吓死了。”他又颤抖起来，“但我之前也见过他，当时穿的不是这个。如果那是他的话。他进了对面大楼。”

啊，或许他们能有个完整的犯罪现场了。萨克斯派了一个鉴证小组的人过去看一下，还有个紧急勤务小组的人一起支援。

“他有说什么吗？”塞利托问道。

“没有。就用根针扎了我，然后我就开始头晕了。但我看到他……”他的声音低了下去，“我看到他从背包里拿出一把手术刀。”

“手术刀，不是一般的刀子？”

“绝对是手术刀，他看起来要用它做点什么。哦，他还摸我的皮肤，肚子这里，又摸又戳。上帝啊，他是想干什么啊？”

“这不是第一次作案，”萨克斯说，“作案动机还不能肯定。”

“哦，我还记得他伸手的时候，袖子缩上去了，然后我看到他有个刺青，很诡异，是一条蜈蚣。我很确定，对。不过，那条蜈蚣有一张人脸。”

“什么颜色的刺青？”塞利托问道。

“红色。然后我就只知道自己呛着水醒来，接着就被警察从水里拖出来了。我好冷好冷，太冷了，我觉得自己就像在海里打转。这人就是最近在城里杀了几个人的家伙吗？”

有时候你不能说，有时候可以说。

“很可能。”

“为什么选中我？”

“还不确定他的作案动机，你有什么仇人吗？有谁会想加害你？”萨克斯和莱姆还没有完全排除嫌犯 11–5 是利用明显的连环杀人案件，故意杀好几个人，以此掩饰自己要谋杀特定被害人的动机。

但亚历山大开口了：“我是负责网络安全的，我在想自己是不是挡了哪个黑客的道，他想要除掉我。我之前想，那个走进隔壁大楼的家伙——就是可能跟踪我的那个，也许是个打手。但我想不出哪个特定的人。”

随机挑选的被害人……

他们记下了亚历山大的联系方式。

萨克斯戴上手套，拿了急救人员帮亚历山大打开的手铐，放进证物袋，填写好证物保管链卡片。她还记下一行笔记，提醒自己去取这个急救人员的指纹。但她可以确定，这个谨慎过人的嫌犯不会突然变得大意的。

他们下了救护车，迎面一阵寒风吹来。

那名被她派去搜查隔壁大楼的刑侦组警察向他们走来。这个警察身材瘦削，肌肉却很发达，戴着一副圆眼镜。他说道：“大楼里没人。我们仔细搜了地下室，没有别的出口，不能通往那个地下停车场。”

“知道了，谢谢。”

又来了两个消防员，他们身上的装备滴着水。其中一人捏着一个小塑料袋的一角。啊，萨克斯心想，这就是传说中那个可能的证物。她也不担心证物受到污染，因为消防员戴着生化防护合成橡胶手套。

消防员跟他们打了招呼："听说你是负责现场的警官。"

"没错。"萨克斯点点头，"下面怎么样了？"

"一塌糊涂，还有大概二十厘米高的积水，整层楼都淹了。另外，地势更低的那条隧道，也淹成池塘了。"

"你们找到了什么？"萨克斯冲塑料袋点点头。

"在被害人旁边那堵墙后面找到的。可能是嫌犯留下的，也可能不是。但现场也没其他东西了。"

香蕉皮，大麻，硬币……

她用戴着手套的手接过袋子，里面是几个小小的金属零部件，大概三厘米长，形状各异。某种五金部件吧，萨克斯心想。她把袋子拿给塞利托看了看，后者耸耸肩。萨克斯把小塑料袋放入一只证物袋，写下消防员的名字和编号，请他签了名，自己也签了名。

"我想下去看看。"萨克斯对其中一个消防员说，"可以借双胶靴吗？"

"当然，我们给你提供装备。"

另一个消防员拿着一个纸托盘过来，给大家分发咖啡。塞利托拿了一杯，萨克斯则谢绝了。这时候，她没有胃口吃喝，只想找到关于不明嫌犯 11–5 的线索，任何线索都好。

39

“都是植入物。”

那个身上有着超级英雄刺青和非常花哨小胡子的刺青艺术家TT. 高登，又回到了莱姆的客厅。

他和梅尔 · 库柏站在证物检查台旁边，正盯着消防员在贝维迪尔住宅大楼停车场的犯罪现场拿回来的证物：装在塑料袋里的金属零件。跟萨克斯之前想的不同，那不是五金件，而是几个数字和字母形状的金属块。金属块上锉了几道沟槽，里面残留着一些灰白色物质。

h 7 1 t

每个金属块都长约三厘米，放在一块消过毒的特氟龙垫子上。

“什么叫植入物？”莱姆驾驶着轮椅凑到近前，问道。

高登搓着他一条细胳膊上蝙蝠侠的脸。莱姆看到他另一条胳膊上还有另一个超级英雄。

为什么会选这两个漫画人物呢？他很好奇。但接着他又想：为什么不呢？

“植入物，是一种极端的人体改造形式。在皮肤上划出伤口，然后把植入物塞进去。当皮肤愈合，这些字母的形状就会浮现出来。这不大多见。但就像我昨天说的那样，这年头刺青不稀罕，随便什么小职员、公务员、律师什么的，都有刺青。要想与众不同，你就得来点植入物或者疤痕刺青。谁知道十年之后又会是什么样？反正我也不想知道。”

萨克斯问道：“这能显示什么关于不明嫌犯的信息吗？”

“证实了我之前说的，植入物在这里很少见，我不知道这一带有什么刺青艺术家会做这个。这是一门技术，相当于外科手术，得接受训练才能掌握。主要多见于中西部和阿帕拉契山区、西弗吉利亚、北卡罗来纳山区。都是些活得更另类的人——我是说，比我更另类。”TT.高登警惕地纠正了一个语法错误。

“一般人会以为植入这种东西是为了彰显男子气概，但实际上做这个的女人更多。植入相当危险，虽然因为制作材质可以避免身体排异反应，但还有细菌感染的问题。更糟的是，它们会移动，然后你就麻烦了。”

“还有呢，”梅尔·库柏看着连接气相层析／质谱仪的一台显示器，说道，“如果这些植入物上正好有高浓度的尼古丁，你也会很麻烦——就像这几块一样。”

“尼古丁。”莱姆沉吟道。

“是有毒的吗？”罗恩·普拉斯基问道。

“没错。”库柏说，“几年前我经手的一个案子就是这样。尼古丁被广泛用于杀虫剂，所以你可以很容易买到提纯的尼古丁。在那个案子里，嫌疑人就搞到了一点。他因为觊觎遗产，想谋害自己的妈妈。因为他妈妈抽烟，所以他觉得可以在饮食里放上一点尼古丁。大概半小时后，他妈妈就死了。如果他下的剂量少一点，可能就逃脱审判了。根据我们的检测结果，死者体内的毒素浓度太高了，相当于一小时内抽了八百根烟，胳膊上还贴满了尼古丁贴。”

“尼古丁的化学成分是什么？”

“拟副交感神经生物碱，提炼自茄科植物。”

萨克斯说道：“植入物看起来不太大，里面的尼古丁浓度有多高？”

库柏看着光谱图说道：“很高。如果把这些植入真皮，我估计被害人大约在二十分钟内就会死亡。”

“上帝啊。”高登惊呼道。

“死得痛苦吗？”萨克斯问道。

“很可能。”莱姆对这个不太感兴趣。他更关心毒药来源，“他这些植入物是从哪来的？”

高登耸耸肩：“我不知道附近哪里有货，大多数人都是网购的。”

“不。”莱姆反驳道，“他肯定又是在实体店买的，付现金。”

他凝视着这些小金属块，心想，它们代表的含意很明显了。重新排列顺序，你就能得到另一个数字。是序数：第十七。

萨克斯戴上口罩和双层手套，开始检查其中一个金属字母。数字 7。“上面有工具的痕迹，很明显是锉痕。这也算是线索吧。”

这些有毒的植入物有可能让他们查到某把嫌犯持有的金属锉刀——当然，他们首先要找得到这把锉刀。毕竟工具的痕迹不像指纹、DNA 或是枪械，有全国性的登记资料。

“毒药来源？”莱姆问道。

萨克斯上网查了一阵子，说道，“嗯，这就有意思了。你知道电子烟吗？”

“不。”

“无烟草香烟，里面有电池和烟弹。你可以吸到烟雾，也可以选你喜欢的烟油，原味的，其他口味的，加到烟弹里就可以了。总之是液体，他们称这个为‘果汁’。”

这些人对自己的身体做了些什么啊，莱姆心想。“有多少厂商？”

“好几十家。”梅尔·库柏看着屏幕答道，“市面上那些都有毒性，但没那么高。嫌犯肯定是浓缩过了，或者就是自制的。”

“好的，我们手头还有些什么别的？”

萨克斯解释说地下车库和隧道淹水了，水很大，什么证据都没留下。不过他们还是在放植入物的袋子上发现了一点东西。

那是个常见的（这也意味着不可追踪来源）食品袋，上面有一块磨砂涂层，可以标明袋子里装的是什么，以及哪天放进冰箱的。而这个食品袋虽然被水泡过，但还是残留了一些浅粉色的字迹。嫌犯在上面写着：三号。莱姆觉得，就是第三次作案的意思。

“不知道这有没有用。”莱姆含糊不清地说，“但还是写上白板吧。”

库柏又检测了些其他样本。“这里有人体白蛋白和氯化钠混合物，比例和一些用于整形美容的药物匹配。”

“啊，又是整形。”莱姆说，“我们这位嫌犯想要改变外貌，但应该还没开始，他太忙了。但也许这会是他将来计划的一部分。”

塞利托打来电话。他留在贝维迪尔住宅大楼，指挥警员在周边访查目击证人。“林肯，没有目击证人。你知道怎么回事，对吧？”

“请你赐教。”

“大家都知道这家伙会在地下室伏击人，都害怕如果自己说了什么，那家伙就会把他们拖进浴室、洗衣房或者车库。”

莱姆不能怪这些人。没什么比这个更可怕了：你以为你安安稳稳，一个人待在家里、办公室或者什么公共大楼的地下室，结果发现这里还有其他人。你身后有一个致命的凶手，像一条湿漉漉的、有剧毒的蜈蚣，就蜷缩在你卧床的被子里。

萨克斯也把布兰登·亚历山大的衣服带回来了。库柏仔细检查了上面的每一份物质，但流水冲刷掉了所有线索——实际上，萨克斯自己都说本来这上面也不一定有什么证据，因为二人之间的接触太有限了。手铐上也没什么证迹，并且跟大多数作案工具一样，不可追查。

库柏又检验了其他从植入物袋子里采集到的样本。大部分检验结果都没什么帮助，但最后他还是有一个发现。他看着电脑显示器，宣布说：“次氯酸。”

莱姆仔细读着光谱图，说道，“怪了。这是纯的，不是稀释物。”

“没错。”库柏把手伸进面罩下面，推了推眼镜。莱姆一直不理解，为什么他不换一副合适点的镜架。

次氯酸是一种氯，像纽约这种城市的饮用水里都有广泛添加，用来净化水质。但本案中的次氯酸未经稀释，所以应该不是来自犯罪现场的积水。这是纯的次氯酸，还没有被添加到自来水中。

莱姆沉思着说：“这是一种弱酸。不过如果浓度高的话，我想是可以致命的。当然也有可能是因为他靠近了某个箱子，箱子里装着要加进自来水的次氯酸，被他不小心沾到了。萨克斯，在第一现场和第二现场的隧道里，有自来水管的吧？”

“没错，而且其中一个现场还有污水管。”

“一个进货，一个出货。”普拉斯基开了个玩笑，把大家都逗笑了，只有莱姆没笑，“其他管子呢——也许其中有用于把次氯酸加入总水管的？”

“我不记得了。”

“我想查清楚。如果这是来自净化自来水的次氯酸，那就没什么可查的。但如果是来自他准备用来作案的，那我们就要开始查来源了。”莱姆调出前两个作案地点的图片。

“赶快派人去那两个现场，查查那里有没有次氯酸的输送管道。”

萨克斯问道：“你想让刑侦组的人去查吗？”

“不用，一般的巡警就可以。”莱姆说，“谁都可以，但是要快，马上就去。”

萨克斯打电话到调度中心，请他们派巡逻车到此前的两个犯罪现场，并告诉他们要找的东西。

二十分钟后，萨克斯的手机响了。她接起电话，打开免提。

“说吧，警官，我和林肯·莱姆在这里。”

“我在伊丽莎白街，克洛伊·摩尔的命案现场。”

“你的确切位置是哪里？”莱姆问道。

“我在隧道里，就在现场的灯架和电池组旁边。”

莱姆告诉他说：“查找现场有没有管道或水槽，上面写着‘次氯酸’‘氯’或是缩写‘CL’的。上面还可能有危险品的菱形标识，或者是类似于‘会刺激皮肤和眼睛’的警示语。”

“是，长官，我马上去找。”

那名警员一边找一边汇报，他从那条会引发幽闭恐惧症的狭小隧道外面的陈尸地点，一路找到一百米外那堵封起的砖墙。

最后他说："没有，长官。水管上只有DS和DEP的标识。"DS代表卫生局，而DEP代表环保局，这两个部门负责监管纽约市自来水供应。

"还有的箱子上写着IFON——不知道是什么意思。不过没有任何化学物品的标识。"

萨克斯谢了他，挂上电话。

不久，另一组人也打来了电话。他们在"普罗旺斯[2]"餐厅下方的犯罪现场，也就是那个八角形的屠宰场，萨曼莎·勒凡的被害地点。

这位警员的报告也一样。没有把次氯酸加入自来水的环保局设备。

挂上电话后，莱姆开口说道："这么说来，这些次氯酸应该是不明嫌犯自己的东西。我们去查一下哪些地方可以买到，或者可以如何自制，罗恩？"

但上网搜索的结果，印证了莱姆的怀疑：三州地区有好几十家化学物质供应商。而且嫌犯应该只买了很少的量，所以会使用现金。他甚至有可能去偷了一两瓶。这条线索又断了。

17 th

"现在我们有'第二''四十'和'第十七'。他到底要说什么？"莱姆摇着头说，"我还是觉得，这些信息指的是一个什么地方。但是，到底是哪里呢？"

萨克斯说："这回没有扇形线了，不像前两次。"

但TT.高登指出："你还记得吗，那是疤痕刺青。如果他打算加上扇形线，就会用割开植入伤口的那把手术刀直接割。说不定他本来就计划在植入物完成后再加扇形线。我听说，他刚动手就被你们打断了。”

“没错，还没开始就逃走了。”萨克斯低声说。

普拉斯基补充道：“这回的‘17’前面没有定语‘the’。”

“或许他引用的句子里就没有。”

“植入也要花点时间的。”高登说道。

“有道理。他想尽快完成。”莱姆冲高登点点头，“加上定语要花更多时间。”

每个人都盯着那些数字看。

不明嫌犯留下这该死的信息到底是什么意思？他到底要对我们、对全纽约甚至全世界说些什么？

如果他的效仿对象真的是集骨者，那么这个信息一定是关于复仇的。但到底是向谁复仇？“第二”“四十”和“第十七”，跟他的复仇大计又有什么关系？

把不明嫌犯 11-5 称为“集皮者”，莱姆总觉得还少了点什么。他感觉，此人的计划肯定不止于此，不只是效仿一个十多年前在纽约街头跟踪杀人的心理变态。

这时，TT. 高登打破了沉默：“还有什么事需要我效劳吗？”

“没了。”莱姆说道，“感谢你的帮助，非常感谢。”

阿米莉亚 · 萨克斯听了，吃惊地扬起一边眉毛。莱姆从来都不是一个客气、有礼貌的人，但他似乎很喜欢这个有精致小胡子又讲究遣词造句的男子。

高登穿上他的晚礼服外套。莱姆心想：在这般恶劣的天气里，以他这样瘦削的身材，穿成这样似乎是太单薄了些。“祝你们好运。”他在莱姆面前停下来，低头看着他，“嘿，看样子你也能算是我们的一员了。”

“你们？”莱姆看着他问道。

“你也改造了身体。”

“怎么说？”

他指了指莱姆的手臂，那里有几道明显的疤痕，来自之前那场让他的右手和右臂又能动起来的手术。“这些疤痕，看起来像珠穆朗玛峰。只不过你看的角度是颠倒的。”

没错，说来也怪，这个三角形图案看起来真的有点像珠穆朗玛峰。

“如果你想把它改成一个刺青图案，尽管告诉我。我也能给你设计点别的。哦，老兄，我知道了，我还可以加一只鸟。”他朝窗外点点头，“比方说外面那种隼，飞越高山的样子。”

莱姆大笑起来。真是个疯狂的想法。他的视线转移到那一窝游隼上，不得不承认这个主意颇有吸引人之处。

“以他的身体状况，不能有皮肤创伤。”托马斯抱着胳膊站在门口说道。

高登点点头：“那就是不行了。”

“不行。”

他环视着房间：“其他人有感兴趣的吗？”

“我妈妈会杀了我。”已届中年的梅尔·库柏说道。

“我老婆会杀了我。”普拉斯基说道。

阿米莉亚·萨克斯只是摇摇头。

托马斯说：“我有现在这个就够了。”

“什么？”萨克斯大笑着问道。但这位看护不肯多说了。

“好吧，反正你们有我的电话。祝你们好运，伙计们。”

高登离开了。

大家再度研究起那些刺青的照片。萨克斯打电话给塞利托，他没接电话。因此萨克斯又打到重案组去，让总局的临时小组把“第十七”加入他们查找的清单中去。

刚挂上电话，萨克斯的电话又响了。刚接起电话，莱姆就看到她僵站在原地，气都快接不上来了，问道：“什么？你们派人过去了吗？”

她狠狠地挂断电话，瞪大眼睛看着莱姆。“是八十四分局打来的。有人刚报警，说帕米拉家有闯入者。白人男性，灰色短外套，针织帽。好像还戴了面具，黄色的。上帝啊。”

萨克斯又打开手机，按了一个快速拨号键。

40

接电话！

求你了，接电话！萨克斯紧紧抓着手机，听到电话接入帕米拉的语音信箱，愤怒而绝望地颤抖起来。

“如果你在家，帕米拉，立刻出去！现在！到八十四分局去。在黄金街，我想我们这个案子的嫌犯跑到你家去了。”

她和莱姆四目相对，莱姆的脸上也写满了担忧。随后，萨克斯又按了重拨键。

莱姆问道：“她在上班吗？或者在学校？”

“我不知道，她工作时间不固定，这学期学校的课也很少。”

罗恩·普拉斯基喊道：“有一组人赶过去了，七八分钟就会赶到。”

但问题是：来得及吗？

萨克斯的手机里传来空洞的拨号声。

该死，又转到语音信箱了。

不，不……

“萨克斯——”

她没理会莱姆，又按下重拨键。他们为什么没有派人二十四小时保护帕米拉？没错，这位不明嫌犯跟集骨者一样，随机挑选被害者。他们本来也以为，他根本不知道帕米拉的存在。但现在，他决定不只要谋害那些追缉他的人，也要谋害他们的朋友和家人。要查出被莱姆和萨克斯视作家人的帕米拉，并不是不可能。为什么他们不——

咔嗒。“阿米莉亚。”传来帕米拉气喘吁吁的声音，“我听到你的留言了。但是我不在家，我在上班。”

萨克斯低下头：谢天谢地，谢天谢地。

“但是赛斯在那里！他现在人在我家等我，我们晚一点要出去玩。阿米莉亚，我……我该怎么办？”

萨克斯拿着手机转向普拉斯基。“打给赛斯！”她朝着房间另一头喊出号码。普拉斯基赶紧拨号。

“房门都锁上了吗，帕姆[①]？”

“对。但是……啊，阿米莉亚，警察赶到了吗？”

“他们在路上了，你待在原地别动——”

“待在原地别动？我要回家，我马上就过去。”

“不，不要去。”

帕米拉的声音颤抖着，充满了谴责。“他为什么要这样？他为什么会在我家？”

“待在——”

帕米拉挂断了。

“电话接通了。”普拉斯基的表情变了。

“开免提。”莱姆厉声说道。

普拉斯基按下免提。赛斯的声音传来：“喂？”

“赛斯，我是林肯·莱姆。”

①帕姆，帕米拉的昵称。

“嘿，怎么——”

“你听我说，出去，有个人闯入了你们的公寓，马上出去！”

“这里？你什么意思？帕米拉还好吗？”

“她很安全，警察正在赶来，但你一定要出去。放下手中的事，立刻离开。从前门出去，去八十四分局。在黄金街上，至少去人多的地方。一到安全的地方，就给我或者阿米莉亚打——”

赛斯的声音忽然变低了，听起来像是转过了头，话筒不在他嘴边了。“嘿！”

传来一声玻璃碎裂的声音，以及另一个男人的声音。“你，放下电话。”

“你他妈——”

然后是几声撞击的声音，赛斯大叫起来。

电话断线了。

41

警车比阿米莉亚·萨克斯的车先一步抵达帕米拉的公寓。

但也没早多少。

萨克斯开着车，一路风驰电掣赶到布鲁克林高地，来到悉尼街北端。尽管这条狭窄的小街是从议会街往北的单行道，但萨克斯照样开着车逆行疾驰，吓得几辆迎面开来的车驶上人行道，刹着车冲进行道树之间。一个老年驾驶员慌了神，车的保险杠擦过圣嘉禄教堂门前的台阶。那座高大的教堂通体鲜红，如同一辆消防车。

虽然萨克斯车上放着闪烁的警灯，但她凶狠的眼神更能震慑人，让她得以一路畅通无阻，向南驶去。

帕米拉住在一幢没有电梯的三层楼住宅里，这桩楼比附近大部分建筑都破旧，而且是这个以深红色岩石建筑为主的地区少有的几幢灰色建筑之一。萨克斯驶向那几辆围成一个半圆的警车和救护车，按着喇叭不放。围观的群众让出一条道，她松开喇叭，停下车。萨克斯下了车就冲向公寓前门，注意到救护车的门开着，但急救人员不在旁边。看起来情况不妙。他们正在屋里抢救赛斯吗？

或者，他已经死了？

在帕米拉家的门前，一个矮胖的警员看了看她皮带上的警徽，点头让她进去。萨克斯问道："里面的人怎么样了？"

"不知道，里面一团乱。"

萨克斯的手机响了，她看了一眼，是帕米拉打来的。她犹豫了一下，没有接听。反正暂时也没什么消息可以告诉她。

两分钟后，我就在里面了，她一边想着，一边好奇自己将告诉她什么消息。

一团乱……

帕米拉住在一楼，那是个五十多平方米的房间，狭小阴暗，有着裸露的砖墙和小小的窗户。这就是住在布鲁克林这种昂贵地段的代价。在布鲁克林没有并入纽约市，还是个独立城镇的时候，这里就是市中心。

萨克斯进了屋，看见两名警员。

"萨克斯警探。"其中一人跟她打招呼，但她没认出是谁，"你来负责勘查现场吗？我们已经检查过了，没有危险。我们确定——"

"他人呢？"萨克斯向那人身后望去，但紧接着她反应过来，"地下人"当然会把赛斯带到地下室去。

那个警察向她证实了，人在地下室。"还有医护人员和两名八十四分局的警探。"他摇着头，"他们尽全力抢救了，但是……"

萨克斯把头发甩到身后，真希望自己在屋外就把头发扎起来了。但没来得及，现在也没时间了。她转过身，进入走廊，闻到了洋葱、霉菌和一些强效清洁剂的味道，一阵反胃。她觉得自己走得很慢。她不怕看到血腥场面，也不怕尸体——加入刑侦组的人不可能怕见到这些。但想到自己要打电话通知帕米拉这个坏消息，她就觉得受不了。

再退一步说，如果歹徒下毒，即使不致命，也可能造成灾难性的后果：失明、神经或脑部损伤、肾脏衰竭。

她找到通往地下室的门，走下摇摇晃晃的楼梯。头上没有灯罩的灯泡发出刺眼的光，照亮她脚下的路。这个地下室在地下很深，天花板的高度有几扇狭小而油腻的窗户。地下室空间很大，散发着暖炉燃料和霉菌混合在一起的刺鼻气味。大部分是开放空间，旁边散落着几个没有门、只有门洞的小房间。或许曾被作为储藏室。嫌犯把赛斯拖进了其中一间。她看到房间里有一名警探和一名警员的背影，二人都低头看着什么。

还有一名医护人员抱着胳膊站在门外，面无表情地往里看。见到这幅情景，萨克斯的心脏猛烈跳动起来。

医护人员茫然地看着她，点点头，随后视线又转回小房间里面。

萨克斯小心翼翼地往前走了几步，也往里面看起来，随即停下了脚步。

赛斯·马克奎恩赤裸着上半身，躺在潮湿的地面上，双手压在身后——很可能像其他受害人一样，被铐住了。他双眼紧闭，面色灰暗，如同这个地下室破旧墙壁上的陈年油漆。

42

“阿米莉亚，他们还不知道。”一名站在赛斯身边的警员说道。萨克斯认识这个大块头的红发警员，他是八十四分局的弗莱厄蒂。

另外两个医护人员正在抢救赛斯，清理呼吸道，检查生命迹象。萨克斯看到体征监测器的显示屏上至少还有心跳，微弱的心跳。

“嫌犯给他刺青了吗？”

弗莱厄蒂答道：“没有。”

萨克斯对急救人员说：“可能用了普洛福，他一直用这个迷昏被害人。”

“他的体征符合镇静剂的反应。没有抽搐，没有呕吐。生命迹象很稳定，所以我猜想，他没有被下毒。”

萨克斯走到一边，注意到赛斯的脖子上有一个红点——嫌犯11–5在这里扎了一针。“那里，看到那个注射点了吗？”

“看到了。”

“前面几个案子都是这样。他是不是——”

一声呻吟。赛斯突然颤抖起来，睁开了眼睛。他困惑地眨着眼睛。随即他忽然一脸警惕。他应该先是一阵迷茫，然后立刻回想起之前发生了什么。

“我……发生了——”

“没事了，先生。”一名急救人员说道。

“你很好，现在安全了。”弗莱厄蒂说道。

“阿米莉亚！”他焦急而虚弱地说道。

“你感觉怎么样？”

“他给我下毒了吗？”

“看起来没有。”

一名急救人员问了他一连串问题，确认他的身体状况。他们记录下赛斯的症状。然后急救人员说：“好了，先生。我们会把你的血样送去化验，但现在看起来，他只是给你注射了一些镇静剂。我们会送你去急诊，再做几个检查。但我想你应该没事。”

萨克斯说道：“我可以问他几个问题吗？”

“当然。”

萨克斯戴上手套，帮助他坐起身来，又取下手铐。赛斯一脸痛苦地放下手臂。“啊，好疼。”

“你能走路吗？”这里的犯罪现场已经被严重污染，但萨克斯还是希望可以尽可能留存证据。“我想带你去楼上的走廊。”

“应该可以，但可能需要扶一把。”

萨克斯扶着他站起身来，一只手臂托在他的腰部，摇摇晃晃地穿过地下室，爬上楼梯，到了前门的走廊。二人站在通往二楼的台阶前。

前门又打开了。萨克斯和从皇后区赶来的刑侦组成员打了招呼。负责勘查现场的是夏安·爱德华兹，一名迷人的年轻女郎，她也是刑侦组的风云人物。她的强项是化学分析，能从凶手身上查出任何细枝末节，无论是一丝细微的控制样本，还是枪击的残存物。同时，她也是出了名的不好惹。

千万不要招惹她。

有一次，她和搭档在犯罪现场搜证，碰到凶手返回现场取自己丢下的赃物。凶手看到警察吓了一跳，他以为这位年轻的美女警察没什么威胁，就先把武器对准了那名较为年长的大块头警察。但事实证明他大错特错。爱德华兹把手伸进口袋里抓住备用的陶鲁斯点三八手枪，隔着衣服开火，连发三枪，都命中了凶手的胸部。然后她说："貌似我们已经破案了。"但她还是无比专业地搜查了现场，因为这本就是她的职责所在。

"夏安，你负责搜查这个现场，好吗？"萨克斯说道。

"交给我。"

然后萨克斯对赛斯说道："跟我说说发生了什么吧。"

赛斯开始讲述他被袭的过程。其中一部分萨克斯已经在电话里听到了：当时赛斯站在客厅里，一名戴着面具和手套的男子打破阳台门窗进来。他们扭打起来，嫌犯用一条手臂箍住赛斯的胸部，用一支注射器刺进他的脖子。他昏了过去，醒来时就身在地下室了。那名男子从背包里拿出一把刺青枪。

萨克斯向他展示了一张美国老鹰刺青机的图片。

"对，看起来就是这把。看见我醒来，他气极了，又给了我一针。但他突然停了下来，歪着头听着什么。我看见他耳朵里有个耳机，像是有人在警示他。"

萨克斯皱了一下脸。"还没有证据显示他有同伙，也许是警方通讯电台。"

只要 59.99 美元，现在下单，还可以附赠你最喜欢的警局频率清单。

"然后他把所有东西都塞进背包里，跑了。接着，我就又昏过去了。”

萨克斯又询问了嫌犯的外貌特征，结果跟她意料中的一样：“白人男性，大约三十岁，我估计。还看见他是深色头发，圆脸，浅色眼睛，蓝色或者灰色。那颜色有点怪异，但我也没看清多少，他戴着黄色半透明的面罩。”他的声音越来越低，“我快吓死了，还有个刺青，在他……对了，在他左胳膊上。红色的，一条长了腿的蛇。”

“是蜈蚣吗？”

“可能是，有一张人脸，极其诡异。”他闭上了眼睛，打了个寒战。

萨克斯把根据哈莉特·斯坦顿的口述绘制的画像展示给他看。赛斯看了一会儿，却只是摇头。“可能是——就是这样的圆脸，眼睛也一样，但我不确定。我一直努力回想他穿了什么，但什么都想不起来。我想是深色的吧，但也可能是橘色的扎染衣服。我知道的就这么多了。看到那个面罩和刺青，我都快吓死了。”

“想不通吧？”萨克斯苦笑着。

“我最好给我父母打个电话，他们可能已经听说了，我得报个平安。”

“那当然。”

赛斯颤抖着手打电话时，萨克斯给莱姆打了电话，详细地跟他汇报了一遍。“夏安在勘查现场。”

“很好。”

“半小时内她会跟你汇报。”

莱姆挂断了。

赛斯按着左手腕包扎的绷带，皱了皱脸。他的手腕撞伤了，还被手铐划了一道口子。

“他到底想干什么啊，阿米莉亚？为什么要袭击我？”

“我们还不确定，多年前林肯和我调查过一个嫌犯，那是我们合作的第一个案子。可能他在模仿那个人。”

“哦，帕米拉跟我说过。集骨者，对吗？”

“就是他。”

“连环杀手？”

“严格来说，还不算。如果凶手是男性的话，连环杀人案通常是带有施虐性质的性犯罪。但集骨者不是这样，这次的嫌犯也不是。集骨者痴迷于人骨，而这位则痴迷于人皮。在此之前，我们几次阻止了他的作案计划，他就开始针对我们了。他一定是发现帕米拉和我关系很密切，就开始追踪她。你只是运气不好，在错误的时间出现在了这里。”

“幸好是我，不是帕米拉。我——”

“赛斯！”

公寓楼的前门猛地被打开，帕米拉气喘吁吁地冲了进来。赛斯还没站好，帕米拉就冲进了他的怀里，撞得他踉跄了一步，差点摔倒。

“你还好吗？”

“应该没事吧。”他低声说，“就是有点撞伤，还有点擦伤。”赛斯茫然而惊慌地看了她一眼。看上去，他正竭力不为受到袭击而怪罪她。帕米拉注意到了他的神情，擦擦眼泪，把粘在泛红面颊上的发丝向后拨开。

萨克斯的一只手搂住了帕米拉，随即感觉到她浑身紧绷起来，就放开手，退开了。

“到底发生了什么事？”帕米拉问道。

萨克斯对她解释了来龙去脉，没有省略任何细节。帕米拉经历过那样艰难凶险的人生，这种事她承受得了。

然而，她听的时候还是一脸紧张和担忧，眼神中充满了责备，好像凶手跑来这里都是萨克斯的错。萨克斯一根手指的指甲用力掐着大拇指。

夏安·爱德华兹出现在门口，还穿着防护服，但已经摘掉了口罩和防护面罩。她用推车推着一只牛奶板条箱，里面装着十来个塑料袋和纸袋。

“夏安，情况怎么样？”

夏安皱了皱脸，对萨克斯说道：“总得先救他的命，对吧？我是说，那个储藏室的外来者可太多了，算是我碰到过污染最严重的现场了。”她笑了笑，冲赛斯眨了眨眼“可以粘一下你身上吗？”

“什么我身上？”

“嫌犯碰过你，对吧？”

“是啊，他给我注射那个鬼东西的时候，抱着我的胸部。”

爱德华兹拿出一个黏性滚筒，在赛斯指示的地方滚了一遍。随后她封存起胶带，一边走向刑侦组的快速反应车，一边喊道：“我把这些给林肯送去。”

萨克斯对帕米拉说：“你不能留在这儿了，我想你应该住到林肯家去。你先收拾行李，我会派人在这里守卫。”

帕米拉看了看赛斯，她没有说出口的问题是：我可以住到你家去吗？

他沉默着。

萨克斯说：“另外，赛斯，你最好住到朋友家或者父母家。他可能也有你家住址。你是目击证人，也有危险。”这纯粹是公事公办，并不是存心要分开这对罗密欧与朱丽叶。但帕米拉狠狠瞪了萨克斯一眼，那表情像是在说：我知道你打的什么主意。

赛斯没有看帕米拉，开口说道："我在广告公司有几个朋友，住在切尔西，我可以住他们那儿。"萨克斯看得出来，尽管有所掩饰，他还是流露出了对帕米拉的责备。

"希望不用太久。"萨克斯说道。接着她问帕米拉，"那你要搬来林肯家吗？"

她失望地看着赛斯，轻声说："那我还是跟家人住吧。"

帕米拉指的是抚养她长大的养父母，奥利凡蒂夫妇。

这个选择没错。但萨克斯还是感到嫉妒。因为她言语中流露出的责备，以及她使用的字眼。

我的家人。

这其中不包括你。

"我开车送你。"萨克斯说道。

"我们也可以坐地铁。"帕米拉看着赛斯。

"他们要我先去医院。"赛斯说道，"我想还要做一些检查，之后我就住到切尔西朋友家里了。"

"那，我可以陪你。至少陪你去医院。"

"不用了，发生了这些……我想冷静一下。一个人静静，你懂吗？"

"当然，我懂。如果你想这样的话。"

他一瘸一拐地走进她的公寓，拿起外套和电脑包，然后又出来了。他轻描淡写地抱了抱帕米拉，穿上外套，拿着电脑包走向了外面的急救人员，一起上了救护车。

"帕米拉——"萨克斯呼唤道。

"别说了，什么都别说了。"帕米拉吼道。她掏出手机，给她的“家人”打了个电话，让他们来接。随后就进了屋。萨克斯让一名警员留在这里看守，直到奥利凡蒂夫妇来接她。那个警员答应了。

然后她的手机响了。她看了一眼，是林肯·莱姆。她接了电话，说：“我这边结束了，我会——”

莱姆冷冰冰的声音打断了她：“他又害人了，萨克斯。”

哦，不。“是谁？”

“朗·塞利托。”

43

林肯·莱姆一路畅行无阻地进入了亨特大学医学中心的特护病房。不久前，朗·塞利托被送进了这里。这里到处都是无障碍设施。当然了，医院总是得方便坐轮椅的人出入。

“啊，林肯，阿米莉亚。”塞利托多年的女友瑞秋·帕克跟他们打招呼，她站起来握了握林肯的手，又跟萨克斯拥抱了一下。她又转向托马斯，也抱了抱他。

瑞秋是个潇洒而健美的女性，只是现在已经哭红了脸。她又坐回特护病房外橘色的玻璃纤维椅子上。这间等候室里空荡荡的，只有两台自动售货机，一台贩卖汽水，一台放满了透明玻璃纸包装的各种咸甜零食。

“他怎么样了？”萨克斯问道。

“医生说还不知道，他们什么都不知道。”瑞秋又哭了起来，“他回到家，说得了流感，想睡一会儿。我要出门上班时，他看起来脸色不太好。我出门之后就觉得不对。不，不对，那不是流感，肯定出事了。”瑞秋是个护士，曾在创伤病房工作过。“我赶回去的时候，发现他又抽搐又呕吐。我帮他清理了呼吸道，打了911。急救人员说看起来像是中毒，问我他之前吃了或者喝了什么。他们觉得像食物中毒。但肯定不是，你们看到就知道了。”

“萨克斯，把你的警徽给他们看。去跟他们说朗正在办一个案子，涉及毒芹素、河豚毒素、浓缩尼古丁，还有一种含有阿托品、莨菪碱和东莨菪碱混合物。啊，还有次氯酸。也许能帮得上他们。”

萨克斯记了下来，走向护士站，把这些信息转告医护人员，然后回来了。

“他遭到袭击了吗？被刺青了吗？”莱姆问道，然后又解释了一遍嫌犯的作案手法。

“没有，他一定是吃进去的。”瑞秋一边说，一边抚平一头乱糟糟的褐色头发，里面夹杂着一些灰色发丝，“来医院的路上，他曾短暂地清醒过。当时他神志不太清醒，但看我的时候，好像还认得我。他的眼睛一直聚焦又失焦。而且疼痛好像非常剧烈！我想他甚至可能咬碎了一颗牙，他的牙关咬得很紧。”她叹了口气，“他说了两件事。第一，他吃过一个贝果面包，加了鲑鱼和奶酪。在曼哈顿下城的一家食品店买的。”

“应该不是在这种公众场合被下毒的。”莱姆说道。

“我也这么想，他还说了另一件事。”

“什么事？”萨克斯问。

“他说了你的名字，阿米莉亚。然后说‘咖啡’。这是什么意思？”

“咖啡。”萨克斯皱起了脸，“我想起来了，在贝维迪尔的现场，有个消防员拿着咖啡分给大家。他也递给了我们。朗拿了一杯，我没拿。”

“消防员？”莱姆问道。

“不。”萨克斯沉重地说，“那是不明嫌犯 11–5，穿着消防员的制服。该死的！他就在我们面前，肯定就是他，我记得他递咖啡的时候戴着手套。上帝啊，他就在我一米开外。当然了，他还戴着一个防毒面具。”

“打断一下。”一个声音从身后传来。

这位医生是个高瘦的印度裔男子，有着浅褐色的皮肤和动个不停的手指。他眨眨眼睛，看到萨克斯右臀的手枪，又看到她左臀的警徽。接着又视若无睹地瞥了一眼莱姆的轮椅。

“塞利托太太？”

瑞秋走上前去。“是帕克，帕克女士。我是朗的女朋友。”

“我叫什里·哈拉迪，这里的毒物科主任。”

“他怎么样了？”

“嗯，已经稳定下来了。但我得告诉你，他的情况不妙。他中的毒是砷。”

瑞秋流露出痛苦的神色。萨克斯伸手搂住了她。

砷是一种化学元素，属于类金属，兼具金属和非金属的特性，跟锑和硼一样。而且，砷的毒性非常强。莱姆心想，他们的嫌犯涉猎范围已经从植物类毒物进入了一个完全不同的领域——元素性毒物。虽然并不意味着更危险，但却因为有广泛的商业用途，所以更容易获得。不用自己萃取或浓缩，就可以轻易买到足以致命的剂量。

“我看到这里有警察在场。”现在，他开始对莱姆的轮椅产生了一些兴趣，“啊，我听说过你。你是莱姆斯先生。”

“是莱姆。”

“我听说塞利托先生也是一名警官，是你提供了那些可能毒物的清单吗？”

“是的。”萨克斯说道。

“谢谢你们，但我们很快就确认是砷。现在，我必须告诉你们，他的情况很危急。摄入的剂量太高了。受到损伤的器官包括肺、肾脏、肝和皮肤，而且他指甲的色素沉着也开始改变。也就是一般所说的白甲症。这可不是个好迹象。”

“是无机三价砷吗？”

“是的。”

三价砷是所有毒物中最危险的。莱姆对此很熟悉。他经手过两个用三价砷下毒的案子，两个案子的真凶都是被害者的伴侣——一个是丈夫，一个是妻子。

他还办过三个疑似用砷下毒的案子，但真相却是意外。砷有时会出现在地下水里，尤其是在压裂的地方——利用高压把岩石层压裂，以便开采石油或天然气。

实际上，纵观历史，尽管有很多砷中毒者是被蓄意谋杀，像是美第奇家族的弗朗西斯科一世、托斯卡纳大公，还有更多砷中毒的人纯粹是出于意外，比如拿破仑，可能就是在他被流放的圣赫勒拿岛上吸入了房间壁纸中的砷；拉丁美洲的革命英雄西蒙·玻利瓦尔，是因为南美洲的饮水；而二十世纪五十年代的美国驻意大利大使，则是因为宅邸内剥落的油漆。而疯王乔治之所以发疯，也可能是砷中毒导致的。

“我们可以去看看他吗？”萨克斯问道。

“恐怕现在不行，他还在昏迷，等到他醒了，护士会通知你们。”

莱姆注意到医生说的是“等到”，而并不是“如果”。他很替瑞秋感激他的好心。

医生活动着双手问道：“你们认为有人蓄意下毒吗？”

“是的。”

“哦，天哪。”

这时候他的手机响了。他不再说什么，离开去接电话了。

44

一八一八年十月，一位面孔棱角分明、眼神犀利、颇有魅力的女性死于印第安纳州斯潘塞县，年仅三十四岁。

南希·林肯的死因存疑——也许是结核，也许是癌症。不过人们普遍认为，她因牛奶病而死。在十九世纪，牛奶病曾夺去数千条人命。虽然死因不明，南希之死倒是留下了一条记载：她当时十九岁的儿子亚伯拉罕，未来的美国总统，帮着父亲给她打了棺材。

牛奶病困扰医学界人士多年，直到真凶佩兰毒素浮出水面。这是一种毒性极强的醇类，奶牛食用的牧草中如果混入白蛇根，牛奶就会被这种毒素污染。

白蛇根是一种平平无奇的草本植物，很少有人用它装点花园，因此比利·海文并不喜欢用它来当素描对象。但他喜欢白蛇根有毒这一特性。

哪怕是极小的剂量也可以致命。

比利低着头穿行于中央公园的西侧。他戴着一顶嬉皮士风格的棕色短边软呢帽，身着一件长款黑雨衣，戴着手套的手上拿着一只公文包。虽然他的装扮已经和之前袭击案中的地下人截然不同，但他还是为了避开地铁里的监控摄像头，特意在哈林区艰难跋涉了一阵。

没错，他以前都选择佩兰毒素当武器，但接下来的这次袭击不需要刺青，所以他把工具都留在了运河街的工作室里。今天这种情形让他不得不使用另一种下毒方式，但效果会一样令人满意。

比利心情很不错。没错，之前那几次袭击就一直都让他很有满足感。可不，把毒素打进受害人的身体，找到那根正确的血管，精心用衬线体刻下这几个古老的英文字母：

比利的身体修改作品

那种愉悦，就像是完成工作或打扫完家务时的感觉。

但他接下来要干的这单会带来一种属于完全不同层次的愉悦。

比利轻手轻脚地走出公园，仔细观察了一下大街，看到往市中心的方向和路口都没人注意到他，也没有警察在巡逻，便继续往南，朝着目标而去。

没错，这一单不同以往。

就说一点吧，这次不用留下任何线索，只用佩兰毒素，没有伤疤，没有刺青，也没有身体修改。

而且，他也无意杀死受害者。死亡只会消弭这一身体修改的不同凡响之处。不，他要精准发挥毒素的作用，让受害者慢慢地衰弱下去。

只不过，这个人的生活将不复以往。若不使用致死剂量，白蛇根毒素会产生一些症状，其中最可怕的便是谵妄与痴呆。即将被他下毒的那个男人不会死去，却会在疯癫中度过漫长余生。

即便如此，比利还是不无遗憾：这位受害者无法感受到白蛇根毒带来的极度恶心和痛楚，林肯·莱姆脖子以下的身体都没有知觉。虽然呕吐、抽搐和其他症状也会让他不好受，但只有神经系统健全的人才能体会到那种恐怖的痛苦。

比利转而向西穿过一个十字路口，走进一家灯火通明的中餐馆，油香和蒜香扑面而来。他走进厕所，在一个隔间里脱掉帽子和大衣，穿上了工作服。

走出餐厅前，比利特地观察了一番，不管是食客还是工作人员都没注意到他。他穿过大街，走进一条死胡同。这条死胡同正连着林肯 · 莱姆公寓的后门。

胡同里有股刺鼻的气味。他仔细闻了闻，还挺像那家中餐厅的味道，不过还算干净。地面铺着年代久远的鹅卵石，有几处打着沥青补丁，点缀着雪泥和冰碴。紧靠着砖墙，整整齐齐站着一溜大垃圾桶。这条胡同似乎连着一座大型公寓楼和几栋联排别墅的后门，其中就有林肯 · 莱姆那栋。

眼看莱姆家的后门口安着一个摄像头，他假冒电工的把戏派上了用场。

他猫着腰钻进一只垃圾桶背面，假装检查电线导管哪里出了问题，就这样躲过摄像头，来到后门前。他从牙刷盒里掏出那支装着毒素的注射器，小心地把它装进口袋。

佩兰毒素是一种质地清澈的醇类，只消一瞬间就能溶解在单一麦芽威士忌里。根据比利做的功课，这是莱姆最爱的饮品。这种毒素也没有任何味道。

比利手心发潮，心脏狂跳。

据他所知，这个屋子里现在可能有十位荷枪实弹的警官正在和莱姆开会。警报白天不会开着，但他很有可能在合上酒瓶盖子的时候被抓个现行。

当场被毙也未可知。

但是要完成那不同凡响的身体修改，自然就要冒险。至关重要的任务向来如此。定下心，上吧。比利掏出一支预付费、无法追踪的手机，拨通一个号码。

电话一下子就接通了："警局消防局，您什么情况？"

"有一个拿枪的人，在中央公园！他在袭击一个女人。"

"先生，您在哪里？"

"他有枪！他要强奸她！"

"好的先生，您在哪儿，具体位置在哪里？"

"中央公园西路，这是……我不知道，这是……哦哦，中央公园西路三百五十号前面。"

"有人受伤吗？"

"应该有，天啊！请赶紧派人过来。"

"那个男人长什么样？"

"皮肤很黑，三十多岁。"

"您叫什么名字——？"

挂断。

大约过了六十秒，他听到了警笛声。他知道中央公园这里的二十区分局就在附近。

更多警笛声。

他估计有几十辆警车。

等警笛声更大，屋里所有人应该都顾不上看监控的时候，比利把心一横，走向莱姆家的后门。一进门，他停下脚步，四顾无人，便开始对付门锁。

过后，警察可能会看监控录像。如果真录了的话，他们会看到这位闯入者，但只会看见一个低着头的模糊身影。

而那时候，就已经太晚了。

45

“到底出了什么事？”莱姆吼道。

他和梅尔·库柏站在别墅的前厅里，大门开着。罗恩·普拉斯基也走了过去，三人一起朝街上张望着。街上挤满了警车，还有两辆紧急勤务车和两辆救护车。

蓝光，白光和红光急促地闪烁。

库柏和普拉斯基的手都按在身侧的枪边。

托马斯在楼上，可能正从卧室窗户往外看。

五分钟前，莱姆就听见窗外警笛声越来越大，急救车一辆接一辆地呼啸而过。他本以为它们只是途经中央公园西路，但并非如此。车辆在向北第二个门口急刹车停住，刺耳的警笛继续响了一阵，然后陆续沉寂下来。

莱姆边向外张望边说：“梅尔，给总部打电话问问。”

他本以为这件事和他有关，也许不明嫌犯对他的别墅发起了正面攻击。但他很快发现，公园本身才是焦点，而且也没有哪个参与行动的警官接近他的住宅。

库柏和一个调度中心的人聊了一会，挂断了电话。

“公园内有袭击案，深色皮肤男性，三十多岁，可能意图强奸。”

“这样啊。”他们又观望了三四分钟。莱姆观察了一下公园，但是冻雨又下大了，只能看到一片迷雾。强奸？他知道性欲比对金钱的渴望更加冲动，也更加强烈。但是谁能在这种鬼天气里冲动？

他设想自己也在犯罪现场，雨夹雪的天气里，估计很难寻找证据。

这时候就该朗·塞利托上场了。一般需要请莱姆出马的时候，都是他代表纽约市警察局联络莱姆。不过这位警探目前还躺在重症病房里，昏迷不醒。

莱姆把这桩强奸案——或者说意图强奸案，抛到了脑后。他，普拉斯基和库柏回到了实验室。此前，他们一直在那里分析夏安·爱德华兹警探提交的证据，就是那些在帕米拉·威洛比家的犯罪现场发现的。

证据不多，不过那名嫌犯走得匆忙，忘记带走给赛斯注射用的针头，还有一小瓶他本来要用在这个年轻人身上的毒药。这种物质提取自白类叶麻属浆果，又叫娃娃眼，因为这种浆果很像人的眼珠，非常怪异。库柏解释道，这种毒素可以造成心源性损伤，简单来说，就是让心脏停止跳动。在他们这位不明嫌犯使用的所有毒素里，这算是最人道的一种了，直接毙命，不会攻击胃肠道和肾脏系统而造成痛苦。

莱姆注意到，罗恩·普拉斯基正低着头看手机。他的面孔映着微弱的蓝光。

读消息还是看时间？莱姆猜测。现在越来越多人把手机当手表用了。

普拉斯基收起手机，对莱姆说：“我得走了。”

这么说，是看时间，不是短信。

罗恩·普拉斯基在殡仪馆的卧底任务要开始了：要去看看是谁来领走“钟表匠”的骨灰，以及可能——仅仅是可能，可以多了解一些这位神秘的罪犯。

“都准备好啦？准备好做谢皮科[①]了？准备好做吉尔古德[②]了吗？”

“他以前是警察吗？还有，等等，谢皮科不是脸部中枪了吗？”

莱姆和普拉斯基那天早上花了不少时间编了一个卧底身份，在殡仪馆负责人以及来领取骨灰的人听来都说得通。

莱姆从没做过卧底，但他知道这一行的原则：化繁为简，过犹不及。也就是说，对于你扮演的角色，要做足功课，方方面面都要了解到。但出场面对罪犯的时候，戏要越少越好。在坏蛋面前横生枝节只会让自己露馅。

所以他和普拉斯基给斯坦·瓦尔西亚编制了一份履历，令他与“钟表匠”的关系看起来真实可信。莱姆看着他一整天在实验室里走来走去，背诵他们编好的情况。“出生在布鲁克林，开一家进出口公司，因为内幕交易接受调查，由于与一场银行诈骗有关而遭到质询，离异，熟悉武器，受雇于“钟表匠”的一位合伙人运送几个集装箱出境，不，我不能透露他的名字，不，我不知道集装箱里装的是什么。再来一遍：出生于布鲁克林，开一家进出口……”

这会儿，普拉斯基正穿着外套。莱姆说：“菜鸟，别总想着要破解“钟表匠”的身份谜团，也别想着这是我们唯一的机会。”

“呃，好。”

①弗兰克·谢皮科，阿尔·帕西诺在一九七三年警匪片《谢皮科》中扮演的卧底警察。
②约翰·吉尔古德，英国著名演员，以出演莎士比亚戏剧闻名。

“如果你搞砸了，我们就永远没机会了，千万别这么想，把它忘个一干二净。”

“我……”巡警的脸放松下来，“你故意的，是不是，林肯？”

莱姆笑了：“你没问题的。”

普拉斯基轻笑了一下，走进门厅。过了一会儿，众人听到门口传来一阵风声，接着门锁合上了。他走了。只留下一片沉寂。

莱姆转头去看那箱证物，那是不明嫌犯袭击了赛斯之后，爱德华兹警探从帕米拉的公寓里搜集来的。但他的视线越过了一袋袋证物。

哎呀，那是什么？

奇迹降临。

他的视线落在后面的架子上，架子上放着法医学书籍、一堆专业期刊、一架密度梯度仪，还有……他的单一麦芽威士忌。那瓶格兰杰就放在触手可及的地方。托马斯通常把它藏在更高层的架子上，让莱姆够不着，就好像把糖藏在小孩子够不到的地方一样，这一点经常把莱姆气疯。

不过，看来鸡妈妈也有疏忽大意的时候。

他暂且抵御住了诱惑，把心思挪回到检查台上，那里排列着帕米拉家和地下储藏室里的证物，还有赛斯的衣物。他和库柏花了半小时一件件过目——总共也没几件。当然，没有指纹；有几根纤维，一两根头发，虽然有可能是帕米拉或者她某个朋友的。甚至有可能是阿米莉亚·萨克斯的，她经常去帕米拉家。也有微物证迹，但几乎都是和之前现场相似的痕迹。只有一样新发现的物质：在赛斯的衬衣上、不明嫌犯曾经抓着的地方发现了一些纤维。纤维来自建筑或者工程图纸。它们必然是嫌犯11–5带来的，因为赛斯是广告公司的自由撰稿人，平时用不到这类图纸。而帕米拉就更没有理由接触到了。

梅尔·库柏填了一张新的证物表，加上了新的证迹、注射器、现场照片，还有鞋套留下的脚印。

莱姆瞥了一眼稀稀拉拉的内容，很不高兴，没有任何想法。

他驾驶轮椅朝架子而去，心里想着泥煤味和威士忌的口感，浓郁但不会有太重的烟熏味。他望了一眼厨房，托马斯正在干活儿，又看了一眼库柏，他正检查现场证据。莱姆轻而易举就把酒瓶从架子上拿了下来，放在两腿之间。水晶杯子就没那么容易了，要十分小心地拎起来，放在架子上，能倒进酒的地方。

他转头对付酒瓶，通过精密的计算和操控，拔出软木塞，把酒倒进了杯中。

一指高，两指高，好吧，倒三指吧。

今天过得不容易。

酒瓶安全地回到原位，他把轮椅调了个头，回到实验室中间。

“我什么都没看到。”库柏背对着他说。

“反正目击者的话也没人信，梅尔。”他来到证物表跟前，停了下来。

酒一滴没洒。

46

阿米莉亚·萨克斯坐在中城的一家咖啡馆里，这是一家传统的熟食店，现在已经越来越少见了。眼下流行的都是那些顶着假外国名字的企业连锁咖啡厅。而在这里，你看见的是半新不旧的菜单、来自地中海国家的员工、摇摇晃晃的椅子——还有几公里内最棒的家常饭菜。

烦躁。她用大拇指掐着一根手指，但注意没掐破。这是个坏习惯，停不下来。这件事，她能控制；别的事，不行。

那么阻止帕米拉对赛斯的依赖呢？她可以吗？

萨克斯给女孩留了两条语音信息。已经是她的极限了，她下了决心。但还是又打了一次电话。响到第三声的时候，帕米拉接了电话。萨克斯问她，赛斯遇袭后怎么样了。她说："医院的医生说他没事，都没让他住院。"

显然，他没之前那么生气了，至少两个人现在说话了。

"你呢？"

"还行。"

又是沉默。

萨克斯象征性地叹了口气，问她能不能一起喝个咖啡。

帕米拉犹豫了一下，还是同意了，她说反正要上班。她提议来剧院对面的这家熟食店。

为了不让自己继续掐手指，萨克斯玩起了手机。

集皮者……

她该怎么和帕米拉说，才能让这个年轻的女孩不要辍学，不要去环游世界？

好了，等一下，你不能把她当成小女孩。当然不行。她十九岁了，经历过绑架和谋杀未遂，还反抗过民兵组织。她有权选择，也有权犯错。

何况，萨克斯问自己，帕米拉的决定又能算是错误吗？

她有什么资格来评判？

看看她自己的恋爱史。高中对她而言，和所有人一样，就是在懵懂中经历一段又一段激情洋溢却不得善终的恋情。紧接着她就进入了时尚界。身为高挑又漂亮的模特，萨克斯不得不采取“来者皆拒”的方针。其实还挺可惜的，因为有几位在拍摄片场或者广告公司策划会上遇见的男性可能还挺不错的。但是追求者之众，他们简直可以忽略不计。还不如一律拒绝，然后躲进车库调试引擎，或者去赛车场上与她的科迈罗 SS 共同驰骋。

加入纽约市警局之后，也没好多少。受够了同僚们的不断邀约、荤段子、轻佻的眼神和态度之后，她又做回了性冷淡者。纷纷遭遇拒绝之后，男警官们明白了，原来问题在这里——她是同性恋。难得她长得这么漂亮，太他妈可惜了。

然后她遇到了尼克。人生中第一位真爱，爱得全心全意，爱得心力交瘁，爱得圆满无缺，用多少表达极致的形容词都不为过。

结果呢，尼克却背叛了她。

不是常见的情爱上的背叛，那样的话萨克斯可能还好过些。

尼克是个腐败的警察，为了一己私欲伤害他人。

与林肯·莱姆的相遇挽救了她，既挽救了她的事业，也挽救了她的个人生活。不过这段关系显然也很另类。

不，以萨克斯的过往和经验，她完全没有资格教训帕米拉。但是，就好像她没法开慢车，没法在破门进入罪案现场前犹豫一样，她也没法不说出自己的想法。

假定那个年轻女孩……那个年轻女人真的会来的话。

她真的来了，终于。迟到了十五分钟。

萨克斯闭口不提迟到的事，只是站起来，给了她一个拥抱。

帕米拉倒没有躲开，不过萨克斯能感觉到她的肩膀一阵僵硬，也注意到这位年轻女子并没有脱掉大衣，只是扯下了针织帽，理了理头发。手套也摘了。不过她的意思很明显：我很快就走，不管你想干吗。

她也没露出笑容。帕米拉笑起来很美，萨克斯特别爱看她笑得脸皱起来、眼睛弯弯的模样。但此时此刻，没有笑容。

“奥利凡蒂家怎么样了？”

“挺好。霍华德给孩子们买了一只新的小狗，陪杰克逊玩。玛乔莉瘦了快五公斤。”

“我知道她在减肥，超级努力。”

“是，”帕米拉看着菜单说。萨克斯知道她什么也不会点，“朗还好吗？”

“还在重症监护室，没有意识。”

“唉，太糟了。”帕米拉说，“我会给瑞秋打个电话。”

“她肯定很高兴。”

年轻女子抬起头：“阿米莉亚，我想和你说件事。”

好事还是坏事？

“对不起，我说了那些话，关于你和我母亲的。那样说不公平。”

萨克斯倒没觉得那些话很伤人。很明显，只是些气头上脱口而出、想让对方闭嘴的话而已。她举起一只手：“没关系的，你当时很生气。”

帕米拉点点头，确实，当时她很生气。而她的眼神告诉萨克斯，她的气到现在都没消，虽然她刚道了歉。

她们周围坐着许多情侣和家庭，父母带着大大小小的孩子，裹着臃肿的毛衣和绒衣，面前摆着咖啡、热巧克力、热汤和烤奶酪三明治，他们聊天、大笑或者窃窃私语。一切看着都那么正常，跟她和帕米拉这桌的尴尬场面像是两个世界。

“但我得告诉你，阿米莉亚。我没有改主意。我们再过一个月就走。”

“一个月？”

“学期结束就走，”帕米拉不给她任何时间争论，“阿米莉亚，别说了。这是好事，是我们的计划。我很开心。”

“我只是希望你以后不会不开心。”

“反正我们走定了，离开这里，第一站去印度，都定好了。”

萨克斯甚至都不清楚帕米拉有没有护照。“你看，”她举起双手，这个姿态透着绝望，她又把手放下了，“你确定你想就这么……打乱自己的生活吗？我真觉得这样不好。”

“你管不了我。”

“我不是要管你，我总能给我爱的人提点建议吧。”

“而且我不能拒绝，”冷漠的征兆，“我觉得我们最好停止联系一段时间。这一切都……我很不开心。而且很明显，我也把你气坏了。”

“没有，一点都没有。”她伸手去抓帕米拉的手，但女孩提前把手抽走了，“我担心你。”

“你不用担心。”

“我真的担心。”

“因为你觉得我是个小孩子。”

那是因为你做事就像个小孩子啊。

但萨克斯克制了一下自己。接着，她想：肉搏时刻。

“你小时候的经历很艰难，你很……脆弱，我只能想到这个词。”

“哦，又来了？我很天真？我很蠢？”

“当然不是，但你真的不容易。”

帕米拉的母亲精心策划了那场恐怖袭击之后，母女二人逃离纽约，转入地下，在密苏里州圣路易斯市西北的拉奇伍德，加入了一个民兵和“他们的女人”小团伙。帕米拉的人生自此暗无天日——被灌输白人至上主义思想，若有不敬行为，就要在公共场合脱裤子、挨鞭子。在民兵的家庭学校里，男孩们学习种田、田产买卖和盖房子，帕米拉作为女孩，只能学做饭和缝纫，再教给更小的女孩。

她的成长期都是在那里度过的，虽然艰难，却一直意志坚定地反抗极右翼原教旨主义的民兵组织。到了上中学的年纪，她会偷偷溜出根据地，去买“邪恶书刊”《哈利·波特》《指环王》和《纽约时报》。她也不愿接受强加给其他很多女孩的命运。当一位外行传教士要摸她的胸，看看“你的心脏是不是为耶稣而跳”时，她嘴上没说，但挥起美工刀在那人的手臂上狠狠划了一道。这把美工刀她现在还时常带在身上。

“我和你说过，那都是过去的事了，结束了，没有关系。”

“有关系的，帕米拉。那几年你过得很苦，它会影响你，你自己可能都感觉不到。你需要时间化解它，你也需要告诉赛斯你在地下生活的那些日子。”

“不，我不需要，我什么也不用做。”

萨克斯心平气和地说：“我想，你遇上了第一个谈正常恋爱的机会，就一把抓住了。你渴望这样的机会，我理解。”

“你理解，真是难为你了。在你看来我真是走投无路了。我告诉你，我不要和他结婚，也不想和他生孩子。我只想和我爱的人一起旅行，这他妈有什么大不了的？”

完全走偏了，我怎么没把握住局面？这和她们那天的对话一模一样，只是更不愉快。

帕米拉重新戴上帽子，站了起来。

“拜托，再等一下，”萨克斯飞速思考，“我就再多说一句，拜托了。”

帕米拉不耐烦地重重坐了回去。女招待走了过来，她挥挥手把她赶走了。

萨克斯说：“我们能不能——”

但她没来得及和年轻姑娘说完她的请求，因为她的手机响了。梅尔·库柏发来一条短信，请她立刻回莱姆的别墅，越快越好。

其实，她注意到，那不能算是请求。

信息标题里写着“紧急情况”的时候，根本不能算请求。

47

阿米莉亚·萨克斯穿着防护服、戴着手套，把莱姆家的后门检查了一遍，发现：这个浑蛋会开锁。

不明嫌犯 11–5 几乎没有留下一丝一毫的撬痕，就打开门潜入了这座房子，在莱姆书架上的一瓶威士忌里下了毒，然后又不动声色地放在莱姆拿得到的地方。对于嫌犯在非法潜入民宅方面展现出的才华，萨克斯并不意外。他是个刺青高手，他的手肯定非常灵巧。

外面还是一片凄风苦雨。这种时候，那条死胡同和后门附近的证据肯定都被冲刷得一干二净。而本应在进门之后留下脚印的地方，萨克斯也只发现了鞋套的印记。

现在回想起来，嫌犯 11–5 发动这次袭击的过程就很清楚了：他先报了假警，声称莱姆家旁边的中央公园里有人意图强奸。趁着莱姆和其他人聚集在前门看外面的情况时，不明嫌犯就从后门撬锁进来，找到一瓶开过瓶的威士忌，往里面倒了点毒药，然后又悄悄溜走了。

萨克斯沿着嫌犯的路线走格子，从后门的台阶进入厨房，经过走廊到客厅。莱姆家安装有警报系统，但屋里来的人多时就会关掉，比如说现在。前门和后门也都安装有监控摄像头，但只有实时监控功能，不能录像。

萨克斯有种被侵犯的感觉。有个人隐秘而灵巧地闯入了他们的城堡，带来致命的威胁。托马斯已经在安排人换掉门锁，而且前后两扇门都会加上防盗栓。但是一旦有人闯入过你的领地，你就再也无法免于对这种事再度上演的担心。

最后她走进客厅，把装袋的证物交给梅尔·库柏。

林肯·莱姆把轮椅从证物检查台前转过来，问道：“怎么样？有发现吗？”

“不多。”萨克斯说道，“一点也不多。”

莱姆对此毫不意外。

因为这是嫌犯 11–5。

萨克斯仔细端详着他，仿佛他真的一不小心喝下了毒酒。

又或者，她只是因为嫌犯闯入家门、在酒里下毒，然后又安然离去而感到不安。

天晓得莱姆本人更加不安。不，应该说是恼怒——恼怒于自己没有推断出威士忌被动了手脚。事后回想起来，他应该预料到的。因为托马斯绝对不可能把一瓶几乎全满的烈酒放在莱姆触手可及的地方。况且朗·塞利托和赛斯·马克奎恩都遭受了攻击，而他的家门外又恰巧发生了一起警方行动，完全转移了他们的注意力。所以，没错，莱姆应该猜到才对。

但是，幸好，一个打给 911 的报警电话救了他。街对面有个路人看见有人在莱姆家后面的死胡同逗留，口袋里还装着一支皮下注射器。“看起来很可疑。”这个好心人说道，“像是毒品，也可能是要入室行凶。”

调度员打给了莱姆，而他立刻就意识到，那瓶放错了位置的格兰杰威士忌就是白雪公主的毒苹果。

他看了看手中的玻璃杯，心想，只要耽误片刻，自己就会在痛苦中死去。虽然可能他的家人朋友会比他更痛苦，因为他大部分身体都感受不到这种毒药带来的剧烈疼痛。

但他很快将这片死亡的阴影抛诸脑后，因为多年来，死亡对来他说其实不啻一种解脱。无论是自杀，还是别的形式。而且他因为瘫痪而得了许多并发症，让他随时都有可能一命呜呼：比如自主神经反射异常，或是败血症。

所以，想毒害他？对他来说其实是个好消息。因为这意味着更多新的证物，可以引导他们找到那位集骨者的精神追随者。

48

哪里不大对劲。

罗恩·普拉斯基没听说要给理查德·罗根举办追悼会。

但显然情况有变。

他去了位于百老汇大道和九十六街路口的博考维茨殡仪馆，按照指示找到这个房间，发现里面站着六个人。

他没进去，只是站在走廊上朝房间里张望。他心想：作为一个生面孔，想要混进六个相互认识的人中间可不容易。他们中的某个人，或者所有人都有充分的理由怀疑你是个闯入者，然后开枪把你干掉。

还有这个地方的名字！二十世纪七十年代还是八十年代来着，那个连环杀手"山姆之子"不就是姓博考维茨？

不是个好兆头。

尽管罗恩·普拉斯基尽量想要像林肯·莱姆那样，不去迷信什么征兆，但他很难做到。

他往前走去。停下脚步。

这两天，普拉斯基花了很大力气让自己适应现在这个卧底身份。他本是个街头巡警——他和他的双胞胎兄弟过去总把这句话挂在嘴边。他的兄弟也是巡警。他回想着过去他们一起编出来的那首糟糕的即兴说唱曲：

街警，巡警，开罚单给你，就放你回去。

或者告知你，应有的权利，然后逮捕你……

送去莱克斯，岛上的监狱，就在东河里。

他对怎么掩人耳目一窍不通——弗雷德·德尔瑞那样的人才精于此道。他是个高高瘦瘦的非裔FBI探员，什么都能演：加勒比毒贩、查尔斯·泰勒那样的军阀、五百强企业的CEO。

他简直是个天生的演员。嗓音、姿态、表情……什么都好。那个长得像吉尔古德的家伙也是（可能他跟德尔瑞共事过）。还有谢皮科。虽然他被开枪打死了。

巡警，街警，风里雨里向前进……

他脑海里又响起了这首歌，稍微缓解了他的紧张情绪。

你他妈干吗这么紧张？

他要面对的又不是毒贩和黑帮。不管这些人是谁，是理查德·罗根的家人也好，朋友也好，看起来都是遵纪守法的曼哈顿普通市民。"钟表匠"的生活圈子确实不大一样，要比普通罪犯更高级一些。没错，他确实犯了谋杀罪。但你很难想象，"钟表匠"罗根这样老奸巨猾的人会出现在有人自制冰毒或是进行毒品交易的破房子里。相比之下，高档餐厅、象棋比赛、博物馆这类场所，才更像是他出没的地方。

话是这么说，但普拉斯基还是忍不住想起上次见面时，"钟表匠"正想要干掉莱姆。也许他在遗嘱里留下指示，让他的杀手同伙来完成眼下普拉斯基正在做的事：到这个殡仪馆来，看看有没有疑神疑鬼的卧底警察，有的话就把他们拖到小巷子里干掉。

好啦。振作点。

这种事是有风险，他想，但也没那么生死攸关。你要是搞砸了，最多就是让林肯和阿米莉亚失望而已。

那该死的不确定性，该死的疑心病，就是这么如影随形，完全没法摆脱。

但至少，他觉得自己看起来还像那么回事。黑西装、白衬衣、窄领带。他差点要戴纽约市警察局配发的礼服领带，但还是回过神来：你他妈疯了吗？虽然这上面没有小警徽，但也难保那些人里有认识警察的。长点心吧。

他按照林肯 · 莱姆的要求，没把自己收拾得太干净。特意留了一天的胡子——但有点可悲的是，你得靠得很近才能看到他的金色胡楂。衬衫上有污渍，鞋子也是穿旧的。他还练习了一会儿那种冷冷的眼神。

难以捉摸的，危险的。

普拉斯基又往举行追悼仪式的房间里瞟了一眼。深绿色的墙面，成排的座椅，足够四五十人落座。房间中央是一张铺着紫色桌布的桌子，桌上放着式样简单的骨灰盒。在场的六个人里有四个男人；在他看来，有五十来岁的，也有七十多岁的。此外还有两个女人，看样子是其中两个男人的配偶或伴侣。他们的着装都很传统——深色的西装和套裙，保守的式样。

怪了，他之前得到的消息是不会有告别仪式，只会有人来领骨灰。

这就很可疑了，这是个陷阱吗？

会血溅当场吗？

另一方面，如果没人在捣鬼，只是计划有变，这是临时给“钟表匠”办的一个追悼仪式，那可真是太棒了。这里面肯定有熟悉理查德 · 罗根的人，可以打听到有关这个头脑大师的消息。

好吧，只管进去吧，勇往直前。

街警，巡警，迎着冰雹去葬礼。

他走到其中一人身边，那是一个上了年纪的老头儿，穿着件深色西装。

“嗨。”他说，“我是斯坦·瓦尔西亚。”这句话他练习了好多次，也知道听见这个名字该如何反应（昨晚他一直让珍妮这么叫他），那样万一在卧底过程中有人叫他“斯坦”，他也不会毫无反应。或者也可能更糟，在别人叫他的时候看向身后，以为在叫别人。

那个人也说了自己的名字，他不是罗根家的人。他又把普拉斯基介绍给其中一个女人和另外一个男人。他努力想要记住他们的名字，提醒自己待会儿记得用手机给访客名单拍张照。

“你怎么认识他的？”那人朝骨灰盒点了下头。

“我们是同事。”普拉斯基说。

所有人都看了过来。

“好几年前了。”

一个年轻一些的男人皱了下眉。那样子就像《黑道家族》里的演员。“你们是同事？”

“没错。”

“你们很熟吗？”

强硬点。“是啊，挺熟的。”这关你什么事？他用眼神示意。

普拉斯基努力回忆“钟表匠”犯下那些罪行的细节。他的计划不是要明示自己是他的同伙，而是要暗示他们有些私底下的勾连——好挑起那些想要在“钟表匠”死后再分一杯羹的人的兴趣，也许“钟表匠”还有些没干完的活儿呢。

货运，船运，内线交易……

少就是多，多就是少。

人们沉默下来，普拉斯基意识到某个看不见的扩音器正在播放古典乐，他之前没听见。

为了把对话延续下去，普拉斯基说，“太叫人难过了。”

“但也是有福之人。”一个女人说。

有福之人，普拉斯基想到。也许是吧，总比在牢里待上好多年要强，迅速的、没有太大痛苦的死亡确实是有福的。

普拉斯基接着往下说：“几年前，我们共事的时候，他看起来身体很好。”他真的在回想那时的罗根，他确实看起来身体很好。

在场的人又相互交换起了眼神。

“还那么年轻。”普拉斯基又加了一句。

有什么地方不对劲。但那些人中年纪最大的那个靠了过来，碰了碰普拉斯基的胳膊。他笑了一下说：“是啊，跟我比起来，他还年轻。”

其他人开始散去。他注意到有一个人离开了房间。

去拿枪吗？

这可不行。他又朝那个老头儿转过去，但他还没来得及开口，另一个人就插话进来。他的声音很轻，但很坚定。“打扰一下，先生。”

普拉斯基转过身去，看到一个穿着深色西装的大块头男人，正仔细地打量着他。他一头银发，戴着深色边框的眼镜。“我能跟你聊聊吗？”

“我？”

“你。”

那个男人伸过一只长茧的大手——但不是要和他握手。他指了指房间外面，示意普拉斯基到左边的走廊去。

“先生。”那个男人说，“你是哪位？”

“斯坦·瓦尔西亚。”他有一张不太过硬的身份证，是他自己捣鼓出来的。

但那个人没要求看证件。他直视着普拉斯基的双眼，厉声说道：“瓦尔西亚先生，你知道偶尔会有些人混到追悼会上来，想要找点好处。”

“找点好处？”

“仪式之后的餐会，卖点保险或理财产品。还有律师。”

“是吗？”

“没错。”

普拉斯基想起来他是要扮演一个狠角色。他不该紧张兮兮的，表现出害怕的样子。于是他打断了那个人的话：“那跟我有什么关系？你是谁？”

“我叫杰森·波克罗维茨，这里的副经理，这家人认为你的行为有点可疑，你声称自己认识死者。”

“那有什么可疑的？我真的认识他。”

“你声称跟他共事过。”

“不是声称，是真的。”普拉斯基的心跳加快了，他肯定这个男人能听见。但他努力表现出一副坦坦荡荡的样子。

“你不像是会跟奥戴尔先生共事的人。”

“谁？”

“布莱克·奥戴尔。”

“那又是何方神圣？”

“不是什么何方神圣，你刚才就是闯到了他的追悼会上。”

“闯？你他妈什么意思？我是来悼念理查德·罗根的。”

副经理眨了下眼。“罗根先生？哦，老天，我太抱歉了，先生，那是在宁静厅。”

“宁静厅？”

“大厅对面的那个房间，这里是平静厅，奥戴尔先生的追悼会。”

见鬼，普拉斯基想到。门口的那个家伙叫他往右转的，他肯定是往左转了。

要命，要命，要命。该死的白痴。这要真是个陷阱，他这会儿已经是个死人了。

放聪明点。

但还是要把戏演完。“你们的一个员工，我不记得是谁了，给我指的那个房间。”

“我很抱歉，请接受我们的歉意，都怪我们。”

“还取名字呢？我从没听说过殡仪馆的房间还有名字的，你们该用数字。”

“是的，先生，确实不太常见。我很抱歉，我向您道歉。”

“哦，算啦。”普拉斯基皱了皱脸。他冲副经理点了点头，随即想起当时自己声称跟死者共事时，那些人脸上怪异的表情。

“问个问题，你说我不像是那种会跟奥戴尔共事的人，他是做什么的？”

“他是一个二十世纪七十年代的成人电影明星。”博肯洛兹低声道，“同性的那种片子，家里人不太喜欢谈起这些。”

“我想也是。”

“那一间是存放罗根先生骨灰的房间。”他指向一条小走廊。

宁静厅……

普拉斯基穿过走廊，进入一个小房间——七米见方的四方形房间。里头放着几把椅子，一张咖啡桌，墙上挂着平平无奇的风景画。还有一束尚未开放的白花。一张铺了天鹅绒布的桌子上放着一只棕色纸盒，桌子看起来跟摆放成人影星骨灰盒的那张差不多。普拉斯基知道，这就是“钟表匠”的遗骸。桌旁站着一个身材圆滚滚的秃头男子，穿着件深色的商务正装，正在用手机打电话。他飞快地瞟了普拉斯基一眼，似乎有点好奇，接着又移开了眼神。他好像压低了说话声。最后他终于挂断了电话。

普拉斯基深吸了口气，朝他走过去。他点头示意。

那个人什么也没说。

普拉斯基打量了他一番——强硬点，狠一点。“你是理查德的朋友吗？”

“你是……”那个男人用柔和的男中音反问道，他有点轻微的南方口音。

“斯坦 · 瓦尔西亚。”普拉斯基说。此时，这个名字他已经说得很顺口了，“我是说，你是理查德的朋友吗？”

“我不认识你，也不知道你为什么要问。”

“好吧，我跟理查德共事过。时不时地。我听说他今天早上要被火化了，我猜会有个追悼仪式。”

“跟理查德共事过。”那个男人重复了一句，上下打量着警官，“好吧，没有追悼仪式。我被派来把他的骨灰带回家。”

普拉斯基皱了下眉。“律师。”

“没错，戴夫 · 维勒。”没有要握手的意思。

普拉斯基保持着自己的硬汉形象。“我不记得庭审时见过你。”

“罗根先生不是我的客户，我从没见过他。”

“就是来把骨灰带回去？”

“我刚才说了。”

“他住在加州吧，是吗？”

律师只回了一句：“你来这儿做什么，瓦尔西亚先生？”

“哀悼。”他朝盒子走近了点，“没有骨灰盒？”

“没什么意义，”维勒说，“理查德想要把骨灰撒掉。”

“撒在哪儿？”

“那是你送来的吗？”

普拉斯基看了看维勒点头示意的那束花，他试着表现出一种恰到好处的困惑。“不是。”他朝花瓶走过去，读了读上面的卡片，苦笑了一声。

难以捉摸。

他说：“这可不怎么样。”

维勒问道：“你什么意思？”

“你知道那人是谁吗？送花来的人？”

“我来的时候就看过卡片了，但我不认识那个名字。林肯·莱姆？”

“你不认识莱姆？”他放低了声音，“他是一个把我朋友丢进监狱的浑蛋。”

维勒问道：“警察？”

“跟警察合作的人。”

“他为什么要送花来？”

“我看是想要炫耀吧。”

“哦，那可真是浪费钱。理查德现在这个样子，很难再被冒犯到了，不是吗？”他瞟了一眼骨灰盒。

沉默。

现在该怎么办？老天，这种装腔作势的事真够累人的。他决定摇摇头，做出一副感叹世道不公的样子。他看着地下，开口了：“太遗憾了，真的。我上次跟他谈话的时候，他还好好的。反正他没提过什么，像是胸痛之类的事。”

维勒回过神来了。“跟他谈话？”

“是啊。”

“最近吗？”

“是啊，在监狱里。”

“你一个人来的吗？”维勒问。

点点头。普拉斯基也问了他同样的问题。

“我也是一个人。”

“这么说没有葬礼咯？”

“家里人还没决定。”维勒仔细打量着普拉斯基。

好了，该走了，少惹事端……

“好了，再会，维勒先生。请向他的家人，或者你的客户，转达我的哀思，我会想念他的。他是一个……很有意思的人。”

“我说过，我没见过他。”

普拉斯基戴上一副黑色棉手套。“再会。”

维勒点点头。

普拉斯基已经走到门口了，这时，律师开口道：“你到底是为什么来的，瓦尔西亚先生？”

普拉斯基站住了，他转过身去。“到底？”为什么这么问？这句话是什么意思？

《教父》的派头。《黑道家族》的派头。

“根本就没有追悼仪式。如果你打过电话问过领取骨灰的时间——你肯定问过，不然你不会在这里——你就会知道根本没有仪式。既然如此，我该怎么理解你的行为呢？”

普拉斯基犹豫了一下——刻意做出犹豫的样子。他把手伸进口袋里，掏出一张名片。他用戴着手套的手把名片递给那个人。他说：“把这个给你的客户。”

“为什么？”

“给他们就行了，要不就扔掉。”他耸耸肩，“随便你。”

律师冷冷地看了他一会儿，然后接过了卡片。上面只有假名和预付手机的号码。

“你到底是干什么的，瓦尔西亚先生？”

普拉斯基从头到脚审视了那个律师一番，从他的光脑袋看到他的鞋子，两者几乎闪耀着同样的光泽。“祝你有愉快的一天，维勒先生。”

然后普拉斯基又瞟了一眼装着“钟表匠”骨灰的盒子，朝门口走去。

普拉斯基暗想道：好了，搞定了！

49

然而，不如莱姆所愿，嫌犯并没有在屋子中留下太多证据。

也没有发现其他确凿线索。报告入侵者的报警电话是匿名的。搜索入侵者目击证人的尝试毫无成果。附近两家商店的监控录像中发现了一个身穿深色连体服、背着公文包的瘦削男人低头走着，突然拐进死胡同。当然，没有拍到他的脸。

梅尔·库柏对瓶子做了一通分析，不出意外，只发现了莱姆和托马斯的指纹，甚至连酒水店店员或苏格兰酿酒师的指纹都没留下一枚。

瓶子上没有其他痕迹。

萨克斯告诉他："没有什么重要的发现，莱姆，只知道他是个顶尖的撬锁高手。没有工具的痕迹，我敢打包票，他用了一把开锁枪。"

库柏在检查证据收集袋中的物品。"很少，很少。"过了一会儿，他有了发现，"毛发。"

"漂亮！"莱姆说，"在哪儿？"

库柏对照着萨克斯的笔记："就在那瓶威士忌的架子上。"

"那可是上等威士忌，"莱姆咕哝道，"至少有一根毛发，不错。不过，是他的？你的？我的？托马斯的？还是送货员的？"

“让我们来看看。”库柏从粘纸滚筒上取下头发，准备好一张可以在光学显微镜里观察的载玻片。

“有毛囊吗？”莱姆问。

如果毛发样本中附着毛囊，通常就可以提取到DNA。

可惜这份样本里没有。

不过，毛发还是可以透露有关罪犯的其他信息。比如摄入毒物和毒品的种类（头发可以保留几个月内药物使用的信息）。当然还有罪犯真正的发色。

库柏把显微镜对好焦，按下按钮，把图像投射到旁边的高清显示器上。那根毛发只有短短一截。

“见鬼。”莱姆说。

“怎么？”萨克斯问。

“看起来很熟悉，谁来说说。”

库柏摇了摇头。但萨克斯轻声笑了起来。“上周。”

“完全正确。”

这根毛发不是嫌犯的，而是来自前一周市政厅的谋杀案，有一名政府工作人员与歹徒搏斗后被杀害。那是一根胡须。被害者在离开办公室前刚刚把胡子刮干净。

这种事有时免不了发生。无论你处理证物时再怎么小心，总是还有可能会漏掉什么小东西。没办法。

质谱仪的电脑屏幕亮了起来。库柏聚精会神地看着：“查出毒药种类了，佩兰毒素，是一种醇，来自白蛇根。剂量不足以致命，除非你把一整瓶全部喝完。”

“别引诱我。”莱姆说。

“但那会让你病得非常、非常严重。可能是永久性的严重精神错乱。”

“可能他没时间把全部剂量注射到瓶子里。致命的是剂量，不是毒药本身，你也知道。我们每天都会摄入锑、汞和砷，但那点剂量对人体没什么危害。去他妈的，连水都可以喝死人，要是如果你喝得太急，钠的失衡能让你的心脏停跳。”

就这些了，萨克斯报告说。没有指纹，没有脚印，没有其他证迹。

贝维迪尔住宅大楼内部和附近也没有发现任何新线索。没有人见过一个冒牌消防员在发放毒咖啡。奉命去那一带搜索垃圾桶的警队也没有找到有毒饮料的其他容器。监控录像里也没什么有用的。

朗·塞利托仍处于危急关头，昏迷不醒，自然无法给出有关嫌犯的信息，莱姆也怀疑，嫌犯根本不会在分发毒咖啡时大意泄露任何讯息。

梅尔·库柏询问了朗·塞利托组建的研究团队，得知他们对那组数字信息没什么进一步发现。不过他们确实收到了点东西。一位由塞利托“委任”（用他的词汇来说）的重案组警官送来了一份有关红色蜈蚣的研究备注。

发件人：嫌犯 11–5 专案组
收件人：朗·塞利托探员，林肯·莱姆队长
主题：蜈蚣

就蜈蚣刺青事宜，我们尚未找到过去特定犯罪者和本案嫌犯之间的联系。我们的发现如下：

蜈蚣是节肢动物，属多足亚门下的唇足纲。它们每节身体上有一对腿，但不一定是一百条腿。有些是二十多条，有些则多达三百条。最大的约有一英尺长。

蜈蚣拥有“颚足”，由前腿退化而来，位于头部后方。这些腿钳住猎物后，通过针状开口注入毒液，使其麻痹或死亡。第一对腿通常紧贴蜈蚣的头部后方，内有毒液腺，形成一个像钳子一样的附肢。尽管蜈蚣在捕捉猎物、注入毒液以及钳住猎物时都会使用到颚足，但它并不是真正的口器。毒液腺通过管道可以传输到每条颚足的近顶端。

从文化角度来看，对蜈蚣的描绘有两大目的。第一，震慑敌人。一条移动的蛇，长着能注射毒液的獠牙，正切中人类最深层的恐惧。我们在一位藏传佛教高僧的语录中读到：“如果你享受恐吓他人，来世就会转世为一条蜈蚣。”

第二，蜈蚣意味着对表面上安全之地的入侵。蜈蚣在鞋子、床上、沙发、摇篮和抽屉中安身。也就是说，这意味着我们认为安全的地方事实上并不安全。

请注意，某些人的刺青来源于电影《人体蜈蚣》，这是一部特别恶心的烂片，片中三人被外科手术缝在一起，组成所谓的人体蜈蚣。这些刺青与蜈蚣本身没有任何关系。

“读起来像是一篇很烂的期末论文。”莱姆嘟囔着，“杂七杂八的，但还是打印出来，贴到白板上吧。”

门铃声响起，莱姆发现房间里的其他人都被吓得跳了起来，不禁哑然失笑。库柏和萨克斯的手伸向了枪——今天早些时候那起袭击不免让大家有些像惊弓之鸟。不过他不太相信嫌犯会再次回来，甚至还会按门铃。

托马斯去应门，来人是罗恩·普拉斯基。

他走进来，看见每个人都是一脸紧张，问道：“发生了什么？”

大家把嫌犯闯入的事告诉了他。

“想对你下毒，林肯？天哪。”

“没事，菜鸟。我还在这儿，继续折磨你。卧底的事怎么样？”

“我想我干得还不错。”

“说说。”

他讲了自己在殡仪馆的经历：见到了律师，那个人不愿意多说什么，也不愿意透露自己的委托人是谁。

律师，有趣。

普拉斯基继续道：“我觉得他相信了我。我说你是浑蛋，林肯。”

“那也有用？”

“对，至少让我感觉挺好。”

莱姆笑了一声。

“然后我按照你告诉我的做了。我暗示——可没有明说——我暗示自己曾经同罗根共事，还说我近期会再联系他。”

“你拿到名片了吗？”

“没有，维勒没有给我，他把自己那一手牌藏得很紧。”

“而且你也没太高估自己的那手牌。”

普拉斯基说：“我喜欢你这个说法。用你那手牌管住了我这手牌。”

这小子真的很得意。“你能推断出什么结论吗？”

“我想探出他是不是从加州来的，不过他不肯说。但他晒得很黑，看起来挺健康，秃头，身材高大，南方口音。名字叫戴夫·维勒。我会再查一下。”

"好的，不错。看看他接下来会有什么行动。如果没有，我会找地检署的南希·劳瑞尔谈一谈，看能不能拿张传票去查那家殡仪馆的记录。但那是最后一招。我希望你尽可能多跟他玩下去。菜鸟，干得不赖！我们就等着看吧。现在，回到我们手头的工作。嫌犯11–5，他还没有把他的信息传递完。'第二''四十''第十七'，还有其他的。我想知道他接下去会在哪里作案，我们得针对这个地点展开行动。"

他转动轮椅来到白板前。他想：他接下去会在哪里动手，他是谁，他究竟为什么要策划这些可怕的攻击，答案就在这上面某处。

但这些答案都笼罩在深深的阴霾之中，就像纽约漫天冻雨的天空。

东五十二街582号（贝维迪尔住宅大楼停车场）

被害人：布兰登·亚历山大

　　– 未被杀害

嫌犯11–5

　　– 细节参照前犯罪现场

　　– 身高一米八

　　– 黄色乳胶面具

　　– 可能是嫌犯画像中的男子

　　– 可能穿着连体服

　　– 可能来自中西部、西弗吉尼亚、山区——其他乡村地区

　　– 有一把手术刀

使用普洛福让被害人失去意识

— 如何获得？有医疗用品的渠道？（无本地失窃报告）

可能杀人地点

— 地下停车场

— 同其他犯罪现场类似的基础设施

* IFON

* ConEd 路由器

* 地铁－北线紧急通信线路

手铐

— 无品牌，无法追踪来源

刺青

— 植入物

—“第十七”

— 涂有浓缩尼古丁

* 属茄科植物

* 可能的渠道太多，无法追踪来源

塑料袋上的证迹

—人体白蛋白和氯化钠（计划进行整容手术？）

—袋子上用红色水溶性墨水写着“三号”

—次氯酸，通常用于水处理，但此前或此处均未发现次氯酸，可能会被用于以后的攻击（但是可追踪来源地太多）。

悉尼街，布鲁克林高地（帕米拉·威洛比的公寓）

被害人：赛斯·马克奎恩

- 未被杀害，轻伤

嫌犯

- 红色蜈蚣刺青
- 确定拥有“美国老鹰”刺青机
- 符合之前其他攻击的描述
- 穿着连体服

使用普洛福，让被害人失去意识

- 如何获得？有医疗用品的渠道？（无本地失窃报告）

美国医学会三十一号一次性皮下注射器

- 主要在整形手术中使用

毒物萃取自白毒莓（娃娃眼）

- 心脏性毒素

无指纹

无脚印（穿着短靴）

手铐

- 无品牌，无法追踪来源

证迹：

- 蓝图／工程图中的纤维材料
- 毒芹素，可能来自之前的现场

莱姆家

嫌犯

- 无指纹
- 无脚印（穿了鞋套）
- 撬锁高手（使用了开锁枪？）

毛发

- 胡楂，但是很有可能来自另一犯罪现场

毒素

- 萃取自白蛇根的佩兰毒素

50

给莱姆留下一瓶毒酒，这跟比利·海文想象得一样刺激。事实上，要更刺激。

他之所以这么做，一方面是为了打乱莱姆的调查。另一方面也是为了游戏的刺激性。趁着他和他的同伙在前厅看公园里的热闹，比利就在他们的鼻子底下，偷偷溜进去。

深色皮肤的男子……

一路穿过东城时，比利在反思，诫令几乎考虑到了改造大业的方方面面，除了某些突发情况，比如毒害那个能预判一切的鉴证专家。

他现在要去执行一项类似的任务。

汝可见机行事……

这片区域的居民显得焦躁、肮脏、心不在焉、神经紧绷。之前在大理石山医院行动失败后，在逃离的路上，他有点看不起布朗克斯街道上的那些人。不过至少他还看到许多家庭，一起购物，一起吃饭，一起参加或离开学校活动。但在这里，每个人都似乎独自行动。大多数人二十岁出头，穿着破烂的外套和丑陋的靴子，免得自己沾上那些灰黄的融雪。有几对情侣，但看上去仅仅是因为肤浅的迷恋或绝望而待在一起。没有一对看起来真正相爱。

他可怜他们，也鄙视他们。

很自然地，比利想起了可爱女孩。不过，现在他并不悲伤。一切都要好起来了。他有自信。一切都会变得正确，形成完整的循环。

人皮法则……

他又走过几个街区，来到了店门口。门上的标记写着“营业中”，但里面没有人，至少店堂里没有，不过店铺后面能看到人影在动。他看了看橱窗里的作品、海报和照片。超级英雄、动物、旗帜、怪物、标语、摇滚乐队。

一千种刺青式样。

大多很蠢，很商业化，没有意义。就像电视剧和麦迪逊大道上的广告。他对这俗气的一切嗤之以鼻。

皮肤艺术随着时间推移，竟然发生了这么大的改变，比利思忖道。在古时，刺青可是件很严肃的事。在其最初存在的一千多年里，刺青的主要作用并非装饰。直到十九世纪为止，身体艺术都是仪式性的，与宗教和社会结构紧密相关。古代人给自己刺青，一般出于一系列非常实际的原因：比如界定阶级或部落，或是尊敬神灵。刺青艺术还有一个至关重要的作用：那是你的灵魂进入阴间的通行证。如果你活着的时候没有刺青，就会被阴间的守门人拒之门外，死后只能哭泣着在世间永远地游荡下去。刺青也可能被当作一道护身符，防止灵魂离开身体的一道屏障。直到现在为止，你还能看到一些位于二头肌和颈部的铁链和铁丝刺青，它们正起源于此。人们选择刺青的其他重要理由还包括它能开通一个出口，让邪灵离开身体，就像把黄蜂从打开的车窗中赶出去——传说中，邪灵会控制人做一些他们本不想做的事。

比如，以血取乐。

夹竹桃室……

当比利又戴上他那浅黄色的乳胶头套后，这些遐思也随之消散。他打开门，触响了一阵门铃声。

“马上出来。”后面有人喊道。

“不着急。”比利打量着这间小店。椅子，供私处和肩膀刺青使用的按摩式刺青椅，刺青机，液体管，针头。东西不错。他看着墙壁上挂着顾客满意的照片，得出了结论：虽然这里创作的绝大多数作品都是垃圾，但 TT. 高登是个颇有天赋的艺术家。

比利从背包中取出那支装了普洛福的注射器，把门口的牌子翻面为“休息中”，然后锁上门，朝隔开前室和后室那道闪闪发光的珠帘走去。

第四部分 地下女

十一月八日 星期五 早上八点

51

在某些时刻，当你完成一件复杂的身体修改作品后，你会想知道：作品成功吗？还是你毁掉了一块完美的皮肤，并且可能连带毁掉了某人未来的人生？

今天早晨，比利·海文躺在自己运河街工作室的床上，就在思考这个问题。回想起自己某些复杂的身体修改工作。刺完最后那根线（你总是忍不住想继续刺下去，但你得学会何时收手），放下“自由线”“美国老鹰”“西雅图大街”或“伯格”刺青机，坐下来，第一次审视自己这幅完成的作品，心烦意乱。

最初呈现在面前的，只是一片模糊不清的血迹和凡士林。如果作品够大的话，还会有一两张不粘绷带。

但是，在此刻的这片模糊不清之下，是美，即将被揭示的美。

希望如此。

就像莫罗医生，当他解开实验对象的绷带，发现成功创造出猫女，有一对漂亮的杏眼和柔顺的灰色暹罗猫毛皮；或者创造出鸟人，有着黄色的脚爪和孔雀的羽毛。

改造大业也是如此。从表面上看，对警察，对想到要去地下室就吓得毛骨悚然的纽约市民来说，这一连串罪行是个谜。有谋杀，有凌虐，有奇怪的信息，有随机挑选的地点和受害者，以及迷恋人皮和毒药的杀手。

但是在谜题之下，是完美的设计。现在，到了揭开血肉绷带，一睹改造大业之荣光的时候了。

他掀开床单和毯子，坐起身来，再次凝视自己大腿的正面。

ELA

LIAM

这两个名字曾经给他带来过美好的回忆和悲伤的回忆。不过今天以后，他知道，不好的回忆都将逝去。

他的表嗡嗡地响了起来，他看了一眼，第二块手表马上也要响了。

比利穿好衣服，接下来的一个小时都在擦洗工作室，把带去过凶杀现场的衣服、床单、毛巾、纸巾、塑料餐具、盘子，一切可能指向他 DNA 或是指纹的东西都塞进垃圾袋。

他把垃圾袋拖到外面，放在路边。这是个清冷寒峭的早晨，在室外吸入的第一口空气刺痛了他的鼻子。三分钟后，环卫处的卡车隆隆地驶来，停下，工人们从车后一跃而下，沿着这条短小黑暗的街道收集垃圾。

他之前一直在留意环卫车到达的准确时间，确保垃圾不会在街上滞留超过几分钟。他知道，警察有权在公共街道上搜查你的垃圾。

随着变速器的摩擦声和排气管的叹息声，环卫车消失了。最能让他定罪的证据不见了。他以后会回来的，也许是一周之后。他会把剩下的证据都一把火烧光。不过现在，这已经足够了。短期内，警察不太可能会找到这个地下巢穴。

想到警察，他又想到了林肯·莱姆。他还没听说莱姆中毒的消息。这提醒了他，干扰这位伟大预言家的计划也许没能奏效。但他实在想不到有什么其他下毒的好办法。威士忌似乎是当时最好的选择，或许换个别的方法比较好。

不过正如他之前想到的那样，有些战争会成功，有些战争会失败。唯有在改造之战中，他必将取得最终的胜利。

比利回到公寓，继续打包。

他走过一个又一个玻璃盆栽箱。洋地黄、毒芹、烟草、木曼陀罗。他对这些植物及其毒素的喜爱日益加深。他翻阅着自己之前画的素描。

他把这些素描和《改造诫令》一起放进背包。虽然他在诫令的最后一页写下了这样的指令：汝应毁去此圣书。但是他做不到。他不确定自己为什么就是舍不得毁掉这本笔记。也许，这本诫令可以弥补他失去可爱女孩的痛苦。

又或者，这本诫令本身就是一件了不起的艺术品，以比利优美的字体书写而成。其精致与复杂，如同在白如凝脂的处女皮肤上完成的十色刺青，用了十几种不同的割线针和六七种不同的打雾针，美到无法不让世界观瞻。

他拉上背包拉链，走到工作台前，把几件工具和一根沉重的延长线装进帆布工具袋里。再加上一个密封的大号保温瓶。然后，他穿上一件褐色的皮夹克，戴上深绿色大都会棒球帽。

他的表响了起来，接着是第二响。

时间到，是时候纠正这个混乱世界里的种种错误了。

52

林肯·莱姆回到客厅。

他醒了好几次，思考着刺青拼图。没什么收获。然后他又睡着了，做了许多没有意义的梦，就和往常绝大多数梦境一样。早上六点，他彻底醒了，叫来托马斯，做了常规快速早晨锻炼。

普拉斯基、库柏和萨克斯也来了，他们挤在客厅里，同样思考着在睡梦中没能解开的刺青拼图。

莱姆听到一部手机在震动。他看到房间的那一头，普拉斯基从口袋里掏出电话。震动的不是他自己的苹果手机，而是预付费手机。

这是卧底行动。

年轻人低头看着手机屏幕。脸上露出一副小鹿乱撞的表情。他已经换下去殡仪馆的装扮，穿着便装：牛仔裤、T恤衫、深蓝色V领毛衣、跑步鞋。不完全是黑手党的打扮，但至少好过Polo衫和卡其裤。

莱姆问道："是律师？殡仪馆那位？"

普拉斯基说道："是的，我应该让他留言吗？"

"他不会留言的，接电话。其他人，安静！"

有那么一刻，莱姆觉得普拉斯基会僵住。但是这个年轻人的眼神聚精会神，他拿起了电话。出于某种原因，他转过身背对大家，似乎这样能让他的对话变得稍微私密一点。

莱姆想听。但是他已经把寻找已故“钟表匠”的同伙——不管是无辜的还是极度危险的——这一任务交给了普拉斯基，他不应该再管东管西。他甚至没有权力告诉这名警官要做什么或者怎么做。莱姆只是平民顾问而已，普拉斯基才是官方执法者。

几分钟之后，普拉斯基挂断了电话，转过身来。“维勒想见我，还有他的一位客户。”

莱姆抬起了眉毛，这比预想中的更好。

“他住在亨廷顿·阿姆斯酒店。西街五十六号。”

莱姆摇摇头。没听说过。梅尔·库柏查了一下。“西边的一家精品酒店。”

就在地狱厨房的北面。这个街区以维多利亚时代伦敦的一个危险黑帮命名，一度曾是暴徒横行的犯罪窝点。现在，这里已经成了高档社区，不过零星还有几个破败的角落。库柏说，这个男人提到的这家酒店位于一堆价格虚高的餐厅和酒店之中。

普拉斯基说：“我们半小时以后会面，我该怎么做？”

“梅尔，有那个街区和酒店的地形图吗？”

梅尔在一台电脑上打开了谷歌地图，在另一台电脑上打开了纽约市房屋局的网站。不到六十秒，他就在主屏幕上展示了街道的鸟瞰图和酒店的建筑示意图。

五十六号有一个室外阳台，如果天气不像北极这么糟糕，会是个监视的好地方。不过今天的见面会在室内。

“萨克斯，我们能在大堂里安排一个监视小组吗？”

“我打个电话，看能怎么安排。”几分钟后，她回答，“没时间通过正规渠道了，不过我在重案组找了点关系。二十分钟后，会有两名便衣到达大堂。”

“普拉斯基，我们必须安排更多人员加入。你得争取时间，再争取几天，他听起来怎么样？很着急吗？”

警官用手捋了捋他的金发。“也不是。我感觉，他有个想法想让我听听。他告诉我，如果驾车的话，不要停在酒店门口。他是那种神神秘秘的人，在电话里口风紧得很。”

莱姆打量着他。“你有脚踝手枪套吗？”

“脚踝……备用枪吗？我没有。”

“不是备用，是你唯一的枪。你可能会被搜身，不过大部分搜身的人只是搜到大腿处而已。萨克斯？”

萨克斯说：“我会给他搞一把，史密斯－威森保镖380，有激光指示器。不过别管那个，用机械瞄具。”她在抽屉里翻了翻，交给他一把小型黑色自动枪，“我在瞄准器上涂了指甲油，光线差的时候更容易瞄准目标。大红色没问题吧？”

“能接受。”

她递给他一个小型布制手枪套，上面有一条带扣的皮带。莱姆想起来，她从来不喜欢用魔术贴来固定武器。阿米莉亚·萨克斯不能容忍意外。

普拉斯基抬起脚踩在旁边的椅子上，绑上枪套。枪套完全隐形。然后他检查了手枪，给子弹上了膛，又从萨克斯手中接过一颗子弹，装进弹匣。六颗在弹匣里，一颗在枪膛里。最后再把弹匣塞回去。

“扳机力多少？”

“很重，九磅。”

“九磅，好吧。”

“而且只有联动式击发。发射之前，你的手指必须几乎完全扣到最后，但它的体积小得像条米诺鱼。把保险关了，有这么大的扳机力，我都不知道他们为什么还要加个保险。”

“明白。”

普拉斯基看了看手表。“我只有二十五分钟了，没时间装监听器了。”

莱姆也同意。“没时间了，但是监视小组会有传声器，你想穿防弹衣吗？”

他摇摇头。“他们马上就会发现的。不了，我还是不穿了。”

“你确定？”萨克斯问，“由你决定。”

“我确定。”

“菜鸟，你得把他们引出来。告诉他们你想再约一次。表现得腼腆一点，谨慎一点，但是要坚持。哪怕是在另外一个州。我们会让弗雷德·德尔瑞加入。联邦调查局会提供支持，他们知道怎么做间谍。还有，现在别和他们一起去任何地方，我们没法跟着你。”

普拉斯基点点头。他走到走廊上，看着镜子中的自己，梳理了一下头发。“我看起来足够高深莫测吗？”

莱姆说：“你简直是神秘人本尊。”

“而且看起来很危险。”梅尔·库柏补充道。

警官微笑了起来，穿上大衣，消失在走廊尽头。

莱姆大声叫道：“同我们保持联系！”

他听到呼呼的疾风从开着的门口刮进来。莱姆不禁自问：这又算是哪门子的无谓要求？

53

你做得到。

西街五十多号的人行道上覆盖着灰色的雪和深灰色的冰。罗恩·普拉斯基小心翼翼地走着。他的呼吸在冰冷的空气中变成缥缈的雾气，他的手指已经失去知觉。

九磅的扳机引力？他想着脚踝上的那把保镖型手枪。他的标配格洛克 17 的扳机引力只有三磅。当然，关键不在于要花多少力气来扣动扳机。任何一个超过六岁的孩子都能扣动九磅的重量。问题在于精准度。扣压扳机越难，射击的精准度就越差。

应该不至于要来一场枪战，普拉斯基提醒自己。即使要交火，后援队伍也会在酒店里准备好，施以援手。

他是……天哪！街道转了个向。他差点摔个四脚朝天，都怪那块没见到的冰块。他猝不及防地吸了一口寒冷彻骨的空气。

讨厌冬天。

然后他想起，还没到冬天，这只是秋天里的一场降温。

透过飞舞的雪花，他抬起头看了看。三个街区之外——长长的、交叉的街区——他可以看到酒店。红色的霓虹灯盘是酒店标志的一部分。

他加快了脚步。就在几天前，因为街上的管道出了问题，他和珍妮还有孩子们只能在壁炉前过夜。寒气逼人，他用真正的原木生火，不是那种锯屑和蜡做的火炭。孩子们穿着睡衣，钻进睡袋里，他和珍妮睡在床上。普拉斯基给孩子们讲了最糟糕的笑话，直到他们都睡着。

然后他和珍妮紧紧拥抱在一起，直至那钻心的寒意消失于两人紧贴的身体之间。不，当然不是你想的那样，他们穿着和孩子一样保守又滑稽的睡衣。

他多么想回到家人身边。但他抛开了这个想法。

卧底是他的工作，他唯一的工作。珍妮嫁的是罗恩·普拉斯基，不是斯坦·瓦尔西亚。孩子不存在。

也没有林肯·莱姆或者阿米莉亚·萨克斯。

唯一重要的是，找到并没有被太多人悼念的“钟表匠”同伙。他们是谁？他们想干什么？最重要的是，杀手有没有接班人？

罗恩·普拉斯基对这个问题有自己的想法，但他决定不对林肯或阿米莉亚提起。他害怕万一错了，会让自己看起来很傻。头上的伤又开始疼痛，每一天都困扰着他，每一天。

他的理论是：律师本人就是“钟表匠”的主要同伙。他说自己从没见过“钟表匠”，那是个谎言。他们已经查过，他似乎确实是个律师，而且在洛杉矶有家律所。接电话的秘书说维勒先生出差了。但是那个网站看起来很可疑，是个空壳，只提供了一个邮政信箱，而不是街道地址。不过，普拉斯基认为，这类网站在那种想帮受害者打官司索赔以从中获利的律师中也很常见。

那么，维勒的计划到底是什么？

也许和普拉斯基一样。毕竟，谁会到纽约来领取骨灰？用联邦快递直接寄给家人要简单便宜得多。

不，现在普拉斯基更加确定，维勒也是来钓鱼的。他要找到

“钟表匠”的其他同伙。“钟表匠”是个计划大师，能同时操控很多项目，但不让任何同伙发现其他人的存在。他猜到了……

电话震动，他接了起来。是一名部署在酒店的纽约警方官员。他和他的同伴已经在酒店大堂和吧台就位。普拉斯基已经向他们描述过维勒的外形，但卧底没有发现任何符合这一特征的人出现在大堂。不过，现在时间还早。

“我大概五六分钟以后到。”

“好。”对方平静地说。这让普拉斯基觉得很放心，他们挂断了电话。

一阵风刮过，普拉斯基把外套拉得更紧。不过没什么用，他和珍妮在讨论去海滩的事，随便哪个海滩。孩子们在上游泳课，他很盼望能带他们去海边。他们一起去了纽约上州的一些湖，但是有沙滩的海？还有拍打海岸的浪花？他们一定会疯狂爱……

“你好，瓦尔西亚先生。”

普拉斯基猝然停住脚步，转身。他努力掩饰自己的惊讶。

他身后十英尺处站着戴夫·维勒。发生了什么？这里离酒店还有两个街区。维勒站在一家还没有营业的宠物店的顶篷下。

普拉斯基想：冷静。“好啊，我以为我们约好在酒店碰头。”他对着街的前方扬了扬头。

维勒什么也没说，只是上下打量着普拉斯基。

普拉斯基说：“今天真够呛，嗯？已经断断续续下了一周雪了，真讨厌。”他就差没说，“在洛杉矶你可见不到这幅场景。”不过，他不应该知道这名律师在加州有（或者没有）一家律所。当然，如果让维勒知道自己对他做过一些功课，也许会不那么可疑？以及显得更加神秘？很难说。

卧底这种事，你真的应该提前想清楚。

普拉斯基走出雪地，也站在宠物店门口。他们身后的橱窗里，有一个浑浊的水族箱。

海滩，任何海滩……

维勒说："我想这样更安全些。"还是带着南方口音。

不过，斯坦·瓦尔西亚当然会想，为什么需要考虑安全。他说："更安全？"

维勒没有回答。他没有戴帽子，光秃秃的脑袋上冒着水汽。

普拉斯基耸了耸肩。"你提到有个客户也许想要见我。"

"可能吧。"

"我做进出口生意，你的客户有这方面需求？"

"也许。"

"你具体在考虑什么？"

用"到底"可能比"具体"更好些，更像是硬汉会说的话。

维勒的声音低了下去，几乎很难在风中听清。"你知道理查德在墨西哥搞的那个项目吗？"

普拉斯基的心里"咯噔"了一下，越来越棒了，这个人是指几年前袭击墨西哥缉毒官员未遂的事件。罗根精心策划了一个杀掉联邦官员的方案，这实在太棒了，如果维勒知道那件事，他就不是自己所称的那个人。

我的理论……

"当然，我知道。他告诉我那个浑蛋搞砸了他的计划，莱姆。"

所以，这个律师确实知道犯罪专家是谁。

普拉斯基进一步说："但是理查德想出了一个很好的计划。"

"对，确实很好。"听到普拉斯基提起一些在公众记录里没有的细节，维勒似乎松了一口气，他靠得更近了些，"我的客户可能有兴趣和你聊一下那件事。”

你的客户还是你？普拉斯基想问。他努力让自己的视线牢牢集中在维勒身上。这不容易，但他没有移开目光。

“那件事有什么可聊的？”

维勒隐晦地说：“可能对用其他方式来处理这个问题有了新的兴趣，墨西哥，罗根先生在死前一直在研究这个问题。”

“我不清楚我们在讨论什么。”普拉斯基说。

“新的方式。”

“哦？”

“如果每个人都有利可图的话。”

“什么样的利益？”普拉斯基问。这似乎是个不错的问题。

“重大的。”

这似乎不是个特别好的回答。但是他知道得这样玩游戏——起码，他觉得应该是。他对卧底工作的全部了解都来自电视剧《警察世家》和电影。

“我的客户想找到他能信赖的人，你也许是其中之一。但是我们必须再调查你一下。”

“我也要调查一下。”

“我们也猜到了，还有。”维勒慢吞吞地说，“我的客户需要你的一样东西来表现你的诚意，你可以带一样东西吗？”

“什么样的东西？”

“要想赚钱，你得先下本金。”维勒说。

所以，他们希望他投资。现金。不错，至少比要他奉上敌对毒贩头目的人头好得多。

“这不是问题。”普拉斯基轻蔑地说，好像自己可以随时跳上私人飞机，飞到瑞士，从私人银行里提出大堆百元大钞。

“你愿意付出多少？”

这是个难题，钓鱼行动很难拿到经费。领导知道这笔钱总有可能拿不回来，但是他不确定上限在哪儿，《警察世家》会怎么做？他耸耸肩。“十万。”

维勒点点头。“这个数字可以。”

此时，普拉斯基开始想：他怎么知道我从这条路过来？去酒店至少有三四条不同的路线。而且，他怎么知道我会走路而不是打车或驾车？之前维勒提到过在亨廷顿·阿姆斯门口停车这回事。

一个答案是，维勒，或者某人，一直跟踪着普拉斯基。

他们那么做，只有一个理由。设局。也许他们看到他从莱姆家出来，查了那栋房子的主人

现在，我他妈的没有戴监听器，离后援队还有两个街区，枪在我的脚踝——有几万英里的距离。

“那么，很高兴有所进展。让我们看一下钱的问题，然后……”

但是维勒没有听。他的视线跃向了普拉斯基身后。普拉斯基转过头。

两个穿着皮夹克、脸上没有笑容的男人正在靠近。一个头发蓬乱，一个剃着光头。

当他们注意到维勒的眼神时，两人拔出枪，冲了上来。

普拉斯基转身开始猛跑。他跑了两步，就被在卡车后等待着的第三名杀手逮住了。杀手用粗壮的手臂绕过他的喉咙，狠命把他撞到宠物店的窗户上。

维勒后退了一步，杀手拿枪顶住了普拉斯基的太阳穴。宠物店里，一只色彩斑斓的巨嘴鸟在华丽的波利尼西亚笼子里拨弄自己的羽毛，饶有兴趣地看着外面的动静。

54

莱姆给瑞秋·帕克打电话，接电话的人恰好是朗·塞利托的儿子。

这个年轻人刚刚从纽约上州回来，从纽约州立大学阿尔巴尼分校毕业后，他就在那里工作。莱姆记得这个孩子很安静，讨人喜欢，尽管他有时候控制不住自己的脾气和情绪——对警察的孩子来说，这很常见。不过那是很多年前了。现在这个孩子似乎很成熟稳重。理查德·塞利托用完全没有布鲁克林腔的口音告诉莱姆，他父亲的情况基本没有变化，依然处于危急情况中。莱姆很高兴这个孩子正在尽全力帮助瑞秋和塞利托的前妻，也就是理查德的母亲。

挂断电话后，莱姆向库柏更新了情况——其实没有任何新情况。他想，这是中毒最可怕的地方之一：毒素在你的细胞之间蠕动，在之后的几天和几周里摧毁你脆弱的组织。子弹可以取出，伤口可以缝合，可是毒药却会东躲西藏，在你的身体里住下，慢慢杀死你。

莱姆回到贴着刺青照片的白板前。

你究竟想说些什么？他再次开始思考。

拼图，引言，还是密码？他不断回到那个理论：这些线索指向某个位置。但是究竟是哪里？

他的电话又震动了一次。看到来电号码的显示，他皱了皱眉，认不出是谁打来的。

他接起电话。“我是莱姆。”

“林肯。”

“菜鸟，是你吗？怎么了？”

“是我，我……”

“你他妈的去了哪里？团队在酒店里等你，你在那里和维勒碰头，或者说应该在那里。他们已经等了一个小时。你一直没有出现。”他严厉地补充道，“你应该想到，我们有点担心。”

“出了点问题。”

莱姆沉默了。“哦？”

“我似乎被逮捕了。”

莱姆不能相信自己的耳朵。“再说一次。”

“逮捕。”

“解释一下！”

“我没能到酒店，在那之前我就被拦住了。”

“我说解释一下，不是搞事。”

梅尔·库柏向他的方向看去，莱姆耸耸肩。

“这里有个纽约调查局探员，他想跟你说话。”

纽约调查局？

“让他接电话。”

“你好，莱姆探员？”

他没空去纠正这个称谓。

“是。”

“我是汤姆·阿伯纳，纽约调查局的。”

“发生什么了，阿伯纳探员？”莱姆尝试保持耐心，但是他觉得普拉斯基已经搞砸了卧底工作，他们没有机会再发现“钟表匠”的同伙了。而且从“我被逮捕了”这句话来看，他搞砸的不仅仅是一点点。

“我们发现罗恩是纽约警局的在职巡逻警员，声誉良好。但是总部没有人知道他在做什么卧底工作。你能确认罗恩在为你的行动工作吗？”

“我是平民，阿伯纳探员。警方顾问。不过，是的，他受重案组的阿米莉亚·萨克斯探长之命在从事一项卧底行动，有个突发状况，我们没有时间走正规渠道，罗恩要在今天早上与一些潜在罪犯进行初步接触。”

“这样，明白了。”

“发生了什么？”

“昨天，一位名叫戴夫·维勒的洛杉矶律师联系了我们。他被一名叫作理查德·罗根的死者家属聘请，罗根是已经死了的罪犯。”

“是的。”莱姆叹了口气。他已经开始明白整个灾难是怎么回事了。

“维勒先生说有人来到殡仪馆，问了许多关于罗根先生的问题。他似乎想要同家人或者同伙会面，暗示自己有兴趣参与罗根在死前筹划的某些非法活动。我建议设个局把这位年轻人请来，看看他到底准备搞什么。维勒先生同意帮忙。我们在他身上装了监听器，听到他提起某个罗根先生在墨西哥参与的犯罪计划。罗恩提议自己可以出钱参与另外一桩刺杀官员的袭击。我们听到他报价之后，就出手了。”

天哪，听起来就像是最普通的仙人跳。

莱姆说："理查德·罗根在世时，精心筹划了一些相当复杂的犯罪行动。他不可能独自行动，我们想要找到他的同伙。"

"理解了，不过你的警官确实越过了卧底行动的界限。"

"他之前没有参与过类似的行动。"

"我不奇怪。你可以想到，维勒律师对这整件事不是太满意，但是他不打算投诉了。"

"请转告他我们很感激，你能让罗恩给我打电话吗？"

"当然，先生。"

他们挂断了电话。过了一会儿，客厅里的一部电话就响了，是普拉斯基用来卧底的电话。

"菜鸟。"

"林肯，对不起。我……"

"别道歉。"

"我处理得不太好。"

"我不觉得这是太差的结果。"

电话那头有些迟疑。"什么意思？"

"我们搞清了一件事：维勒和他的客户——罗根的家人——与"钟表匠"的同伙或者犯罪计划都没有关系，否则他们就不会把你抖出来了。"

"我想是的。"

"你自由了？"

"对。"

"好吧，好消息是，我们可以让"钟表匠"安息了。别再分心了。我们还有个嫌犯要抓。滚回来吧，现在。"

在年轻警官说任何话之前，他就挂断了电话。

此时，莱姆自己的电话响了起来。他被告知，第四次袭击发生了。

当他得知袭击发生在曼哈顿中心的一家刺青店时，他立刻问是哪一家。

并不意外，是TT.高登的店。莱姆叹了口气，低下了头。“不，不。”他小声说道。在一刹那，第一种看待死亡的方式和第二种激烈交锋。然后，第一种占了上风。莱姆给萨克斯去了电话，告诉她，她得再去看一个死亡现场。

55

阿米莉亚·萨克斯刚刚从嫌犯 11–5 的最新犯罪现场回来。TT. 高登在东村的刺青店。

但是，他们最终发现，高登并不是遇害者。当嫌犯闯进店里、锁上门，到后室从事刺青杀人案时，他并不在刺青店。尸体是在刺青店工作的另一位刺青艺术家，名叫艾迪·博福特。萨克斯从高登那里得知，他几年前从南卡罗来纳州搬来纽约，已经在业内小有名气。

“我们应该派人守在刺青店的，莱姆。”她说。

“谁知道他会冒这么大的风险。”嫌犯竟然追踪到了刺青艺术家，这真的让莱姆吃惊。怎么做到的？他从莱姆家跟踪了高登？这似乎很难，但也不是没有可能。不过刺青圈子并不大，杀手一定是听到了谁提起高登在帮助警察破案。嫌犯听说之后就找到刺青店去刺杀他。发现他不在那儿，可能他就此决定杀鸡儆猴：告诉他，帮助警方不是个好主意，并且选择他遇到的第一位员工作为目标。

也是发出另一条消息的时候了。

萨克斯描绘了凶杀现场：博福特仰面朝天。上衣被脱掉了，嫌犯在他的腹部刺上了拼图的另一部分。她把照相机里的 SD 储存卡塞进电脑，在屏幕上显示了照片。

the six hundredth

从彻底失败的卧底任务中归来的罗恩·普拉斯基站在屏幕前，双臂交叉。“他们并不是按照数字大小排列的：第二、四十、第十七和第六百。”

莱姆说：“说得很好。他可以按照数字排列，如果他想的话。要么是因为这一顺序很重要，要么就是他出于某种原因想要打乱它们。而且我们又回到了序数词，不是基数词。四十是唯一一个基数词。”

梅尔·库柏说道：“某种加密方式？”

是一种可能。但是有太多可能的组合，而且没有共同的参考点。在破解一个由字母转换成数字的简单代码时，如果你知道E是英语语言中出现频率最高的字母，就可以初步把这个数字分配给代码中最常出现的数字。但是在这里，数字实在太少了，而且它们还和单词组合在一起，这意味着这些数字除了表面上的意思之外并没有其他意义，尽管这个意思也非常隐晦。

依然可能代表某个位置，但是这个数字排除了经纬度的可能。或者是某个地址？

普拉斯基说：“博福特并不是在地下被杀的。”

莱姆指出：“不，嫌犯这次的动机不同：杀死TT.高登或者至少某个刺青店的人。他不需要按照他的标准犯罪手法来做。现在让我们来看看你还收集到了些什么，萨克斯。”

她和库柏走到检查台前。两人都戴上了手套和面罩。

“没有掌纹，指纹或者脚印。”她说，“验尸官在检查血液，我告诉他我们昨天就需要结果，他说所有人都在忙。”

“其他证迹呢？”莱姆问。

萨克斯对着几个袋子点了点头。

犯罪专家大声嚷起来：“梅尔，动手。”

梅尔捡起袋子，逐一检查分析起里面的内容。萨克斯开始看犯罪现场的其他照片。艾迪·博福特的手被铐在身后，仰面躺着，就像其他人一样。很明显，他出现了严重的胃肠道症状和剧烈呕吐。

一个熟悉的号码出现在电话上。

萨克斯笑了起来。“来了。”

“医生，我是林肯·莱姆。”他对验尸官说，“你有什么发现？”

“很奇怪，警长。“他用莱姆的旧头衔称呼他，每次都听起来刺耳又熟悉。

“怎么说，具体点。”

“被害者是被 α－鹅膏毒素杀死的。”

“死帽蕈。”库柏说，“鹅膏菌。”

“就是那个。”验尸官说。

莱姆很熟悉这些蘑菇。鹅膏菌有三点为人熟知：闻起来像蜂蜜，味道很不错，比世界上任何其他真菌都更快致命。

“奇怪的点是？”

“剂量，我从没见过浓度那么高的。通常要几天以后才死，但是我猜这个人只坚持了一个小时。”

“那一小时肯定很可怕。”萨克斯说。

“对，没错。”验尸官说，似乎他从没有想到过这点。

“其他物质？”

“普洛福，就像其他人一样。还有别的吗？”

“没了。”

莱姆皱着脸，准备按下挂断键。萨克斯说道：“谢谢。”

“不客——”

莱姆挂断了电话。

“继续，梅尔。”莱姆说。

库柏通过气相色谱质谱仪对另外一份样本做了检测。

“这很——”

莱姆打断他：“别说‘奇怪’，我听够了这个词。”

“令人担心，我想说的是这个词。”

“说说。”

“硝化纤维，二甘醇二硝酸酯，邻苯二甲酸二丁酯，二苯胺，氯化钾，石墨。”

莱姆皱起了眉：“多少？”

“很多。”

“林肯，什么意思？”普拉斯基问。

“爆炸物。火药，更确切地说——无烟火药，现代合成法。”

萨克斯问技术员：“从发射过的枪里？”

“不是，是一些真正的颗粒，还没有燃烧过的。”

普拉斯基问：“可能他重新装填自己的弹药？”

这种说法不无合理之处。但是莱姆思考了一会儿，说：“不，我觉得不是。通常只有狙击手和猎人会这么做。但我们的嫌犯从未留下任何线索表明他是这两类人。他对枪支甚至没有太大兴趣。”莱姆盯着电脑上打印出来的气相色谱质谱仪报告，“不，我认为他是在用火药制作一种简易爆炸装置。”他叹了口气，“毒药还不够，现在他准备搞爆炸了。”

圣马可大街537号

被害人：艾迪·博福特，三十八岁

– TT.高登刺青店雇员

– 可能不是计划中的受害者

犯罪人：可能是嫌犯11–5

死因：α–鹅膏毒素中毒（来自鹅膏菌，死帽蕈），通过刺青注入

刺青："第六百"

使用普洛福

– 如何获得？有医疗用品的渠道？（无本地失窃报告）

手铐

– 无品牌，无法追踪来源

证迹：

– 硝化纤维，二甘醇二硝酸酯，邻苯二甲酸二丁酯，二苯胺，氯化钾，石墨：无烟火药

* 准备使用简易爆炸装置？

56

“你知道我对动机这种事有多不信任。”

萨克斯没说什么，只用一个微笑表现了自己的回应。

莱姆把自己的轮椅转到证据白板前，继续道：“但是现在是时候问一下动机问题了，尤其是在我们已经收集了许多证据以后。出现炸弹的可能性——注意，是可能性——也许能帮助我们理解这个变态罪犯的世界。也许这里存在某种理性的动机。我们的嫌犯并不仅仅满足于人皮收集的内心渴望。我想他有其他更深层次的动机。是的，是的，这对我们有帮助。”他激情洋溢地补充道，“我要再研究一下被害者。”

队员们一起仔细浏览图表。莱姆说：“我们可以先排除博福特。他之所以被杀，是因为他在错误的时间出现在了错误的地点。我和罗恩还有赛斯被袭击是因为他想延缓我们的行动。在他的行动中，有四项是事先计划好的，我们破坏了其中两项：医院里的哈莉特·斯坦顿和贝维迪尔公寓的布兰登·亚历山大。有两项成功了：克洛伊和萨曼莎。为什么是这四个人？”莱姆低声轻语，“他们的吸引力在什么地方？”

萨克斯说：“我不知道，莱姆。他们似乎是完全偶然的……随机受害者。”

莱姆抬头盯着眼前的白板。“位置，位置，位置。”

库柏问：“但是要炸毁哪里？怎么炸？”

莱姆再次扫视着犯罪现场照片。“萨克斯！”

她扬起了眉毛。

“当时，我们不确定次氯酸来源，于是派巡逻员去了现场，记得吗？去看那里是否有氯气系统。”

“是的，苏荷区的酒店和餐厅。他们什么也没发现。”

“对，对，对，但那不是我想的酸。”莱姆转动着轮椅靠近显示器，看着图像，“看你拍的这些照片，萨克斯。射灯和电池。是你设置的吗？”

“不是，应急人员弄的。”她皱起了眉头，“我想是他们，我到的时候它们已经在那儿了。两次都是。”

“而且在隧道里搜查氯气的人提到他站在射灯旁。它们还在那儿，为什么？”他也皱起了眉头，对萨克斯说，“查一下是谁放置了这些射灯。”

萨克斯拿起电话打给皇后区的犯罪现场小组。“乔伊，我是阿米莉亚。你们组在检查嫌犯 11–5 犯罪现场时，带过卤素射灯去任何一个现场吗？……没有。”她点着头，“谢谢。”然后挂了电话。

“他们从来没有设置过射灯，莱姆。这些不是我们的灯。”然后，她给消防局的一位朋友打了电话，问了相同的问题。简短对话之后，她汇报说，“唉，也不是消防局的。巡逻队在他们的巡逻车里也不会带射灯。只有紧急救援队才有，但他们是之后才到达的。”

“天哪。”莱姆打了个响指，“我敢打赌，贝维迪尔下面的隧道里也有灯。”

萨克斯说："这就是埋炸弹的地方，是吗？那些电池。"

莱姆看着图片。"电池看起来是十二伏的，卤素射灯用的电池可以小得多。外壳的空隙里装满了火药，我敢肯定。这真是巧妙，没有人会怀疑犯罪现场的射灯和电池。但其他任何神秘包裹一定会被报告，再经由拆弹小组检查。"

"但目标是什么？"库柏问。

一阵短暂的沉默之后，阿米莉亚·萨克斯叫了出来，"我的天哪。"

"怎么了，萨克斯？"

"IFON。"她从自己的包里找出了一张名片，快速走到犯罪现场照片前，"他妈的，我忽略了，莱姆。我完全没有发现。"

"说说吧。"

她的手指点着屏幕。"这些在边上印着IFON的黄色盒子？这些是网络电缆，属于国际光纤网络。"她举起卡片，"萨曼莎·勒凡被杀现场的上方正是IFON的总部。她是他们的雇员。她死去之后我与CEO谈了话。"然后，萨克斯指着克洛伊·摩尔的凶杀现场照片，"那里，同样的盒子。"

贝维迪尔公寓楼停车场下面的隧道里也有一模一样的盒子。

萨克斯说："在医院，大理石山，哈莉特·斯坦顿被袭击的地方，我没有去地下寻找任何隧道。但是我打赌那里某处一定有IFON路由器或者之类的。"

普拉斯基说："有人准备炸掉这些盒子。"他的脸色终于变得难看起来，"嗯，这样想来……网络中断？传闻中说的传统有线公司破坏新的光纤系统？我打赌是这样的。"

萨克斯说："我们认为集皮者可能是集骨者的传人，但真相到底是什么？那只是幌子。他是被雇佣的，将炸弹偷偷运进地下，准备炸掉国际光纤的路由器。”

普拉斯基问：“如果引爆，会发生什么？”

“我想整个曼哈顿的网络会中断。”库柏说。

“银行。”莱姆喃喃地说，“医院，警局，国家安全，航空控制。给德尔瑞打电话，让他通知国土安全部。我猜会有几百人死亡，还有几十亿美元损失。给我们的计算机高手打电话，罗德尼·萨内克，现在就打。”

57

哈莉特·斯坦顿和丈夫马修离开了大理石山的上曼哈顿医学中心。

他们坐在一辆出租车里，计价器上现在显示的价格是十七美元。

“看看。”马修盯着打表器轻声说，“你相信吗？我们到酒店的时候，这得跳到三十美元。地铁会便宜得多。”马修一直是个脾气不怎么好的人。现在，与死神擦肩而过之后——或者说与纽约市医疗机构擦肩而过之后，他的心情并没有好转。

“是呀，亲爱的。”哈莉特回答道，考虑到他们得穿过布朗克斯和哈林这两个区，花点钱不是更好吗？“而且，你看这个天气。”

他们住的地方，伊利诺伊州市中心，天气也同样寒冷邋遢。但是，似乎没有这么肮脏。浮现于脑海的是“玷污”这个词。

马修握住了她的手，仿佛是在说，我想，你是对的。

他的健康状况即使不是很好，但也没有那么糟糕。是的，起因是心脏病发作，或者用更专业一点的术语——心肌梗死，但并不需要做手术。药物和逐渐稳定增加运动量应该有帮助。还有阿司匹林，当然，总是阿司匹林在起效。

她给在酒店里的儿子乔希打了电话，让他去附近一所药房取马修的处方药。马修在出租车里沉默地坐着，盯着窗外。她觉得，他感兴趣的是那些路人，他的眼神从一群人转移到另一群。

出租车在他们的酒店门口停了下来。根据哈莉特的猜测，酒店建于二十世纪三十年代左右，而且显然很多年都没有翻新整修。颜色是金色、黄色和灰色。磨损的墙面，洗得发白的窗帘，上面有拙劣的几何图形，很丑。这个地方让她想起了家乡的驼鹿旅馆。

这样的装饰，加上挥之不去的消毒水和洋葱的气味，快把她逼疯了。但也许那只是对丈夫心脏病发作的失望，打乱了他们的计划。他们坐电梯上了十楼，走出电梯，进了自己的房间。

哈莉特觉得自己得把丈夫扶到床上去，或者，如果他打算晚点再睡，就帮他换上拖鞋和舒适的衣服，再点些外卖。但是他挥手示意她走开——尽管带着浅浅的微笑——坐到那张破烂的书桌前，开始上网。“看，我说的吧。十五美元一天的上网费。红屋顶酒店是免费，最佳西方酒店也是。乔希在哪儿？”

“去帮你拿药了。”

“他可能迷路了。”

哈莉特把一些脏衣服放进房间的洗衣袋里，准备去地下室的酒店客人自助洗衣房。酒店服务费是她最不愿意花钱的门类，昂贵得可笑。

她停下来，看着镜子中的自己，注意到自己的褐色裙子没有褶皱，棕色的毛衣紧紧贴着她丰满的身材，基本没有粘上毛发。基本，不过不是完全没有。她拈起几根，让它们飘落到地上。家里有三只德国牧羊犬。她把自己散乱的几缕头发用力缠绕起来，塞进一丝不苟的发髻中。

她发现在匆忙赶到医院的时候，自己戴反了银项链。现在她把项链重新戴好；但是项链的设计很抽象，没有人会注意到这个错误。

接着她做了个鬼脸。别看起来那么清高。

她离开马修，带着脏衣服去了走廊，坐电梯到大堂。大堂里人头攒动。她在前台排队等待换一些零钱。一群日本游客簇拥在他们的行李箱边，像先驱者保护着自己的女人。站在旁边的是一对似乎来度蜜月的情侣，你依我依。两个男人——她看得出是同性恋——热情地聊着晚上的计划。穿着皮夹克的年轻乐手躺在那里，把脚搭在破旧的乐器盒上。一对身材肥胖的夫妇在研究地图，丈夫穿着短裤——在这样的天气里，还有那双腿！

纽约，神奇的地方。

哈莉特突然感到有人在注视着她。她很快转过身，没有看到任何人。但是，她依然有着一种不安的感觉。

在医院里发生那惊心动魄的一幕之后，有点疑心当然很自然。

“女士？”她听到有人喊她。

“哦，对不起。”她把注意力转回到酒店前台，将一张十元钞票换了零钱。

她坐电梯到了地下室，顺着指示牌沿着两条走廊到了洗衣房。这里光线很暗，到处是打翻的洗衣粉，散发着干衣机尾气和热棉絮的味道。就像走廊里一样，洗衣房里没有人。

她听到“咔嚓”一声，然后是电梯上升的隆隆声。过了一会儿，又传来了电梯回到这一层的声音。如果那是同一辆电梯，那它刚才只是上到了一楼。

用一次洗衣粉要两美元？她真应该让乔希在杂货店买一瓶汰渍。然后她提醒自己，别像马修一样，别纠结这些小事。

那脚步声是从电梯方向来的吗?

她瞥向门口，昏暗的楼道。心跳加速了一拍，手心开始冒汗。

什么也没有。

她把衣服放进看起来最不脏的那台洗衣机里，塞进了六个硬币。

又出现了脚步声，这次声音更响了。

她转过身，看着眼前这个身着褐色皮夹克、戴着一顶绿色纽约大都会棒球帽的年轻人。他背着一个双肩包和一个帆布袋。

短暂的沉默。

然后她微笑起来："比利。"

"哈莉特小姨。"比利·海文环顾了一下四周，确保没有其他人，然后走进了洗衣房。他放下了包。

她抬起手，掌心向上。像是在召唤一个孩子。

比利踌躇了一会，然后走向她，投向了她的怀抱。她的手臂紧紧环绕着他。他们的身高差不多，她大概也有一米八。哈莉特轻松地把脸凑到比利的脸前，用力吻着他的嘴。

她感到他有一瞬间的抗拒，随后就放弃了，开始回吻她，用他的唇夹住她的，尝着她的味道。不是不想，而是无法停止。

他总是这样：一开始拒绝，然后屈服……然后变得越来越强有力。他把她推倒，奋力脱掉了她的衣服。

一直都是这样。从第一次开始，十几年前。她会把这个男孩拉进车库上方的书房，夹竹桃室，在那些下午，当马修忙着天知道什么的时候，小姨和外甥有时候会这样开着玩笑。

58

通常来说，每次罗德尼·萨内克接到莱姆打来的电话时，他都在听某些可怕的摇滚乐。这点非常恼人。

“罗德尼，我开着免提。我是……能把那音乐关了吗？”

如果你能把那让人想撞墙的玩意儿也叫作音乐的话。

“嗨，林肯，是你吧？”

莱姆转向萨克斯，翻了个白眼。

萨内克可能已经半聋了。

“罗德尼，我们有个情况。”

“当然。说吧。”

莱姆向他介绍了炸弹和它们的位置：在重要的国际光纤网络路由器旁边，以及公司总部大楼下。

“天哪，这很难搞。林肯。”

“我不知道引爆计时器的情况。在其中一个或者全部被引爆之前，我们可能无法保证安全拆除。”

“你们安排紧急疏散了吗？”

“正在安排。这些是火药炸弹，不是塑料爆炸物，这点我们确定，所以应该不会发生大规模伤亡。但是对基建的破坏可能相当大。”

“啊。”

萨内克听起来似乎并不是很担心。他是正在自己的iPod上找新的歌单吗？

“你需要我做什么？”他终于问道，似乎他的唯一目的是要填补这越来越长的沉默。

“我们应该打电话给谁？我们应该采取什么措施？”

“对什么采取措施？”萨内克问道。

老天爷。这是怎么一回事？“罗德尼，如果，这，炸弹，爆炸。网络……我们应该采取什么措施？”

又是沉默。“你问的是，如果炸弹炸掉了几个光纤路由器的话。”

莱姆叹了一口气。“是的，罗德尼。我问的就是这个。还有IFON总部。”

“什么都不用做。”

“可是，安全系统，医院，华尔街，空中管控，警报怎么办？天哪，这可是网络啊。某个有线网络公司雇用工业间谍来炸掉它们。”

“哦，我懂了。”他听起来好像被逗乐了，“你以为这是布鲁斯·威利斯的电影？股市暴跌，银行因为警报关闭被抢光，市长被绑架，因为网络中断？”

“呃，按照这样的思路，是的。”

“听着，有线公司对抗光纤网络，这是老掉牙的说法了，嚼过一百遍的口香糖。”

我不需要你连着用两个破段子，讲重点。莱姆心中的怒火在燃烧，但是他沉默着。

“它们不喜欢彼此，IFON和传统有线公司，但是没有人会破坏任何东西。事实上，六个月之内，国际光纤网络会买下其他有线公司，或者签授权协议。”

“你不认为它们想要炸掉 IFON 的路由器？”

“才不会。即使它们这么做了，或者任何人这么做，也不过是会在城市里某些零零散散的地方发生五分钟、十分钟的断网。相信我，中国黑客和保加利亚黑客每天都能搞出比这更麻烦的事。”

萨克斯问：“你确定会发生的就是这些？”

“嗨，阿米莉亚。好吧，也许二十分钟。你要知道，网络服务供应商以前就想过这个问题。系统里有许多重复冗余的东西，我们把这个叫作‘减冗’。”

莱姆很是恼怒，因为这个糟糕的笑话，也因为他之前的设想泡了汤。

“最糟糕的情况下，信号会被转发到新泽西、皇后区和康涅狄格州的备份服务器上。哦，网速会变慢。你不能顺畅地在线看黄片或者玩《魔兽世界》。不过基本服务还是有的。不过我会给供应商和国土安全部打电话，给他们提个醒。”

“谢谢，罗德尼。”萨克斯说。

音乐音量变大了，电话被挂断。

莱姆坐在白板和照片之前。受挫的他有了一个新的想法。他厉声说：“想法太草率了。我们推测 IFON 的萨曼莎·勒凡就是目标。嫌犯怎么会知道她会在那个时候去厕所，并且等着她呢？大意，愚蠢！”

传统有线网络供应商想要搞垮光纤运营商，这个想法看起来似乎很有道理，牧羊人和养牛大户的对决。就像大多数阴谋论一样，听起来很迷人，最终还是垃圾。

他的视线又移向了刺青。

the second

forty

17th

the six hundredth

莱姆大声念着这些词。

他身边的普拉斯基俯身向前，“还有这些波浪线。”

“是扇贝形线。”莱姆纠正他。

“我不知道扇贝是什么，除了这是一种淡而无味的海鲜，除非你在上面浇点调料。”

“这种海鲜的壳长成这种形状。”莱姆轻声说。

“好吧，对我来说，这看起来就是波浪。”

莱姆皱起了眉，然后他喃喃起来：“TT．高登说过，这些波浪很重要，因为用了疤痕刺青。”过了一会儿，“我错了！他不是想给我们一个位置，上帝诅咒你。”他大吼。然后他眨着眼睛，大笑起来。

“什么？”萨克斯问。

“我刚刚开了一个很烂的玩笑。我说‘上帝诅咒你’。”

“什么意思，林肯？”库柏大声问道。

他没有回答那个问题，叫道：“《圣经》，我需要一本《圣经》。”

“呃，我们这里没有，林肯。”萨克斯说。

“网上，给我在网上找一本《圣经》。你发现了某些线索，菜鸟！”

“我发现了？”

59

比利靠着墙，手臂交叉在胸前，看着他的哈莉特小姨——他母亲的妹妹——把洗衣粉加到洗衣机里。

她问："你看到大堂里有什么人吗？我担心警察会监视我，我有这种感觉。"

"没有。我检查了，很仔细。我在那里待了一个小时。"

"我没有看到你。"

"我在观察。"比利说，"不是被观察。"

她关上洗衣机盖子。他打量着她的胸，腿，脖子。回忆……

他一直在想，姨夫是不是知道他们在夹竹桃室里的时光？

从某种程度上说，马修姨夫不可能完全对他们的婚外情——随便你想怎么说——一无所知。在她不用给邻居小孩上课的每一天，两人会在下午消失好几个小时，他怎么可能完全不知道？

而且两人一定也有共同的气味，彼此身体的气味，香水和止汗剂的味道。

还有血的味道。虽然几乎每次偷情后他们都会一丝不苟地洗澡。

所有的血……

美国家庭第一委员会有个宗教信条。不允许成员使用避孕措施，就像他们也会制裁堕胎一样。所以哈莉特只能在每个月那个时候“邀请”比利到车库上的工作室去。只有在那时，他们才能确定哈莉特不会怀孕。比利能控制自己的反感，而且出于某种原因，那些深红色的污渍会让哈莉特更有激情。夹竹桃和血在比利·海文的脑海中永远地结合在一起。

马修姨夫可能根本不知道女性身体的这个特质。比利不会感到惊讶。

还有，如果哈莉特·斯坦顿想要某样东西，她会直视你的眼睛，让你相信一切。比利毫不怀疑，无论她在丈夫面前编造了什么故事，他都会全盘接受。

“这里会是你的艺术工作室。”第一次带着十三岁的比利参观这个房间时，她这么告诉他。房间是她亲手装饰的，在他们南伊利诺伊州别墅的独立车库上方。墙上挂着一张他为她画的夹竹桃，那是她最喜欢的花（当然是有毒的）。“这是我最喜欢的你的画。我们就叫它夹竹桃室吧，我们的夹竹桃室。”

然后她开始拽他的皮带。有点顽皮，但是很坚定。

“等等，不，哈莉特小姨，你在干什么？”他抬起头看她，眼睛里都是惊恐。这不仅仅是因为哈莉特和她的姐姐，也就是比利的妈妈，长得极像，而且哈莉特和马修还是他事实上的养父母。比利的父母死得很惨，或许也可以说很英勇。他成了孤儿，被斯坦顿夫妇收养。

“呃，我不觉得我想，你知道，做那个。”男孩说。

但这些话好像只是消失在了空气中。

皮带掉了下来。

夹竹桃室那些血淋淋的岁月也就此开始。

这次来纽约，他们两人有一次联系：比利从医院逃出来的那天，他并不是去寻找某个受害者，而是去看望他的小姨、生病的姨夫和表哥乔希。比利几乎毫无心情去满足她（和哈莉特小姨性爱的目的仅止于此），但是她坚持要他来酒店。马修还在医院，她会派乔希出去跑腿。乔希总是会听妈妈的话。

现在，洗衣机有节奏地转动着。比利问："他怎么样？乔希说他看起来还不错，只是有点虚弱。"

"该死的。"哈莉特苦涩地说，"马修会没事的，他不可能发善心就这么死了。"

"那样倒是简单了。"年轻人附和着，"不过你原先的那个计划要更好些。"

"我想是的。"

更好的意思是，当他们在纽约完成改造大业之后，他们会一起回到南伊利诺伊州的家里，杀了马修，嫁祸给某个从奥尔顿或东圣路易斯救济厨房随便抓来的黑人或拉丁裔人。马修会成为殉道者，比利会接管美国家庭第一委员会，把它变成全国最优秀的民兵组织。

比利将成为国王，哈莉特将成为王后，或者太后。好吧，反正本来两者都是。

"美国家庭第一委员会"是全国各地几十个民兵组织之一，它们之间有着很松散的联盟。名称各不相同，但观点几乎一致：州、市和宗族（这是最好的一点）权力高于联邦权力，结束自由派媒体对宣传的垄断，完全停止对外国的援助或干预，禁止同性恋（不仅仅是同性恋婚姻），禁止跨种族婚姻，支持种族隔离（不一定是平等的），将所有移民赶出国门，建立一个笃信基督的政府，让孩子在家上学。限制非基督教的宗教活动。

许多美国人持有这样的观点，或者说是其中部分观点。但在扩大成员范围时，这些民兵组织面临的问题并不在于观点，而在于它们的掌权者是像马修·斯坦顿这样的人——年老的、没有想象力的男人，他们能吸引的只有其他那些年老又没有想象力的男人。

毫无疑问，姨夫马修·斯坦顿曾经是有能力的。他是个魅力十足的老师。他坚定不移地笃信基督和国父们的教义——至少是那些虔诚的国父。但是他从来没有组织过像俄克拉荷马城爆炸案那样的胜利。他为这一事业斗争的出击方式，就是偶尔杀掉或者弄残一个堕胎医生，放火烧掉一个诊所或国税局办公室，殴打移民工人、穆斯林或同性恋者。

但是，哈莉特·斯坦顿要比她的丈夫有更大的野心。她知道，除非能为组织带来新鲜血液，用全新的方式来传播他们的政治主张，吸引更年轻、更时髦的受众，否则这一组织会在十年内消亡。改造是她的想法——尽管是她慢慢地灌输给马修，让他以为这是自己想到的。

几个月前，哈莉特和比利躺在夹竹桃室的沙发上。她把自己的设想说给外甥听。“我们需要有个新的负责人，能吸引年轻一代。兴奋，富有激情和创意思维，熟悉社交媒体，你能带来年轻人。当你谈起规则的时候，他们会听。男孩会崇拜你，女孩会爱上你。你能让他们做任何事，你会成为这一事业中的哈利·波特。”

哈莉特相信，有很大一批美国人憎恶这个国家的发展方向，他们想要加入家庭第一委员会。但是他们必须清楚地知道外面的危险——恐怖分子、少数族裔等群体。他们需要有一个有魅力的年轻领袖来保护他们。

哈莉特和比利会是他们的救世主。

政变的原因还有一个。在家庭第一委员会现在的体制中，哈莉特只拥有有限的权力。当然，这是因为，她只是个女人，委员会创始人的妻子。比利和新一代认为，对妇女的歧视让人忽视了更重要的问题：种族隔离和民族主义。只要马修和他的同类——爱打猎、爱抽雪茄的那类人——依然掌权，哈莉特就只能处于边缘。这不能接受，比利会让她获得权力。

现在，在洗衣房里，他感到她在凝视他，他终于迎上了她的目光。两人对视的样子，和他多年来记忆中的一样。当他在她身上的时候，每一次他把脸埋进枕头的时候，她都会抓住他的头发，让他仰起头，直到他们的目光完全对视。

她问："警察的线索现在查得怎么样？"

"我们没事。"比利说，"警察没问题。比我们预想中的表现要好，但是他们相信了你的描述——俄罗斯人或者斯拉夫人，三十来岁，圆圆的头，淡蓝色眼睛。正是我的反面。"

当阿米莉亚·萨克斯在医院"救"了哈莉特的时候，哈莉特为嫌犯画像提供了错误的描述，把警察从她的外甥身上引开。他当时不过是来看望马修，并不是到医院去毒杀另一名受害者。

比利问起了他的堂兄。他一切都还好吗？

"乔希嘛，就是乔希。"哈莉特心不在焉地回答。这基本上可以看作这对母子关系的写照。然后她大笑起来，像个女学生，"我们的纽约之行真不赖，对吧？虽然没有按照我们的计划进行，但是我觉得这样是最好的。心脏病发作之后，马修会被认为很虚弱。在我们回家之后，他就更容易……走了。上帝有自己的神奇之手，不是吗？"

他的小姨向前走了一步，抓住他的手臂，用另一只手的手指抚摸着他光滑的脸颊。

洗衣机上的指示灯亮了，进入下一个程序。哈莉特专心地看着机器。比利想起来，在家里的时候，她会把衣服挂在绳子上自然晾干。他想象着他们的样子，缠绵的身体，在微风中轻轻摆动。有时，她会把长长的晾衣绳带到夹竹桃室。

此时，他看到哈莉特的手放在头发上，发针掉了出来。她再次对着他微笑。用一种特殊的方式。

现在？她是认真的吗？

他又何必要怀疑，哈莉特小姨从来不开玩笑。她走到洗衣房门口，关上了门。

洗衣机的水声有着催眠般的节奏，这是房间里唯一的声音。

哈莉特锁上门，然后关掉了顶灯。

60

“拆弹小组出动了。”普拉斯基喊道。

“很好。那么，梅尔，你找到了吗？”

库柏把一本电子版圣经投射到主显示器上，翻看了起来。“就像你说的那样，林肯，是在《创世记》。”

“读出来。”

“诺亚活到第六百年时，在第二个月第十七日，浩瀚深渊的泉源尽数裂开，天上的水闸都打开了，倾盆大雨下了四十昼夜。”库柏抬头说道，“这里有‘第六百’‘第二’‘第十七和‘四十’。都在这里了。”

“另一本书！我要找另一本书！”

“《连环城市》？”库柏问道。

“要不然呢，梅尔？我现在可没心情看普鲁斯特，《安娜·卡列尼娜》或者是《十五度灰》。”

“是《五十度灰》。”普拉斯基忍不住反驳，回应他的是一记犀利的眼神，“我只是说说而已。难道还真的要读闲书吗。”

阿米莉亚·萨克斯找出这本犯罪书籍，打开这本薄薄的书。“要我找什么，莱姆？”

莱姆答道：“注释。我想找一则注释，关于我们针对帕米拉的妈妈夏洛特的调查，以及她的右翼民兵团体。”

当年夏洛特在纽约策划了一起爆炸案。

萨克斯阅读着那条很长的注释。其中详细说明了莱姆如何协同纽约市警察局和联邦调查局调查这起案子的。

莱姆突然大声说道：“好吧，我们这位嫌犯或许对集骨者有那么一点崇拜。但他找这本书不是为了这个，他想研究我们追缉国内恐怖组织的手段，我本来假设他精神失常。但看来不是的。”他咬牙切齿地说。

“是有什么恐怖组织雇佣他犯罪吗？”普拉斯基问道。

“可能吧，也有可能他自己就是组织成员，只有袭击目标？”莱姆指了指那些地下犯罪现场的照片，“看看这些管道，有的写着 DEP，意思是环保局，自来水管。”

“没错。这些作案地点的位置，正好都是水管爆裂后淹水会造成最严重破坏的地方。”

莱姆对普拉斯基说：“谢了，菜鸟。”

“不客气，其实我还是不知道我都在做什么。”

“你认为数字周围的扇形线是波浪，不是扇形。确实，是波浪！这让我想起了洪水和诺亚方舟。现在我们想出了一个末日理论。这下思路就完全改变了。”莱姆扫视着线索白板，思绪如同窗外的冻雨般倾盆而下，“很好，很好，我们继续。”

梅尔·库柏问道：“但嫌犯是怎么知道哪里是水管最致命的爆破点呢？自来水管道分布图是机密啊。”

此刻莱姆的脑海中突然灵光一闪。这种情况不经常出现。只要你搜集到足够多的事实，大多数的推理都是顺水推舟。但有时，极少数时候，在面对一大堆纷乱繁杂的线索时，你突然抓住了真相的关键。

“那根胡须——就是11–5在我最爱的单一麦芽威士忌里下毒之后，你在架子上找到的那根。”

萨克斯的眼睛一亮，接话道：“我们以为是两个案子的线索混在了一起，但其实不是。那根胡子就是嫌犯11–5闯进家门时遗落的，因为就是他在上周谋杀了那个市政府雇员。”

“目的是拿到他办公室的钥匙。”莱姆说道。

“为什么？他在哪里工作？”罗恩·普拉斯基问道。

“市政府单位，确切地说，环保局。”莱姆低声说道，“自来水供应系统的主管部门。嫌犯闯进去偷了自来水管道分布图，以此来确定在哪里安装土炸弹。啊，还有嫌犯攻击赛斯的时候，在帕米拉的公寓里也留下了蓝图的纤维。就是自来水管道分布图。”

莱姆又看了一眼纽约市地图。他指了指三号供水隧道，那是纽约有史以来最庞大的公共工程计划，也是全世界最大的供水管道之一。隧道本身在地底很深的地方，难以摧毁。但它还有众多分支管道，遍布全市。如果这些分支管道爆裂，几千万吨的水就会冲进中城区和下曼哈顿，造成的灾难性后果将远超任何强度的飓风袭击。

“给重案组打电话。”莱姆命令道，“还有环保局，还有市长。我要他们立刻停止自来水供应。”

61

“感觉怎么样，马修姨夫？”

“还好。”男人低声嘟囔着，“在医院里，讲英语的人一只手就能数得过来。上帝慈悲。”

比利可以肯定，这个说法并不准确。但这正是“美国家庭第一委员会”应该秉持的警惕态度。问题的关键不在于医院员工不会说英语——他们当然会说。问题是他们的英语口音太重，口语也不好。这个问题就跟他们的肤色一样，说明他们来自其他文化、其他国家，并不能代表正确的价值观，也说明他们没有努力融入美国。

“嗯，你出院了，气色也不错。”他打量着姨夫——八十五公斤，心脏系统轻微受损，除此之外非常健康。没错，看起来会一直活下去……或者活到比利朝他脑袋开上一枪。在此之前，比利会找一个倒霉的临时工，以“自卫”的名义把他打死，再把杀了姨夫的那把枪塞进他的手里。

“他恢复得不错。”哈莉特说道，她的声音轻柔，如同蒙蒙细雨，边说边把一堆洗净叠好的衣物收起来，“恢复正常了。”

“嘿，老弟。”乔希·斯坦顿从这间小套房的卧室里走出来，加入了对话。每次乔希听见周围有人说话都会赶紧出现，好像他无法忍受有任何一场对话竟然没有自己的参与。他也可能是担心有人在他背后说他什么，但其实乔希这个人并没有什么好说的。除了他二十二岁，是个能干水电工的帮工，主要的才华是捕杀鸟类、鹿，以及堕胎医生。

这个身材敦实的男人，有一头略带红色的金发，天性可靠，可靠到令人厌烦。只要你交代他什么事，他都会排除万难一一照办，而且随时跟你滔滔不绝地汇报事件进展。比利不太明白他是怎么讨到了老婆，还生了四个孩子。

不过话说回来，这点小事就算是一条狗、一条蝾螈都能办到。

比利一边把乔希想象成一条蜥蜴，一边拥抱了这位表弟，内心有点不情不愿。倒不是怕细菌，而是担心证物交换的事。

我尽量避免，洛卡德先生。

的确，乔希的脑袋不太灵光，但他却是改造大业中的关键角色。每当比利完成谋杀、被害人的尸体被发现之后，乔希都会穿戴上医护人员的连体服和口罩，迅速进入现场，用推车把藏了炸弹卤素灯和电源运进隧道，架起灯，然后溜掉。只是个急救人员，没有人会多看他一眼。

这个年轻人正在喋喋不休地谈论自己如何成功伪装，把设备运进犯罪现场。他一直看向比利，寻求他的认可。而比利只是稍微点了点头。

哈莉特抬起眼皮看了儿子一眼，比利知道她这是让他安静。但乔希显然没有领会，依然在滔滔不绝。

“在贝维迪尔差点来不及，就差那么一点，到处都是警察！我不得不换了个安检孔道。进度就这么落后了六分钟，但我觉得问题应该不大。”

哈莉特又看了他一眼。

美国家庭第一委员会要求女人耐心和顺，马修则不必。他吼道：“儿子，闭嘴。”

“是。”

比利一向看不惯姨夫和小姨对待表哥的方式。马修对自己的儿子非常刻薄，而乔希也一直逆来顺受，真是可悲。而哈莉特，基本无视乔希的存在。

比利挺喜欢乔希，他实际上扮演了比利哥哥的角色，二人共同度过多年的美好时光。他们一起做过很多青少年男性应该做的事，像是玩橄榄球，跟女生打情骂俏，以及学习修车。但在一次青少年之间的坦白中，他们不约而同地承认自己并不喜欢运动、修车，对谈恋爱也不太感兴趣。在此之后他们就开始致力于真正能让他们感到兴奋的活动——跟踪并殴打同性恋，以及非法移民，以及合法移民，反正他们不是白人。拿喷漆去犹太教堂喷上十字架，或者去黑人教堂喷上纳粹标记。他们还放火把一家堕胎诊所烧得一干二净。

比利的手表响了。“时间到了。”几秒钟后，另一只手表也震动起来。

马修姨夫看了看背包和工具袋，宣布：“我们来祷告吧。”

包括行动还不太方便的马修在内，一家人都跪了下来。哈莉特和乔希跪在比利的两边。大家牵起手来。哈莉特握着比利的手，用力捏了一下。

马修的声音有点虚弱，但依然铿锵有力，足以撕裂有罪者的心脏。他吟诵道：“主啊，感谢你赐给我们智慧与勇气，去做我们奉你之名即将要做的事。谢谢你为我们的灵魂注入远见，给我们的双手送上计划。阿门。”

“阿门。”其他人跟着说道。

62

莱姆驾驶轮椅在客厅那面白板前来来回回。

他看了一眼自来水管道分布图，那是环保局刚刚通过加密服务器发来的。然后他的目光又回到那份证据上。三号供水隧道及其所有分支管道都清楚地画在上面。

罗恩·普拉斯基喊道："拆弹小组已经抵达那家时装店和餐厅。另外也有人赶往三号地点，贝维迪尔住宅大楼。"

"他们动静闹得很大吗？"莱姆分神问道，"开了警车，还拉了警笛？"

"我——"

莱姆打断了他："进行疏散了吗？我希望市长下令疏散。"

"我不知道。"

"那就打开新闻看看。托马斯！你他妈在哪——"

"我在这儿，林肯。"

"新闻，打开新闻！我跟你说过了。"

"你没说，你只是以为你说过了。"托马斯不满地扬起一边眉毛。

"就当我没说吧。"莱姆嘀咕道。这已经是他能表达出最大限度的歉意了，"但快点把那该死的玩意儿打开。"

角落里的三星电视应声打开了。

莱姆的一根手指在屏幕上戳来戳去。“突发新闻，新闻快报，最新消息，插播新闻，为什么没有？……我他妈竟然在看一个车险广告！”

“不要乱动胳膊做没必要的事。”托马斯开始换台。

“……十分钟前的记者会中，市长告诉曼哈顿和皇后区居民，目前不需要疏散。他呼吁市民——”

“没有疏散？”莱姆叹了一口气，“他至少可以让人撤离皇后区，他们可以往东疏散，长岛还有很多空间，他可以安排大家有秩序地疏散。”

梅尔·库柏说道：“疏散是不可能有秩序的，林肯，肯定一团糟。”

“我建议他进行疏散，但他根本不理我。”

“环保局打电话来了。”普拉斯基说道。他朝工作台上放的显示屏点点头，上面显示了来电号码。

莱姆的手机也响了。区号404，乔治亚州，亚特兰大。

“也他妈的该是时候了。”他喃喃说道，“菜鸟，你去对付管自来水的家伙，跟萨克斯一起。我来跟南部的朋友谈谈。大家都动起来！时间不多了！”

他重重按下键盘上的接听键，托马斯又满含责备地看了他一眼。

63

比利·海文身穿环保部门的连体工作服和安全帽，来到中城东边的一个十字路口。他用钩子提起一个安检孔盖，爬下去，然后回身举起安检孔盖，把它放回原处。

他爬到梯子底部，落到一片金属地板上。随后他开始走过隧道，头顶是一根自来水管，水管上凝结的水珠发出微光。这根巨大的水管从位于中城中央三号供水隧道的总阀门控制室延伸出来，通过三条分支管道，为全曼哈顿和皇后区的部分地区供水，影响约一万八千户家庭和商铺的日常用水。

他一边走，一边把沉重的工具袋从一只手换到另一边。这只工具袋重达二十公斤，里面装着他从运河街工作室打包的东西：电钻、电焊工具套装、电线和其他工具，还有两个沉重的钢质保温瓶。他没有带着美国老鹰刺青机。改造大业中的这部分已经完成，不需要再用毒药刺青了。

但是当然，人皮法则依然在发挥作用。

他看了下导航，调整了下方向，继续向前走。改造大业的计划十分复杂，正适合由天选之子亲自执行。

改造诫令……

在最后一个作案现场，也就是TT．高登的刺青工作室，警察会找到他故意留下的爆炸物痕迹，林肯·莱姆立刻会对这个不寻常的证物产生疑问。爆炸物和毒药？二者之间有什么联系？根据诫令的推断，莱姆会这么想：也许毒药刺青的意义，并不仅仅是一个精神病患在进行随机杀戮？

他们会分析手头这几个刺青图案，最后锁定《创世记》中的洪水。他故意最后才在刺青艺术家的身上刺下“第六百”这个数字，因为他不调整顺序，先让这个数字出现的话，谜底就会被提前揭晓。

> 诺亚活到第六百年时，在第二个月第十七日，浩瀚深渊的泉源尽数裂开，天上的水闸全部打开，倾盆大雨下了四十昼夜……

这就意味着又有国内恐怖分子在行动，要放置炸弹、引发洪水，冲刷这座索多玛城的罪恶了。

莱姆和萨克斯会一起猜想，炸弹到底会被放置在什么地方。随后他们会恍然大悟：没错，一定放在犯罪现场的灯所用的电池里。这些炸弹随时可能引爆，而拆弹小组要花上一阵子才能打开密封的包装盒，将这些土制炸弹安全引爆或是彻底拆除。因此，环保部门不得不采取极端但必要的措施以策万全：彻底关闭三号输水隧道位于中城区的总水闸，停止供水到此刻比利身边的这根水管。

一旦停水，水管中的水压就会降到接近为零。

而比利就得以趁机在铁管上钻一个一毫米的小孔。如果不停水，他根本没法这么做，巨大的水压会让水流从小孔中高速喷出，发挥出如同工业镭射光般惊人的切割力量。

不过既然水压没了，他就可以在自来水管中加入那两个保温瓶里的东西。那是改造大业中用到的最后一种毒药。

肉毒毒素是由梭菌属的肉毒杆菌在繁殖中产生的一种神经性毒素，它是世界上毒性最强的物质。只要半茶匙，就可以轻易杀光全美国的人。

那些毒性极其剧烈的物质，比如钋和钚这两种放射性元素，通常都很难获得，但要弄到肉毒毒素却是轻而易举。

这都是拜人类的虚荣心所赐。

肉毒毒素来自肉毒杆菌，可以被用作肌肉松弛剂，用来缓解痉挛。但它最广为人知的用途，就是在医美手术中用于抚平皱纹。因为其毒性成分可以对造成皱纹的神经传导物质起到抑制作用。

这种杆菌的孢子通常都被小心看管着，但比利还是找到了一个货源。他闯进中西部一家整形外科手术用品公司，窃取了不少药品和医疗器械，还搞到了足够多的孢子，用来打造出一个肉毒杆菌培养基地，在无氧环境中悄无声息地制作出一批肉毒杆菌和肉毒毒素。

显然，用这种迷人又要人命的东西来杀人并不是他的原创。但此前从来没人真的这么做过。原因很简单，真的要下毒几乎是不可能的。这种毒素必须被食用、吸入，或是经过黏膜组织、开放性伤口进入人体。光是接触皮肤是不够的；而要通过大量气溶胶传播来下毒非常困难，就只剩下在食物和饮水中下毒这一条路了。

但与此同时，盐分、高温、碱性物质和氧气都会杀灭肉毒杆菌。还有加在纽约市自来水中的氯也有同样的灭活作用。更别提自来水中还添加了防止蛀牙的氟、去除铅污染的正磷酸盐，以及增强碱性的氢氧化物。

不过比利已经成功培养出了一种具有抗氯性的浓缩形态肉毒杆菌。他将注入自来水中的部分毒素将无可避免地被杀灭或降低毒性，但他认为会有足够数量的杆菌存活下来，然后随着水流进入中城区、下曼哈顿和皇后区的千家万户。将会有约四千人死亡，还有几倍数量的人将因此生病或重伤。

儿童尤其容易受到伤害。本来，婴儿肉毒杆菌中毒的意外就时有发生，通常是十二月龄内的婴儿食用了蜂蜜，而蜂蜜中偶尔会含有肉毒杆菌的孢子。比利预想到会有很多婴儿因此死亡，但他一点也不介怀。毕竟，这是一场战争。必须有人牺牲。

当然，政府也会快速采取应对措施。卫生部和国土安全局一定会心急火燎地排查致病源。不过进度一开始不会很快，因为政府官员会认为这是症状非常相似的化学神经毒素。如果比利运气够好，还会有医疗人员给病人注射阿托品和氯解磷定。而这二者恰恰会加重肉毒杆菌的毒性，还会有些病患会被诊断为重症肌无力。但通过血清和粪便化验，再加上质谱分析，最后还是会确定为肉毒杆菌中毒。

不过到那时，事态已经一发而不可收。

改造大业也推断此举会造成另一项次生灾害，也许不那么致命，但影响却更为广泛：整座城市很快会找到毒素的源头，但却无法确定确切的扩散范围。布朗克斯会有危险吗？新泽西和康涅狄格州呢？

从市政府、州政府到联邦政府，完全无能的当局唯一能采取的措施就是完全停止自来水供应。纽约市将滴水无存，无法饮用，无法洗刷、清洁，也无法发电（纽约市大部分电力供应都来自使用蒸汽涡轮机的发电厂）。东河和哈得逊河都会变成恒河那样，成为沐浴、排泄、饮用水以及疾病的来源。

摧毁这座城市的，不是洪水，而是瘟疫。

但这个计划是否能成功，取决于这样一个还没解决的问题：关闭中城区自来水总阀门，让比利可以注入毒药。如果水阀不关，改造大业就要宣告失败。诚然，上游的水库或供水管道更容易下手，但那里遍布监控摄像头，防的就是这类投毒事件。因此在作案计划中，他必须来到中央公园南部，在这里把毒素加入自来水中。因为理论上不可能有人在这里下毒，也就没有任何安防设施。

这时，比利再次确认自己的方位。没错，他已经非常接近在水管上钻孔的最佳位置。

但他需要确认当局已经停止供水。

快点，他心想，再快点……

他已经不耐烦了。

时机就是一切。

最后，他的手机上传来一条新信息。他低头看去，是哈莉特小姨。她发来一个链接。比利点击屏幕，把手机放成横屏，阅读了起来。上面显示这条新闻发布于一分钟之前。

纽约市恐怖袭击警报

自来水供水系统

成为不明炸弹客攻击目标

为了防止因一起恐怖袭击带来的淹水风险，纽约市当局已关闭通往曼哈顿中央公园以南和皇后区大部分区域的自来水供应总管。

纽约市警察局、国土安全部、联邦调查局已联合召开新闻发布会，当局发言人表示，他们发现有恐怖分子计划在地下引爆土制炸弹，企图摧毁纽约的部分供水系统。

拆弹小组成员已发现三处地点放置有土制炸弹，并在相关地区进行紧急疏散。他们将采取所谓的“安全爆破”手段，拆除这些炸弹。

据估计，自来水供应将在两小时之内恢复。警方呼吁民众，不需要储存水。

很好。是时候完成计划，跟纽约市说再见吧。

64

阿米莉亚·萨克斯狠狠踩着油门，向中城区疾驰。

离开莱姆家之后，她一连闯了七个红灯。只有一个红灯拖慢了她的脚步。那些愤怒的鸣笛和车窗里伸出的中指，对她来说都不算什么。

她正驾车驶过时代广场，四周环绕着五光十色的巨型高清屏幕，本地人视若无睹，外地游客却为此流连忘返。街头应景的感恩节装饰还没被拆除，圣诞节主题的装饰物也早早被摆放了出来。街头小贩都裹着厚厚的外套，跺着双脚取暖。

熙熙攘攘，皆是无辜者。

她继续向东疾驰，开上莱克辛顿大道后刹车停下，轮胎由于摩擦散发出一层薄薄的蓝色烟雾。此前，莱姆吩咐她在这里停车，等候进一步指令。

萨克斯的手机响了，耳机中传来普拉斯基的声音。“阿米莉亚，我正在跟环保局通话。他们正在检查……等一下，那个工程师在跟我说话。”萨克斯听见他转头去接另一通电话。随后他的嗓门高了起来，“这他妈是什么意思？‘探测器没那么精确’？这到底是什么意思？我不管探测器怎么样，我只要知道地点。现在就要知道！”

萨克斯笑了起来。在莱姆的调教下，年轻的罗恩·普拉斯基已经可以独当一面。片刻之后，普拉斯基又接起了电话。“我不知道他们出了什么问题，阿米莉亚。他们是——等等，我有进一步消息了。”他的声音又飘远了，“好的，好的。”

萨克斯看着周围的街道，再次心想：都是无辜者。商人、购物者、游客、小孩、乐手、小贩、骗子、玩杂耍的——这光怪陆离的众生百态，组成了独一无二的纽约城。

然而，就在他们脚下的某处，正酝酿着纽约市有史以来最可怕的恐怖袭击之一。

可是，到底在哪里？

“好了，阿米莉亚，环保局有消息了。他们交叉比对了流量——具体我也不懂。总之，我知道地点了。三号供水隧道阀门站南边四百米的一个维修间，就在四十四街和第三大道的交叉口。位于十字路口东边大约十五米的地方，有个安检孔盖。”

“我马上就到。”

她已经松开离合器，猛冲了出去。轮胎下再次升起一片蓝色的烟雾，但很快就被远远抛在了车后。她强行插进一辆公交车和一辆雷克萨斯前面，这两辆车为了避开她似乎撞上了。萨克斯头也没回继续向南开。那是保险公司的问题，不是她的。

“我一分钟后到达。”接着又改口，“好吧，两分钟。”

因为她再次冲上了人行道，刹车不及，把一辆卖油炸鹰嘴豆饼的小推车撞到了一边。

“去你妈的，这位女士。”

没必要，她心想。幸亏小贩及时闪开，不然她就把小推车撞个稀巴烂了。得往好处想。

车辆的金属底盘刮擦着人行道的边缘，又回到马路上。萨克斯继续加速飞驰。

此前林肯·莱姆判断，不明嫌犯和他的恐怖组织计划炸毁自来水干管。但他还是沉浸在思考之中，越想越不对，表情也越来越苦恼。

“怎么了？”萨克斯问道。她看见莱姆的双眼茫然地看着窗外，眉头紧锁。

“总感觉整件事有些不对劲。”他的目光转向萨克斯，“没错，没错，我一向不喜欢‘感觉’这个词。不要一脸震惊。我的结论都来自证据，来自事实。”

“你继续。”

他又陷入了沉思，房间里一片沉寂。然后他开口了：“电池里的炸弹装的是火药。你懂枪，你懂弹药。你想，那样的炸弹，能炸掉干管那么粗的铁管吗？”

萨克斯思考了一会儿：“没错。如果他们真的想炸毁水管，应该用聚能炸药包。这样才能穿透装甲，这是肯定的。”

“没错。他想让我们找到炸弹，然后——结合关于《圣经》的线索，我们就会得出他的目标就是自来水干管这一结论。他这么做是为什么？”

二人同时说道：“让我们关闭自来水供应。”

关掉水阀，造成停水，只能造成暂时性的混乱。

“这算什么？他们的动机肯定不止于此。”莱姆说道。

随后他提出：对他们来说真正有意义的是，骗取当局停止供水，会把水压降到最低。而嫌犯就得以在水管上打洞，并注入毒药。他会把水管修好。莱姆提示众人，在克洛伊·摩尔的死亡现场，他们曾找到过焊接物质。

至于毒药的种类，莱姆断定是肉毒杆菌。因为他们已经发现嫌犯曾偷盗过整形外科医疗用品供应商，也找到过一根可以注射肉毒杆菌的皮下注射针。原本莱姆以为这根针意味着嫌犯有改变容貌的计划。但他偷盗医疗用品供应商，也可能是为了获取肉毒杆菌。这种杆菌通常在那种地方才有。他认为嫌犯要用的毒物正是肉毒杆菌，其他毒药都没有这么强大的威力，可以造成大规模伤亡。

莱姆打电话给他在联邦调查局的联系人弗雷德·德尔瑞，也打给了市政府，告知他们自己的推测。接着市长和警察局命令环保局向公众宣布，他们将停止供水几小时。但实际上，供水系统依然照常运作。只要水压正常，就没人能往水管里下毒，环保局还利用网格探测器寻找精确的漏水点，第一时间通知纽约市警察局，让他们知道嫌犯在哪里钻了孔。

萨克斯不耐烦地驾车疾驰，在引擎的轰鸣声中，她的手机又响了。是莱姆打来的。“你到哪儿了，萨克斯？”

“马上就到环保局报告的方位了。”

“听我说。”

“还需要我做什么？”她一边说，一边躲避一辆乱窜的单车。

莱姆接着说道：“我刚给亚特兰大疾病控制中心打了个电话。我们跟国土安全局以及德里特里克堡的生化武器专家交换了意见——这个词真做作。情况比我想得更糟。不要去那个维修间。我们马上派专门处理有害物质的战略小组过来。”

“我都到了，莱姆。人就在这里，总不能坐着干等，嫌犯就在我脚下。”

萨克斯那辆动力强劲的汽车一个急刹车停在了路边，周边的行人纷纷闪避。他们没敢说什么，因为凶神恶煞的萨克斯看起来不太好惹。

莱姆接着说："我刚刚才意识到，这不是普通的肉毒杆菌。"

"哦，你这么说可真新鲜，莱姆。"

"这是变异过的肉毒杆菌，具有抗氯性。这就是为什么我们之前会发现未经稀释的次氯酸。他就是用这个改变肉毒杆菌的性状。但我们还无法确定抗氯性有多强。"

"我会戴口罩，穿连体防护服。"她跑到车后，打开后备厢，扯出她的犯罪现场工具包。

"这不够，你需要全套生化防护装备。"莱姆反对道。

萨克斯按下免提键，放下手机，喊道，"嫌犯知道我们还没停水——水还会从他钻的洞喷出来。他会在那里等着水阀关闭，但他不会等太久。他会带着那个鬼东西逃跑。"

"萨克斯，听我说。这不是砷或者白蛇根草。不用喝下去或者吃进去，只要黏膜或者伤口上沾到万分之一克，你就死定了。"

"我只要不挖鼻孔或者碰破膝盖就行了。我必须进去，莱姆。等我确定现场安全，把他铐起来之后，再给你打电话。"

"萨克斯——"

"我得收声进入现场了。"她不容置疑地说，然后挂断了电话。

65

阿米莉亚·萨克斯轻易就找到了不明嫌犯进入地下的入口：就是普拉斯基跟她说的那个安检孔盖，位于四十四大街上，靠近第三大道。

她从汽车后备厢找出换轮胎的铁撬棒，提起沉重的安检孔盖，然后使劲推到一旁。萨克斯举起她那把格洛克，枪口指着漆黑的洞口往下看。只听到强劲的嘶嘶声。她想，那一定是水管泄漏的声音。她把手枪又插了回去。

只要你一直移动，他们就抓不住你。

幸亏不久之前动过手术，现在爬下梯子的时候，膝盖又像十三岁时那样灵活了。

萨克斯心想：我穿着一身显眼的白色连体服，头顶和身后还有光源照着。

对他来说，真是个完美的靶子。

爬进这座黑暗的地狱。确切地说她是滑下去的，就和她在一些电视剧或者电影里看到的那样，潜水艇里的船员就是这样在各层甲板之间滑来滑去。

现在，她已经进入这条宽敞的隧道中。身边空空荡荡，没有任何掩护。意料之中。她迅速拔出枪，闪到墙边，这里至少暗一些，嫌犯也比较难以瞄准她的要害。萨克斯蹲下身，枪口扫过一百八十度，眯着眼睛检查附近是否有任何威胁。

没有。但她并没有因此放松丝毫警惕。他可能还在附近，正用枪指着她，等着其他警察也进入射击范围，就开枪把他们一举拿下。

但是当萨克斯的双眼逐渐适应了黑暗，她发现这段隧道里一个人也没有。

她的心跳如此剧烈，口罩后的呼吸也那样沉重。萨克斯望向嘶嘶声传来的方向，嘶嘶声现在已经变成一种更刺耳的声音。她移动到一堵墙边，在墙的另一边就是嫌犯在水管上钻孔的维修间了。萨克斯压低身体，迅速往里面看了一眼，以防嫌犯正在里面持枪瞄准她的头部或胸部。在这匆匆一瞥的时间里，她唯一能看到的就是房间里升腾着一片粉彩的水雾，如同极光般翻腾起伏。一盏黯淡的白灯从背后照亮了房间，也许是嫌犯架设用于方便钻孔的。这片水雾应该是从水管中泄漏出来的，旋转不定的动态令人头晕目眩，又有几分美感。

萨克斯不想按照标准的一人攻坚方式行动：看向高处，压低身体，手指用两磅的力量扣在三磅的扳机上。开枪，开枪，开枪。

这里不必如此。她知道自己必须活捉他。他不是一个人在行动，否则不可能制订如此周密的计划。他们需要抓住他的同谋。

何况，萨克斯一旦开枪，就有可能伤到自己。水管和隧道的水泥墙壁都会把弹壳和子弹碎片反弹到不可预测的方向。

更别提九毫米口径的巴拉贝鲁姆子弹击中一只装着世界上最致命毒药的小瓶子之后会造成什么样的后果了。

靠近，靠近。

萨克斯盯着那片水雾飘动的墙，寻找正在移动的黑影，摆出射击姿势的黑影，或是手持装满丙泊酚德注射器、伺机要冲过来的黑影。

这个黑影可能想进行最后一次皮肤艺术创作。

但什么都没有发生，水雾依然在曼妙舞动，折射出美不胜收的色泽。

进入维修间，萨克斯对自己说：就是现在。

那片水雾旋转着靠近了她，又往后退了一些。一定是因为水流喷出时搅动了气流。很好的掩护，她想，就像烟幕。萨克斯抓紧格洛克手枪，双脚呈垂直角度的射击姿势，以便将对方的瞄准区域降到最小。随后，她迅速进入维修间。

她立刻意识到，这是个错误。

维修间里的水雾更浓了，浸透了口罩的呼吸阀。萨克斯几乎无法呼吸。她内心挣扎着。摘掉口罩，她的口鼻就会暴露在肉毒杆菌毒中；不摘掉口罩，她会因为缺氧而昏迷。

别无选择。她摘掉了口罩，甩到脑后，呼吸着潮湿的空气。萨克斯希望水雾中只有纽约市饮用水，没有那种五秒致命的毒药。

呼吸，呼吸……

但直到现在，还没有症状，也没有人开火。

萨克斯继续前进，左右移动枪口。她看见自己右侧是一片巨大管道的黑影；她猜想管道上的钻孔在自己前方大约五米处。在那里有一道模糊的白色水线向上喷射，击中了左边远处距离地面约三米的墙面上。随着她逐步靠近，嘶嘶声也越来越响。

那尖锐的声音让萨克斯的耳朵隐隐作痛，几近失聪。但往好处想，这个声音也会让嫌犯听不见她在靠近。

萨克斯闻到一股潮湿水泥、霉菌和泥浆混合在一起的浓厚气味，这让她回想起小时候父亲带她去曼哈顿动物园的爬虫馆，“阿米莉亚，看到那个了吗？那是这里最危险的东西。”

她往里面看，却只能看见植物和覆盖着青苔的石头。“什么都看不见，爸爸。”

“那是‘leeren Käfig’。”

“哇，那是什么？”她满心好奇。是蛇吗？还是蜥蜴？“它很危险吗？”

“哦，是全动物园最危险的。”

“是什么呢？”

“意思是德语的‘空笼子’。”

她哈哈大笑起来，把红色的马尾辫甩到脑后，抬头看着爸爸。但赫曼·萨克斯，这位经验丰富的纽约市警察局巡警并没有开玩笑。“记住，阿米莉亚，最危险的是你看不见的东西。”而现在，她就什么都看不见。

他到底在哪儿？

继续向前。

萨克斯蹲低身子，一边注意不要被空气中的水珠呛到，一边尽可能深地吸入一口气，然后穿越了那片白茫茫的水雾。

然后她看见了他。嫌犯 11–5。

“上帝啊，莱姆。”她低声说，靠近了一些，“上帝啊。”

没有人答复，只有水流的啸叫声和嘶嘶声。萨克斯这才想起来，耳麦和摄像头都没打开。

四十五分钟之内，德里特里克堡的生化专家搭乘直升机抵达纽约。

当涉及足以杀死一个美国大城市大部分人口的有毒物质，负责国家安全的官员决不会掉以轻心。

一旦确定嫌犯无法再朝任何人开枪，萨克斯就被礼貌而坚决地命令离开隧道，八名男女专业人士身着复杂而完备的生化防护设备接管了现场。他们当然是最专业的。德里特里克堡位于马里兰州弗雷德里克市，这里有美国陆军的医学研究与物资司令部以及传染病医学研究所。实际上，只要任何事件同时牵扯到“生物”和“战争”或“防御”之类的关键词，就一定会牵扯到德里特里克堡。

莱姆的声音通过无线电波传来：“怎么了，萨克斯？发生了什么？”她正站在靠近第三大道的人行道上，靠着自己的车边，几乎要冻僵了。

她说道：“他们把肉毒杆菌妥善封存好了。本来装在三支注射器里，注射器则放在一只保温瓶内。已经被放进负压车里。”

“他们确定没有加进水里吗？”

“完全确定。”

“嫌犯呢？”

萨克斯停顿了一下。“嗯，很惨。”

莱姆的计划是让市政府选择停止供水的假消息，而这一举措带来了一个令人意想不到的后果。

不明嫌犯 11–5 身穿环保局的连体工作服，没有其他任何防护，正对着水管钻孔。当主管被钻开，激射出的水流如同一把电锯，正中他的胸口，让他当场毙命。他倒下之后，水又继续切过他的脖子和头部，彻底切断。

到处都是血和人体组织，有些甚至溅到了几米开外的墙壁上。萨克斯知道自己应该尽快撤出，让生化小组进场，但她还是被强烈的好奇心吸引，完成了最后一项任务：拉高嫌犯的左袖。她必须看一眼他身上的皮肤艺术。

红色蜈蚣那双凶狠的人眼直直瞪着她。这幅刺青极其精美，也极其恐怖。萨克斯忍不住打了个寒战。

“现场状况怎么样？”

“部队封闭了现场，方圆大概两个街区的范围。我在被赶出来之前，拿到了不明嫌犯的指纹、DNA、口袋里的零碎东西以及他的包。”

“那就都带回来吧，他不是单独作案，谁知道他们还有什么计划。”

“我在回来的路上。”

66

电视上不断播放着新闻，内容却都不清不楚。

纽约的供水系统遭到恐怖袭击，土制炸弹……

哈莉特和马修·斯坦顿坐在酒店套房的沙发上。他们的儿子乔希坐在他们身旁的椅子上，不断摆弄着一只彩色的橡胶手环。现在很多小孩会戴这种手环，男孩也戴，不正常，嗲里嗲气。马修冲他儿子皱眉头，想让他安生下来，但乔希的眼睛盯着电视。他喝了一口瓶装水，这家人储备了很多瓶装水。原因显而易见。他提了很多问题，但父母都没有回答。

“他们是怎么知道的？为什么比利不打电话回来？那个，你们知道的，毒药在哪儿？”

“闭嘴。”

电视上那些头脑简单的新闻评论员（自由派和保守派的都掺和进来了）正在信口开河：“炸弹分为好几种，有些炸弹的威力比其他的更大。”“恐怖分子可能有渠道获得多种不同的炸药。”“制造爆炸者的心理非常复杂，基本上他们都有造成破坏的欲望。”“从近期的几次飓风灾情可以知道，地铁淹水可能造成严重的后果。”

但他们能说的也就这些了，很明显当局没有透露任何真实信息。

马修心想，更令人担心的，就是乔希一直在问的那些问题。为什么比利没有跟他们联系？之前他们告诉比利市政府已经关闭了阀门，比利传来的最后消息是：他要开始钻孔了。随时可以加入肉毒杆菌。他应该在半小时前就把毒药注入了供水系统。

电视上那些正在说话的人喋喋不休地谈论着炸弹和淹水……如果说他们真正的攻击如同一场癌症，那么这些小问题只能算是青少年的青春痘。他们可是要给整座城市下毒。

电视台反复播放着同样的资讯。

没提到有人生病，也没有人死亡，也没有引发恐慌。

哈莉特似乎看穿了丈夫的思绪，问道：“他不会是沾上了那些毒药吧？”

当然有可能。要真的是这样，那他会死得相当痛苦，也相当快。他会成为“美国家庭第一委员会”革命行动的烈士，为这个国家真正正确的价值观而献出生命。而这也将毫不意外地更加巩固马修·斯坦顿在地下民兵运动中的领导角色。

“我很担心。”哈莉特低声说。

乔希看了看她，继续把玩着同性恋般的手环。马修心想：至少他有过孩子。真是个奇迹。他决定无视妻子和儿子。当局似乎不太可能猜出他们真正的计划。整个计划非常复杂，他们花了好几个月策划和改进，已经被细化到如同一张拖拉机说明书。他们也按照计划严格执行了下去，每一步行动的时间点都精确无比，精确到以秒计算。

说到时间，此刻时间的流逝缓慢得如同一条冰河。每次电视上出现一个新的主持人，或是有新的记者在街边对着话筒进行现场报道，马修都期待可以听到更多的消息；但每次听到的都是老一套说辞，不断被重复。那些新闻从业者嗜血的嘴中，迟迟没有提及有上千人痛苦地死去。

“乔希？”他叫儿子，“再打个电话。”

“是。”乔希笨手笨脚地去拿手机，结果把手机掉到了地上。他抬起头来，涨红的脸上满是歉意。

“那是你的预付款手机？”马修严厉地问道。

“是。”

乔希从来不会反抗。比利也很恭顺，但他有骨气。乔希则是软骨头。马修不耐烦地冲他挥挥手，乔希站起身来，走到电视声音小点的地方。

“三号供水隧道是纽约市历史上最大的市政工程建设，开始于——”

“爸爸？”乔希一边说一边冲手机点点头，“还是没人接。”

窗外，警笛声回荡，成为这个阴冷午后的背景音乐。房间里的三个人陷入了沉默，仿佛掉进了一潭冰水之中。

这时，一个女主持人清脆地播报道：“……市政厅针对这次恐怖袭击发布了声明……调查人员刚刚宣布，恐怖分子企图策划的并不是一次爆炸，他们计划在纽约市的饮用水中放置毒药。但警方负责人表示，他们的计划失败了，供水绝对安全。警方将投入大量警力，追缉涉案分子。接下来，我们将连线国家安全记者安德鲁·兰德斯，了解更多恐怖分子的动向。下午好，安德鲁——”

马修关掉电视，在舌头下含了一片硝酸甘油。“好吧，就这样了。我们走吧，快。”

“发生了什么，爸爸？”乔希问道。

我怎么知道？

哈莉特问道："比利怎么了？"

马修·斯坦顿挥着手让她安静下来。"你们的手机，所有手机，都取下电池。"他卸下自己手机的电池后盖，哈莉特和乔希也照做了。他们把电池都扔进了改造诫令中所谓的"焚烧袋"里，不过他们不会真的焚烧这只袋子，只是扔到距离旅馆一段距离的垃圾桶里而已。"快，去收拾行李，只带上必需品。"

哈莉特又问道："可是比利——"

"我让你去收拾行李。"他简直想揍她一顿。但在这个节骨眼上，没时间给她上规矩了。而且对哈莉特上规矩，也不总是有效果。"比利会照顾自己的，新闻中没有提到比利被捕，只说他们发现了一起阴谋。快，动起来。"

五分钟后，马修装好自己的行李，拉上电脑包的拉链。

哈莉特拉着自己的行李箱走进客厅，脸色阴沉可怖，简直就跟比利给他们看过的那个杀人专用乳胶头套一样令人害怕。

"怎么会这样？"她怒气冲冲地问道。

因为警方，因为林肯·莱姆。在比利的描述中，这个男人可以预判一切。

"我想搞清楚发生了什么。"她发火了。

"以后再说，现在快离开这里。"马修厉声说道。为什么上帝安排他和这样一个一根筋的女人生活在一起？她怎么从不长进？为什么他不用皮带多抽她两下？真是个严重的错误。

好吧，他们会逃走。他们会重新集结，再次进入地下，地下深处。马修吼道："乔希，你收拾好了吗？"

"是的，父亲。"马修的儿子快步走进客厅。一头黄褐色的头发乱糟糟的，脸上挂满了泪痕。马修怒吼着："你，拿出点男人的样子。听懂了吗？"

“是，父亲。”

马修拿起自己的电脑包，把里面的《圣经》推到一旁，拿出两把九毫米口径的史密斯－威森手枪——当然，他不会买外国产枪械。马修递给乔希一把。手里有枪，乔希看起来放松了一些。他非常擅长射击，而这把枪让他感到熟悉又安全。至少他还有这点长处。当然，女人没资格拿枪，所以马修也就没给哈莉特。

他对儿子说：“把枪藏好，看到我开枪你再开，等我指示。”

“是，父亲。”

拿枪只是以防万一。林肯·莱姆打乱了他们的计划，但他们没法追查到马修和哈莉特。改造诫令中特别留意到这点，就像比利曾解释过的：刺青工作室里有两个区域，热区和冷区。二者相互隔离。

好了，三十分钟后，他们就会开车出城。马修检视着这个套房。他们没带太多行李，每人两个行李箱而已。之前比利和乔希已经把所有沉重的设备和供给搬走了。

“走吧。”

“不祷告吗？”乔希问道。

“他妈的没时间了。”马修狠狠地说。

三个人带着各自的行李和背包走进走廊。

利用酒店作为这种行动的藏身地点有一个好处，就是事后你不必自己清理现场。在比利的改造诫令中提到，酒店非常贴心地提供为你清扫房间的工作人员。不过他们大多都是令人作呕的非法移民。

马修正这样想着，却讽刺地发现此刻在电梯边靠着手推车正聊天的两个清洁女工都是白人。

上帝保佑她们。

这对夫妇走向电梯，乔希跟在后面。“我们往北走。”马修低声说道，“我看过地图，我们要避开隧道。”

“会有路障吗？”

“设路障干什么？”马修怒气冲冲地说，按下了电梯按钮，“他们根本不知道我们的存在，什么都不知道。”

但事实证明并非如此。

正当马修不耐烦地戳着电梯按钮，发现它们一直不亮的时候，那两个上帝保佑的白人清洁女工把手伸进推车上的篮子里，掏出机枪对准了这家人。

其中一个漂亮的金发女人大喊：“警察！趴下！趴到地板上！手伸出来，不要乱动，否则我们就开枪了！”

乔希哭了起来。哈莉特和马修对视了一眼。

“趴到地上！”

“快！”

门后冲出了更多的警察。更多的枪，更多的吼叫。

上帝啊，他们可真吵。

片刻后，马修趴下了。

但哈莉特却似乎在犹豫。

这女人他妈的在干什么？马修心想。“趴下！”

警察们冲她大吼，让她趴下。

她冷冷地看着他。

马修火了：“我让你趴下！”

她要被打死了。四把枪指着她，四根手指扣着扳机。

她一脸厌恶地趴到地毯上，手包不小心掉在了地上。里面掉出一把枪。马修抬起了一边眉毛，他不知道自己对哪一点更加失望：是她竟然没经过自己允许就带了一把枪，还是她带的竟然是一把格洛克。这枪性能不错，但却是外国货。

67

提到“恐怖主义”，大部分美国人会想到某些教派的激进派分子。他们把美国当作攻击目标，因为美国的价值观龌龊而放纵，还支持以色列。

但林肯·莱姆知道，在那些对美国的意识形态深感不满、一心想用暴力方式表达主张的人中，这些偏激的穆斯林只占一小部分而已。大部分恐怖分子都是白人基督徒美国公民。

国内恐怖主义的历史由来已久，一八八六年芝加哥干草市场爆炸案。一九一〇年，《洛杉矶时报》办公楼被工会激进分子炸毁。旧金山在备战日游行中发生爆炸，就是因为抗议美国加入第一次世界大战。一九二〇年，一辆马车在 J.P. 摩根银行外爆炸，造成数十人死亡、数百人受伤。多年过去，造成这类行动的政治和社会分歧从未缓和。事实上，随着互联网的普及，恐怖分子的活动反而更加活跃。拥有共同目标的反社会分子得以以匿名的形式，在网络上聚集和筹划行动。

而他们搞破坏的技术也进步了。比如“大学炸弹客”这样的恐怖分子，在长达数年时间里一直威胁大学和学者的安全，却相对轻易地躲过了追缉。还有提摩西·麦可维，他用自制的肥料炸弹炸毁了俄克拉荷马州政府大楼。

据莱姆所知，目前处于联邦调查局和各地警方监控之下的国内恐怖组织就有二十多个。从“上帝军”（反堕胎）到“雅利安国”（白人，国家主义者新纳粹），从“非尼哈祭司”（反同性恋，反跨种族通婚，反闪米特族，反征税等），到警方所谓的“车库乐队”——由一些偏执的精神病组成的临时性无组织小团体。

当局也一直密切关注另一类潜在的恐怖分子：民兵组织，每个州都至少有一个，全国成员总数超过五万人。

这些组织都相对独立，但理念却是共通的：认为联邦政府管控太多，威胁个人自由；主张降低或取消征税；原教旨主义者；主张在处理国际事务时采取孤立主义立场；不信任华尔街和全球化。还有一些观点虽然不一定被写进章程，但也在这些组织中被广泛支持，包括：种族歧视、国家主义、反移民、歧视女性、反闪米特族、反堕胎，以及反 LGBT 群体。

民兵组织有一个特有的问题，就是从定义上来说，属于准军事组织，他们热烈拥护宪法第二改造案（“训练有素的民兵乃是保证自由州安全的必须，人民持有及携带武器的权利不得被侵犯”）。这就意味着他们通常是全副武装。不可否认的是，有些民兵组织并不是恐怖分子组织，也宣称他们的武器只是用来打猎和自卫。而其他一些组织，比方说马修·斯坦顿的“美国家庭第一委员会”，显然就不是这样。

莱姆一直没有想通，为什么所有罪犯都把纽约当成最诱人的目标？（民兵组织一直有意无意地忽视华盛顿）也许是纽约的一些标志物特别吸引人：同性恋者，大量的非盎格鲁－撒克逊裔人口，自由派媒体的大本营，无数跨国公司总部。

如果莱姆算一下这些年来他对付过的歹徒，他会发现最多的是反社会人格者（也就是精神病），其次就是民兵组织。这可要比外来恐怖分子和犯罪团伙要多得多。

就像他马上要审讯的这对夫妇：马修和哈莉特·斯坦顿。

莱姆现在就在斯坦顿一家下榻的酒店十楼，身边是纽约市警察局紧急勤务小组成员。紧急勤务小组已经清查过这幢大楼，就像莱姆和萨克斯之前预计的那样，没发现其他同伙。酒店的入住记录也表明，只有斯坦顿夫妇和他们的儿子入住。他们显然还有另一个同伙——已死亡的不明嫌犯11–5，但没有证据表明他们在纽约还有其他同伙。此前，莱姆和萨克斯判定斯坦顿夫妇涉嫌恐怖袭击，鲍尔·霍曼立刻开展任务行动，包围了他们。

酒店经理安排电梯不经停十楼，酒店工作人员也全部调离，警察进场疏散这层楼的其他住店客人。两名紧急勤务小组的女警穿上清洁工制服，在脏衣篮里藏了两把MP–7机枪，守在电梯旁边，等着斯坦顿一家出现。

给他们一个惊喜……

一枪都没开。

拆弹小组清查了房间，没有诱杀装置。实际上，他们没留下什么东西。这些恐怖分子是轻装旅行。萨克斯正在勘查房间现场。

林肯·莱姆正滚动着iPad屏幕，阅读过去半小时里联邦调查局圣路易斯分部发来的报告。那是距离斯坦顿一家和“美国家庭第一委员会”的老巢南伊利诺伊最近的分部。这个组织一直处于调查局和伊利诺伊州警局的监控下，其成员曾涉嫌攻击同性恋者和少数族裔，以及其他的仇恨罪行。但他们从未被定罪。看起来，他们所做的只是恐吓而已。

给他们一个惊喜……

中西部的执法机构已经逮捕其他三名“美国家庭第一委员会”组织成员，其在未取得联邦执照的情况下持有炸药和枪械。

他们还在继续搜寻其他组织成员。

阿米莉亚·萨克斯脱掉勘查现场时穿的连体工作服，走到莱姆面前。

“他们留下了什么吗？”莱姆看着萨克斯抱着的牛奶箱，问道。其中装了五六个纸袋和塑料袋。

“没太多东西，主要是很多瓶装水。”

莱姆冷笑了一声。“看我们的这几位朋友愿不愿意跟我们谈谈心吧。”他朝布草房点点头，联邦调查局的人来接手之前斯坦顿一家会被关押在那里，因为这个案子现在归他们管了。

莱姆和萨克斯进了布草房，斯坦顿一家戴着手铐和脚镣坐在那里，疑惑地看着他们。他们身旁站着三个纽约市警察局的警员。

不知道斯坦顿一家是否想知道莱姆是怎么发现他们跟不明嫌犯有关系，还找到了他们藏身的酒店。从他们的表情来看，他们一点也不好奇。其实答案简单到令人难以启齿，都没有用上任何精妙的鉴证技术。萨克斯在自来水主管边的尸体旁发现了不明嫌犯 11–5 的背包，里面有一本标题为《改造诫令》的笔记本，里面详细列出了在纽约市自来水里下毒计划的每一个步骤。笔记本里夹了一张小纸条，写着这家酒店的地址。他们知道斯坦顿一家就住在这里，因为哈莉特告诉过萨克斯。于是莱姆等人推断出这对夫妇认识不明嫌犯，而医院里的那次“袭击”也根本不是袭击。不明嫌犯 11–5 可能只是去那里探望住院的同伙马修·斯坦顿。当时他住进了那家医院的心脏外科加护病房。

现在再回想，其实当时他们就应该发现有种种蛛丝马迹显示这家人跟这件案子有关。比方说在贝维迪尔现场找到的那个袋子上写着“3 号”，意思是布兰登·亚历山大是第三个被害者。但如果把对哈莉特·斯坦顿的袭击也算进去，那么袋子上应该写“4号”。

同样的，他们在不明嫌犯停留过的地方发现了哈莉特使用化妆品里的微物证迹。没错，他确实曾在医院里抓住过哈莉特，在这个过程中或许发生了物质交换，但肯定是微乎其微。他肯定和哈莉特一起待过更长时间。还有，莱姆也想起犯罪现场留下的脚印，同样显示在嫌犯刺青杀人之后，有同伙把射灯和电池运了进去。他们从酒店那里证实，和斯坦顿夫妇住在一起的还有他们的儿子乔希，那是个肌肉发达的年轻男子，可以轻松地把沉重的设备用推车运进犯罪现场。

但有时候命运会让你走捷径。

一小张该死的写着地址的纸条，就在嫌犯的背包里。

“宣读过权利了吗？”萨克斯问道。

哈莉特·斯坦顿身后的警官点点头。

马修·斯坦顿的长脸苍白而晦暗。他说道：“我们不承认任何权利，这个政府没有资格赋予我们任何权利。”

“那么。”莱姆说道，“你们就不会反对跟我们谈谈了。”他觉得自己的逻辑无懈可击，“我们现在唯一想知道的，就是你们那位同伙的身份。那个带着毒药的家伙。”

哈莉特的脸亮了起来：“这么说他逃跑了。”

莱姆和萨克斯对望了一眼。“逃跑？”莱姆问道。

“不，他没有逃跑。”萨克斯告诉斯坦顿一家，“我们在他身上没有发现任何身份证明，他的指纹也没有入库。我们希望你们可以配合，来——”

哈莉特脸上的笑容消失了：“你们抓住他了？”

“我以为你已经知道了，他死了。他给水管钻孔之后，被喷出来的水流切割致死。因为水压从来没有被关掉过。”

房间里一片死寂。几秒钟后，哈莉特 · 斯坦顿失控地尖叫起来。

68

“一切都结束了。”帕米拉·威洛比说着，跳进了赛斯·马克奎恩的怀抱之中。

赛斯站在帕米拉位于布鲁克林的公寓门口，被她扑得踉跄着后退两步，哈哈大笑起来。他们长久地接吻。天空终于放晴，午后刺眼的阳光照在公寓楼前的台阶上，泛着红宝石的色泽。不过，现在的气温比前几天下冻雨时更冷。

二人步入大楼，走进帕米拉位于一楼右手边的公寓。就算看见通往地下室的楼梯，也丝毫无损于她的好心情。不久前，赛斯曾经差点在这个地下室被杀害。

她简直欣喜若狂。她的肩膀不再僵硬，腹部也不再紧绷得像是弹簧。残酷的考验结束了，她终于可以回家了。不用再担心那个袭击了赛斯的坏人会再回来。林肯·莱姆给她发来消息，说那个嫌犯死了，他的同伙也被逮捕了。

收到信息时，帕米拉立刻注意到，不是阿米莉亚发来的。

没关系。她还是很生萨克斯的气，也不知道以后自己会不会原谅她。毕竟她试图拆散自己和自己的灵魂伴侣。

在客厅里，赛斯脱掉外套，二人坐在沙发上。他搂着帕米拉的头，把她拉近自己。

“想喝什么吗？”她问道，“咖啡？我还有一瓶香槟，也可能是气泡酒。放了一年了，应该还不错。”

“都行，咖啡，茶。热的就行。”但没等她站起身，赛斯就握着她的手臂，细细端详着她的脸庞，脸上带着欣慰和关切之情，“你还好吗？”

“我很好，你呢？你才是差点被那个疯子刺青的人。”

赛斯耸耸肩。

她看得出来，赛斯有点心烦。她无法想象被压在地上，差点要被杀掉是什么感觉。而且会死得很痛苦。新闻里说，杀手选择的那种毒药会造成极其剧烈的痛苦。至少他看起来不再因为自己被袭击而责怪她了。当时看到他在被袭击之后对自己那么冷漠，推开自己，头也不回地离开，帕米拉伤透了心，简直无法承受。

但他还是原谅了自己。一切都过去了。

帕米拉走进厨房，烧了一壶水，准备做滴滤咖啡。

赛斯喊道：“到底发生了什么？你问过林肯吗？”

“哦。”她走到厨房门口，一脸严肃，把因为静电吸附在脸上的头发拨开，在脑后编成一条麻花辫，“太可怕了。那个家伙，攻击你的那个？他根本不是精神病。他要在纽约的自来水里下毒。”

“该死！怎么会这样？我听说是关于水的什么事。”

“他来自一个民兵组织，跟我妈妈之前待的那个差不多。”她挤出一丝苦笑，“林肯以为那个杀手是在追随集骨者。但是，事实证明，根本不是那样。他是对很多年前我妈妈策划的那次袭击感兴趣。他想查清楚林肯和阿米莉亚是怎么进行调查的。哦，他非常不高兴自己竟然没想到这点——我是说林肯。每次他失误，都会非常生气。”

水壶发出哨音。帕米拉回到厨房，把水倒进咖啡壶里。清脆的水声令人愉悦。她准备了赛斯喜欢的口味——两块方糖和一勺淡奶油，她自己喝的是黑咖啡。

帕米拉端着杯子走进客厅，在赛斯身边坐下。他们的膝盖靠在一起。

赛斯问道："他们到底是什么人？"

帕米拉努力回忆着："他们是……叫什么来着？美国家庭议会之类的。听起来不像个民兵组织。"帕米拉笑了起来，"他们可能还有个公关团队给他们维护形象呢。"

赛斯也微笑起来。"你和你妈妈藏在拉奇伍德的时候有没有听说过他们？"

"应该没有吧，林肯说那些人从伊利诺斯来的，离我妈妈和我住的地方不远。我记得我妈妈和继父有时候会跟民兵组织的人碰面，但我从来没注意过。我讨厌他们，太讨厌他们了。"她的声音越来越小。

"但那个刺青的家伙，那个杀手，他已经死了，其他人也被捕了。"

"没错。一对夫妻，还有他们的儿子。他们还不知道隧道里那个死掉的人是什么身份，那个刺青师。"

"你还是不跟阿米莉亚说话吗？"

"不。"她说道，"我不要。"

"只是现在不说话。"

"很长一段时间都不会。"帕米拉坚定地说。

"她不喜欢我。"

"不！不是这样的。她只是太有保护欲。她觉得我就像个脆弱的洋娃娃。我不知道，上帝啊。"

赛斯放下咖啡。“我想跟你谈一些正事，可以吗？”

“当然，没问题。你想说什么事？”

他大笑起来。“放轻松，我想我们要提前出发了，现在就走。”

“真的吗？但我还没办好护照。”

“我想，我们可以先留在美国。”

“哦，这样啊。我之前还以为我们可以去印度看看，然后去巴黎、布拉格和香港。”

“以后可以去。只是现在还不行。”

帕米拉思考了一会儿，然后抬头看着他那双紧张的棕色眼睛，直直地望向她自己的眼睛。随后她开口说道：“好吧。当然，亲爱的。你去哪里，我就想去哪里。”

“我爱你。”赛斯呢喃着说。他深深地吻着她，她也回吻，二人深情地拥抱着。

随后帕米拉坐起身，喝了一口咖啡。“饿了吗？我想吃点东西，比萨怎么样？”

“当然。”

她站起身，走进厨房，打开冰箱门，拿出一块比萨，放在料理台上。

随后，帕米拉靠在墙上，觉得胃里翻江倒海，心跳加速。

她想：该死，他是怎么知道拉奇伍德的？她拼命回想二人相处的时光。不，我从没提到这个地名。我可以肯定。

你要把当年在地下组织的事都告诉赛斯。

不，我不。

回忆，回忆……

“需要帮忙吗？”他喊道。

“不用。”帕米拉故意发出声响，撕开比萨包装盒，重重地关上烤箱门。

这不可能，他不可能跟那些人扯上关系。

绝无可能。

但多年挣扎求生的经历，赋予了帕米拉超乎寻常的直觉。她悄悄走到电话旁，拿起听筒，举到耳边，拨下9。然后拨下1。

“你在打电话？”

赛斯站在厨房门口。

她努力保持微笑，转过身来，逼自己把动作放慢。“我们刚才一直在说阿米莉亚，我就想，也许我应该跟她道歉。我想我应该这样做，你觉得呢？我的意思是，如果换作是你，你不也会这么想吗？”

“真的吗？”他问道，脸上没有笑容，“你是给阿米莉亚打电话？”

“是啊，没错。”

“把电话放下，帕米拉。”

“我……”她的声音低下去了。她看着赛斯那双冰冷无情的棕色眼睛正盯着自己，自己那双同样是棕色的眼睛。她的手指放在电话的按键1上方，还没有来得及按下去，赛斯就走过来抢走了话筒，挂了回去。

“你干什么？”她低声问道。

但赛斯什么都没说。他牢牢握住她的手臂，把她拉回沙发上。

69

赛斯走到前门，扣上门链，又走了回来。

他后悔地笑着：“我简直不敢相信我刚才竟然提到了拉奇伍德。我知道你和你妈妈加入了那里的‘爱国者前线’。但你从没提到过。我太蠢了，犯这种错误。”

帕米拉低声说：“我和阿米莉亚还为此争论过。她问我有没有告诉你在那里发生的事。我说这不重要。但真的是这样吗？我不敢告诉你。但现在……你也是和他们一伙的，对吗？你跟那些想在水里下毒的人是一伙的。”

赛斯拿起遥控器，打开电视，应该是想看新闻报道。帕米拉趁机从沙发上跳起来，用力朝他背部撞去。趁着他踉跄后退，帕米拉冲向门口。但她只走了两步，就被扑倒了。她重重地摔在地上，脸撞在木头地板上。帕米拉尝到嘴唇破裂后流出的鲜血。赛斯抓住她的衣领，粗暴地把她往回拖，几乎是掼在了沙发上。

“不许再这样了。”他凑近帕米拉，手指沾起她的血，在她脸上划了几下。低声告诉她，“身体上的记号是窗户，你知道吗。它代表着你的身份，你的感受。一些美国原住民部落就会用颜料创作一次性刺青，告诉其他人自己的感受。战士不能用语言或表情来表达自己的情感，因为文化上不允许；但他们可以用刺青图案来展示他们正在恋爱，感到忧伤或是感到愤怒。我的意思是，就算你的孩子死了，你也不能哭，你不能有所反应；但你可以在脸上画画，别人就知道你有多难过了。

“你的脸上，现在是什么样的？我刚画的标记，在拉克塔族里的意思是‘快乐’。”

然后他把手伸进背包，拿出一卷防水胶带和一把刺青枪。

就在他伸手拿东西的时候，他的袖子被扯了上去，帕米拉发现他的手臂上有一个刺青。是红色的。她没看到全部图案，但露出来的部分是一条蜈蚣的头和上半截身体，它有一双人类的眼睛，正紧紧盯着她，就像赛斯刚才那样——神情中流露出饥渴和蔑视。

“是你给那些人刺青的。”帕米拉说道，她的声音低得像是耳语，“你杀了他们。”

赛斯没有回答。

“你怎么认识那对夫妻的？那些恐怖分子？”

“我是他们的外甥。”

赛斯——不，他不是赛斯；他一定还有个别的名字——正在组装刺青器械。帕米拉盯着他的胳膊，那个刺青。那只虫子的眼睛也盯着她。

“哦，这个？”他把袖子全部卷上去，“这不是刺青。这是画的，用水溶性颜料。有些刺青艺术家用这种颜料画底稿。”他舔了舔一根手指，在上面抹了两下，“当我作为地下人在地底活动的时候，我就会在胳膊上画一个。只需要十分钟。当我是你的朋友赛斯的时候，就把它洗掉。不用画得很好，只需要让目击者看到，然后告诉你的警察朋友。这样你和他们知道，新出现在你生命中的这个男人不是凶手。”

帕米拉哭泣着。

“嘴还疼吗？你刚才想逃跑。”他耸耸肩，“碰破嘴唇不算什么，比起——”

“你疯了！”

他的眼睛亮了起来，冲着帕米拉的肚子打了一拳。帕米拉眼前变得一片昏黄，她疼得呻吟起来，强行抑制住呕吐的冲动。

“不许这样跟我说话，明白了吗？”他扯住帕米拉的头发，把她的耳朵拉到自己的唇边。他大声吼叫着，帕米拉觉得自己快聋了，“明白吗？”

“好的，好的，好的！求你了，住手吧。”帕米拉哭喊着，“你，你是谁？”她小心翼翼地轻声发问，免得又挨打。他像是要杀人，他的眼中充满疯狂的神色。

他把帕米拉一把推开。帕米拉倒在地板上。他又粗暴地把她拉到沙发上，用防水胶带把她的双手绑在身后，又把她翻过来仰面朝上躺着。

“我叫比利·海文。”他继续组装他的刺青枪，又拿出一些瓶瓶罐罐放好。他看了帕米拉一眼，发现她一脸困惑。

“但我不明白，我跟你妈妈通过电话。她……哦，没错，没错，那是你的姨妈。”

他点点头。

“但我认识你一年了，不止一年。”

“哦，我们策划这场攻击至少也有这么久了。我还打算把你抢回我的身边，永远留下来。我的可爱女孩。”

“可爱女孩？”

“从我手上偷走。不是你的人，而是你的心。你被阿米莉亚和林肯绑架了，落到这些错误的思考者手上。你不记得我了，当然不记得。我们很久以前见过，好多年前。当时我们还很小。你住在拉奇伍德，斯通夫妇领导的民兵组织里面。”

帕米拉记起了爱德华和凯瑟琳·斯通。非常狡猾的激进分子，他们曾加入一场暴力推翻联邦政府的计划，随后逃到了芝加哥。帕米拉的父亲在联合国维和部队的一次行动中死亡后，她的母亲夏洛特·威洛比被这对夫妇吸收为组织成员，从此受到他们的控制。

“那时候你才六岁左右，我比你大几岁。我的姨妈和姨父去密苏里会见斯通夫妇，商讨一次反堕胎活动。几年后，姨父想加强拉奇伍德民兵组织和美国家庭第一委员会之间的联系，他们就安排了我们的婚事。”

“什么？”

“你是我的可爱女孩。你长大后就是我的女人，我孩子们的母亲。”

“我又不是母牛，又不是——”

他的拳头像一条蛇，冷不防击中她的脸颊，帕米拉疼得倒抽一口凉气。

“我不会再警告你。我是你的男人，一切由我做主。明白吗？”

帕米拉畏缩着点点头。

他发怒了：“你不知道我都经历了什么。他们把你从我身边带走，给你洗脑，我的世界都被毁了。”

那是几年前，帕米拉跟着她的母亲和继父来到纽约。她的父母策划了一场恐怖袭击，但被林肯和阿米莉亚阻止了。她的继父死了，母亲被捕。帕米拉被救下，住进了纽约的一户寄养家庭。

她回想起第一次见到赛斯那天。没错，她当时就觉得赛斯太熟悉、太温柔、太深情了。但她还是无可避免地坠入情网。(好吧，帕米拉现在不得不承认，也许阿米莉亚说的是对的，受到早年经历的影响，她太渴望被爱，被关怀了。因此她也忽略了此前就应该意识到的种种。)

现在，帕米拉盯着那把刺青枪，那一瓶瓶毒药。想起他手下的被害人死得都很痛苦。

他会为她准备什么样甜美的毒药?

毫无疑问，等待她的就是这个。他会杀了她，因为林肯说过，她可能必须在斯坦顿夫妇的审判中出庭。而且他们的计划失败了，他的姨父和姨妈都被关进大牢，会关上一辈子。

他要复仇。

他正抬起头来，看着帕米拉脸上那个用自己的血画成的图案。

快乐……

帕米拉回想起那个下雨的星期天，他们正是坐在这张沙发上，看电视上重播《宋飞传》[①]。赛斯第一次吻了她。

当时帕米拉想：我恋爱了……

谎言。全是谎言。她又想起他去了伦敦几个月，说是因为一家广告公司要去成立伦敦分部，把他送去培训。全是鬼话。他是回去跟他姨妈和姨父策划这场袭击了。而且在他号称从英国回来以后，她也没有对他那些怪异的举止起过疑心。总是有工作忙得整天都不见人影，从不当着她的面接电话，总是被临时通知出去开会，从不带她去见他的同事，从来不邀请她去办公室。而且他跟同事沟通都是发短信，从不打电话。但她从来没有起疑。她爱赛斯，相信他永远不会伤害她。

---

①《宋飞传》(*Seinfeld*)，是美国全国广播公司播出的广受欢迎的情景喜剧。

她强迫自己停止哭泣，这比想象中简单。愤怒止住了泪水。

赛斯……哦不，比利开始将瓶子里的一种液体注入刺青机的管子里。她不敢去想那样死去是什么样的感觉。疼痛，恶心，腹部灼痛，一直疼到下巴，呕吐，继续呕吐，但是无法解脱。她的皮肤会融化，血从嘴、鼻子和眼睛里流出来……

他沉思着自言自语："真为我的表哥感到难过。乔希，可怜的乔希。真令人难过。至于其他人？我才不担心。我姨父本来就快死了。这是计划好的。而且等我们一回到伊利诺伊州，我就会杀了我小姨，然后把罪过推到随便哪个流浪汉或非法移民头上。但是我一看到水管里的水压没关，就知道林肯·莱姆破解了我的计划，我就不得不放弃了。我在现场留下一张写有地址的字条。林肯就这样找到了他们。"

他全神贯注地工作着，像外科医生在做手术一样小心翼翼地注满了那根管子。她心想，某种意义上，他也算是在做手术。组装好机器之后，他往后坐，把帕米拉的上衣往上拉到胸部下面。他审视着她的身体，似乎对她的皮肤着了迷。他抚摸着帕米拉肚脐下方的皮肤，帕米拉瑟缩了一下。仿佛触碰她的不是手指，而是那条蜈蚣红色的脚。

但他的触摸似乎跟性欲无关，他只是沉迷于她的皮肤本身。

帕米拉问道："那是谁？你在供水隧道里杀的那个人？"

"嘿，别胡说！"比利说道。

帕米拉的脸扭曲了。他要打她吗？

"我没有杀他，是你的朋友杀的。林肯·莱姆，他让人宣布水压关掉了。但我很怀疑，所以我给自己上了保险。几天前我在地下遇见了一个流浪汉，内森，一个鼹鼠人。你听说过这种人吗？我想他应该可以利用一下。我给了他一身连体服，又快速给他画了一个跟我一样的蜈蚣刺青。画在他左边胳膊上。我知道他在哪里活动，就在贝维迪尔附近。因此在钻水管之前，我找到了他。

我许诺给他一千美元，让他帮我钻个洞来测试水压。他答应了。但是……”比利摇摇头，“我猜对了。市政府只是假装关掉水压。他一钻开水管，水流就把他切成两半。”他打了个寒战，“他的脑袋和胸部都烂了，真是让人不忍目睹。”

至少他还有点同情心。

“想到那本来会是我。”

也许并没有。

“于是我知道，我该赶紧离开。警察很快会发现死掉的不是我，但我至少争取了一些时间。好吧，现在该流血了……”接着他又说了些什么，但她没听清，也许是“夹竹桃”。

他站起身，俯视着她。随后弯下腰，抓住她牛仔裤的纽扣。啪，纽扣松开了，拉链也打开了。

不，不，他别想侵犯她。在他靠近之前，她会用牙齿咬掉他一块珍贵的皮肤。休想。

他迅速一扯，牛仔裤被脱掉了。

她浑身紧绷着，准备好攻击。

但他并没有碰她那里。他只是抚摸着她大腿上光滑的肌肤。他的兴趣似乎仅限于在她身体上找到一块合适的部位，刺下他的致命信息。

“很好，很好……”

帕米拉回想起阿米莉亚曾提到凶手在被害人身上留下的刺青，她想知道他会在自己身上留下怎样的印记。

他拿起刺青枪，打开开关。

嗡嗡嗡。

刺青枪碰到她的皮肤，感觉有点痒。

然后是痛。

70

“美国家庭第一委员会”发动袭击的目的现在很清楚了。

在死去嫌犯的包里找到的种种文件中，除了有斯坦顿夫妇酒店的地址，萨克斯还发现了一封不知所云的信。

这封信让莱姆想起“大学炸弹客”的宣言——一份对现代社会的控诉。不过二者的区别在于，不明嫌犯的长篇大论中并没有提到“美国家庭第一委员会”有关种族主义或原教旨主义的观点；实际上恰恰相反。这份文件是为了故意让警方在全市大范围中毒事件后发现，并认为写信的是敌人——某个由黑人和拉丁美洲裔极端分子组成的未知组织，还跟穆斯林原教旨主义者勾结；这些人在纽约市自来水中下毒，以报复白人资本主义压迫者。这封信呼吁大家联合起来对抗资本家，并宣称此次下毒事件只是个开始。

莱姆认为，用这种方式包装此次恐怖袭击非常聪明。这样不但洗脱了“美国家庭第一委员会”的嫌疑，也会激起民众对其他敌人的愤慨。此外，还对纽约市这个标榜全球化、种族融合和自由主义的索多玛之城造成巨大创伤。

莱姆怀疑其中还有其他的用意。“民兵运动内部的权力斗争？如果是‘美国家庭第一委员会’策划了此次事件的风声传出去，那他们的声望就会立刻达到顶峰。”

电话响了，是曼哈顿的市政府大楼打来的。

“斯坦顿夫妇不肯吐口，林肯。”弗雷德·德尔瑞说道。这次袭击案件由他负责联邦调查局方面的侦办工作。斯坦顿夫妇和他们的儿子已被交由联邦调查局关押，但是听德尔瑞的说法，他们显然是不肯合作。

“那好吧。让他们出出汗吧，弗雷德。我想知道我们这位不明嫌犯到底是他妈何方神圣。指纹库里查不到资料，DNA 资料库里也没有。”

“我看到隧道里那个人的照片了，被纯净的液体切割过的。我的乖乖，那可真是血腥啊，对吧？他们说当时水流的速度有多快来着？”

电话开了免提。萨克斯在旁边一张证物检查台边喊道：“他们不知道，弗雷德。但在穿过他的身体之后，水流又继续切开了一堵水泥墙，还有墙后面的一根蒸汽管。我不得不赶紧撤离，免得被烫伤。”

“隧道里有找到什么有用的吗？”

“有几样东西，不多，都糊透了。确切地说，是煮烂了。毕竟又是蒸汽又是水的。”

她对弗雷德说了那封信的事，其中内容是企图引发一场种族暴动。

德尔瑞特工叹了一口气。“唉，我还以为这个世界已经在改变了……”

“我们要继续分析证物了，弗雷德。保持联系。”

“多谢。”

他们挂上电话，萨克斯又回去帮助梅尔·库柏分析证迹，检查从斯坦顿一家酒店套房里搜集到的指纹。不过那些指纹里，只有一组在资料库里有存档，但他们已经知道了这个人的身份：乔希·斯坦顿。他以前在爱荷华州的克雷顿郡曾袭击过一名男同性恋。仇恨罪。

莱姆抬头看了看犯罪现场的照片，对上面的惨状视若无睹。他又看了看那枚赤裸的刺青，左手臂上一只红色的蜈蚣，有一双怪异的人类眼睛。就和萨克斯说的那样，手艺很好。是他亲自给自己刺的吗？莱姆心想。还是有朋友帮忙？大概是嫌犯本人的手笔。这可是他的拿手好戏。

萨克斯接了个电话。

“不，不。”她低声说，引起了房间里所有人的注意。她的脸色似乎十分伤心。

怎么了？莱姆心想，皱起了眉头。

她挂上电话，环视着大家。

“朗的情况恶化了，心脏骤停。他们把他救回来了，但情况不太乐观。我应该去陪陪瑞秋。”

“去吧，萨克斯。这里交给我们。”莱姆犹豫了一下，又问道，“要不要给帕米拉也打个电话，问她要不要跟你一起去？她一直很喜欢罗恩。”

萨克斯从钩子上取下外套，内心挣扎着。最后她说：“不了。实话说，现在我没办法再承受任何拒绝。”

71

显然，比利不打算杀了她。

至少现在不会。

他注入刺青枪的只是墨水，不是毒药。

“别乱动。”他命令道。帕米拉躺在沙发上，他则跪在沙发前。

帕米拉说：“手绑在后面好疼。求你了，把胶带撕掉吧。求你了。”

“不行。”

“那就绑在前面。”

“不行，别动。”他瞪了一眼，帕米拉停止了扭动。

“你他妈的在——”

又是狠狠的一耳光。“我们要保持形象，明白吗？你永远不能说脏话，也不许用那种语气跟我说话！”他扯着她的头发晃动，像是狐狸在晃动嘴里叼着的猎物。“从现在开始，你的角色就是我的女人，我们的人民会看见你站在我的身边，忠诚的妻子。”

他又继续刺青。

帕米拉想要尖叫，但他肯定会把她打个半死。另外，公寓楼里也没有其他人。一户人家没住人，另一户则乘邮轮去度假了。

他心不在焉地跟她说道："接下来的一阵子，我们要藏得很深。我的姨妈和姨父不会出卖我。但我的表弟，乔希？只是时间问题，他迟早要被套出话来，把什么都说出来。包括我的事在内。我们不能回南伊利诺伊州了，你的朋友林肯肯定会让联邦调查局把组织里所有有头有脑的人都抓起来。他还会怀疑到拉奇伍德那帮人头上，所以密苏里州也不能去。我们得去别的地方，也许可以去纽约州北部的'爱国者联盟'，他们几乎与世隔绝。"他转向她，"或者得克萨斯州，那里有些人还记得我父母是殉道的自由斗士，我们可以去投靠他们。"

"可是，赛斯——"

"我们要隐姓埋名几年。再喊我'赛斯'，我就揍你。我可以靠刺青赚钱，你去主日学校教书。我们一点点东山再起，获得全新的身份。'美国家庭第一委员会'完蛋了，但这样也好——我们有新生活了。展开全新的运动。比他们做得更他妈的好。我们要采取正确的方式。我们要让我们的女性成员都上学——不只是教会学校，而是公立学校和私立学校。吸收人才要从小做起，让他们接受训练。男性成员要去竞选公职，一开始从底层的市镇和郡县级职位做起。我们从地方政府开始，一路往上走。啊，那将是一个全新的世界。你现在可能不以为然，但以后你一定会为此感到自豪的。"

他把刺青枪从她的大腿上拿开，审视着自己的作品，然后又接着创作起来。

"我姨夫的观念太落后了，但他在一件事上非常英明，那就是想出了'人皮法则'。他在全国各地发表演讲宣传，他去了民兵组织，去了培灵会，去了教堂，去了狩猎营地。"比利眼神灼灼，"'人皮法则'……太精彩了。你想想看：皮肤能体现我们的健康状况，没错吧？皮肤红润还是苍白，有光泽还是暗淡，皱缩还是浮肿，遍布伤口还是光滑无瑕……皮肤还能体现我们的精神状况。这是一种智慧，一种精神。白色代表良善，聪慧和高贵。黑色，棕色和黄色具有颠覆性和危险性。”

“你不会是认真的吧？”

他抡起拳头，帕米拉瑟缩着沉默了。

“你想要证据，我就给你证据。前几天我在布朗克斯，有个家伙拦住了我。一个年轻人，可能吧。跟你差不多大，黑人。他脸上有疤肿，就是像刺青一样的伤疤。很漂亮。肯定是出自大师的手笔。”他的目光有点失神，“但你知道他为什么拦住我吗？要卖给我毒品，这就是这些人的本质。‘人皮法则’，千真万确。”

帕米拉苦涩地笑了起来。“在布朗克斯有个黑人小孩想跟你兜售毒品？这有什么？去西弗吉尼亚州，就会遇到白人小孩跟你兜售毒品。”

比利似乎充耳不闻。“有一种关于希特勒的争议：他到底是真心痛恨犹太人、吉卜赛人和同性恋，所以想消灭他们，创造一个更好的世界；还是说他根本不在乎这个，只觉得德国人痛恨这些人，所以他利用这种仇恨和恐惧来攫取权力。”

“你把希特勒当作楷模？”

“他还不算最糟的呢。”

“所以呢？你是怎么想的，比利？你也相信‘人皮法则’吗？还是说你只是利用它来为自己获得权力，满足虚荣心？”

“这还不够明显吗？”他哈哈大笑，“你应该想得通的，帕米拉。”

她沉默着，任由比利擦去她面颊上因为疼痛而流下的泪水。她不知道答案。但突然之间，她的脑海之中闪过一件事。这件事一定跟她和赛斯创建的那个博客有关。她低声说："我们的博客？上面发布的观点都跟你刚才说的完全相反啊。你……你创建这个博客是想干什么？"

"你觉得呢？每一个在博客上留言的人，都上了我们的名单。支持堕胎的，支持发布食物券的，支持移民改革的。他们的审判日马上就要到了。"

大概有一万五千人在他们的网站上留过言。他们会遭遇什么？比利的追随者们会找到并杀害他们吗？向他们的房子或公寓里投掷汽油弹？

比利拿开刺青枪，在她大腿刺青的地方涂上凡士林，然后擦掉。

他微笑着说："你看看，觉得怎么样？"

从帕米拉的角度，看到自己的大腿上多了几个颠倒的字母。

PAM

WIL

他都干了什么？这是什么意思？

他脱掉自己的牛仔裤。帕米拉在他的大腿上看到了类似的刺青，用的是同样的字体。

ELA

LIAM

连在一起，就成了：

PAM ELA（帕米拉）

WIL LIAM（威廉）

“我们把这个称为‘拼合字句’。情侣会把两个人名字的一部分分别刺在身上。只有两个人在一起才看得懂，明白了吗？分开了，我们就不完整了。在一起，我们才完整。”他蜡黄的脸上浮现出一抹笑意。

“情侣？”她轻声重复道，看着他的刺青，看上去是几年前就刺好了。

他盯着帕米拉困惑的表情。他穿上牛仔裤，又帮帕米拉穿好裤子，拉上拉链、扣好扣子。

“我知道终有一天，我会把你夺回来。”比利指了指二人刺青的部位。“帕米拉”“威廉”。很棒的手法，你不觉得吗？我们躺在一起、孕育孩子的时候，我们的名字完整地拼在一起。

他注意到她低落的神情。“你这个表情是什么意思？”就像是在呵斥在学校里遭遇了不愉快的女儿。

“我爱过你！”她哭喊道。

“不，你爱的那个人是这个国家糟粕的一部分。”他的眼神变得柔软，轻声细语道，“那我呢，帕米拉？我爱了一辈子的女人，现在成了我的敌人？他们把你从我身边抢走，也抢走了你的心。”

“没人改变过我，我从不相信我妈妈那一套。你们这一套。”

他抚摸着她的头发，微笑着轻声说道：“你被洗脑了。我理解。我会把你治好的，亲爱的。我会把你带回我们的行列。现在收拾行李去吧。”

“好吧，好吧。”

他拉着她站起来。

帕米拉转过身，直视着他的眼睛，“你应该注意的，比利。”她的声音那么柔和。

“注意什么？”看见帕米拉的微笑，比利似乎很高兴。

“你应该检查我的口袋。”

帕米拉的右手用尽全力朝他的脸挥去，手里紧握着一把美工刀。刚才她就是用这把刀割断了防水胶带。自从她经历过拉奇伍德的那段可怕岁月，裤子后兜里就永远会放着一把这样的美工刀。

刀片从比利的面颊划到嘴巴，没有像电影里那样发出割裂的声音。刀只是无声划破皮肉。

他号叫着捂住自己的脸，快步后退，帕米拉从放着咖啡的茶几一跃而过，冲到门口，喊道，“好了，这就是给你的身体改造，浑蛋。”

72

帕米拉的手沾满比利的血，黏糊糊的。但她还是打开了门，跌跌撞撞地走进公寓口的走廊。

她要冲到门口的马路上，开始呼救。也许公寓楼里没人会听见她的喊声，但附近有很多居民。

十米，五米……

太好了！她马上就要——

就在这时，一只手抓住了她的膝盖，帕米拉哭喊着，倒在走廊地面上。她的脑袋重重地砸在硬木地板上。

帕米拉手上的刀飞了出去。她扭动着翻过身面对比利，恶狠狠地踹向他的腹股沟。

他的脸可怕极了——这副样子让帕米拉既兴奋又害怕。一道伤口从他的眼下一直延伸到脸颊。她本想把他戳瞎，但现在他似乎还能看得见。脸颊上还在不停流血，嘴里也不断冒着血泡。帕米拉知道，刀片也割穿了他的口腔内部。现在，她听不清他在说什么了。

当然，一定是恐吓。暴怒的恐吓。

她的外套、胳膊和手上都是血。血也溅在她的脸上。

从那可怕的表情，能看出他现在有多痛苦。

很好！

她不再抵抗。他现在变得虚弱了，但还是比她要强壮许多。快逃，她告诉自己。快逃出这个鬼地方！

她在地上爬着，想尽办法往前挪动一米，逃离他，靠近那扇门。

但比利拦住了她，把她翻过来仰面朝天，对准她的太阳穴狠狠打了一拳，疼得她弓起腰，吐光了肺里的空气。她暂时摆脱了控制——多亏那些滑腻腻的鲜血，比利抓不住她。她跪起身来。但比利怒火中烧，双脚蹬着走廊的墙壁往前扑来，双手牢牢掐住她的脖子。帕米拉又仰面倒下，喘得透不过气来。

她再次往上猛踹，膝盖击中他的胯下。比利猛吸了一口气，开始咳血。他坐在帕米拉身上，松开双手，抡动拳头，一边含糊不清地叫喊着，一边往她的脸上和下巴猛砸，更多的血流在了她身上。

她还想踢他、打他，但她够不到。

她一直在大口呼吸，试图吸入更多空气，然后放声呼救。

但她没有，只有沉默。

他脸上的伤口扭曲着，但血慢慢止住了，凝结在伤口边缘，凝固成褐色的干脆的血痂，像是红褐色的冰。现在，帕米拉听出他在说什么了："你怎么敢这么做？"还有些别的什么，断断续续的，她又听不清了。他吐出一口血。"你这个蠢货，帕米拉！你没救了。我早该知道的。"

他俯下身，双手箍住她的脖子，越箍越紧。

帕米拉挣扎着想要呼吸，她的脑袋抽搐着，疼痛更加剧烈。太阳穴和脸部的血管搏动着。

走廊似乎越来越暗。

没事的，她告诉自己。总比回到民兵组织要好，按照比利要求的那样生活，比成为“他的女人”要好。

有那么一瞬间，她想起了自己大概四岁时，母亲夏洛特说过的话。

“我们要去纽约做一些重要的事，亲爱的。就跟玩游戏一样。我要扮演卡萝尔。如果你听见有人叫我卡萝尔，然后说‘她不叫这个名字’，我就打死你。你听明白了吗，亲爱的？我会关掉灯，然后把你关进衣橱里。”

“明白了，妈妈。我会听话的，妈妈。”

帕米拉知道自己快死了，因为她似乎被一片光明包围。明亮的光，泛红的光，让人睁不开眼的光。她差点笑出来，想道，嘿，也许我是误会上帝了。我看见了天堂的光亮。

也可能是地狱，随便什么吧。

随后她觉得自己失去了重量，轻飘飘的，灵魂像是出窍。

但是，不，不，不……只是因为比利松开了她，站起身，抓起那把美工刀，举了起来。

他就要割断她的喉咙了。

他嘴里说着什么，她听不清。

但她清晰地听见了两声，然后是三声，巨大的爆炸声。从公寓大楼的走廊前门传来。她看见的光原来是门外的阳光：太阳直射着这座朝西的公寓。接着她看到两个男人持枪的剪影。然后她望向比利，看见他摇晃着、踉跄着，抓着胸口。被划破的嘴张得大大的。

他低头看着她，手中的美工刀滑落了，膝盖慢慢弯曲，蹲着向一侧倒下。他眨着眼睛，似乎很惊讶。他咕哝着什么。他的手抽搐着。

随后警察冲进走廊，架起她的胳膊把她扶起来，又把她从前门拉了出去。

但是帕米拉挣脱了，力气大得把他们吓了一跳。“不。”她轻声说。她转过身，眼睛紧盯着比利，直到他双眼失焦，瞳孔扩散。

帕米拉猛烈地喘息着，又等了一会儿，才转身走出了门。警察们则端着枪，全副武装地走向比利的尸体。她想，这应该是标准程序吧，但很明显没必要。他再也不构成威胁了。

73

经过医疗急救人员的简单处理，帕米拉·威洛比走出公寓大楼，来到寒冷明亮的街道上。

林肯·莱姆坐着轮椅，等在人行道边。他注意到阿米莉亚·萨克斯往前走了两步，稍稍伸出双手，想要拥抱帕米拉。但帕米拉没有反应，只是礼貌地点点头。于是她迟疑着停下脚步，垂下了双手。

莱姆问道："你还好吗？"

"还行。"面前这个年轻的女人沉着脸回答。再也不能把她当成小女孩了，莱姆心想。他听说了帕米拉跟嫌犯搏斗的事，为她感到骄傲。

不知怎么，帕米拉一直揉搓着自己大腿的前侧。莱姆想起阿米莉亚·萨克斯有时候也会强迫性地抚摸或者抓挠自己的身体。帕米拉注意到莱姆的目光，停下了手。"他给我刺青了，但不是用毒药，是真正的刺青。他在自己腿上刺了我和他名字的一部分，另一部分刺在了我身上。"

拼合字句，莱姆想起TT．高登说过的话。情侣会在彼此身上刺下各自名字的一半。

"我……"她吞了一口口水，"我觉得很可怕。"

“我认识一个人，可以洗掉刺青。我有他的电话。”

TT. 高登很擅长刺青，他肯定也知道怎么洗掉。

帕米拉点点头，又继续强迫性地揉搓起来。“他跟我说了很多可怕的事。他其实，听起来想成为新的希特勒。他打算杀了他的姨妈和姨夫，开展自己的民兵运动。你知道的，我妈妈没那么聪明。她那些长篇大论，听起来就不能当真。但比利，他就是另一个层次了。他上过大学。他要开办学校，给小孩灌输这种思想。他还提到了‘人皮法则’。看得出来，他对此很痴迷——种族主义，赤裸裸的种族主义。”

“‘人皮法则’。”莱姆沉吟着。这很符合他们计划要留在自来水下毒现场的那份宣言。他会想起泰瑞·杜宾斯告诉他们的话。

如果你们能找出他为什么对人皮这么痴迷，这就是理解这个案子的关键……

帕米拉接着说道：“而且他这么多年一直对我念念不忘。”她说起二人小时候的婚约，说起一年前比利来到纽约，开始计划对这座城市发动袭击，并且引诱了她。帕米拉打了个寒战。

“你要到车上去吗？”莱姆问道。他朝托马斯开来的那辆无障碍车点点头。帕米拉的公寓被封锁了，警察要进行犯罪现场调查，而帕米拉看起来显然很冷。她的鼻子和眼睛都冻红了，手指尖也是。

“不用了。”帕米拉迅速说。她觉得在阳光下更自在一些，虽然气温真的很低，“他们都被捕了吗？”

“看起来，所有在纽约的成员都抓起来了。”莱姆说道，“马修和哈莉特·斯坦顿。他们的儿子，乔希。”

搜索小组在嫌犯的尸体上找到一张真正的身份证。威廉·海文，二十五岁。居住在伊利诺伊州南湖城的一名刺青艺术家。

莱姆接着说道："我们也派人去检查他们所有的文件了。笔记，手机，电脑。在南伊利诺伊州找到了几名同伙，但肯定还有其他人。炸弹应该不会爆炸，但都是真正的炸弹：火药，引爆装置，手机引爆器。制造土制炸弹的肯定是内行老手。"

"如果他们的组织就像我妈妈那个'爱国者前线'，那就是有几十个成员。他们总是在夜里聚会，坐在厨房里，喝着咖啡，制订一个个该死的小计划……

"林肯？"帕米拉问道。

林肯抬起一边眉毛。

"你是怎么知道的？知道赛斯的事？还派了警察过来？"

"其实我不知道。但我开始怀疑了，因为我想到一件事：嫌犯是怎么知道TT．高登的？"

"谁？"

"就是你和赛斯在我家碰到的那个刺青艺术家。"

"哦，那个有奇怪小胡子和很多穿孔的家伙。"

"就是他。比利闯进他的店里，杀了他的一个同事。我想他想杀的应该是TT，但他正好不在。他当然也有可能从其他渠道查到我们这位刺青艺术家，但还有个更简单的解释——在我家看到过TT．高登。"

"我们已经知道这群人是国内恐怖分子，而你和你妈妈又曾经跟集骨者有过很密切的关联，所以我想，赛斯出现在你的生活里会不会不是巧合。

当然了，嫌犯有一枚蜈蚣的刺青。赛斯身上似乎一个刺青都没有，我看见过他穿短袖。这又怎么解释？然后我想起了水溶性颜料，我们在证物袋里发现过红色水溶性颜料的笔迹。TT告诉过我们，有些刺青艺术家会用水溶性笔在刺青前先打底稿。也许他就是这么做的，在手臂上画一个临时刺青，用来迷惑我们。”

帕米拉点点头。“没错。他告诉我，他画刺青是为了让人把他当成另一个人。当他扮演赛斯的时候，就会把刺青洗掉。他给一个流浪汉刺过一条蜈蚣，花钱雇他在水管上钻孔。就是死在隧道里的那个人，他说他不太相信你关掉了水压，他想要谨慎一些。”

“哦，那是个流浪汉啊。”莱姆接着说，“他还闯进我家，想给我下毒。我们当时以为他是个开锁专家：锁上没有留下任何撬痕。但其实——”

“他从我的钥匙串上拿到了你家的钥匙。”帕米拉苦涩地说道，“然后复制了一把。”

“没错，我也是这么想的。那么，他就是不明嫌犯吗？当时我还不确定。但我不想冒险，就打电话给警方的调度中心，让他们派巡警马上赶来这里。”

萨克斯说道：“还有昨天在这里发生的袭击案，也是他伪造的。”

“给自己打了一点普洛福，把自己铐起来。然后把毒药和注射器扔在地上，躺下来睡了一小觉，等着警察过来。”

“为什么这么做？”帕米拉问道。

萨克斯回答说：“洗脱嫌疑。把自己也变成被害人，是最好的方法。”

莱姆说道：“我不得不承认，我们的侧写专家也有贡献。他说，有些研究表明，蜈蚣在艺术和文学中代表潜藏在安全和舒适地带的危险。它们躲在你看不见的地方等着。这就是赛斯。哦不，比利。”

“没错。”帕米拉平静地回头看了一眼自己公寓的方向。她皱着眉头，抽出一张纸巾，舔了舔，然后用纸巾擦掉面颊上的一点血迹。

由于朗·塞利托住院了，萨克斯现在成了侦办这个案子的负责人。她花了二十分钟讯问帕米拉。莱姆也陪在旁边。他们得知，比利打算带着帕米拉逃亡去纽约州北部的民兵组织“爱国者联盟”，莱姆和萨克斯以前对付过他们。

罗恩·普拉斯基在帕米拉的公寓里走完格子，就算你像在这个案子里一样，彻底地制服了嫌犯，还是要走完应有的流程。完成工作之后，普拉斯基封存好证据，填写证物保管卡片，跟莱姆说所有的东西都会送到他家去。法医团队把尸体也运走了。帕米拉冷眼看着担架被运上了车。

莱姆一直在留意萨克斯的一举一动。刚才她和帕米拉交谈时，时不时地想开个玩笑，或者说点安慰的话。帕米拉只是客套地微笑着，看起来更像是冷笑。很显然，她的冷漠深深伤害了萨克斯。

萨克斯短暂地沉默了，双手放在后腰上，眺望着公寓楼。接着她对帕米拉说：“现场清理完毕。如果你需要的话，我可以帮你打扫一下。”

莱姆注意到她很忧郁，而且从她的口气可以听出，她是硬着头皮问的。

“我想我还是先去奥利凡蒂家住一阵子吧。这个礼拜我会找一天，借霍华德的车，去你们家把剩下的东西拿走。可以吗，林肯？”

“当然。”

“等一下。”萨克斯坚定地说。

帕米拉毫不畏惧地看着她。

萨克斯接着说：“我希望你可以去看看心理医生，跟他们聊聊。”她把手伸进包里，“这是泰瑞·杜宾斯。他是纽约市警察局的，可以帮你介绍一个合适的人选。”

“我不——”

“拜托，照我说的做。”

帕米拉耸耸肩，把名片放进裤子后兜里，跟手机放在一起。

萨克斯说：“如果需要任何帮助，就给我打电话。随时都可以。”她的声音中有一丝难以察觉的绝望。

帕米拉什么也没说，走进公寓，拿着一只背包和一个电脑包出来了。耳中塞着一副连接着 iPod 的耳机，头戴一顶大大的帽子。

她冲莱姆和萨克斯的方向挥挥手。

萨克斯盯着她的背影。

片刻之后，莱姆开口了，“每个人都很讨厌自己被证明是错误的，萨克斯，即使是为了他们好。也许可以这么说——尤其是为了他们好。”

“看起来是这样。”萨克斯在寒风中前后摇晃着，看着帕米拉消失的背影，“我搞砸了，莱姆。”

每到这种时候，莱姆都非常痛恨自己身有残疾。他万分希望可以走向萨克斯，双臂环抱着她颤抖的肩膀，紧紧拥抱她。

“朗怎么样了？”莱姆问道。

“脱离危险了，但还没恢复意识。瑞秋状态很差，朗的儿子也在那里。”

“我跟他谈过了。”莱姆告诉她。

“他真的是顶梁柱。”

“要回我家吗？”

萨克斯答道：“晚点再去，我要去见一个大都会博物馆案相关的目击证人。”

这是塞利托的另一个案子，有人闯进了第五大道的博物馆。塞利托住院后，他手头其他的案子都有人接手。现在他们破获了“美国家庭第一委员会”的阴谋，接下来就该处理这个政治影响很大的神秘案件了。

萨克斯走向自己的车子。引擎轰然启动，车子离开路边，蓝色的烟雾四下飘散，在红彤彤的夕阳之下，被映照成紫色。

74

对于自己竟然没有推断出嫌犯的身份，林肯·莱姆非常不高兴。直到警察搜查了尸体，再加上帕米拉的解释，他才知道比利·海文其人。

“总之，我早该猜到的。”他对库柏和普拉斯基说道。

“猜到什么？”普拉斯基正在从证物袋里夹出什么东西，他放下袋子转过头对莱姆说。

“猜到比利跟斯坦顿一家有关系。还记得哈莉特的反应吗？当阿米莉亚告诉她比利死了的时候。她简直歇斯底里。我就该看出，他们两人很熟，非常熟。还有那个儿子，乔希。他听到的时候，我看他都快昏过去了。我就该推断出，就算嫌犯不是他们家人，也是亲戚。现在我们知道他是外甥，还知道了他的名字。但还需要知道其他关于威廉·海文先生的所有细节。菜鸟，你去查，stat。”

“这个‘stat’是拉丁语，衍生自‘statim’，是‘立刻’的意思。”普拉斯基接话道。

“哦，是啊，没错。你研究过古典文学。我还记得，你也研究过犯罪电影，在这类电影中出现跟剧情不相干的插科打诨，通常都是为了转移观众的注意力，让他们忽视蹩脚的剧情和人物发展。

“E.g.，你总是提到的那些会纠正别人语法的杀手。所以，我们现在可以干正事了吗？”

“‘E.g.’，是‘Example gratia’的缩写。”普拉斯基嘟囔着，开始迅速打字。

几分钟后，他从电脑屏幕前抬起头来，用一种决定性的口吻说：“Negotium ibi terminetur。”

“任务完成。”莱姆翻译道，“但更优雅的说法是‘Factum-est’。语调更悠扬。这就是拉丁语的问题。听起来总像是在嚼石头。上帝保佑拯救这门语言免于失传的意大利人和罗马人。”

普拉蒂基读着屏幕上的信息：“马修·斯坦顿是家中独子。但哈莉特有个姐姐，伊丽莎白。她嫁给了艾贝特·海文。二人有个儿子，威廉·海文。艾贝特曾是‘美国家庭第一委员会’元老，但他们夫妇在儿子小时候就去世了。”读到这里，他抬起头来，“死于戴夫教派事件。他们去那里给戴夫教派的人提供枪火，围城时也被困在了里面。”

“从此之后，威廉就跟哈莉特姨妈和马修姨夫一起生活。他通常被称为比利。他由于有前科，但是未成年犯罪，所以犯罪记录被封存，档案里看不到。是一桩攻击他人的仇恨罪。他在学校里殴打一名犹太男孩。然后用一根冰锥和墨水在那个孩子的上臂刺了个纳粹符号。当时他才十岁。这是当时的照片，你可以看看。”

莱姆注意到，那个刺青相当专业。两种颜色，还打了阴影，勾边也干净利落。

“然后他进入南伊利诺伊大学读艺术和政治科学。之后，因为某种原因，他开了家刺青工作室。”

比利的背包里有两张在城中租房的收据。一处位于默里山

(Murray Hill)，写的是赛斯·马克奎恩，也就是帕米拉男朋友的名字。另一处是以化名弗兰克·塞缪尔的名字租下的，靠近唐人街，在运河街上。刑侦组去这两个地方搜查过了。比利打扫得相当彻底，但在第二处被当作工作室的房子里，鉴证组发现了一些设备和玻璃盆栽箱，比利利用它们培育植物，萃取和提炼毒药，作为杀人工具。

这些盆栽箱和配套的灯光设备现在都放在莱姆的工作室里，远远地靠在墙边。除了其中一个。那是一个密封的箱子，里面放着肉毒杆菌的孢子。德里特里克堡来的生化专家认为最好把这个箱子交给他们。莱姆对证物的占有欲一贯很强，但要把这个箱子交给别人，他没有任何意见。

我们的这位犯罪专家把这些植物一一登记在册，期间注意到毒芹长得尤其可爱。随后他打电话给弗雷德·德尔瑞，他负责联邦调查局那边的调查工作。莱姆告诉他自己的发现。德尔瑞唠唠叨叨地说："那真是王炸，大概仅次于萨达姆的大规模杀伤性武器吧。而且那个地方的两个街区之外就是我最喜欢的中餐馆，快乐熊猫——运河街上那家。不，不是莫特街上那家，也不是第六大道上那家。是总店，也是最正宗的。美味啊，那里的海蜇。不，不，超乎想象的美味。好了，等你写好报告再打给我。"

挂上电话，莱姆听到房间另一端传来笑声。

"这可太棒了。"梅尔·库柏盯着电脑屏幕赞叹道。

"怎么了？"莱姆问道。

普拉斯基笑着把屏幕转过来：是纽约邮报的在线电子版。一则关于斯坦顿一家的报道，起的标题是《毒笔》。

指的是比利·海文的凶器。

巧妙。

库柏和普拉斯基继续分析和分类从帕米拉的公寓和比利的两处住所找到的证物。莱姆回到证物台边。

“手套。”他叫道。

“你想要——？”托马斯问道。

“手套！我要跟证物亲密接触一下。”

托马斯费了点力气，给莱姆的右手戴上了手套。

“现在，拿那个。”他指指那本写着“改造诫令”的薄薄的笔记本，这里面满满记载了下毒阴谋的细节：时间，受害者的选择，地点，警方办案程序，关于莱姆的犯罪书籍《连环城市》的摘抄，以及如何“预判预判专家”。所以笔记都由比利那手漂亮的草书写就。这并不令人意外，毕竟他的艺术天分那么高，连手书都像是专业抄写员完成的精装书稿。

稍早之前，莱姆看过一眼这本笔记，但现在他想好好研究一番，看看还有没有关于其他共犯的线索。

托马斯把笔记放在他轮椅的扶手上，莱姆翻页阅读了起来。他翻阅的样子时而笨拙，时而优雅，但总是那么自信。

第五部分 重逢

十一月九日 星期六 下午五点

75

那个壮实的秃头男子，身穿一件灰色大衣，迈着八字步，沿着旷阔的人行道前行。他提着一个破旧的公文包。街上没什么人注意到他的身材或走路的样子。他尽可能地不引人注意。可能是商人，会计，广告公司经理。他是魔法世界的麻瓜，是艾略特诗歌中无聊的普鲁夫洛克。

他喜欢这一带。格林威治村确实没有苏荷区或三角地那么时髦，而是更有家常气息。小意大利兴起又衰落，但格林威治村依然是曼哈顿本地人的大本营：文艺人士，艺术家，欧洲移民的后裔。在这里居住的都是普通家庭，由矮胖、秃顶的丈夫、冷淡的妻子、理想远大而谦逊的儿子和聪慧的女儿组成。他在这里毫不起眼。

考虑到他要完成的任务，这再好不过了。

太阳就要落山，气温很低。但天还亮着，过去几天的冻雨也停了。他走到一家精品咖啡的窗前，读起一本脏兮兮的菜单。这是一家真正的意式咖啡馆。早在那个西雅图人（而不是西西里人）想到要创办星巴克之前，这家店就在用蒸汽打奶泡了。

他的目光透过橱窗上早早贴上的圣诞节装饰往里看，端详着远处靠墙一张桌边的景象：一个身穿酒红色毛衣和黑色紧身牛仔裤的红发女人坐在那里，对面是一个穿西装的男子。男子身材瘦削，看起来像是个即将退休的律师。女人正在问男人什么问题，并把他的回答记录在一本小小的笔记本上。他还注意到那张桌子有点摇晃。东北偏北方向那根桌腿的楔子没有塞好。

他仔细观察着这对男女。如果他对床笫之事感兴趣的话（其实他并不），就会意识到那个女人很有吸引力。

他马上要暗杀的这个阿米莉亚·萨克斯，是个相当漂亮的女人。

窗外的这个男人戴着一双手套，在这样寒冷的天气里似乎再正常不过。运气不错。那是双黑色羊毛手套，因为每块真皮留下的印记就像指纹一样，是独一无二的。这也就意味着，可以追踪。

但毛料呢？就不会。

现在，他注意到了阿米莉亚放包的地方，就在她椅子后面。这里的人太没有防备心了。要是在南美，那里的人会把包用一根尼龙绳绑在椅子上，就是用来绑垃圾袋或者绑犯人手腕的那种。

包上有搭扣，但这难不倒他。几天前，他买了个跟她一样的包，一直反复练习如何悄悄把东西放进去。实际上，他已经练习很多年这样灵巧的手法。最后，他的技巧练得炉火纯青，可以在三秒钟之内打开包，把东西放进去，再关上搭扣。他练习了上百遍。

现在，他把手伸进口袋，握着一小瓶止疼的非处方药，跟阿米莉亚·萨克斯常吃的那种一样（他事先问过萨克斯的药剂师）。她以前有关节炎，但他发现，最近她不经常犯病了，但还是偶尔会吃那种药。

啊，我们的身体要让我们经过多少试炼啊。

瓶子里的胶囊看起来跟外面卖的一模一样，但其中有一处不同，就是他的每一颗胶囊里都装着高浓缩的锑。

锑跟砷一样，是一种类金属化学元素。名字来自于希腊语中的“流放的孤独”。过去有些放荡的女人会用锑来描画自己的眉毛和眼线，这其中就包括圣经中的荡妇耶洗别。

锑这种元素分布广泛，用途也很广泛，现代工业中就经常用到。但是纵观历史，化学元素符号 Sb，原子序数为 51 的锑，也是成千上万起痛苦死亡的罪魁祸首。比如沃尔夫冈 · 阿玛多伊斯 · 莫扎特就是其最著名的受害者（不过他到底是不是被蓄意毒害依然是个历史悬案，也许这要问他的宿敌安东尼奥 · 萨列里了）。

萨克斯开过刀的膝盖，早晚会再次疼痛。到那时，萨克斯就会吞两颗药。

随后，她的疼痛并不会缓解，她会感到剧烈头疼，呕吐，腹泻，四肢麻痹。

她会在几天之后死去，而媒体会报道说，她是比利 · 海文案的另一个受害者，比利在被射杀之前，想办法把毒药丸塞进了她的包里。

尽管斯坦顿一家跟这次即将发生的谋杀毫无关联。

这位站在精品咖啡店门口，准备谋杀萨克斯的男人真名叫查尔斯 · 维斯帕西安 · 黑尔。但他还有其他几个名字广为人知，其中一个叫作理查德 · 罗根。而最近用过的一个名字是戴夫 · 维勒，就是那个联系纽约调查局、控诉新手警察普拉斯基瞎捣乱的愤怒律师。

但在这许多名字中，他最喜欢的也是最能代表他个人特质的则是：“钟表匠”。这个外号一方面展现了他策划精妙罪案的高超技巧，另一方面也暗示了他对于钟表的热爱。

现在，他就低头看着这么一只文图拉（Ventura）SPARC Sigma MGS腕表。这是一只价值五千美元的液晶数字表。黑尔拥有一百一十七只不同的钟表，虽然其中也包括电子手表和电池手表，大多数都还是指针式的。其中包括名士表（Baume & Merciers），劳力士，泰格豪雅。他曾有机会偷走一只价值六百万美元的百达翡丽星历 89（Calibre 89），这只表是该品牌成立一百五十周年的纪念款，也是有史以来最时尚最复杂的表。这只 18K 金打造的怀表除了显示时间之外，那些小窗和指针还可以显示月相、动力储存、月份、气温、复活节日期、星座、日落时间以及双针计秒。

然而黑尔选择不偷走这件杰作。

为什么？因为这块百达翡丽是上个时代的遗迹。现在是全新的时代。指针式手表已成过去。黑尔花了一段时间才接受这一点。几年前他被林肯·莱姆逮捕，也让他知道整个世界都已经改变。

黑尔准备好迎接黎明了。

他手腕上的文图拉，就是计时器界新面孔的最佳代表。它无与伦比的精确让黑尔感到无比的愉悦和安心。他又看了一眼手表，然后开始倒数。

四……

三……

二……

一……

咖啡店后方传来刺耳的火警铃声。

黑尔在自己的光头上戴了一顶羊毛帽，走进这家奇热无比的咖啡店。

没人看见他进来，包括阿米莉亚·萨克斯和她的谈话对象。

他们都盯着厨房。二十分钟前，他在那里的架子上放了一只独立式烟雾探测器。这只探测器又旧（其实并不旧）又油腻（这倒不假）。工作人员很快会找到它，以为是谁不要了，随手放在这里的。然后他们就会把探测器拿下来，抠掉电池，随手扔了。没人会再记得这次假警报。

阿米莉亚跟其他人一样四处张望，寻找烟雾的来源。但没有烟雾。当她的目光回到厨房门（警铃正在门口响个不停）上的时候，黑尔就在她身后坐下，借着把公文包放在地上的时机，悄悄把药瓶放进她的包里。

新纪录诞生：两秒钟。

随后他环视四周，像是在犹豫：要不要在这个可能发生火灾的地方享受一杯拿铁？

不，他决定去别的地方。男人站起身来，走进室外的寒风中。

警铃声停止了，看来电池被扣掉了。他回头看了一眼，萨克斯转身继续喝她的咖啡，记她的笔记。对于即将到来的死亡浑然不觉。

“钟表匠”转个弯，走向西四街的地铁入口。他在凛冽的寒风中行走时，一个有趣的想法出现在他的脑海：砷和锑都是类金属，兼具金属和非金属的特性，但都不够硬，没法制成耐久的物件。

他很好奇：那有没有可能用这些毒药制成计时器呢？

真是个有趣的想法！

他知道，在接下来的几个星期，甚至几个月的时间里，这个想法都会占据着他丰富多彩的脑海。

76

“你就照办吧。”林肯·莱姆说道。我们的这位犯罪专家独自待在工作室里，一边打免提电话，一边漫不经心地浏览着网页——网页上展示着一些相当精美的古董和艺术品。

“这个嘛。”电话那头的人是纽约市警察局的一名警监，他人现在在警局总部大楼里。

“怎么了？”莱姆没好气地说。他曾经也是一名警监，莱姆从来不把职衔当一回事，能力和智慧更重要。

“这样有点不合常规。”

这他妈是什么意思？莱姆心想。他自己也曾在一个公务员的世界里当过公务员，他知道有时候你得玩一些手段，他能理解对方的不情愿。

但他无法容忍。

“我知道这不合常规，警监。但我们必须发布这条消息，事关人命。”

警监有个很少见的名字，叫刀哥菲尔德（Dagfield）。

谁会叫这种名字？

“这个嘛。”刀哥充满戒备地说，“这要经过编辑和审查——”

“是我亲自撰文，不需要编辑。你可以审查，现在就审，没时间了。”

“你这不是让我审查，你是让我发布你刚发给我的东西，林肯。”

“你看过了，你读完了。就是审查过了。我们一定得发布，刀哥。十万火急，非常紧急。”

一声叹息。“我得找个人报告。”

莱姆在想自己还能出什么牌。没多少底牌了。

“情况是这样的，刀哥。我不可能被开除。我是独立顾问，全国各地的辩护律师都想聘请我，就跟纽约市警察局一样；说不定他们还想开更高的价钱。如果你不照我写的发布新闻稿，我的意思是原封不动地发布，我就去帮那些辩护律师打官司，再也不帮纽约市警察局干活了。等你们警察局长发现我开始帮他们对付政府，估计你的公职就丢了。我看你可以去卖快餐。”

“你威胁我？”

这简直不用问。

十秒钟后他说：“妈的。”

对面狠狠摔上电话，莱姆听着却那么甜蜜悦耳。

他转动轮椅来到床边，向外眺望中央公园。比起夏日景致，他更喜欢冬天的景象。有的人可能会认为，这是因为在气候宜人的夏日，人们会在公园里从事各种运动，跑步、丢飞盘、打垒球——这都是莱姆永远都不可能做的事。不过事实却是，莱姆只是更喜欢冬天的景观而已。

就算是出事之前，莱姆也从没享受过这类无益的嬉戏。他想起几年前牵涉到集骨者的那桩案子。当时他刚刚瘫痪，认为自己永远不可能回到正常人的世界，几乎放弃了生的希望。但那个案子教会了他一个受用不尽的道理：他从来都不想过正常人的生活。无论健康还是瘫痪，都不想。他的世界，属于推理，属于逻辑，是一个可以不借助武器或武力，而是用理智来攻防、借思想去战斗的世界。

所以在此刻，莱姆眺望着中央公园里荒凉萧瑟、叶尽寒梢的景象，心中却是惬意无比。多年前集骨者教会他的那一课，让他至今内心安宁。

莱姆回到电脑屏幕前，再次一头扎进艺术品的世界里。

他看了看新闻，没错，刀哥出手了。那份未经审查、未经编辑也未经改动的新闻发布稿，已经传得到处都是了。

莱姆看了一眼电脑上的时钟，又去继续浏览艺术品了。

半小时后，电话响了。莱姆注意到来电人的姓名显示为：未知。

电话响了两声，三声。他用右手食指按下接听键。

他说：“喂。”

“林肯，”那是理查德·罗根，我们的那位“钟表匠”。“你现在有空聊聊吗？”

“对你，我永远有空。”

77

“我看了新闻。”“钟表匠”对莱姆说，“你发布了我的照片。或者说，是画师笔下我扮演戴夫·维勒的照片。干得不错。我猜，是电脑软件画的吧。有胖有瘦，有头发和秃顶，有胡子和没胡子。艺术和电脑科学的结合，真是令人叹为观止。你不觉得吗，林肯？”

他说的新闻，就是莱姆强迫那位纽约市警察局警监发布的新闻稿。“这么说，画像很精确了？”莱姆问道，“我那位警察还不确定他在跟画师合作时，描述的颧骨结构是不是准确。”

“那个年轻人，普拉斯基。”“钟表匠”似乎觉得很好笑，“他的观察太肤浅了，而且总是凭借印象就下结论。你我都知道，这是很危险的。我猜，他当刑侦警察要比当卧底高明多了。鉴证工作不需要太多即兴发挥。我想，他那次脑损伤了吧？”

“是的，没错。”

钟表匠接着说：“他运气好，我给他下套的时候，帮手是调查局，不是我真正的同伙。否则他早死了。”

“可能吧。”莱姆慢吞吞地说，“他的直觉不错，而且显然很努力。总之，当时的情况下，我能派的人手也只有他了。我当时正忙着阻止一个变态刺青艺术家。”

现在知道“钟表匠”还活着，而且已经逃出监狱，莱姆想起几年前自己最后一次跟他面对面的情形。没错，他现在想起来了，普拉斯基跟画像师描述的那个律师和他记忆中几年前的“钟表匠”确有相似之处，虽然有些主要面部特征有所不同。他开口说道：“你没有动手术，但还是动了脸。比方说在颧骨下垫了硅胶或棉花。还有头发——剃了光头，很像自然的男性秃头。你还化了妆，大部分电影工作室都处理不好乔装的妆容。至于你的体重，你的体形，是在衣服里加了衬垫，没错吧？没人能在四天内增重二十公斤。晒黑的肤色是涂了深色粉底。”

“没错。”他低笑，“也许吧，也可能去美黑了，纽约大都会地区大概有四百家美黑点。你是不是想挨家挨户开始查访？如果运气好，圣诞节前可以查到我去的是哪家。”

莱姆说道：“但我们公布照片之后，你又易容了，甚至整容了，对吗？”

“当然了。林肯，我现在很好奇你为什么对媒体公布我的照片。你冒着我会躲起来的风险。现在我确实躲起来了。”

“有可能有人会看到你，他们会报警。我们会第一时间行动。”

“全国通缉。”

刚刚莱姆逼着警方发布的新闻稿指出，一个名叫理查德·罗根，外号“钟表匠”，又名戴夫·维勒的男子，几天前从威彻斯特的联邦监狱越狱，并同时发布了电脑绘图的画像，还指出此人可能会伪装南方口音。

“但是没人报警。”“钟表匠”指出，“没人发现我，因为我还在……我该待的地方。”

“哦，顺便告诉你，我没指望追踪你这通电话。因为你肯定用了电话遮断器和虚拟号码。”

这不是个问句。

“而且我们突袭过维勒的律师事务所了。”

又是一声低笑。“电话应答服务、邮政信箱和网站？”

“很聪明。”莱姆说道，“假死，这样好像有点残忍。”

“纯属巧合，这是我的第一反应。”

莱姆问道：“哦，问个纯属好奇的问题。你其实也不叫理查德·罗根，是吗？那是你的化名之一。”

“没错。”

他没说出自己的真名，莱姆也没再追问。

“你是怎么知道我逃走了？”

“就像我一贯的做法，我们俩一贯的做法——是个假设。”

“直觉。”“钟表匠”说道。

莱姆想起了萨克斯，她常常因为他嘲笑这个字眼而责备他。他微笑着说：“这么说也行。”

“然后你根据实践检验，不过你是怎么想出这个假设的？”

“我们在比利·海文的背包里找到一本笔记，《改造大业》。那是一本关于如何在纽约市自来水供应系统中用肉毒杆菌下毒的操作指南。就像一份工程施工图，列出了每一步，时间精确到分钟。我很怀疑斯坦顿一家和比利有没有能力做出如此精美的计划：先策划一连串连环杀人案，误导警方去阻止一桩用炸弹炸毁供水管的阴谋，以此掩盖在水里下毒的真实目的。你知道怎么用毒素来当武器，抗氯性，这一招很高明。”

“你找到那本笔记了？”电话那头听起来有点沮丧，“我交代过比利，要转化成加密的电子文档，存在一个不联网的电脑里，然后把原件毁掉。”他停顿了一下，“但我也不意外，这帮从南伊利诺伊来的人看起来相当老派。哦，对了，也没那么聪明。像是比利决定使用的毒药，我建议用商业化学制剂，但比利太迷恋植物了。我猜想，他小时候花了很多时间在树林里，独自一人给植物画素描。如果你的父母都被联邦政府杀死了，你的人生信条又是新纳粹主义的民兵组织，童年肯定非常不好过。”

“《改造大业》？这是你起的名字吧？”

“是我，没错。虽然灵感来自比利的职业，人体改造。这个名字还挺符合他们的末世观点。我其实觉得有点羞耻，太直白了，但他们喜欢。”

“整个计划是由你口述，比利记录下来的？”

“没错。听的人还有他姨妈，但记录的人是比利。他们来探监。理由是比利在写一本关于我的传记。”他停顿了一下，“我跟他们说，我有一个很想告诉别人的故事，但一直找不到合适的人来听。我想你会喜欢这个故事的，林肯。当我跟他说完整个计划，他也都记录了下来，我说，‘现在这归你了，摩西。去吧。’比利和哈莉特没明白。我知道你很熟悉‘上帝是一个钟表匠’这个典故。”

在十七世纪末、十八世纪初的科学革命时代，艾萨克·牛顿、勒内·笛卡尔等科学家曾探究过宇宙的起源。他们认为，宇宙的设计必然有一位设计师。如果没有钟表匠，就不会出现钟表这么复杂的事物。而远比钟表复杂的人类，没有上帝也不可能存在。

“我不得不解释，因为我的外号叫“钟表匠”，口述《改造大业》就像说我是上帝，把《十诫》交给摩西。我说这是个玩笑。但他们当真了。他们开始把这份计划称为《改造诫令》。”他弹了下舌头，“真为他们感到遗憾，连讽刺都听不出来。言归正传：

你是怎么发现我……如果你愿意透露的话。”

“当然了。”

“你找到了那本笔记。但上面不是我的笔迹，而是比利的。没有指纹或DNA，因为我从没碰过它。而且，没错，计划里很多地方都涉及关键的时间测算：应该在何时、何地下毒，发动袭击来转移注意力；罪案发生后，应该在何时让比利的表弟乔希运送电池和灯光进入地下；在有人拨打911之后，警方大概会花多长时间抵达现场。当然，这都事关时间。但怎么能从这一点联系到我越狱的？”

莱姆想知道电话那头的人正站在哪里，是什么样的姿势。是在寒冷的户外吗？还是在炎热的，或是气候宜人的户外？“报应”这个词很不精确，还很戏剧化。但莱姆允许自己这么去想“钟表匠”这件事。他答道：“证据。”

“并不意外，林肯。但是什么证据呢？”

“河豚毒素，我们发现了微物证迹。”那种来自河豚的剧毒。

“哦，要命……”电话那端传来一声叹息，“我交代过比利，要毁掉所有残留痕迹。”

“我可以肯定他照做了，我们仅在一处现场找到了非常少量的证迹。”莱姆比谁都清楚，要把某种物质的残留痕迹全部消除有多困难，“我们在他的安全屋没有找到任何河豚毒素，那这是从哪里来的？我问过美国联邦调查局暴力罪犯逮捕计划的人，他们说在过去几年里，没有任何一桩罪案中用到了这种毒素。那么比利能用河豚毒素来做什么？这时候我突然想道：从它的别名中可以找到一条线索，僵尸药。因为它会引发心脏病和死亡的假象。”

“没错。”“钟表匠”承认道，“比利给我带了一些河豚毒素，夹在一本书里偷带进来的。狱警会搜查看有没有小刀或是海洛因，但不会检查有没有几毫克的河豚卵巢。我用这个来假装心脏病发，然后被送进了白原市的一家医院。”

电话那头有海鸥在叫吗？还有船在拉响汽笛？不，是雾号。有意思。现在雷达和全球卫星定位系统如此普及，已经很少听见雾号了。莱姆记了下来。他的电脑屏幕亮了，电脑犯罪专家罗德尼·扎尼克发来一条消息，报告说“钟表匠”给莱姆打来的这通电话没能追踪成功，只追查到一个在哈萨克斯坦的匿名服务器。

关于追踪电话的事，莱姆撒谎了。

他在脑海里耸耸肩，反正查查也没损失。然后他又回到对话中。“不过最后让我确定的，是你犯的一个错误。”

“真的吗？”

“你和罗恩·普拉斯基在街上时，你提到那桩在墨西哥暗杀联邦警察官员的案子——就是几年前你策划的那桩。”

“没错。我想提到一些具体的事，这样更可信。”

“啊，但那个案子被封存了。如果你是一名合法的律师，就像你说的那样从没见过理查德·罗根，那你就不可能知道墨西哥城的案子。”

对方沉默。接着开口道：“封存了？”

“显然我们的国务院和墨西哥法务部都对你有点不满。一个美国人，差点暗杀了墨西哥执法部门的高级官员。他们宁可假装这件事从没发生过。所以事情从没曝光过。”

“哦。”他的声音听起来很不满。

莱姆说道：“现在回答我一个问题。”

“好吧。”

“你怎么想出这个计划的？帮助斯坦顿一家和‘美国家庭第

一委员会’？”

“是时候该出狱了。我就联系了几年前参与国内恐怖袭击的那些人。当时你和我还交过手，记得吗？”

“当然。”

“他们介绍我认识了‘美国家庭第一委员会’，另一个白人至上主义的民兵组织。我告诉他们，我可以帮助他们成事。哈莉特和比利来探监，我就口述了计划。顺带说一声，你见过这对姨妈和外甥在一起的样子吗？这两人非常暧昧。简直给‘美国家庭第一’这个名字赋予了全新的意义。”

莱姆有点抗拒。不论他的这个观察是否准确，莱姆都完全不感兴趣。

“钟表匠”接着说：“他们想成名，我们就开始想点子。我想到一个主意是在饮用水里下肉毒杆菌毒素，我得知比利是一名刺青艺术家。我们就决定用《旧约》的经文给被害者刺青，我当时提议的是《启示录》，他们简直爱死这种花招了，正好切合他们那愚蠢的价值观。当我提议用毒药作为谋杀工具时，他们也爱死了。说什么这是对少数族裔和某些价值观的审判，因为它们是社会的毒瘤之类的。哦，他们就这样欣然接受了。确切地说，马修欣然接受。比利和哈莉特好像没那么激进，你知道的。林肯，心胸狭隘的人是最危险的。”

未必，林肯心想，电话那头的人恐怕才是最危险的。

78

“那么，”莱姆接着说，“作为对你指定这个计划的报酬，他们就偷带了一些河豚毒素给你。还帮忙贿赂了医疗人员和狱警。就这样，你被宣告死亡，运出了监狱。他们找了具流浪汉的尸体，送去殡仪馆火化了。”

“差不多就是这样。”

“一定花了不少钱吧。”

“一共两千万现金。”

“至于殡仪馆的那场戏？你假扮成维勒。为什么这么做？”

“我知道你会派人去看到底是谁来取骨灰。我必须让你真的相信“钟表匠”死了。最好的办法就是安排一位愤怒的律师来取骨灰……同时把你们的卧底警察汇报给当局。这个反转真是太棒了。我原先都没预料到。”

莱姆接着说：“但还有一件事我没搞懂：朗·塞利托。当然，是你下的毒。你弄了一身消防员制服，出现在贝维迪尔的现场，递给他一杯有毒的咖啡。”

“你连这个都猜出来了吗？”

“砷是类金属毒药，比利只使用植物萃取的毒素。”

“嗯，没想到这点。是我疏忽了。告诉我，林肯，你小时候看儿童解谜书，是不是每次都能找出所有的不同？”

是，没错，他就是这样。

莱姆补充道：“也是你把有毒的止疼药放进阿米莉亚·萨克斯的包里的。”

又是一阵沉默：“你也发现了？”

莱姆一推测出“钟表匠”还活着，而且还有可能是朗中毒事件的元凶，他就告诉了萨克斯、普拉斯基和库柏，让他们提防任何形式的袭击。萨克斯回想起来，她在跟大都会博物馆案件的一位目击证人会面时，在咖啡馆里有个人坐得离她很近。随后她就发现包里多出来一瓶止疼药。

莱姆问道：“也是砷吗？检测结果还没出来。”

“既然你都拆穿了，我就告诉你吧。这次是锑。”

林肯·莱姆说道：“你看，这一点我还没搞懂：你想杀死朗和阿米莉亚，然后嫁祸给斯坦顿一家？你还假扮成比利·海文，出现在犯罪现场？在伊丽莎白街，通过安检孔盖看着萨克斯的是你吗？在地狱厨房的餐厅外面，也是你？还有在贝维迪尔旁边的那幢大楼？”

“没错。”

“那是为什么……”他的声音低了下去。他正在飞快地思考，思维如同烟花般炸裂，“除非……”

“就快想到了，不是吗，林肯？”

“两千万美元。”他低声说，“换取你的自由，斯坦顿一家和‘美国家庭第一委员会’肯定出不起这么多钱为你贿赂守卫和医生。不，不——他们顶多有点小钱而已，有其他人在资助你越狱。没错！有人需要你帮他们干另一件事，你利用‘美国家庭第一委员会’为另一件事打掩护。”

“啊，这才是我认识的林肯。”“钟表匠”说道。

这种居高临下的口气，一时间让莱姆怒气上冲。但随即，他的思绪又运转起来，爆发出一阵大笑：“朗。朗·塞利托。他才是一切的关键。你需要把他杀了，或者让他没法办案。所以你利用‘美国家庭第一委员会’作为替罪羊。”

“一点也没错。”钟表匠轻声说，语气充满了讥讽，像是在说：接着说啊。

“他在办的案子，当然了，大都会博物馆的闯入案。他就快查出真相了，你的雇主就不得不阻止他。”他继续思考其他的情况，“阿米莉亚也是这样。因为她接手了大都会的案子……但你现在全部承认了。”莱姆慢吞吞地说，充满了疑惑，“为什么？”

“我想这个问题我就不回答了，林肯。也许还是不说为好。但我可以告诉你，现在没有人会有危险了。阿米莉亚也安全了。之所以要毒害她，或者朗，或者你那个书呆子助手，就是为了让‘美国家庭第一委员会’背黑锅。但现在，都已没有意义。另外，我已经改变方向了。”

莱姆想象着“钟表匠”耸了耸肩。

“你也安全了，当然，你一直很安全。”

一直很安全?

莱姆笑了出来：“比利闯进来给我的威士忌下毒时，那个报告说有人从后门闯进我家的匿名报警电话是你打的。”

“我在跟踪他，那天晚上他去你家，我就跟在后面。他不应该杀你，或者伤害你的。他一换上那套工人制服，拿起注射器，我就知道他要干什么。”

这完全没道理。

片刻之后，莱姆想通了。他低声说道：“我对你有用。你需要我活着，为什么？当然，为了调查一个案子。但是哪个案子？已经动手了？”最近有什么大案吗？莱姆想知道。然后他想到了。

“也可能是即将发生的？下星期？”

“也可能是下个月，或者几年后。”“钟表匠”答道，听起来很开心。

“大都会博物馆闯入案？还是其他什么事？”

没有回答。

“为什么是我？”

停顿了一会儿。“我只能说，我的这个计划需要你。”

“还需要我知道有这个计划。”莱姆回答道，“这样的话，我的头脑就成了你的计时器里面的一个齿轮，一根弹簧，或是一个飞轮。”

一阵大笑。“这个说法不错。跟一个懂行的人聊天，真是令人振奋……但现在我该走了，林肯。”

“可以问最后一个问题吗？”

“当然。但我是不是回答，就是另一回事了。”

“是你让比利去找那本书的，《连环城市》。”

“没错。我要确保他和斯坦顿一家意识到你有多厉害——以及你和阿米莉亚有多了解民兵组织和他们的手法。”

莱姆闷闷地说：“你对集骨者没有兴趣？我猜错了。”

“是这样吧。”

莱姆笑了起来，说道：“那我猜想的你和集骨者之间的关联也是不存在的了？”

一阵停顿。

“你在我们之间找到了关联？”“钟表匠”听起来很好奇。

“有一块很有名的手表正在曼哈顿展出，全部是用骨头做的，印象中是一块俄罗斯表。我还在想，你会不会计划要去偷这块表呢。”

“米哈伊尔·塞米扬诺维奇·布朗尼科夫（Mikhail Semyonovitch Bronnikov）制作的表在纽约展出？”

“我想是这样，你不知道吗？”

“钟表匠”答道：“我最近……在忙别的事。但我对这块表很熟悉。性能非常卓越。十九世纪六十年代中期的作品。你说得没错：通体用骨头制成，百分之百。”

“我想，你没必要冒着被逮捕的风险，闯进曼哈顿的古董店里偷这块表。而且这么说吧，只能是白费力气。”

“是啊。不过这个想法很有创意，林肯。你一点都没让人失望。”又停顿了一下，莱姆想象着他低头看了一下表。“现在，我想最好先再见了，林肯。我已经聊得太久了。有时候这些服务器和电话交换机有可能会被追踪到的，你知道。不过反正你也没有打算要追踪。”他轻笑了一声，“下次再见了……”

下星期，下个月，明年……

电话挂断了。

第六部分 皮与骨

十一月十二日 星期二 下午一点

79

罗恩·普拉斯基负责去搜查博考维茨殡仪馆，寻找任何可能跟“钟表匠”有关的证据和目击证人。

他似乎对之前卧底任务失败一直耿耿于怀，但这其实不能怪他，“钟表匠”第一眼就认出他了。几年前，在纽约开展一项计划时，他就见过这个年轻的警察。

更何况，莱姆也知道，就算安排得天衣无缝，这个年轻人也不是个好演员。最好的演员不是扮演角色，他们自己会变成角色。

就像吉尔古德……

理查德·罗根——暂时就这么称呼吧——去殡仪馆取那个从市立停尸间转来的存有不知名流浪汉骨灰的骨灰盒时，签署了一些文件；因此，普拉斯基就去殡仪馆搜集文件上的证迹。他对每个与“钟表匠”同时出现在殡仪馆的人都问了话，包括某位本杰明·奥戴尔（艺名乔尼·洛德）的亲属。但还是一无所获。

纽约市政府调查局那些被“钟表匠”耍了的探员也是一无所获。他们跟那位“戴夫·维勒”接触不多，只是打了几个电话。而他用来报警投诉普拉斯基的电话，肯定早就给扔了。电池被抠下来丢在某条阴沟里，手机则被掰断扔在了另一条阴沟里。

萨克斯负责这起案件的另外一部分，调查帮助罗根越狱的内部人员，包括医疗人员、市立停尸间的一名工人，还有几个监狱看守。在莱姆看来，他们冒了极大的风险。一旦有人发现“钟表匠”还活着，有嫌疑的人其实就那么几个，他们肯定会被查出来。但莱姆心想，如果他们在伪造医疗报告和死亡证明后没有及时转移赃款、伪造不在场证明，也不关“钟表匠”的事。

想赚上百万美元的黑钱，你得足够聪明。

其中一两个人已经逃离纽约，但抓住他们只是时间问题。在逃亡路上还刷自己的信用卡可不是个好主意。物竞天择的道理不仅仅适用于蝾螈和猿猴，也适用于犯罪活动。

莱姆自己也在进行一项调查，但反常的是，这项调查跟证据没关系。莱姆给自己制订了一些严密的计划。

这些计划最终有可能是竹篮打水一场空，但他不想放过任何机会。

现在，莱姆正凝视着窗外阴沉沉的天空，空中灰白色的阴云密布。他心中好奇：你在哪儿？你想要干什么？为什么你要闯进大都会博物馆？以及，你需要我活着参与你计划中的哪一部分？

托马斯出现在走廊里。“我跟瑞秋说过了，一小时后出发？”

“没问题。”莱姆回答道。

他们准备去医学中心。朗·塞利托醒了。虽然状态还是很虚弱，但他的本性还是没变。瑞秋说，他醒来的第一件事就是低头看了看自己的肚子，微笑着说，“见鬼，我一定掉了十几公斤。”

随后他才问起嫌犯 11–5 的案子。

但他的康复还是有很多问题。很长一段时间内他都要继续使用螯合物治疗，将体内的毒素形成螯合化合物。螯合疗法对于长期暴露在有毒环境下的患者更有效，比如产业工人，或是被长期下毒的中毒者。但对像塞利托这样的急性中毒患者可能疗效不佳。所以他的康复之路依然前景不明。神经受损，肝脏和肾脏功能不全，都有可能。

甚至可能是永久性瘫痪。

只能等待时间的答案了。

阿米莉亚·萨克斯走进走廊："是去看朗吗？"她问道。

"一小时后出发。"

"我们要不要带些花？"她问道。

莱姆咕哝着："这星期我已经送过一次花了，不要再送了。"

就在这时，工作室的电话响了。萨克斯刚好站在可以看见来电显示的地方，立刻说道："莱姆，我想是出事了。"

他转动轮椅来到电话旁。

"啊。"

他按下接听键。

"喂？"

"莱姆先生，我是杰森？杰森·希思礼？"这人说话又快又急，每句话都是不必要的疑问句，"我是——"

"我记得你，希思礼先生。"

莱姆怎么会不记得他？一个星期前他们刚刚长谈过。

"是的，是，我不知道怎么解释，但你说可能发生的事真的发生了。"

莱姆和萨克斯相视一笑。

"不见了。这不可能啊，但那个东西就是不见了。我昨晚离开时警报器还好好的，我早上过去的时候也是好好的，什么都没动。全部在原位。全。都。在。但那个东西就是不见了。"

"真的。"

这位失魂落魄的珠宝商人所说的“那个东西”，指的是一块手表，一块布朗尼科夫用骨头制成的手表。

跟他对“钟表匠”说的恰恰相反，莱姆根本就不相信“钟表匠”和集骨者之间有任何关系。他这么说，只是为了给他下套。

对于这么一个强项和弱点都在于时间和计时器的人，想要给他下套，还有什么比稀有手表更好的诱饵呢？

莱姆查出布朗尼科夫出品的手表现存仅有几块，其中一块在伦敦，但是非卖品。不过他还是靠着甜言蜜语和两万美元说服拥有者改变了主意。他又花了一万美元让罗恩·普拉斯基护送这块手表来到纽约。

莱姆给弗雷德·德尔瑞打了个电话，了解到有个艺术品商人杰森·希思礼因为逃税漏税被起诉。德尔瑞说服一位联邦法官，如果希思礼愿意配合，就撤销几项指控。跟莱姆和纽约市警方一样，这位法官也非常希望把“钟表匠”抓回监狱。希思礼同意合作，于是这块手表就装在一个盒子里，被送到他位于上东区的古董店／艺术画廊里展出。

在一个星期前与“钟表匠”的那通电话里，莱姆提到了集骨者，然后假装不经意地说到这块布朗尼科夫打造的手表，告诉他这块手表正在曼哈顿一家古董店展出。他尽力假装出一副浑不在意的样子，并希望自己的表演至少比罗恩·普拉斯基强一点。

显然，他做到了。

就在这通电话几天之后，希思礼跟他汇报说有个男人打来电话，问他们古董店有没有正在出售的手表，但没有特别提到那块布朗尼科夫。希思礼给他介绍了一遍店里的现货，也提到了那枚骨头制的手表。那个男人向他表示感谢后就挂上了电话。来电显示为：未知。

莱姆和一个特别行动小组就如何处理这一情况进行过争论。调查局的人希望在古董店附近安排人监视，还要有一个突袭小组随时待命。只要有人进店购买或偷窃那块手表，就可以随时实施抓捕。但莱姆不同意。“钟表匠”肯定会一眼识破。他们应该采取完全不同的，更加精细的策略。

于是联邦调查局和纽约市警察局的监视专家在那只表的金属表链上安装了袖珍追踪器。这个设备大多数时间里处于关机状态，因此不会被任何电波侦测器发现。同时，它每两天都会开机一毫秒，发送定位到国际联合地理卫星定位网络。这个网络几乎覆盖了地球上每一寸有人居住的地方。然后，追踪器又恢复了关机状态。

这个定位数据会直接发送给特别行动小组。如果“钟表匠”在移动，他们可以把范围缩小到他所在的国家或地区，并提醒相关边检部门。或者如果运气够好的话，他们还可能发现“钟表匠”纹丝不动，正在一处沙滩上一边享受冰凉的葡萄酒，一边欣赏那块骨制手表。

当然，他也可能早已把暗藏杀机的表链拆了下来，邮寄到斯里兰卡，继续执行自己制订好的盗窃或谋杀计划。

这样的话，我的头脑就成了你的计时器里面的一个齿轮，一根弹簧，或是一个飞轮……

古董店老板还在继续激动万分地谈论这桩盗窃案件。他上气不接下气地说：“这不可能，有警报，还上了锁，还有监控摄像头。”

此前，莱姆坚持要安装最高等级的安保装置，不能让“钟表匠”轻而易举地实施盗窃。如果故意放水，他肯定会起疑心，并中止计划。

希思礼接着说道："根本没有任何人可能进来。"

但我们对付的并不是普通人，莱姆心想。他没有多说什么，就跟古董店老板说了再见，并挂断电话。

现在，我们开始等待。

一天，一个月，一年……

他驾驶轮椅离开了证物检查台，看了一眼另外一块手表。那是几年前"钟表匠"送给他的一块宝玑。

莱姆对萨克斯说道："给普拉斯基打电话，我要派他去古董店走格子。"

萨克斯跟普拉斯基通了话，派他去希思礼的店里。莱姆并没有指望能从这起盗窃案中获得多少有用的证据，但还是要走一遍流程。

"托马斯。"莱姆说道，"去看望朗之前，我要先喝一杯——如果可以的话，麻烦给我双份的。"

他准备好了被拒绝。但出于某些原因，托马斯没有反对他喝上一杯上好的、陈年的，以及没有下毒的单一麦芽威士忌。也许是因为他对莱姆起了恻隐之心——虽然莱姆阻止了一起恐怖袭击，但"钟表匠"还是逃脱了。此外莱姆还损失了三万美元。

一只玻璃杯出现在杯托上。

莱姆啜饮着烟熏味浓厚的饮料。很好，很好。

他收发了几封邮件，其中包括跟刺青艺术家TT．高登的邮件往来。莱姆挺喜欢他的。下个星期，他还要过来做客，跟莱姆聊聊语法和萨摩亚文化，以及纽约市的嬉皮生活。而且谁知道，他们还会聊到些什么呢？

也许会有珠穆朗玛峰和鹰隼。

他抬起头，外面传来踩在冰面上的脚步声。随后一声轻响，前门开了，然后又是一连串脚步声。

莱姆又呷了一口酒。他已经听出这是谁来了。但萨克斯显然没有读懂这份声音证据，还是很警惕……直到帕米拉 · 威洛比转过墙角，来到走廊上。

“嘿。”这个年轻的女人对大家点点头，从脖子上解下一条显眼的围巾。外面没有下冻雨，但风很大，气温也很低。帕米拉好看的鼻子冻成了粉色，肩膀也缩着。

阿米莉亚 · 萨克斯的肩膀则垮了下来，但她还是挤出一丝微笑。她想起帕米拉说过要跟她的养父借汽车，从楼上的卧室里取走自己的行李。

一阵沉默。萨克斯似乎深深吸了一口气。“一切顺利吗？”

“顺利，一切都好。下星期戏就要首演了，很忙。维多利亚时期的戏服，那些大裙子，简直有一吨重。”

只是寒暄。没有意义的闲聊。

又是一阵沉默。萨克斯开口了：“我来帮你拿东西。”她冲楼上点点头。

帕米拉环视了一圈工作室，避开她的目光。“这个，其实，我想问，你们介意我搬回来吗？就住一小阵儿，找到新住处我就走。我不是很想回布鲁克林高地那边。毕竟，你知道的，发生了那些事。还有奥利凡蒂家，他们人很好，只是。”她盯着地板。然后抬起头来，“可以吗？”

萨克斯走过去，紧紧地抱住她。“你永远不必问这个问题。”

托马斯开口了：“外面有东西要搬进来吗？”

“在车里，是的。我需要帮助，当然。”

托马斯去加了件衣服，围上他的围巾，戴上假毛皮的哥萨克皮帽，跟着帕米拉去车旁边拿东西了。

萨克斯穿上外套和手套准备跟出去。但走到工作室和走廊的拱门时，她转过身看着莱姆。“等等。”

“怎么？”莱姆问道。

她走近前来，歪着头，仿佛审视着一个她刚逮捕的黑帮成员，然后低下头，轻声说，“上周比利闯进来之后，托马斯就把门锁都换了。”

莱姆耸耸肩，呷了一口威士忌，“嗯。”

“那是怎么回事？”

“什么怎么回事？”莱姆咕哝着。

“帕米拉刚才没敲门，她自己开门进来了。这就是说，她有新钥匙。”

“新钥匙？”

“你总是重复我的话是怎么回事？帕米拉怎么会有新钥匙的？她已经好久没来这里了。”

“嗯，我不知道。太神奇了。”

她有点不好意思地看了他一眼。“莱姆，如果我查看你手机里的通话记录，会找到最近你打给帕米拉的电话吗？”

“我怎么会有时间跟人闲聊？而且我也不喜欢闲聊。你觉得我看起来像是喜欢闲聊的人吗？”

“你在回避我的问题。”

“如果你看我的通话记录，不，你找不到给帕米拉的电话。不管是最近还是以前。”

这倒是真的，他把通话记录删了。

当然了，前几天他和帕米拉，好吧，“闲聊”之后，就给她送去了家里的新钥匙。却忘记了萨克斯会识破他的阴谋。

萨克斯大笑起来，俯下身重重吻了他，然后出门去帮忙搬东西了。

现在，莱姆可以做那件几个小时前就想做的事了。他转动轮椅，回到检查台前。

在一只无菌托盘上，放着一小块灰白色的树脂或塑料或陶土。昨晚，上东区一位银行家遭到谋杀，这块东西就嵌在他腕表的表带上。这桩谋杀案本身没什么特别之处——此刻，莱姆坚守着第二种看待死亡的方式。但让他觉得不寻常的是，尸体被发现的地方，是在麦迪逊大道和公园大道之间的一处建筑工地。而地基西墙三米开外就是一条地下隧道，七拐八绕之后，正通往大都会艺术博物馆的地下仓库。

犯罪现场的种种迹象显示，曾经发生过激烈的搏斗。这块嵌在表带上的灰白色的证据，似乎就来自凶手身上，因此可以提供关于杀人者的信息。

但这假设性的结论只不过是臆测而已，一切还要等到此物质被确定性质、找到来源。可能这确实是有用的证据，可以被写到白板上。也有可能被证明毫无价值并被丢弃，就像此刻窗外正从枝头簌簌飘零的落叶。现在，莱姆已经准备好一份进行气相层析的样本，他驾驶着轮椅来到嗡嗡作响的机器前，等待答案揭晓。

著作版权合同登记号：01–2019–4689

图书在版编目（CIP）数据

天使的号角 /（美）杰夫里 · 迪弗著；邓悦现译 . —— 北京：新星出版社，2022.12

ISBN 978–7–5133–4487–6

Ⅰ . ①天… Ⅱ . ①杰… ②邓… Ⅲ . ①长篇小说–美国–现代 Ⅳ . ① I712.45

中国版本图书馆 CIP 数据核字（2022）第 227009 号

午夜文库
谢刚 主持

天使的号角

[美] 杰夫里 · 迪弗 著；邓悦现 译

责任编辑：曹晓雅
责任校对：刘　义
责任印制：李珊珊
装帧设计：人马艺术设计 · 储平

出版发行：新星出版社
出 版 人：马汝军
社　　址：北京市西城区车公庄大街丙3号楼　100044
网　　址：www.newstarpress.com
电　　话：010-88310888
传　　真：010-65270449
法律顾问：北京市岳成律师事务所

读者服务：010-88310811　service@newstarpress.com
邮购地址：北京市西城区车公庄大街丙 3 号楼　100044

印　　刷：北京美图印务有限公司
开　　本：910mm × 1230mm　1/32
印　　张：16
字　　数：373千字
版　　次：2022年12月第一版　2022年12月第一次印刷
书　　号：ISBN 978–7–5133–4487–6
定　　价：69.00元
